भारत कथा माला

21 श्रेष्ठ नारीमन की कहानियां

राजस्थान

संपादक
कीर्ति शर्मा

डायमंड बुक्स
www.diamondbook.in

प्रकाशक	:	**डायमंड पॉकेट बुक्स (प्रा.) लि.** X-30, ओखला इंडस्ट्रियल एरिया, फेज-II नई दिल्ली-110020
फोन	:	011-40712200
ई-मेल	:	sales@dpb.in
वेबसाइट	:	www.diamondbook.in
संस्करण	:	2022
मुद्रक	:	रेप्रो (इंडिया)

21 Shreshtha Naariman Ki Kahaniyan : Rajasthan

By : *Kirti Sharma*

प्रकाशकीय

मैं कई वर्षों से चिंतन कर रहा था कुछ ऐसा साहित्य प्रस्तुत किया जाये जिसमें भारत के जन साहित्य का प्रतिनिधित्व हो सके।

हर वर्ष एक नया प्रयोग करने की इच्छा के अनुरूप 1 जनवरी, 2021 की सुबह मैंने यह संकल्प लिया कि 'भारत कथा माला' में उभरते हुए रचनाकारों की रचनाओं को प्रकाशित किया जाए। यहीं से भारत कथा माला का जन्म हुआ।

स्वतंत्रता की 75वीं वर्षगांठ (अमृत महोत्सव) पर डायमंड बुक्स द्वारा 28 राज्यों और 9 केंद्र शासित प्रदेशों की विभिन्न भारतीय भाषाओं की हिन्दी में रचनाएं प्रकाशित की हैं जिसमें प्रत्येक राज्य से चार पुस्तकें 21 श्रेष्ठ नारीमन की कहानियां, 21 श्रेष्ठ बालमन की कहानियां, 21 श्रेष्ठ युवामन की कहानियां और 21 लोक-कथाएं शामिल हैं।

इस कथा माला में शामिल रचनाकार पुष्प के समान हैं जिनमें साहित्य की महक मौजूद है, जिनके हर फूल में सुगंध है। मैं उन सभी कलम के जादूगरों व कलम के सिपाहियों, जिन्होंने अपनी श्रुति, स्मृति और विद्या से इस कथा माला को संवारा, अभिनन्दन करता हूं।

भारत कथा माला के द्वारा मुझे अवसर मिला है कि इसके हर पुष्प को मैं समर्पित करूं। एक प्रकाशक के रूप में मैं उन सबका ऋणी हूं, जिन्होंने मेरी 60 वर्षों की प्रकाशन यात्रा में गर्व करने का अवसर दिया।

यह पुस्तक समर्पित है,
मेरी प्रेरणा शक्ति किरण बेदी जी को
जिनकी ऊर्जा देखते ही बनती है।

मेरा मत है कि भारत एक विशाल देश है, जिसमें अनेक सभ्यताओं, परंपराओं का समावेश है। विभिन्न राज्यों के त्योहार-पर्व, रहन-सहन का ढंग, शैक्षिक अवस्था, वर्तमान और भविष्य का चिंतन, भोजन की विधियां, सांस्कृतिक विकास, मुहावरे, पोशाक और उत्सव इत्यादि की जानकारी भी

कथा-कहानी के माध्यम से मिलती है। इस बात का ध्यान रखते हुए कि भारत के सभी प्रदेशों के निवासी, साहित्य के माध्यम से एक-दूसरे को जानें, समझें और प्रभावित हो सकें, इसलिए ऐसा साहित्य उपलब्ध करवाना हमारा प्रमुख उद्देश्य बन गया था। 2 साल की कड़ी मेहनत के बाद डायमंड बुक्स द्वारा इस वर्ष 'भारत कथा माला' का प्रकाशन संभव हुआ। 28 राज्यों और 9 केन्द्र शासित प्रदेशों के लगभग 3000 लेखकों और 100 सम्पादकों की अथक मेहनत का परिणाम है 'भारत कथा माला'। इस कथा माला में लगभग 126 पुस्तकें प्रकाशित हुईं जिनमें 3000 से अधिक रचनाओं को शामिल किया गया है। 'अमृत महोत्सव' की इस पावन बेला पर यह एक महती कार्य हुआ है जो हिन्दी के पाठकों के लिए एक अलग तरह का अनुभव प्रदान करेगा।

डायमंड बुक्स ने अपनी लम्बी यात्रा में हिन्दी, अंग्रेजी और भारत की अन्य प्रमुख बारह भारतीय भाषाओं में लगभग दस हजार से अधिक पुस्तकें प्रकाशित की हैं। प्रतिदिन एक पुस्तक प्रकाशित करने का हमारा रिकॉर्ड आज भी कायम है।

यह प्रेरणा हमें अपने दादा जी से मिली, जिन्होंने 1928 मुलतान (पाकिस्तान) से प्रकाशन शुरू किया, यह प्रकाशन यात्रा दिल्ली में 1948 से शुरू हुई और अब चौथी पीढ़ी तक अनवरत चली आ रही है।

नरेन्द्र कुमार वर्मा
nk@dpb.in

भूमिका

पाठकों-आलोचकों की धारणाएं तोड़ती राजस्थान की महिला कथाकार

राजस्थान जहां अपनी वीरगाथाओं के लिए जाना जाता है, वहीं यहां की परम्पराएं और संस्कृति की छटा भी अनोखी और निराली होने के कारण पूरी दुनिया में विशिष्ट पहचान रखती हैं। राजस्थान की नारी की शौर्यगाथाएं भी कम नहीं हैं। यहीं की हाड़ारानी थी, जिसने युद्ध में जा रहे पति के मन में पत्नी के अनुराग को देखकर अपनी गर्दन काटकर उसे सैनाणी (निशानी) के रूप में भेज दी थी। यहीं की पद्मिनी थी, जो अलाऊदीन की कुत्सित नजरों से बचने के लिए आग के दरिया में कूद पड़ी थीं। कृष्ण दीवानी मीरा भी इसी वीरभूमि की बेटी हैं। यह वह भूमि है, जहां कदम-कदम पर शौर्यगाथाएं भरी पड़ी हैं। इनमें जितना योगदान पुरुष योद्धाओं का है, लगभग-लगभग उतना ही योगदान यहां की स्त्रियों का भी है। खुद कहानी की नायिका बनने वाली राजस्थान की स्त्री ने जब लेखन की दुनिया में कदम रखा तो कैसे वह पीछे रह गई ? यह सवाल आज भी अनुत्तरित है! जबकि राजस्थान की स्त्री का लेखन किसी भी रूप से पुरुष साहित्यकारों से कमतर नहीं आंका जाता। कितना विचित्र लगता है कि जब खुद यहां की स्त्री के हाथ में कलम थी, तब भी उसके योगदान को लिखने की किसी ने जिम्मेदारी नहीं उठाई। विशेष रूप से राजस्थान की महिला कथाकारों को लेकर कभी कोई खास काम नजर नहीं आता है। राजस्थान के कहानीकारों का जिक्र आता है तो दो-चार पंक्तियों में अथवा अधिकतम एक पैराग्राफ में उनका जिक्र भर करके छोड़ दिया जाता है।

रूढ़ियों, परम्पराओं और मर्यादा के नाम पर राजस्थान की स्त्री को सदैव ही पर्दे में रहना सिखाया गया। इसके बाद जब आधुनिक युग की बात चली तो धीरे-धीरे वह पर्दे से बाहर आने लगी। जब अन्य क्षेत्रों में कदम रखा तो लेखन

भी इससे अछूता नहीं रहा। राजस्थान की महिला कहानीकारों की बात चलती है तो बहुत-से नाम हमारे सामने आते हैं, जिन्होंने अपनी कहानियों से समाज को नई दिशा देने का प्रयास किया। परंतु उनके लेखन को भी हिंदी साहित्य में आई अन्य महिला कथाकारों की तरह ही एक विशेष दायरे तक ही सीमित रखने का प्रयास किया गया। जैसा कि एक जगह पढ़ा था। किसी शोधार्थी ने लिखा था- पहले लेखिकाएं जब भी कोई उपन्यास लिखतीं तो प्रकाशक उसे घरेलू ड्रामा की कैटेगरी में डाल देते थे। ऐसी स्थिति से हाल तक लेखिकाओं को रूबरू होना पड़ा है। 'ऑलमोस्ट सिंगल' उपन्यास की लेखिका अद्वैता काला ने जब अपना उपन्यास लिखकर प्रकाशक को थमाया तो उन्होंने मात्र दो घंटे में उसकी समीक्षा कर किताब लौटा दी। उनका जवाब था- इस किताब में ऐसा कुछ भी नहीं है, जिसे छापा जा सके। बाद में इसी कहानी पर फिल्म बनी और सफल साबित हुई।

अकेली अद्वैता काला ही इस तरह की महिला रचनाकार नहीं रही, जिनके साथ इस तरह का दोयम दर्जे का व्यवहार किया गया। हिंदी साहित्य में ऐसे अनेकानेक उदाहरण देखने को मिल जाते हैं। तभी तो जुबान पब्लिकेशन की संस्थापक उर्वशी बुटालिया को एक जगह कहना पड़ा था-पहले प्रकाशक महिला लेखकों के प्रति एक धारणा बना कर चलते थे कि स्त्रियां गंभीर मुद्दों पर अपनी कलम नहीं चला सकती हैं। उनकी लिखी किताब को रिजेक्ट कर दिया जाता था। यहां तक कि उनकी आवाज दबा दी जाती थी। दरअसल, पहले महिलाओं को लिखने का मौका भी नहीं मिलता था। वे रसोई, घर-परिवार की समस्याओं में उलझी रहती थीं। अगर उन्हें लिखने का अवसर भी मिलता तो विषय-वस्तु परिवार, रिश्ते आदि में सिमटा रहता।

परंतु अब गंगा में बहुत पानी बह चुका है। आज महिला रचनाकार कहां से कहां पहुंच चुकी हैं। इसकी कल्पना ही नहीं की जा सकती। ममता कालिया, चित्रा मुद्‌गल, नासिरा शर्मा से होते हुए हम गीताश्री और पंखुरी सिन्हा तक की बात कर लें, सबने अपने लेखन से न सिर्फ दुनिया को चौंकाया है, बल्कि अपनी विशिष्ट पहचान बनाकर साबित किया है कि कहानियों की दुनिया, केवल पुरुष ही नहीं रच सकते। सृजन की जो क्षमता स्त्री में है, वह क्षमता पुरुष कभी प्राप्त ही नहीं कर सकता। इसी कड़ी में अगर राजस्थान की महिला कथाकारों की बात करें तो बताना चाहूंगी कि हिंदी कथा संसार में किसी सूर्य की तरह चमकी और चारों तरफ छा गई मन्नू भंडारी इसी राजस्थान से ही निकली हैं। उन्होंने 'आपका

बंटी' और 'महाभोज' जैसी कालजयी रचनाएं लिखकर राजस्थान की महिला कथाकारों में सर्वोच्च स्थान प्राप्त किया है। इनके बाद जिन महिला कथाकारों ने राजस्थान की सीमाओं को लांघ कर पूरे देश और दुनिया के हिंदी जगत में अपनी पहचान बनाई। उनमें प्रभा खेतान (उपन्यास-आओ पेपे घर चले, तालाबंदी, छिन्नमस्ता, पीली आंधी, स्त्री पक्ष तथा आत्मकथा-अन्या से अनन्या), मधु कांकरिया उपन्यास-खुले गगन के लाल सितारे, सलाम आखिरी, पत्ता खोर, सेज पर संस्कृत, सूखते चिनार, हम यहां थे और कहानी संग्रह-युद्ध और बुद्ध, जल जलकुम्भी, चिड़िया ऐसे मरती हैं, और अंत में ईशु, बीतते हुए), कुसुम खेमानी (कहानी संग्रह-सच कहती कहानियां, एक अचम्भा प्रेम, अनुगूंज जिंदगी की तथा उपन्यास-जड़िया बाई, गाथा रामभतेरी, लालबत्ती की अमृतकन्याएं, लावण्यदेवी), अलका सरावगी (उपन्यास- कलिकथा वाया बाइपास, शेष कादम्बरी, कोई बात नहीं, एक ब्रेक के बाद तथा कहानी संग्रह-कहानी की तलाश में, दूसरी कहानी), मनीषी कुलश्रेष्ठ (कठपुतलियां, कुछ भी तो रूमानी नहीं, बोनी होती परछाई, केयर ऑफ स्वात घाटी) के नाम हम गर्व के साथ ले सकते हैं।

राजस्थान की महिला कथाकारों का जिक्र आता है, तो निश्चय ही हम मनमोहिनी, सावित्री रांका, सावित्री परमार, सुमन मेहरोत्रा, अजरा नूर, सरस्वती माथुर, लवलीन को याद करना चाहेंगे। इनमें लवलीन ने जिस तरह की मनोवैज्ञानिक कहानियां लिखी और जिस तरह खुलकर लिखा, वैसा राजस्थान की महिला कथाकारों में उनसे पहले तक तो नजर नहीं आता था। दुर्भाग्य से काल के क्रूर पंजों ने बहुत कम उम्र में लवलीन को हमसे छीन लिया। अगर लवलीन को थोड़ा समय और मिला होता तो निश्चय ही वे राजस्थान की हिंदी कहानी में कुछ और सितारे जड़ सकती थीं। पुरानी पीढ़ी की कथाकारों में एक नाम नीलप्रभा भारद्वाज का भी बड़े सम्मान के साथ लिया जाता है।

इनके बाद जो पीढ़ी राजस्थान की महिला कथाकार के रूप में आती हैं, उसे मैं समकालीन महिला कथाकार के रूप में देखती हूं। समय के साथ इन महिला कथाकारों ने न सिर्फ अपनी लेखनी का शिल्प बदला है, बल्कि कहना चाहिए कि विमर्श और मुद्दे भी इतने ज्वलंत और आक्रामक उठाए हैं कि हिंदी के पाठक वर्ग के साथ कतिपय आलोचक भी अपनी उस धारणा को तोड़ने के लिए मजबूर हो गए हैं, जो कुछ ही दशक पूर्व तक कहते थे कि महिलाएं सिर्फ और सिर्फ घर-परिवार की कठिनाई पर लिख सकती हैं। नई पीढ़ी की इस छलांग को प्रख्यात

आलोचक राजाराम भादू ने बहुत पहले महसूस कर लिया था। तभी तो उन्होंने एक बार किसी आलेख में लिखा था-राजस्थान में, विशेषकर कथा लेखन में महिलाओं की सक्रियता हर दौर में लगभग पुरुषों के समानांतर है। पिछली दोनों कतारों के साथ मनमोहिनी, सावित्री रांका, सावित्री परमार, सुमन मेहरोत्रा और अजरा नूर इस परिदृश्य की सक्रिय रचनाकारों में रही हैं। स्त्री-विमर्श का जो तीव्र उभार नई शताब्दी के साथ हुआ, ये उससे पहले से लिख रही थीं और स्वत:स्फूर्त तरीके से स्त्रियों के प्रश्नों को उठा रही थीं। सृजन के क्षेत्र में नई पीढ़ी आगे आने के लिए पचास साल इंतजार नहीं करती। कई बार तो अगले दशक में ही नई पीढ़ी सामने आ जाती है। और सचमुच अगले दशक में ही महिला कथाकारों की जो पीढ़ी हमारे सामने आई, उसने अपनी कलम के दम पर सबको चौंका दिया है। बेशक कहा जा सकता है कि समय की चाल को समझ कर नई पीढ़ी की महिला कथाकारों ने अपनी कहानी की चाल बदली। बंधे-बंधाए ढांचे से हटकर कहानी रचना सीखा और दुनिया को जता दिया कि हम भी किसी से कम नहीं हैं। बेशक समय के साथ आए बदलाव इसके लिए मुख्य कारक रहे और वक्त की मांग भी यह थी। स्त्री ने अपनी प्रगति और सोच के साथ आगे बढ़ने के जो रास्ते चुने, उन रास्तों को समकालीन महिला कथाकारों ने पहचाना और उसे अपनी कहानियों में उतारने का सफल प्रयास भी किया। आज की युवा पीढ़ी में राजस्थान की जिन महिला कथाकारों ने सबसे ज्यादा चर्चा बटोरी है, उनमें मनीषा कुलश्रेष्ठ तो अग्रणी हैं ही, उनके बाद उमा, तसनीम खान, पद्मजा शर्मा, प्रितपाल कौर, डॉ. लक्ष्मी शर्मा, किरण राजपुरोहित नितिला, संतोष चौधरी, इरा टाक, रजनी मोरवाल, रीना मेनारिया एवं दिव्या विजय का नाम लिया जा सकता है। इन महिला कथाकारों ने भी राजस्थान की सीमाओं का अतिक्रमण करते हुए राष्ट्रीय स्तर पर हिंदी कहानी के फलक पर अपनी छाप छोड़ी है।

जब राजस्थान की महिला कहानीकारों को लेकर उनके काम पर दृष्टिपात किया तो पाया कि महिला कहानीकारों को एक मंच पर लाने का गंभीर प्रयास ही कभी नहीं किया गया। राजस्थान के कथाकार नाम से राजस्थान साहित्य अकादमी, उदयपुर ने आलमशाह खान के संपादन में एक संकलन प्रकाशित किया था। इसके बाद स्वयं प्रकाश के संपादन में मधुमती का एक अंक राजस्थान के हिंदी कहानीकारों पर निकाला गया था। एक कहानी संकलन भी और आया था। इनमें कुछ महिला कहानीकार शामिल थीं लेकिन स्वतंत्र रूप से केवल महिला कथाकारों का कोई

संकलन मेरी निगाह में तो नहीं आया। कई साथी महिला कथाकारों से चर्चा और कई वरिष्ठ साहित्यकारों-आलोचकों से बात में भी यही निष्कर्ष निकला कि इस तरफ शायद किसी का ध्यान नहीं गया है। कुछ महिला कथाकारों पर पत्रिकाओं के अंक, महिला लेखन अंक तो निकले लेकिन महिला कथाकार संचयन जैसा शायद नहीं निकला। इस दृष्टि से देखती हूं तो अनायास ही लगता है कि डायमंड पॉकेट बुक्स ने जो जिम्मेदारी सौंपी, उसमें यह भी पहला काम हो गया, जिसमें राजस्थान की इक्कीस महिला कथाकार एक ही मंच पर मौजूद हैं।

राजस्थान की महिला कहानीकारों को लेकर जब मुझे डायमंड पॉकेट बुक्स ने इक्कीस कहानियों का चयन करने की जिम्मेदारी सौंपी तो प्रारंभ में मैं इसे जितना आसान समझ रही थी, वास्तव में वह उतना आसान था नहीं। अपनी निजी जिंदगी, घर और कार्यालय की व्यस्तताओं में उलझी महिलाओं के लिए कहानी के लिए समय निकालना बहुत कठिन कार्य रहा है। इस बात को घर और स्कूल की जिम्मेदारी संभालते हुए मैं बेहतर तरीके से समझ सकती हूं। फिर भी नारी मन की कहानियों का चयन करने के लिए मुझे बहुत-सी महिला कथाकारों से वंचित रहना पड़ा। समय और स्थान की भी अपनी सीमा होती है। इसलिए जो महिला कथाकार इस संकलन में स्थान नहीं पा सकीं, उनसे क्षमा प्रार्थी हूं।

डायमंड पॉकेट बुक्स ने इस योग्य समझा और इस कार्य को मैं कर पाई, इसके लिए आभार। साथ ही इन कहानियों को प्रकाशित करने की स्वीकृति देने वाली महिला कथाकारों के प्रति आभार जताना चाहूंगी। प्रत्यक्ष एवं अप्रत्यक्ष रूप से जिन साथियों ने महिला कथाकारों से परिचय करवाया, कहानियां उपलब्ध करवाने में मदद की और टाइपिंग की जिम्मेदारी ली, उन सभी के लिए भी हृदयतल की गहराइयों से आभार।

कीर्ति शर्मा
भद्रकाली रोड, दुर्गा कॉलोनी,
वार्ड नंबर एक, नोहर- 335523
(हनुमानगढ़) राजस्थान
मोबाइल : 7230805913
ई-मेल : kirtivyas41@gmail.com

विषय सूची

कॉपी पेस्ट

उमा
'भारतीय ज्ञानपीठ नवलेखन प्रतियोगिता' में चयनित होकर प्रकाशित होने वाली राजस्थान की पहली महिला कहानीकार उमा पत्रकारिता करती हैं। वर्ष 2013 में चयनित होकर 2014 में भारतीय ज्ञानपीठ से उपन्यास 'जन्नत जाविदाँ' आया। इसके बाद 'किस्सागोई: अदीबों के निज की जादुई कथाएं' प्रकाशित। कई पुरस्कार प्राप्त। उमा की कहानियां नारी की पीड़ा को एक अलग ही तरीके से उजागर करती हैं।
पता : 3, विष्णु विहार, अर्जुननगर के पास, दुर्गापुरा, जयपुर-302018
मोबाइल : 95298-41215

बिना चाँद वाली रात थी, पर रात तो ढलने के लिए ही होती है, ढल गई थी, फिर भी उजाले मुझसे कोसों दूर थे। इन अँधेरों में कैसे अपने कदम बढ़ाऊँ? मैं यही सोचते हुए देर तक बिस्तर पर पड़ी रही और बिस्तर पर लाल निशान छूटते गए। ये ठीक-ठीक मैं आज भी नहीं बता सकती कि उस वक्त कौन-सी पीड़ा ज्यादा हावी थी, देह की या मन की। ये भी नहीं समझा सकती कि किस तरह मैंने अपने बिखरे वजूद को समेटा और रेंगते हुए बाथरूम तक पहुँची। शावर से झरते पानी में आँसुओं की धार मिलती गई और लाल रंग पानी में घुलता गया। मेरे बच्चे के पहले घर से निकला लाल रंग। मैं आज भी यह समझ नहीं पाती कि क्यूँ कह दिया जाता है कि एक बच्चे की रगों में पिता का खून दौड़ रहा है!

वक्त भी तेजी से दौड़ रहा था उस दिन, उसे सब्र नहीं था कि मैं सँभल जाऊँ, वह चलता ही जा रहा था, लाल रंग तेजी से बहता जा रहा था। मैंने हर तरह से खुद को महफूज रखने के इंतजाम किए और ऑटो पकड़ कर निकल पड़ी।

ठीक बाईस मिनट, हाँ मुझे याद है जब कुछ समझ नहीं आता, मैं बार-बार वक्त का मुँह ताका करती हूँ। मुझे याद है कि ठीक बाईस मिनट में ऑटो ने मुझे फैमिली कोर्ट के मेनगेट के पास उतार दिया था। वहीं गेट के पास खड़े-खड़े कुछ देर शून्य में ताकती रही

थी मैं। शून्य बहुत कमाल की चीज होती है, उस रोज मुझे शिद्दत से इस बात का एहसास हुआ। सच में, कुछ भी तो नहीं था मेरे पास खोने के लिए, मेरे पास सिर्फ शून्य था यानी अब इसमें से कुछ भी घट नहीं सकता, अब सिर्फ और सिर्फ जुड़ ही सकता है।

मुझे लगने लगा कि मेरे कदम पहले से ज्यादा मजबूती से पड़ रहे हैं। मेरे हाथ में सिमटा पुराना-सा मोबाइल बज उठा था। फोन वकील का था, उसने मुझे तुरंत कोर्ट रूम में पहुँचने को कहा। मैंने अपने कदमों की रफ्तार को और भी बढ़ा दिया और बताए गए रास्तों पर चलती हुई कोर्टरूम तक पहुँच गई। वकील मुझे देखते ही करीब आ गया और एक पेपर पर हस्ताक्षर लिये। कुछ फुसफुसाया वह, जिसे मैंने सुनना जरूरी नहीं समझा था या यह भी हो सकता है कि तब ऐसी कैफियत रही कि कुछ भी सुन पाना मेरे बस में न था। लफ्ज और हादसे बनते-बिगड़ते जा रहे थे आँखों के सामने, तभी मेरी नजरें पति... हाँ उस पल तक तो वह पति ही था, पर पड़ी। उसने नजरें बचानी चाही और मेरी नजरों ने उसमें गड़ जाना चाहा। पकड़ना चाहा उस लम्हे को जिस लम्हे में उसने मुझे छिटक दिया था।

अब मैं मजिस्ट्रेट के सामने खड़ी थी, वैभव मेरा पति मेरे ठीक पास ही आकर खड़ा हो चुका था। मजिस्ट्रेट और हमारे बीच एक दीवार-सी थी। उस पार ऊँचे सिंहासन पर वे विराजमान थे, इस पार से मैं सिर उठाए एकटक उनकी ओर ताक रही थी। उन्होंने मुझे देखा, देखते हुए और कई बार मेरे चेहरे को पढ़ने की कोशिश की। मेरे चेहरे पर कुछ लिखा हुआ था, पर क्या सच में! मुझे यह बात समझ आ रही थी कि क्यों वकील ने रात फोन करके कहा था कि सुनवाई शुरू होने से पहले जज के चेहरे की ओर देखना, तब तक देखना जब तक कि वे तुम्हें देखते हुए देख न लें।

तो जज ने मुझे देखते हुए देख लिया था और अब वे केस की सुनवाई कर रहे थे।

"आप ही का नाम राम्या सक्सेना है।"

"जी।" आवाज उन तक पहुँची हो या नहीं, लेकिन गर्दन हिलाते हुए उन्होंने देख लिया था।

"आप अपने पति से तलाक चाहती हैं?"

"जी।"

"जीवन निर्वाह कैसा होगा? आपने तो भरण-पोषणा माँगा नहीं? आप किसी

नौकरी में भी नहीं।''

''हरेक बच्चा जो जन्मता है, जीवन-निर्वाह खुद कहाँ कर पाता है? पर सब हो जाता है। कहते हैं कि शादी एक औरत का नया जन्म है, तो इसका टूटना भी नया जन्म होगा न? जन्म हो जाए, फिर देखती हूँ कि कैसे निर्वाह होगा?''

''ऐसी भावुक बातों से जीवन नहीं कटता।''

''फिर ऐसी बातें क्यों कही जाती हैं, जिनसे जीवन नहीं कटता? कानून इन पर प्रतिबंध क्यों नहीं लगाता?'' बोलते हुए आवाज भर्रा गई थी, आँखें लाल हो गई थीं।

''क्या तुम ठीक हो?'' जज साहब की आवाज में सहानुभूति और नरमी थी। मेरी ओर सवालिया नजर डालने के बाद उन्होंने मेरे वकील की ओर देखा और कहा, ''आप चाहें तो मैं अगली तारीख दे देता हूँ।''

''नहीं, मेरी क्लाइंट ठीक है, उनकी पूरी बात सुनी जानी चाहिए।'' मेरे वकील ने इल्तिजा की।

''जीवन कैसे कटेगा? क्या सोचा है राम्या?'' जज ने नरमी के साथ पूछा और मेरी तरफ देखते रहे।

''मैं जीवन काटना नहीं चाहती, जीना चाहती हूँ।'' मैं किसी कटघरे में तो थी नहीं, ठीक सामने थी, सिर उठाकर ठीक उनकी आँखों में झाँकते हुए मैंने कहा। इन दो जोड़ी आँखों के बीच फासला देखा जाए तो छह-सात हाथ का ही रहा होगा, जो यकीनन इतना तो नहीं था कि आँखों में तैरते भाव समझ न आए। वे उन भावों को पकड़ते हुए अगले सवाल पर पहुँचे, ''पर इस तरह तो आप अपने इकलौते बेटे पर हक नहीं जता सकती?''

''मैं जताना भी नहीं चाहती। मैं सदियों से चले आ रहे अन्याय को खत्म करना चाहती हूँ।''

हैरानी से जज साहब ने पूछा, ''कैसा अन्याय?''

''पुरुषों के साथ सदियों से होता आ रहा अन्याय। कितना सीधा है बेचारा, छला जाता है हमेशा। मान लेता है कि गर्भ में नौ महीने रखने वाली माँ का अधिकार पिता से ज्यादा होता है! आखिर तो सारी दुनिया भी यही मानती है कि बच्चा सबसे पहले माँ से जुड़ता है, पर बीज कहाँ से आया? कोई कैसे पुरुष की महानता और उसके क्रिएशन को भूल जाता है? बताओ तो?'' मेरी आँखों में सौ-सौ सवाल थे और मैंने उन सारे सवालों को आँखों से उगल दिया।

सवाल रेंगते हुए जज साहब की पूरे देह पर चढ़ गए, वे बेचैन हो गए। उन्होंने कहा, ''मुझे लगता है कि तुम्हारा मन ठीक नहीं, तुमको कुछ दिन आराम करना चाहिए।''

''नहीं, मैं ठीक हूँ फिर कुछ तो झेलना ही है, सब कहते हैं कि प्रारब्ध के चलते दुख झेला है मैंने, तो अब मैं नए जन्म में कोई पाप संग न ले जाऊँगी। सब अभी झेल लूँगी। तकलीफ तो होगी, पर जिसका बीज है, उसी को सौंप दूँगी।'' मैंने पूरी दृढ़ता के साथ कह दिया था।

''क्या तुम दूसरा विवाह करना चाहती हो?''

''नहीं जानती, कैसे कह दूँ कि आगे क्या होगा पर सोचिए जरा कि अगर ऐसा होता है, तो क्या होगा? मेरा बेटा कौन-सा सरनेम लगाएगा? आखिर तो उसकी पहचान पिता से है। वंश बेल उलझ नहीं जाएगी? उसे सक्सेना ही रहना चाहिए है न? मेरा क्या है, मैं तो कुछ भी हो सकती हूँ। कुछ दशकों पहले तो हम औरतों के नाम भी नहीं होते थे। फलाने की बहू, बेटी। माँ, बीवी, बस अब कम से कम नाम तो है, आप राम्या कह रहे हैं न? वैभव की बीवी तो नहीं कह रहे! इतना काफी है हम औरतों के लिए, सरनेम की जरूरत नहीं, हम किसी भी सरनेम के साथ तालमेल बैठा लेती हैं। हाँ, अगर मैंने बेटी जन्मी होती, तो अपने पास रख लेती, उसे भी सिखा देती कि कैसे सहन करना होता है, वह एक झटका, जो आपके समूचे जीवन को बदल कर रख देता है। पर यह सब बातें बेटे को कैसे समझाई जा सकती हैं? उसके पिता ही इतने बरसों में नहीं समझ सके कि कैसे तालमेल बिठाना होता है? न-न मुझे कोई शिकायत नहीं इनसे। (मैंने एक भरपूर नजर पास खड़े वैभव पर डाली।) आखिर तो सामंजस्य बिठाने का टेंडर हम औरतों के नाम ही खुलता आया है सदियों से, तभी तो आँखें नीचे किए हुए चली आती हैं पति के पीछे-पीछे। बेटा ऐसा नहीं कर सकता आज बच्चा है, कल तो पुरुष ही बनेगा न? उसे तो तने रहना है और तने हुए भी तो तभी रह सकेगा, जब अपनी जड़ों से जुड़ाव रहे।''

मेरी नजरें फिर वैभव पर ठहर गईं और एक हँसी मेरे होंठों के कोरों से जा गिरी, ठीक उसके कदमों के पास और उसे चुभ गई, कील-सी हँसी। एक शिकन उसके चेहरे पर उभरी और एक सवाल जज का, ''तुम क्या कहते हो वैभव?''

''जी।'' वैभव सकपका गया, कभी जज की ओर देखता, तो कभी मेरी ओर, कभी अपने वकील की ओर।

"बोलिए वैभव। आखिर तो हमें किसी नतीजे पर पहुँचना ही है।"

वैभव सोच में पड़ गया। उसके चेहरे पर पसीने की बूँदें उभर आईं।

फरवरी का महीना था वह, मुझे आज भी याद है। कोर्ट पहुँचते वक्त राहों में कितने ही गुलाब दिखाई दिए थे, दिलों का बाजार सजा था। ऐसे मौसम में भी जिन लोगों को अपने उधड़ते रिश्तों के संग अदालतों के चक्कर काटने पड़ते हैं, वे कहाँ किसी के झंझट-झमेलों से राब्ता रखना चाहते हैं। मेरे केस की सुनवाई जब शुरू हुई थी, तो कोर्टरूम में और उसके बाहर की तरफ खड़े लोग अपने-अपने कागजात पूरे करने में जुटे हुए थे, अपनी बारी के इंतजार में थे, पर अब कागज चुपचाप फाइलों के अंदर दुबक गए थे और हर कोई इस कहानी का पात्र बनना चाह रहा था। पर मेरी कहानी को किसी पात्र की जरूरत नहीं थी, वह खुद पात्र थी। वह अपनी गति से आगे बढ़ती जा रही थी अपने आप। ठीक उसी तरह जिस तरह जज साहब आगे बढ़ रहे थे, "वैभव बताइए, राम्या क्या करती थी शादी से पहले?"

"जी...जी वह कॉल सेंटर में जॉब करती थी।" उसने रूमाल से अपने माथे पर छलक आए पसीने को पोंछा।

"अच्छी तनख्वाह होगी।"

"जी।"

"फिर क्यों नौकरी छोड़ दी उसने शादी के बाद?"

"जी...वह...बेटे की देखरेख के लिए।" कहते हुए उसकी आवाज जरा लरज गई थी।

"तो आपने क्या दिया बदले में उसे? क्योंकि बेटा तो आपका है। सक्सेना है?"

जज साहब मेरे सुर में बोलने लगे थे। मैं सही दिशा में जा रही थी, मुझे यकीन हो चला था। वैभव की चुप्पी से जाहिर था कि वह इन सवालों का सामना करने के लिए तैयार न था।

"आपके पास जवाब नहीं है। मैं समझ सकता हूँ, घर बनाने और बच्चे की परवरिश में एक औरत की भूमिका का ब्यौरा देना इतना आसान नहीं होता, मैं अगली तारीख देता हूँ। उम्मीद है कि तब तक आप जवाब तैयार कर ही लेंगे।" जज ने एक नजर वैभव के चेहरे पर डाली और दूसरी मुझ पर, जज में मुझे पिता नजर आए। मेरी आँखें चुपके से नम हो गई थीं। अगली तारीख झोली में थी, जिसे सहेजते हुए मैं कोर्टरूम से बाहर की ओर निकली।

बाहर निकलकर मैंने देखा कि मेरा वकील तेजी से कहीं जा रहा था। मैं भी उसके पीछे चल दी थी, जानना जो था कि अगली तारीख के लिए क्या तैयारी करनी है। मेरे कदम वकील से ज्यादा तेज थे, फासला जल्द कम हो गया था हम दोनों के बीच, पर मैंने देखा कि वह फोन पर व्यस्त था। मैं कुछ दूरी पर खड़ी हो गई, बात खत्म होने का इंतजार करने लगी, पर उससे पहले ही उनका ध्यान मुझ पर चला गया, उन्होंने जल्द बात पूरी करके फोन काटा और मेरी तरफ बढ़े और बस इतना-सा कहा, "सुबह बात करते हैं। अभी आप घर जाएं।"

वकील है, मोटी फीस लेगा, कम से कम तसल्ली तो दे, पर मैं ऐसा कह न सकी थी। यूँ भी अभी तक फीस के नाम पर मैंने कुछ दिया नहीं था। देती भी कहाँ से? मेरे पास कुछ था ही कहाँ! वैभव से अलग रहते-रहते साल बीत चुका था। उससे पहले ही मम्मी-पापा को खो चुकी थी। एक बहन, जो दूसरे शहर में अपने परिवार के साथ सैटल थी। हाँ, उसका सहारा था, पर कितना? एक सहारा यह भी था कि मम्मी-पापा का छोटा सा फ्लैट, जो खाली पड़ा था, मुझे मिल गया था। कुछ ट्यूशन ढूँढ ली थी और जैसे-तैसे बेटे का और अपना खर्चा उठा रही थी। कभी-कभी मुझे यह भी लगता था कि मैं अपनी जिद में आकर बच्चे का भविष्य बर्बाद कर रही हूँ, पर मैं क्या कर सकती थी? जब वैभव चाहता ही नहीं था कि मैं उसके साथ रहूँ, तो मैं कैसे रहती? वह जानता था कि मेरा करियर बहुत पीछे छूट चुका है। प्राइवेट सेक्टर में जॉब इतनी आसानी से कहाँ मिलती है? दस-बारह हजार से ज्यादा कोई देने को तैयार न था और जहाँ ज्यादा तनख्वाह थी, वहाँ की टाइमिंग मेरे अनुकूल न थी। बेटे को कैसे रात में अकेला छोड़ती? जैसे-तैसे जीवन आगे बढ़ रहा था, बेटे का साथ जीवन के लिए जरूरी ऊर्जा दे रहा था, तभी एक रोज वैभव का फोन आया, "जो होना था सो हो गया, जिंदगी रुक तो नहीं सकती, मुझे लगता है कि हमें तलाक लेकर आगे बढ़ना चाहिए। बेटे का खर्चा उठाना मुश्किल है तुम्हारे लिए जानता हूँ। मैं उसे अपने पास रखूँगा, यूँ भी तुम जीवन में आगे बढ़ना चाहोगी, तो ऐसा करने से आसानी रहेगी तुम्हारे लिए।"

बहुत आराम से उसने यह बात इस तरह कह दी, जैसे कि मेरा बच्चा एक सामान हो। मैं चीख पड़ी, वह पलट कर और जोर से चीखा, उसने धमकाया, "अदालत उसे ही बच्चा सौंपती है, जो बेहतर परवरिश कर सकता है।" उसकी कर्कश आवाज से मैं भीतर तक काँप गई थी, लेकिन मैंने इस बात का एहसास उसे होने न दिया। इस घटना के ठीक तीन दिन बाद, वैभव रात के करीब ग्यारह

बजे अचानक मेरे घर पर आया और जबरन बेटे को अपने साथ ले गया। नींद से बोझिल बेटा समझ भी नहीं पा रहा था कि क्या हो रहा है। उसकी सहमी-सी आँखें मेरी देह पर चिपक गई थी, मैं उसके इस डरे चेहरे से ज्यादा डर गई थी। मैं मिन्नत करती रही, रोती रही, चीखती रही, लेकिन वैभव पर कुछ असर न हुआ। सारी रात आँसुओं में बहती रही, आहिस्ता-आहिस्ता...।

मुझे नहीं समझ आ रहा था कि मैं क्या करूँ? वह जबरन उसे ले गया, फिर मैं जबरन उसे लेकर आ जाऊँ, फिर वह ऐसा करेगा नहीं! मासूम से बच्चे के साथ ऐसा खतरनाक खेल नहीं खेला जा सकता! पर कोई खेल तो खेलना ही होगा। कुछ तो करना ही होगा। मैं कभी टूटकर बिखर जाती, फिर कभी खुद को समेट लेती, उसकी आवाज देर तक मेरे कानों में गूँजती रही, मैं समझ नहीं पाई कि आखिर ऐसा क्या हो गया एक साल बाद कि उसे अचानक बच्चे की याद आने लगी? मैं यह भी तो सोच रही थी कि सच में मेरी तो कोई हैसियत ही नहीं, कितनी मुश्किल से सब मैनेज करती हूँ। जब बेटे के खर्चे बढ़ेंगे, तो क्या करूँगी?

इस बीच वाट्सएप पर उसने तलाक का नोटिस भेजा, जिसमें बच्चे की कस्टडी की बात भी थी। मैं उसे पढ़ते ही भीतर तक काँप गई, तब समझ नहीं पाई थी कि नोटिस उसने मुझे डराने के लिए भेजा है। अपनी हालत पर मुझे रोना आ रहा था, पर कोई भी एक काम हम लगातार कितनी देर तक कर सकते हैं? वह ताउम्र मोहब्बत न कर सका, तो मैं कैसे उसकी नफरतों पर रोती ही रहती, अगले दिन से ही अपनी कहानी के इन नए सिरों को तलाशने में जुट गई। लगातार कई फोन किए, वैभव के परिचितों से भी बात की। जानना चाहा कि आखिर ऐसा क्या हुआ, जो उसे अचानक अपने बच्चे की याद सताने लगी। कुछ जवाबों से जो कहानी मेरे सामने आई, वह कुछ यूँ थी कि नई प्रेमिका से उसकी बनी नहीं और अब अकेलापन उसे काट रहा था, पर वह यह भी जानता था कि जिस तरह से हम जुदा हुए, उसे देखते हुए मेरी वापसी मुश्किल थी। सिर्फ और सिर्फ बच्चा ही हमारे बीच वह नाजुक कड़ी था, जो हमें फिर से जोड़ सकता था। मैं भी इस कड़ी के जरिए उससे जुड़ जाने को बेकरार हो जाती, अगर उसने दिल से ऐसा चाहा होता, लेकिन ऐसा नहीं था। वह आर्थिक रूप से मजबूत एक पुरुष था, जिसे किसी भी कीमत पर झुकना बर्दाश्त नहीं था और मैं...!

उन दिनों कई बार सोचा कि खुद को खत्म कर लूँ, कोशिश भी की, पर सच में आधे मन से, क्योंकि आधे मन में उम्मीद बाकी थी कि कुछ ठीक हो सकता

है। दोस्तों से सलाह-मशविरा करके एक ऐसा वकील ढूँढा, जो फीस के लिए मुँह नहीं फाड़ता। उससे मिलकर डिवोर्स का केस लगाया और अपने वकील पर पूरी आस्था रखी। उन्होंने जो कहा, वह किया, पर वकील का तसल्ली न देना मुझे अखर रहा था, सब्र के सिवाय कोई चारा न था, मैं चुपचाप घर लौट आई थी।

घर मुझे काटता था उन दिनों। मेरी दौलत मुझसे छिन चुकी थी, मेरा बेटा भी ऐसे ही बेचैन होगा क्या? आँखों से पानी झरता रहा और मैं उसमें डूबती-तिरती रही। न मालूम कब आँख लगी, सुबह मोबाइल की रिंगटोन से आँख खुली।

"आज का अखबार देखा क्या?" मोबाइल के जरिए दूसरी तरफ से आती आवाज।

"नहीं तो... क्यों क्या है इसमें... ?"

जो सुना, उस पर यकीन नहीं था, मैं झटके से उठी और गेट के पास पड़े अखबार को उठा ले आई। एक फीचर था-कटघरे में पितृसत्ता। मेरा नाम नहीं दिया गया था, लेकिन वही सारे मसले उठाए गए थे और इशारा था कि यह मामला अदालत में चल रहा है।

मोबाइल फिर बज उठा था, मैंने देखा इस बार वकील का फोन था, रिसीव करते ही बोले, "कैसी लगी स्टोरी?"

"मतलब?" मैंने हैरानी से कहा

"देखा नहीं क्या अखबार?"

"देखा है.... तो वह... आपने...। क्या फायदा होगा?"

"पता नहीं क्या फायदा होगा, पर सारे केस दिमाग से नहीं लड़े जाते। मैं आपके केस को दिल से लड़ रहा हूँ।"

"क्या आप एक औरत हो?" कहने के साथ मेरी रुलाई फूट पड़ी।

"मैं इंसान हूँ।" कहते हुए वकील ने फोन काट दिया। मेरी आँखों से पानी झर-झर बहने लगा...कभी वकील का चेहरा सामने आता, तो कभी जज साहब का, कभी मेरे बेटे का, उसे इंसान बनाने की लड़ाई लड़नी थी मुझे।

अगली तारीख आते-आते मेरा टूटा-बिखरा हौसला फिर से मजबूत हो चुका था। सोशल मीडिया पर मेरा मामला छाया हुआ था। हवा मेरे हिसाब से बहने लगी थी, फोन घनघनाते रहते। यही हाल वैभव का भी था यकीनन, पर वह घनघनाते फोन से निजात पाने को बेकरार था। उसके काफी परिचितों तक यह बात पहुँच चुकी थी। रही-बची कसर मैंने पूरी कर दी थी, उसके वे सारे कॉन्टेक्ट्स, जो मेरे

पास थे, मैं वकील को दे चुकी थी, वाट्सएप के जरिए यह मामला उन सब तक पहुँच चुका था, वैभव के ऑफिस में खुसर-पुसर चालू थी। जिन्हें फटे में टांग अड़ाने की आदत थी, उन्हें अच्छा मौका मिल गया था। जो ताने कभी मैंने झेले थे, माता-पिता के घर में रहने पर, वहीं ताने अब उसके हिस्से आ रहे थे।

अजीब समाज है हमारा, यूँ हरदम औरतों को ताना देता है, लेकिन जब उस पर होने वाला कोई भी अत्याचार सार्वजनिक होता है, तो उसके पक्ष में खड़ा नजर आता है, पुरुष अकेला पड़ जाता है। वैभव भी अकेला पड़ चुका था। शर्मिंदगी ही उसके हिस्से आ रही थी, जिसे वह गर्दन नीची किए घर लेकर जाता, पर इसकी जरूरत बच्चे को नहीं थी, आया के संग-साथ से उकता गए बच्चे को मुँह लटकाकर आए पिता को देखते ही माँ की याद आ जाती थी। रोना-बिफरना और उफ्फ..!

वैभव उकता चुका था। इस मामले को खत्म करने के मूड में था। तभी उस रोज अदालत जाने से पहले उसने फोन किया। हालाँकि बात उसने नहीं की, बेटे को फोन पकड़ा दिया था मुझे बुक्का फाड़कर रोना चाहिए था, लेकिन मैं नहीं रोई, इधर-उधर की बातें करती रही, वह कहता रहा- मम्मा आप यहाँ आ जाओ, नहीं तो मुझे ले जाओ मैं उसे बहलाती रही, ''कितने अकेले हैं पापा तुम्हारे, उनका भी तो ध्यान रखना चाहिए।''

उसे यकीन दिलाया कि कहीं कुछ गड़बड़ नहीं है, सब सामान्य है, न मालूम उसने कितना मेरी बात पर भरोसा किया, कितना नहीं। न मालूम छोटे दिखाई देने वाले बच्चे दिल-दिमाग से वही उम्र लिए हुए होते हैं या...।

वक्त नहीं था सारे सवालों के जवाब ढूँढ लेने का। अदालत तय वक्त पर पहुँचना ही था। इस बार पहले वैभव को अपनी बात रखनी थी, वह अदालत में अपना बखान करता रहा कि हमारी खुशियों के लिए उसने दिन-रात मेहनत की और जज साहब उसकी बात को काटते रहे, कहते रहे, ''अपनी नहीं, अपनी पत्नी के बारे में बताओ कि उसने क्या किया अब तक परिवार के लिए?''

इस सवाल का ठीक-ठीक जवाब इंसान तो दे सकते हैं, लेकिन पुरुष नहीं, वैभव के पास भी कोई जवाब नहीं था। वह निराशाओं के गर्त में डूब रहा था, उसने अब तक सीखा नहीं था कि जब अकेले पड़ जाते हैं, तो कैसे उन हालातों से निपटते हैं। उसने कहा कि वह अब भी मेरे साथ रहना चाहता है। उसने यकीन दिलाया कि वह हर तरह से मेरा ख्याल रखेगा, उसने यह भी कहा कि मैंने परिवार के लिए जो कुछ भी किया, वह उसकी कद्र करता है, पर मुझे ये आवाजें दिल से

निकली लगी ही नहीं। मेरी समझ का दोष हो सकता है, पर था तो ऐसा ही। जज ने मेरी तरफ देखा और सवाल किया, "क्या तुम समझौता करना चाहती हो?"

"नहीं, बिलकुल भी नहीं?"

"क्या कोई बीच का रास्ता है? मुझे लगता है कि इस मसले पर आप दोनों को फिर से बात करनी चाहिए, क्योंकि यह आप दोनों का मसला नहीं, आपके बेटे का भी मसला है।"

जज साहब ने फिर तारीख दी, लेकिन इस हिदायत के साथ कि वे इस मामले को ज्यादा लंबा नहीं घसीटना चाहते और अगली तारीख ही फैसले की तारीख होगी।

क्या सच में मामले इतनी जल्दी सुलझ जाते हैं? पर इतनी जल्दी कहाँ? आठ महीने हो गए थे। इस बीच बेटे से फोन पर बात होती रही, मुलाकातें भी हुई, मैंने उसे समझा दिया था कि पिता को ठीक उसी तरह परेशान करना है, जैसे माँ को करता है, नहीं तो पिता को परायापन लगेगा और वह कभी साथ नहीं रहेंगे। बच्चे सच में भोले होते हैं या फिर कुछ ज्यादा ही समझदार। उसने वही किया, जो मैंने कहा।

इन आठ महीनों में वैभव की परफॉर्मेंस काफी खराब हो चुकी थी, मार्केटिंग का बंदा जब टारगेट पूरा नहीं कर पाता, तो गेट दिखा ही दिया जाता है, हालाँकि तब तक ऐसा नहीं हुआ था।

बहरहाल, हम एक बार फिर कोर्ट के गेट पर पहुँच चुके थे। अपनी बारी का इंतजार किया। वही सब बातें दोहराई गई और जज ने फिर मुझसे पूछा, "क्या मैं समझौता करना चाहूँगी?"

"हाँ, मैं करना चाहूँगी।"

वैभव के चेहरे पर खुशी की चमक थी। मैं उसे देखकर मुस्कुराई और बड़ी नरमी के साथ कहा, "पर समझौता तो तब होगा, जब दो लोग फिर से एक धरातल पर होंगे। अभी तक तो सब कुछ वैभव ने ही किया है, अब मैं करना चाहती हूँ वैभव के लिए। अब तक जो महान काम पुरुष करते आए हैं, अब मुझे करने दीजिए। सिर्फ और सिर्फ इन एहसानों के बोझ से खुद को बरी करने के लिए बस एक महीना वैभव को मेरे घर पर रहने के लिए भेजिए, उसे कोई दिक्कत नहीं होगी, किसी के साथ सामंजस्य नहीं बैठाना, उस घर में सिर्फ मैं ही तो हूँ, सिर्फ हमारा परिवार। मुझे पति और बेटे का खर्चा उठाने की इजाजत दी जाए और मेरे तुच्छ से काम ये सँभाले, मेरी तरफ से कोई पाबन्दी भी नहीं रहेगी, वे चाहें तो साथ में जॉब भी कर सकते हैं, पर हाँ! जूनियर सक्सेना क्रेच में नहीं रहेगा ये

नियम बन चुका है।''

जज साहब ने वैभव से कहा कि वह सिर्फ और सिर्फ एक महीने के लिए मेरे घर आकर रहे, नहीं तो तलाक तो हो ही जाएगा, क्योंकि न तो भरण-पोषण माँगा जा रहा है और न ही बच्चा!

वैभव हैरान था, लेकिन चटपटी खबरों के शौकीन लोगों के कान उसका जवाब सुनने के लिए तत्पर थे, वैभव को लगा कि छवि सुधारने वाला फैसला किया जाए। उसने मेरा प्रस्ताव मान लिया। ठीक एक महीने के लिए अब वह मेरे घर पर था और उससे पहले मेरे पास एनजीओ सेक्टर से जॉब का बेहतर प्रस्ताव आ चुका था। वैभव को उम्मीद न थी कि एक सम्मानजनक जॉब मेरे इंतजार में थी, मैं जाना-पहचाना नाम बन चुकी थी एनजीओ सेक्टर में तो कम से कम।

ठीक एक महीना होते ही मैंने वैभव को बाहर का रास्ता दिखा दिया और अपने बेटे की कस्टडी के लिए अर्जी लगा दी। वैभव को लगा कि वह छला गया, पर क्या सच में!

बेटे की कस्टडी हासिल करने के कागजात तैयार करवाने में मुझे कोई दिक्कत नहीं आई थी, मैंने सिर्फ पति के कागजात कॉपी कर लिए थे, बस नाम बदल दिया था, वैभव की जगह राम्या। राम्या, जिसे पूरा शहर जानता है और वैभव, जिसकी नौकरी टारगेट पूरा न कर पाने की वजह से छूट चुकी थी।

हुंह! परीक्षा माय फुट

किरण राजपुरोहित 'नितिला'

आधुनिक राजस्थानी की भाषा का नया मुहावरा गढ़ने वाली किरण राजपुरोहित 'नितिला' की कहानियां परम्परागत परिवारों में जीने वाली महिलाओं के मनोभावों को उकेरती हैं। उन्हें शब्द देती हैं और फिर उन्हें जीने का मार्ग दिखाती हैं। किरण राजपुरोहित की कहानियों में जो मुद्दे उठाए गए हैं, उन पर राजस्थानी में कलम चलाने का हौसला अभी तक महिला कथाकारों ने दिखाया नहीं है। इस नजर से देखें तो किरण राजपुरोहित की बहुत-सी कहानियां वक्त से आगे की कहानियां हैं।

राजस्थानी कहानियों की दो सहित कुल तीन पुस्तकेंप्रकाशित

पताः सी-139

शास्त्री नगर, जोधपुर-

मो.: 7568068844

ई-मेल : nitilakiran@gmail.com

घर में काफी दिनों से अजीब-सा माहौल है। परीक्षा के परिणाम आने जैसी उडीक-सा। सबकी अपेक्षा परिणाम के सकारात्मक और नकारात्मक के दोलन में झूलती जाती है। अपने कयास और अपने अंदाज। कोई सौ टका पास होने की कह रहा तो कोई अधरझूल की क्योंकि किसी के भीतर का पता नहीं चलता। कोई किसी के लिहाज से तो यस या नो नहीं करता न। अपने-अपने फायदे, अपने-अपने नुकसान और अपने-अपने अजब-गजब बहाने। परीक्षा हुए दस दिन बीत चुके हैं। शिल्पी ने मुंह बिचकाया, ''परीक्षा... हुंह! माय फुट!'' आदित्य के घरवालों का देखने आना, वे तमाम ताम-झाम, वह औपचारिकता, वह अनाप-शनाप नाश्ते-पानी का दौर। उस घटिया परीक्षा के दिन ही तो था।

शिल्पी को उकताहट होती है ऐसे मौकों से। इतना बनावटीपन सबमें भर जाता है कि उसे उबकाई-सी आती है। मां का उन लोगों के सामने छोटा-छोटा होकर पेश आना उसे बिलकुल जंचता नहीं। ऐसे वह सब-कुछ भूलकर मां के व्यवहार पर अटक जाती है, बस और अंदर ही अंदर कसमसाती रहती है। उस दिन न चाहते हुए भी वह मम्मी पर खीजती चली जाती है जबकि ऐसा करना नहीं चाहती। वह चाहती है कि मम्मी सहज रहे तो वह भी सहज रह पाए अन्यथा...।

आने वाले लोगों का उस दिन बिना वजह ही खुद

को खास साबित करते हुए बादशाहीयत दिखाना....हुंह। अपनी आदतों का बखान ऐसे करते, जैसे कहीं के राजा हों। पर असलीयत तो सबको पता होती ही है। उस मौके पर जैसे हैं वैसे होकर भी रह सकते हैं लेकिन एक दिन की बादशाही भोगने से कोई चूकना नहीं चाहता। काश ये मौके सहज होने लग जाएं तो कितने माईतों और कन्याओं के जीव को आराम आ जाए। मां को उन लोगों के सामने ढुळमुळ होना ज्यादा भाता है। उन्हें लगता है उसका व्यवहार बेटी के गुणों में गुणात्मक वृद्धि करेगा। 'मां की परछाई होती है बेटी' टाइप से। पर पापा शिल्पी को 'श' से 'शेर बेटी' कहते हैं। कुछ समय फौज में थे। इसीलिए बहुत जोशीले हैं और बेटी में भी जोश भरते हैं। पर मम्मा की व्यावहारिकता के आगे कई बार घुटने टेक देते हैं।

वे मैगजीन खूब पढ़ते हैं जिसमें पाते हैं कि कुछ मामलों में औरतें ही अग्रणी होती हैं। मसलन व्यावहारिकता, रीति-रिवाज, याददाश्त, सेंस ऑफ ह्यूमर, पारिवारिक बैठकों में तत्क्षण निर्णय क्षमता का परिचय आदि-आदि में आदमी पिछड़ जाते हैं। ये बातें पापा को याद रहती हैं और वे पीछे रहने की कोशिश करते हैं।

उफ! शिल्पी का सिर दुखने लगा। इस परीक्षा के ऊहापोह के कारण फेसबुक भी नहीं देख पाई। उसने सारे विचार झटके और पल भर में खुद को दर्पण में सभी कोणों से निहारा तो अपने रूप पर मिजाज आ गया। परीक्षा हुंह...माय फुट! और एक भौंह ऊंची चढ़ाते हुए झटपट सेल्फी ली। दूसरी में होठों को मोड़कर साइड से कुछ अलग मुद्रा बाउट बनाते हुए दो और सेल्फी ली। दो दूसरे एंगल से लेकर उसमें से दो अच्छी छांटी और फेसबुक में लॉग इन कर पोस्ट कर दिया। जल्दी ही सखियों-दोस्तों के लाइक-कमेंट धड़ाधड़ आने लगे। लगे हाथों पुराने नोटिफिकेशन और फ्रेंड रिक्वेस्ट पर उड़ती नजर डाली। बीसेक रिक्वेस्ट नई लगी जिसमें एक माधुरी दीक्षित की फोटो वाली भी थी। उसे चिढ़ है ऐसी प्रोफाइल से जो खुद की फोटो नहीं लगाते। पल भर में उसे डिक्लाइन कर दूसरों पर नजर डाली। पर अभी मूड नहीं है किसी की प्रोफाइल को जज करने का। इवनिंग वॉक पर जाना है। सखियां उसकी राह देख रही होंगी।

ईयरपीस लगा वह तितली बन उड़ने ही वाली थी कि 'जीजी, जीजी' की पुकार मचाती हुई एंजिल ने उस पर झूमते हुए एक प्यारा-सा किस दे डाला। उसने छोटी बहन को एक बार बनावटी गुस्से से देखा और दूसरे पल वैसा ही किस उसे देकर सवालिया नजरों से पूछा, "क्या हुआ?"

"मेरी ब्यूटीफुल दीदी। आपकी सगाई फिक्स हो गई।" कहते हुए खुशी से

उछल पड़ी। शिल्पी कुछ सोचती-समझती, पूछती तब तक एंजिल उड़ चुकी थी। कहीं और खुशखबरी देने के लिए। वह बुत बनी खड़ी रह गई। यह क्या! न परिणाम आने की खुशी, न उल्लास। धम्म से पलंग पर बैठ गई। मन उदास-सा हो गया जैसे कोई चीज खोए जा रही है। अपने मन का आकलन किया तो कुछ नजर न आया तो उस दिन की सारी बातें फिर से रील की तरह रिवाइंड करके देखने लगी।

सबके व्यवहार पर नजर डाली। लड़के की मां में बनावटीपन था पर शायद सामान्य रूप में ठीक ही रहती होगी, लड़के के पापा चुप्प से, छोटा भाई पूरे टाइम मोबाइल में ही व्यस्त रहा पर ठीक-ठाक था। एक बार नजर मिली तो मुस्कुरा दिया था। मुझे सुकून मिला था उसे देखकर। आदित्य, ऊंह दिखने में स्मार्ट पर व्यवहार में जबरदस्ती की विनम्रता और बातों में दिखावा पर...। इस 'पर' का जवाब शिल्पी के मन से आया ही नहीं। पर जवाब था तो सही, कुछ न कुछ जो आज उसे खुश होने नहीं दे रहा।

विचारों को वहीं छोड़ लपक कर लॉबी में झांक कर देखा तो बाहर खुशी का माहौल था। वह अंदाजा लगा रही थी कि क्या बातें हो रही होंगी। पूछने की इच्छा नहीं हुई कि इस बाबत किसका फोन आया था और क्या बात हुई? इतने दिन की उत्सुकता खत्म होकर नामालूम-सी उदासी और नीरसपन में बदल रही है।

अजीब-सा महसूस हुआ उसे। खुशी क्यों नहीं हो रही? जिस बात का दो सालों से इंतजार है, वही हुआ है, सारा घर खुश है फिर? इस फिर की जड़ जाने कहां धंसी थी। आदित्य को देखने के बाद दिल धड़का ही नहीं, जैसा पहली बार वह लड़का देखने आया है, तब फील हुआ था। वैसी फीलिंग आस-पास भी नहीं फटकी।

पहली बार ऐसी परीक्षा से गुजरी, तब दिल कितना बेचैन था। धड़कनों की आवाज साफ सुन पा रही थी। मां-पापा से शर्म के मारे नजरें नहीं मिला पा रही थी। उसे ऐसा लग रहा था जैसे बारात आने वाली हो और वह लाल जोड़ा पहने बैठी है। प्रताप को देखते ही उसका दिल धड़क उठा था। कितनी शर्म आई थी, उसे प्रताप के ऐन सामने बैठकर उस देखते हुए, नजरें मिला कर बात करते हुए। उस पल मन ही मन जानें कुछ स्वीकार हो गया था। कई दिन होश उड़े-उड़े रहे थे। उसे पता न चला था कि कब शाम हो रही और कब दिन बीत रहे हैं। अपने आपको प्रताप से जोड़ लिया था। इन बातों की हां या न होती है, उसे तब पता ही नहीं था। कोई कारण ही नहीं था प्रताप के घरवालों का न करने का। सुंदर,प्रतिभाशाली

शिल्पी को कॉलेज में प्रपोज करने के लिए लड़के दिल हाथों में लिये फिरते। वह आकाश से गिरकर धरती पर तो तब आई जबकि उनकी परीक्षा का परिणाम कुंडली न मिलने के कारण के साथ आया। तब भी तो कहां संभाल पाई थी खुद को। उस चेहरे को भुलाने में कई दिन लग गए थे। प्रताप नाम की कैदी बन गई थी। कई महीनें उस कैद से छूटने में लगे थे। तब सांस आई आजादी की...परीक्षा हुंह! माय फुट। पर परीक्षा को फुट पर रखने भर से काम चलने वाला नहीं था। उस परीक्षा को घर के बड़े लोग सिर पर बिठाए रखते हैं।

दिन बीतने लगे। सगाई की तारीख तय हो गई है और वह अपने मन के हतोत्साह को लेकर निराश। कोई काम खुशी नहीं दे रहा। पेशोपस में है। किसकी बात माने? मन की या जो हो रहा है उसकी। चाहते न चाहते आदित्य से व्हाटसअप पर संवाद चालू हो गया। लेकिन कोई भी बात दिल के करीब होकर नहीं गुजर रही। एक औपचारिकता जताने वाली खुशी जिसमें मन अधिक शामिल नहीं। छोटी-मोटी बातों का आदान-प्रदान भी। आदित्य अक्सर उसकी डीपी की तारीफ करता। अच्छा लगता। वह खुश होने की कोशिश करती। मन को उस दिशा में ढालने की कोशिश करती जिससे वही व्यग्रता और बेचैनी फिर से फील हो।

तारीफ करते-करते कभी कहने लगता कि डीपी हटाओ, दूसरी लगाओ। वह मान जाती। कभी पूछ लेती, क्यों अच्छी नहीं है क्या? वह कहता-नहीं, बहुत अच्छी है। सैक्सी लग रही हो। पर मेरी डार्लिंग को कोई और क्यों देखे! वह फूली न समाती। ऐसा अक्सर ही होता। पर बार-बार होना उसे अजीब लगने लगा।

''क्या फर्क पड़ता है, रहने दो न। इतनी भी अच्छी नहीं है। आदित्य तुम झूठी ही तारीफ कर रहे हो।''

''नहीं, मुझे पसंद नहीं।'' हल्के गुस्से वाली इमोजी के साथ यह जवाब आता। वह असमंजस में पड़ जाती। क्या करे? इस अधिकार वाली बात से खुश हो या परेशान।

''फेसबुक पर मेरी फ्रेंड रिक्वेस्ट क्यों नहीं लेती?''

उसने फटाफट चैक किए नोटिफिकेशन। पर फ्रेंड रिक्वेस्ट में आदित्य नाम का कोई नहीं था।

''मेरी प्रोफाइल में माधुरी की फोटो लगी है।'' अजीब लगी यह बात। बुझे मन से तीसरी बार उसकी रिक्वेस्ट स्वीकार की और प्रोफाइल चैक किया। सारी जानकारी गोलमोल थी। सभी फोटो फूलों, तितलियों और हीरोइनों की थीं। उम्र

का जिक्र ही नहीं था। काफी ढूंढने के बाद दो पुरानी फोटो मिली। ऐसी लुकाछिपी वाली प्रोफाइल को कौड़ियों के भाव टरका दिया करती है पर आज...।

"यार शिल्पी! तुम्हारे फेसबुक फ्रेंड बहुत हैं। लड़के भी हैं। लाइक्स भी कितने आते हैं।"

"कमेंट देखो। ब्युटीफुल, सुंदरी, ये भी कोई शब्द हैं लिखने के।"

"ऐसे ही हैं क्या तुम्हारे दोस्त?"

"कविता भी लिखती हो, यही बचा था और काम नहीं तुम्हारे पास।"

और साथ ही लोल के इमोजी आते। वह कटकर रह जाती।

"कितने कमेंट करते हैं लड़के। सबको जानती हो?"

"इतने फोटो क्यों लगा रखे हैं?"

"एड्रेस भी लिख देती न। सब घर ही पहुंच जाते कमेंट करने।" कहते हुए वह खीखी हंसता।

"जींस वाली फोटो यहां से हटाई क्यों नहीं?"

"कम पोस्ट किया करो।"

"जब देखो, ऑनलाइन दिखती हो।"

"सबके मैसेंजर पर इतना फास्ट रिप्लाय देती हो जितना मुझे दिया?"

शिल्पी ऐसी बातों पर कुछ न कहती पर मन ही मन कुढ़ती। कह भी नहीं सकती। इन सवालों का भला जवाब क्या हो सकता है? कभी बहुत परेशान होती, तब ताबड़तोड़ जवाब देने को उबलती पर मम्मी-पापा का चेहरा याद कर चुप्पी मार लेती। पढ़ती और मन मार कर स्माइली भेज देती। इसी स्माइली ने आदित्य को आगे जो मन आए कहने के लिए मजबूर किया। मम्मी मजबूरियों की तलवार टांगे रखती है, जिससे वह बिदकती है। पापा से मन का हाल कह सकती है।

कुछ दिनों में ही मन तेजी से बदलने लगा है। आदित्य की बातों पर दोनों बाप-बेटी हंसते। मां से छुपाकर रखी सारी बातें। वह नहीं समझेगी।

एक दिन मां ने प्यार से बेटी के माथे पर हाथ फेरते हुए कहा "बेटा एक बात कहूं? आदित्य चाहता है कि तुम अपना फेसबुक अकांउट डिलीट कर दो।"

एड़ी-चोटी सुलग उठी। अपने वजूद का इस कदर अपमान। माधुरी दीक्षित की इतनी हिम्मत? शिशुपाल के एक सौ एकवें पाप जैसी बात की है आदित्य ने। अब माफ करना नामुमकिन था। उसे अपने अंतस पर भरोसा हुआ, सिक्सथ सेंस का सटीक आकलन जादू भरा लगा। क्या यही इशारा कर रहा था उसका उदासीन

मन? उसने पापा की ओर देखा। "सोच क्या रही हो! मेरी शेर बेटी हो तुम।" उन शब्दों में जाने जितना बल था, वह महसूस कर पाई। मां की ओर देखा तो वह किसी अनहोनी की आशंका से भौचक खड़ी थी। सच ही एहसास हुआ है मां को! कांपते हाथों से एंगेजमेंट की रिंग मां के हाथ में देते हुए बोली, "फेसबुक वाली उस माधुरी दीक्षित को गुड बाय बोल देना मम्मी।"

मम्मी अविश्वासी-सी खड़ी रही पर वह पापा की ओर बढ़ गई।

सहमा-सा एक सुख

कीर्ति शर्मा

24 दिसंबर, 1971 को जन्मी कीर्ति शर्मा हिंदी एवं राजस्थानी कहानी का एक लोकप्रिय नाम है। हिंदी कहानियों की दो और राजस्थानी कहानी की एक पुस्तक आई है। हिंदी बाल कहानी की भी एक पुस्तक है। राजस्थानी में दो बाल उपन्यास और तीन बाल कहानी संग्रह छपे हैं। कुछ पुस्तकों का सम्पादन भी किया है। साहित्य अकादमी के लिए उदय प्रकाश की लम्बी कहानी 'मोहनदास' का राजस्थानी में अनुवाद भी कीर्ति शर्मा ने किया है। कीर्ति शर्मा की कहानियों में स्त्री-विमर्श का एक नया चेहरा सामने आता है। ये नारी पात्र अपनी स्वतंत्र सोच के साथ आगे बढ़ना तो चाहते हैं, पर स्वतंत्रता के साथ स्वच्छंदता की स्वीकृति नहीं देते। यही उनकी ताकत है।

पता : पत्नी डॉ. भवानीशंकर व्यास, भद्रकाली रोड, दुर्गा कॉलोनी, वार्ड नंबर एक, नोहर
(हनुमानगढ़)-335523
मो: 7230805913
ई-मेल : kirtivyas41@gmail.com

वह अलसुबह बिस्तर छोड़कर उठ खड़ी होती है। बिस्तर नींद की आगोश में बेखबर सोया है। उसके उठने की आहट से शायद उनींदा हो उठता है। सुबह-सुबह की मीठी नींद सोने दो न, क्यों जगा देती हो! वह आलस से भारी पलकें खोलकर देखती है और आंखें मूंद लेती है। बीती रात को समेटकर उसे बिस्तर पर रखती हुई वह बाथरूम की ओर चल पड़ती है।

अपनी सेहत के प्रति सजग, फिक्रमंद लोग पार्क में सुबह जल्दी ही चले आते हैं। किसी को ड्यूटी पर जाने की जल्दी तो किसी को घर के अन्य कामों की, पर उसे सुबह-सुबह विशेष कोई कार्य नहीं रहता। सुबह का समय मुक्त रूप से इस महानगरीय सुन्दर पब्लिक पार्क को समर्पित है। उसकी आहट पाकर फूल-पौधे अंगड़ाइयां लेने लगते हैं, ''ओह! आ गईं आप!'' छोटे-छोटे पौधे तो शिकायत तक कर बैठते हैं, ''चली आईं सुबह-सुबह की मीठी नींद खराब करने।''

इसी टकराहट... बातचीत के दौरान पार्क में आने के बाद का सिलसिला शुरू हो जाता है। जो फूल रात को खिलने की स्थिति में थे, वे सब सुबह की मीठी ठण्ड में अपना नव-जीवन शुरू करते हैं। चेहरे पर लालिमा का गाढ़ा मेकअप लगाए, सूरज जैसे किसी ऊंची दीवार की ओट से हौले-हौले झांक रहा है। अभी वह सीधा-सादा, अलसाया, शान्त नजर आता है। शायद उस पर भी नींद की खुमारी छाई है।

अब वह दो पल बैंच पर बैठी है। पार्क में आने वालों की संख्या में एक, दो, चार, छह की गिनती में बढ़ोत्तरी हो रही है। सूरज की कोमल, मखमली लालिमा घने पेड़ों के बीच से झांकने लगी है। नींद की खुमारी में अलसाए पौधे उठने की जुगत में हैं। पानी भरी झारी से नन्ही बूंदें ज्यों ही उन पर बरसती हैं, हड़बड़ाकर आंख मसलते खड़े हो गए। उसे यानी शीतल को लगता है, यही उसका जीवन है। भागते- दौड़ते पल जैसे सुकून के साथ यहां ठहर जाते हैं। वह जी भर कर जीती है। इतनी चहल कदमियों के बीच भी उसे लगता है कि इस मौन पर फिर भी बोलती-मुस्कुराती-गुनगुनाती प्रकृति के बीच वह अकेली है, यहां कोई और नहीं है।

वह सोचती है कि कहीं भी स्थायित्व नहीं है, यह पेड़-पौधे प्रकृति सब निश्चित विधान के अन्तर्गत संचालित हैं, लेकिन फिर ख्याल बदल जाते हैं। यह महानगर का मौसम भी न हमेशा एक जैसा रहता है। सब कुछ तेजी से परिवर्तित होता, भागता-दौड़ता हुआ-सा फिर भी ठहरा सा।

कल वह मार्केट गई थी, वहां भी तो वही सब कुछ यथावत है। वही दुकानें, वही दुकानदार, वही लुभाने वाले शब्दों का मायाजाल। फिर भी कहते हैं, दुनिया बदल रही है। मन के भीतर झांककर देखूं तो वही शीतल नजर आती है जो कभी नन्ही-सी, फिर जवां-जवां-सी, अब प्रौढ़ नहीं, वृद्ध सी। साठ के पार पहुंच कर भी वैसी है! क्या हम बदलते नहीं हैं! मन-आंगन भी वैसा ही है। जीवन के अनगिनत उतार-चढ़ाव स्वीकार करती गई पर उसके मन का कैनवास कभी परिवर्तित नहीं हुआ, जैसे बदलना उसका स्वभाव ही नहीं है।

कैलेंडर का लिबास पहने साल बदले गए, घिर-घिर वही मौसम आते गए, किताब-ए-जिन्दगी के चाहे-अनचाहे वाकयों को लिखती गई, अब न जाने इस किताब के कितने पन्ने लिखने बाकी हैं।

इन्सान की अजब-गजब क्षमताएं हैं। मन में विचारों का मनचाहा तूफान, मंथन चलता रहता है। ऊपर से शान्त रहकर अपने बाहरी क्रिया-कलाप किए जाता है। अब कौन कहे कि सुबह का आनंद लेती, शीतल के मन में यह सब चल रहा है। बिल्डिंग की कई सखियां साथ आती हैं, आना भी चाहिए। खुली हवा में सांस लेना तो बनता है न! लेकिन सबके यहां होने के मायने अलग-अलग हैं। कोई इतनी बातूनी है कि अपने मन की भड़ास निकालने आती है, कुछ बिलकुल गुमसुम जैसे कुछ पल सुकून भरे जी लेना चाहती हैं, किसी की बुदबुदाहट भी

भली नहीं लगती।

अब उसे ही देखो न। इस इतने बड़े महानगरीय पब्लिक पार्क में सब मुख्य मार्ग पर तेज गति से एक साथ अपनी-अपनी धुन में आगे-पीछे चलते हैं। बाहर से सेहत के प्रति अपनी जिम्मेदारी निभाते हुए पर अन्दर जाने क्या-क्या बुनते-उधेड़ते हुए, लिखते-मिटाते हुए, दिन भर का शेड्यूल निश्चित करते हुए चलते रहते हैं।

वह तो कलात्मक क्यारियों के बीच बनी पगडंडी पर चहलकदमी करते हुए सुकून भरे कदम बढ़ाती है। क्यों भई! रफ्तार से क्यों चलें? इस सुहानी सुबह को रफ्तार के साथ क्योंकर दफन कर दें और गिने-गिनाए, हांफते-पसीना लाते कदम बढ़ाकर घर क्यों चली जाए! इस निखरी खूबसूरत मौन प्रकृति की शब्दावली कौन सुनेगा। ये घने पेड़, ये पौधे अकेले खड़े ऊब जाते होंगे। इनका मन भी बतियाने को कसमसाता होगा, पत्ते-पत्ते पर, डाली-डाली पर न जाने कितनी भावनाएं झूलती होंगी। उसने तो इन सब के नाम भी रख रखे हैं, कालू, पीलू, नीलू... न जाने कितने नाम। इस समय माली काका पानी का बहाव खोल देते हैं। पतली- पतली नालियों से चलता पानी कितनी मधुर लय ताल पैदा करता है। उसकी सेहत तो इन सब के बीच भली-चंगी हो जाती है।

कुछ समय से वह महसूस करती है कि इन फूल-पत्तियों, पेड़-पौधों और क्यारियों के बीच भी कुछ है, जो उसे असहज कर देता है। दो आंखें निरन्तर उसे घूरती रहती हैं। चुम्बक की तरह चिपकी दो आंखें उसके इर्द-गिर्द जाने क्या तलाश करती रहती हैं। एक चहलकदमी आहट देती-सी प्रतीत होती हैं।

''सुनिए, आपकी डलिया। शायद पुष्प चुनकर ले जाएंगी।'' शीतल ने पलटकर देखा। 65 से 68 के बीच की उम्र के संभ्रात से दिखने वाले आकर्षक व्यक्तित्त्व। पहले तो कभी नहीं देखा। क्या वह उन्हें जानती है। क्या पता कभी मुलाकात हुई हो पर वह भूल गई हो।

ओह! बेवकूफ कहीं की। इसमें इतना सोचने की क्या बात है। तेरी डलिया तुझे दी है कोई अपराध तो नहीं किया।

''जी,'' कहते हुए उसने डलिया ले ली। अनदेखा करते हुए पगडंडी की राह पर हल्के कदमों से चल पड़ी। उसे लगा किसी ने शान्त ठहरी झील में कंकर मार दिया है। सुकून में खलल उसे कतई पसंद नहीं है।

''आप सबके साथ नहीं चलतीं!'' एक बार फिर वही आवाज सुनाई दी।

वह मुड़कर देखे! लेकिन क्यों! उसने अनसुना किया।

आगे चलकर डलिया में रखी कटोरी से आटे की छोटी-छोटी लोई तालाब में डालने लगी। तालाब में बहुत सुंदर-सुंदर मछलियां हैं। इन मछलियों के लिए आटे की लोई बनाकर लाना शीतल को बहुत भाता है।

वे करीब आ चुके थे। घुटनों के बल पास बैठते हुए बोले, "अच्छा! यह कार्य भी आप करती हैं! अच्छी बात है। एक पंथ कई काज।"

उसने उन सज्जन को घूरकर देखा। अनजान होकर भी किस कदर हिलमिल कर बात कर रहे हैं। कौन हैं? वह भूल तो नहीं रही, कहीं पुराने परिचित हो, वह पहचान नहीं पा रही हो।

"मैंने आपको पहचाना नहीं! क्या मैं आपसे पहले कभी कहीं मिली हूं!" शीतल ने संकुचाते हुए पूछा।

"नहीं, आज की यह मुलाकात हमारी पहली मुलाकात है। आपको रोजाना भीड़ से अलग अपनी गतिविधियों में मग्न देखता हूं। आज बात करने की इच्छा हुई तो चला आया।"

वह उठी, चुपचाप वहां से चल पड़ी।

"क्या हुआ? वैसे मैं भी इन फूल-पत्तियों का बहुत शौकीन हूं।"

वह अनसुना कर आगे निकल गई। हद है, कहते हैं कि जान पहचान वालों के पास परस्पर बतियाने को वक्त नहीं और ये अनजान होकर भी मुझसे चिपकू होकर बातें कर रहे हैं।

तू तो निरी पागल है। दो शब्द बोल लिये, तो क्या हो गया! इसमें झुंझलाहट वाली क्या बात है! तू तो ऐसे डर रही है, जैसे सोलह साल की कमसिन लड़की है और आवारा लड़का तेरे पीछे पड़ा है। पगली।

अरे! यह बात नहीं है। मुझे तो अपनी सरगोशियां पसंद हैं। वह अपनी ही धुन में पार्क के दूसरे छोर की ओर चल पड़ी। घर जाने के लिए पार्क के मुख्य द्वार से निकली तो वे सज्जन वहीं खड़े मुस्कुरा रहे थे।

ओह। क्या मुसीबत है!

अगले दिन सुबह अपने वक्त पर पार्क पहुंची। कल की घटना दिल से विस्मृत हो चुकी है। सूरज अपनी ड्यूटी देने के लिए विशाल गगनरूपी ऑफिस में पहुंच चुका है, उसकी सरल लालिमा टहनियों से होते हुए पत्तियों पर झूलने लगी। झूलते-झूलते छिपे पौधों से अठखेलियां करने लगी है।

"आप बहुत जल्दी चली आती हैं?"

चौंककर देखा, "ओह! आप आज फिर!"

"क्यों? आज क्या हुआ? मैं नहीं हो सकता!"

वह चुप थी।

"मेरा नाम गौतम है। करतार कॉलोनी है न! जानती हैं?"

चुप्पी।

"मैं हाल ही करतार कॉलोनी की सत्ताईस नम्बर गली के मकान नम्बर तैंतीस में शिफ्ट हुआ हूं। कुछ दोस्त बने हैं, कुछ आप जैसे अच्छे लोग और बन जाएंगे। अच्छी कॉलोनी है, साफ-सुथरी। मुझे अच्छा लगा यहां आकर।"

सहज, शालीन, आत्मविश्वास भरे ठहरे-ठहरे शब्दों के साथ उन्होंने बिना मांगे अपना परिचय दे दिया।

"क्या हुआ? बोलेंगी नहीं! आजकल ऐसा कौन है, जो बोलने पर भी चुप रहता है।"

"यह सब आप मुझे क्यों बता रहे हैं! क्या मैंने कुछ पूछा आपसे!"

"नहीं, आपने नहीं पूछा। सोचा इस तरह किसी को तो पहल करनी पड़ेगी, तभी तो जान-पहचान होगी।"

"पर मैं ऐसा कुछ नहीं चाहती। मुझे ऐसा कोई शौक नहीं।"

शीतल की झुंझलाहट बढ़ने लगी।

"यह भी कोई शौक है? यह तो इन्सानियत है। आप रोज यहां आती हैं, मैं भी आने लगा हूं, कुछ वक्त हिलमिल कर गुजार देंगे।"

"मैं अपना वक्त अपनी मर्जी से गुजारने आती हूं। सुबह के तरोताजा मौसम में बातें कर टाइम पास करने नहीं आती।"

"मैं यहां अकेला हूं, नया हूं, सोचता हूं पहचान का दायरा बढ़े।" गौतम ने हल्की मुस्कान के साथ कहा।

"पर मुझे पहचान बनाने में कोई दिलचस्पी नहीं है।" वह वाकई झल्ला उठी, लोगों का साथ! अजीब आदमी है। चेहरा देखकर अच्छे-बुरे की पहचान करता है क्या!

"पार्क में करतार कॉलोनी से टहलने आने वालों की कमी नहीं है। आप परखिए, मेलजोल कीजिए। आपसे निवेदन है मेरा कीमती वक्त जाया न करें।"

गौतम धैर्य से कहने लगे, "वक्त स्वयं कहां कीमती होता है, हम स्वयं उसे कीमती बनाते हैं। हमारी बातचीत से वह कीमती ही होगा।"

शीतल के गुस्से की सीमा न रही। झुंझलाहट को पी जाना उसने बखूबी सीखा था। सुबह के सुकून भरे लम्हों में कड़वाहट बनकर कहां से आ टपके हैं।

खैर दो दिन में खुद ही समझ जाएंगे। दूरियां बना लेंगे।

शीतल का तेजी से पलटना गुलाब की कंटीली डाली से उसकी साड़ी के पल्लू का छोर अटका गया। उसे जबरन पलट कर देखा तो वे वहीं खड़े कांटे में अटके पल्लू के छोर को अलग कर रहे थे।

"चुनरी संभाल गौरी, कांटों में अटकी जाए रे।" गीत की पंक्ति गुनगुनाते हुए मुस्कुरा दिए।

शीतल इस हरकत से सकते में आ गई। पल्लू खींचकर हथेलियों में समेटती तेजी से चल पड़ी। यह सब क्या हो रहा है अचानक यह सोई झील में कंकर फेंककर हलचल मचाने कौन आ धमका है। दुस्साहसी...। वह अपने भीतर उचाट, सवालों से अटा दिल लिए घूमती रही।

दिन अपनी कदमताल से चले जा रहे हैं। किसी न किसी बहाने से वे उससे दो- चार शब्द बुलवा ही लेते हैं। शीतल की चुप्पी व बचने के प्रयास विफल रहे।

"आज मैं फूलों के कुछ नन्हे पौधे लाया हूं। यहां खाली क्यारी में लगा दें?"

"माली काका से इजाजत ली आपने?"

"हां, बिलकुल।"

"तो लाइए, मुझे दीजिए मैं लगा देती हूं।"

"एक आप लगाइए और एक मैं लगाता हूं, मिलकर लगाएं?"

"जरूर।" शीतल अपने नाम के अनुरूप शीतल थी।

"आज आप मुझे डांटेंगी नहीं! मेरी बातों की अवहेलना कर मुझे तिरस्कृत नहीं करेंगी! इतनी शान्त, थमी-थमी-सी कैसे हैं?"

शीतल के मन में अचानक जैसे फूलों के बीच कांटे उग आए हों। पल भर निस्तब्धता पसर गई। सहलाई हुई, दर्द में गोते खाकर बाहर आने को तरसती पंक्तियां होठों पर ठहर गई। वाकई उसने इन्सानियत को धत्ता बताकर रूखा, तिरस्कार भरा व्यवहार किया! वह ऐसी तो नहीं है कि किसी का दिल दुखाए।

"क्या सोचने लगीं!" गौतम ने खामोशी को टटोला।

"मेरा ऐसा रूप अच्छा नहीं लगा?"

"बहुत अच्छा, आप ऐसी ही रहिए। मैं जानता हूं बाहर से कठोर, कड़वे वचन कहने वाली मन की कितनी कोमल है।"

''लाइए, झारी इधर दीजिए, मैं क्यारी में पानी डाल देती हूं।''

''एक बात कहूं?' गौतम ने शीतल के चेहरे को पढ़ते हुए पूछा।

''हां कहिए।'' उत्सुकता की खनक शीतल के शब्दों में थी।

''आपकी गुस्से भरी उलझन देखकर हिम्मत नहीं हुई। आपसे आपका नाम नहीं जान पाया।''

''ओह! मेरा नाम शीतल है। आपका?''

''गौतम। मैंने पहले भी बताया था।''

यह मन है न बड़ा पापी है। इसके जाने कितने रंग हैं। धूप में भी ठण्डक का अहसास होता है। रिश्ते-नातों से बढ़कर अपनेपन का अहसास अब उसके मन में जगह बनाता जा रहा है। कभी-कभी अब भी उस पर झुंझलाहट हावी हो जाती है।

''आज दिन में क्या कर रही हैं?''

''कुछ विशेष नहीं। क्यों!''

''सोचा, आज आपको घर ले चलूं। मेरी बनाई एक कप चाय पीएगीं?'' अन्तस की गहराइयों से निकली अपनेपन की धारा का प्रवाह मोड़ती शीतल तपाक से बोल उठी, ''अरे,! नहीं-नहीं, मैं कहीं नहीं जाऊंगी। घर जाने की जरूरत भी क्या है!'' समुद्र में तट की ओर बढ़ती लहरों के तेज बहाव की तरह झुंझलाहट उसे डुबोने लगी। दिमाग की नसें तन गईं, शरीर ठण्डा पड़ गया। चेहरे की रंगत बदल गई।

''क्या हुआ आपको! आपकी तबीयत तो ठीक है?'' गौतम आश्चर्य से उसकी ओर ताकने लगे, ''अचानक यह क्या हो गया?''

शीतल जानती थी। गौतम अकेले रहते हैं। उन्होंने ही बताया था, पत्नी को दुनिया से कूच किए चार बरस हो गए। दो लड़के, एक लड़की विदेश में सैट हैं। उनका कभी-कभार आना होता है। कभी वे स्वयं महीना भर उनके पास घूम आते हैं, पर अपनी धरती, अपनी मिट्टी से मोह उन्हें जल्द भारत में खींच लाता है। उन्होंने अपना पुराना मकान बेचकर 'करतार कॉलोनी' में नया मकान ले लिया है। यूनिवर्सिटी से रिटायर्ड प्रोफेसर की पेंशन से खूब अच्छी गुजर बसर हो रही है। कभी-कभी तो घंटों सार्वजनिक लाइब्रेरी में किताबों से घिरे रहते हैं।

''मैं कहीं आती-जाती नहीं।'' सहज अभिव्यक्ति शीतल की।

''तो! तो क्या हुआ। मेरे साथ चल सकती हैं।''

''आप भी न, न जाने कौन-सी दुनिया में रहते हैं। यह हमारा समाज!''

"बस-बस आगे कुछ न कहिए। मैं सब कुछ समझ गया।"

गौतम भी उधेड़बुन में लग गए। शीतल के मन में जाने किस डर की छाया है! वह किन-किन पूर्वाग्रहों को पाले हुए है। इस उम्र में भी यह झिझक, यह डर! क्या वह मुझे समझ नहीं पा रही है! अपनी सोच से बाहर निकलकर गौतम ने एक निश्चय किया पर इस वक्त चुप रहना उचित समझा।

"आप शाम को पार्क में नहीं आतीं। शाम को भी आ जाया कीजिए। मैं आता हूं, अकेला बोर होता रहता हूं।"

"क्यों! क्या नए दोस्त नहीं बने!"

"नहीं, ऐसा कोई नहीं जिसे मित्र कह सकूं। हां यूं मिल बैठ बात करने वाले तो कुछ बने हैं।"

शीतल कुछ न कह सकी। गौतम की सवालिया निगाहें शीतल की आंखों में जवाब ढूंढ रही थीं। वे निगाहें एक बार उसके होठों पर आ ठहरी। शायद वह कह उठे, "हां शाम को आऊंगी।"

"शाम को आएंगी?"

"पता नहीं, कुछ कह नहीं सकती।"

गौतम का मन बुझ गया पर जिन्दादिल व्यक्ति कभी भी उत्साह का दामन नहीं छोड़ते। शाम होने तो दें, वह अवश्य आएगी।

शाम पार्क की बेंच पर बैठे गौतम का मन अजीब कंपन, आशा-निराशा की नाव में हिचकौले खा रहा था। शीतल नहीं आई तो! आएगी, जरूर आएगी। अगर न आए तो उसे क्यों फर्क पड़ता है। वह स्वतंत्र है, आने, न आने के लिए।

शाम को पार्क में बैठे अपने ख्यालों में खोए गौतम के पास एक परछाई-सी आकर रुकी। नजर उठाकर देखा, "ओह, आप!" पुलकित मन से आशा की डोर को कसकर अपने इर्द-गिर्द लपेटते हुए गुनगुना उठा, "तुम आ गए हो, नूर आ गया है। नहीं तो चरागों से...।"

गौतम को लगा वह फूलों की मदमाती खुशबू से नहा चुका है। फिर गुनगुना उठा, "बहारों फूल बरसाओ, मेरा महबूब आया है।"

शीतल एक पल चुपचाप बैठी, इस कदर गीत की गुनगुनाहट सुनकर एकदम से उठकर चल दी।

"क्या हुआ!" उसकी ओर लगभग लपकते हुए गौतम ने कहा।

"इस कदर मवालियों की तरह गाना गुनगुनाना कब छोड़ेंगे?"

"मवालियों की तरह! मैं मवाली लगता हूं! गाने गुनगुना लेना क्या मवालियों का काम है?" कहते हुए गौतम का मन कराह उठा।

"और नहीं तो क्या? जब देखो, बात बे-बात गीत गुनगुना देते हैं।"

गौतम के चेहरे पर आई स्वाभाविक चमक अचानक गायब हो गई, पीछे छोड़ गई बदरंग भावहीन मुखड़े पर चिपकी दो आंखें जो पानी का बहाव रोक रही थीं। स्वयं की सरल, जिन्दादिली पर तरस आने लगा। वह समझ नहीं पा रहे थे कि क्या करें, क्या कहें।

शीतल ने स्थिति को भांप लिया। वह इत्मीनान से पास बैठकर गौतम की ओर देखते हुए, गुनगुना उठी, "तुमने पुकारा और हम चले आए। यह भी एक लोकप्रिय गीत है न!"

दीए की बुझती बाती आशा के तेल से पुनः प्रज्वलित हो उठी।

पहली बार गौतम के मुंह से निकला, "अरे! आप भी!"

"हां! मैं भी। क्यों मुझे इस तरह का शौक नहीं हो सकता!"

दिन की चादर तले सूरज अपना सफर शुरू करता, तब शीतल और गौतम का सफर उसके साथ ही प्रारम्भ होता। सूरज रात की अंधेरी गुफा से डरकर छिप जाता, तब वे दोनों भी अपने-अपने घरों में दुबक जाते।

दिन की कड़ियां एक-दूजे से जुड़कर समय को पीछे धकेलती नई जंजीर बनाती रही। वक्त बीतता रहा। पता ही नहीं चला कि वे कब आपसे तुम तक आ गए और नाम के आगे लगा 'जी' लुप्त हो गया।

"गौतम!" शीतल गौतम को कुछ कहना चाह रही थी।

"हां।" पास ही चहलकदमी करते हुए गौतम ने सचेत होकर पूछा।

"क्या आज तुम मेरे साथ मेरे पुराने मकान वाली गलियों की ओर चलोगे!"

"क्यों! वहां क्यों जाना चाहती हो!"

"बस यूं ही, बहुत मन करता है उन गलियों को देखने, उस मकान को आंखों से स्पर्श करने को जहां मैं बरसों रही। दुल्हन बनकर पहली बार उस घर में मेहंदी रचे पांव रखे। नरेन के जाने के बाद बेटे ने वह मकान बेच दिया। मैंने बहुत मना किया पर नहीं माना।"

"तुम अतीत के भंवर में चक्कर काट रही हो। तुममें और मुझमें यह बड़ा अन्तर है। मैं वर्तमान में जीता हं, भरपूर जीता हूं और तुम...।" गौतम बात पूरी करते कि, "तो क्या अतीत को भूल जाएं! उसे काटकर अलग फेंक दें! कैसे?

क्या यह संभव है! जो जीवन के अनमोल क्षण थे, कभी वे भी वर्तमान की तरह भोगे गए हैं। उनकी कसक, उनकी याद क्या मन को तड़पाती, कलपाती नहीं! उद्वेलित नहीं करती। कैसे हो तुम, अतीत से कटकर कैसे जी सकते हो!'' रूखे, उखड़े स्वर में शीतल ने अपनी बात कही।

''मैं प्रैक्टिकल सोचता हूं और तुम भावुकता में बह जाती हो। मैं अतीत को नकार नहीं रहा हूं पर तुम्हारी तरह डूबता नहीं। वर्तमान की स्वर्णिम मुट्ठी में अतीत को भरकर मिट्टी की तरह हवाओं में नहीं उड़ाता कि वे व्यर्थ बह जाएं। आखिर तुम क्या करोगी उस मकान को देखकर!''

''तुम्हें नहीं लगता तुम हृदयहीन, निष्ठुर हो। मुझे पल-भर उस मकान को देखने भर से सुकून मिलेगा तो इसमें गलत क्या है! क्या व्यर्थ उड़ाया मैंने!''

गौतम ने फिर अपनी बात समझाने की कोशिश की, ''मुझे बेवजह की भावुकता पसंद नहीं। अतीत तो मेरे साथ भी जुड़ा है बहुत कुछ है जो दिल के करीब है, लेकिन मैं उसे मेरे अस्तित्व के साथ जीवित रखता हूं।'' शीतल को मायूस देखकर गौतम चुप हो गए।

कुछ क्षणों का मौन चुभने लगा। चुप्पी तोड़ते हुए बोले, ''ठीक है। अब मुंह मत लटकाओ चलेंगे, जरूर चलेंगे। मैं भी तो देखूं उस मकान को जहां तुमने बरसों बिताए हैं?''

रास्ते भर दोनों चुप रहे। घर के सामने पहुंचकर शीतल ठिठककर रुक गई। बहुत देर उसे निहारती रही।

''इसमें क्या कमी थी जो तर्क पर तर्क देते हुए बेटे ने इसे बेच दिया। मैंने भी उसकी इच्छा के आगे हार मान ली।'' गौतम पास खड़े कभी शीतल तो कभी उस घर को देख रहे थे।

''बहुत अच्छा किया तुमने बेटे की बात मानकर। मकान मरम्मत मांग रहा होगा।''

''नहीं..! बेटे-बहू की जॉब वहीं पास ही है। उस नई कॉलोनी में बड़ा, आधुनिक सुविधायुक्त मकान ले लिया।''

''उन्होंने बिलकुल सही किया। हमारा जीवन भी जब बचपन से जवानी, जवानी से बुढ़ापे की ओर आता है, परिवर्तित होता है तो आवश्यकताएं बदलना स्वाभाविक है। तुम परिवर्तन को खुले दिल से सहर्ष स्वीकार करो।'' थोड़ा थमकर पुनः कहने लगे, ''तुमने अपना पुराना घर तो दिखा दिया। अब नए वाले मकान

में कब ले जा रही हो? अपने बहू-बेटे से कब मिलवा रही हो! एक कप चाय की मार है बस...। मुझे भी एक परिवार मिल जाएगा।''

''तुम मर्दों की भी न बड़ी अजीब बात होती है। तुम लोग हर बात का ढिंढोरा पीटने के लिए बहुत उतावले रहते हो।'' शीतल की खीज व्यक्त हो गई थी।

''ढिंढ़ोरा! उतावले! अरे इसमें ढिंढ़ोरा पीटने जैसी क्या बात है मैंने कब, किससे, क्या कहा है? अगर तुम मुझे अपने घर ले जाओगी, बच्चों से मिलवाओगी तो इसमें गलत क्या है? जब तुम छोटी थी या बड़ी हुई, क्या अपनी सहेलियों को घर लेकर नहीं आती थी। किसी अपने को घर ले जाने में कहां हर्ज है? मुझे ले जाने में संकोच कैसा? आखिर क्यों?''

शीतल की आंखें भय और आश्चर्य से फैल गईं, जाने कितने सवाल पसर गए थे।

''अब मैं छोटी बच्ची नहीं, न ही तुम मेरी सहेली हो। तुम्हें बच्चों से मिलवाऊंगी! क्या संबोधन दूंगी कि ये मुझे पार्क में मिले और नित्य मिलते रहे। बोलो क्या कहूंगी!''

गौतम ताली पीटकर खिलखिलाकर हंस पड़े, जैसे कोई बचकानी बात कह दी गई हो।

''शीतल तुम भी जाने किस जमाने में जी रही हो। बच्चे तुमसे सोच और व्यवहारिकता में बहुत आगे हैं। तुम मुझे लेकर तो चलो। बच्चों की खुशी का ठिकाना नहीं रहेगा।''

''तो बताइए, क्या परिचय दूंगी!''

''तुम्हारा अपना दोस्त हूं। अब तुम्हीं बताओ क्या बताना चाहती हो?''

''मेरे पास कोई नाम नहीं। क्या लगते हो मेरे जो कोई नाम दूं?''

''जहां कोई नाम न हो, वहां अटूट दोस्ती, सबसे ऊंचा अटूट स्नेह का रिश्ता होता है।''

''दोस्त! इस उम्र में!''

''क्यों! दोस्त-दोस्ती को कमतर समझती हो? ऐसा मानने का कारण! मुझे विश्वास नहीं हो रहा। तुम प्रोफेसर पद पर बरसों रही, ऐसी नासमझी की बातें!''

''क्या नासमझी! कौन-सी नासमझी! बस-बस, गौतम मेरी मजाक मत बनाओ। इतनी उम्र ले ली, बाल पक गए पर लगता है कि अभी तुममें भी समझ नहीं आई। बच्चों के सामने मेरी क्या इज्जत रह जाएगी कि मम्मी पार्क में प्रेमलीलाएं करने जाती है!''

एक बार फिर गौतम ने ताली बजाकर हंसी बिखेर दी।

''प्रेमलीलाएं और तुम! नहीं शीतल लगता है तुमने कभी खुलकर अपनी सांसें भी नहीं लीं। अपने आप को दरकिनार कर जाने क्या-क्या सोचती हुई किन-किन उलझनों में उलझी रहती हो।'' शीतल का मौन चेहरा पढ़कर पुनः कहने लगे, ''मुझे बताओ क्या तुम कभी अपने लिए जी भी हो। कोई ऐसा पल है तुम्हारे जीवन में जब तुम सिर्फ अपने लिए मुस्कुराई हो। खिलखिला पड़ी हो!'' उन्होंने एक गहरी लम्बी सांस छोड़ते हुए अपनी बात पूरी की।

''जीवन गया शीतल, जीवन गया। अब तो जीवनरूपी सफर के अंतिम पड़ाव में हैं। जी भर जी लो। जाने कब अन्तहीन सफर की ओर चल दें।''

शीतल चुपचाप शब्दों में गूंथे वाक्यों को भावों का रस बनाकर पीती रही।

''खैर छोड़ो। तुम परेशान मत हो, नहीं ले जाना चाहती रहने दो। अब नहीं कहूंगा।''

अगले दिन सुबह।

''क्या बात है! उदास कैसे, चेहरे पर शिकन कैसी?''

''नहीं तो। ऐसी कोई बात नहीं।''

''कल शाम की बात पर नाराज हो यूं रूठो न हसीना मेरी जान पे बन जाएगी।'' गौतम ने रोमांटिक मस्ती के हंसते-हंसाते मूड में दो चार गानों के मुखड़े गुनगुना दिए।

शीतल अपने ख्यालों के नर्म लिहाफ में लिपटी खुद से रूबरू होती टहल रही थी। उससे रहा नहीं गया। तैश में आकर कहने लगी, ''तुम मर्द भी न, न उम्र का ख्याल करते हो न वक्त-बेवक्त का। बस हमेशा, हर वक्त एक रोमांटिक मूड खुद में पाले रहते हो। जब देखो वह मूड बाहर निकलने को तैयार रहता है। क्या तुम लोगों के भीतर एक रसिया बालम वक्त, बेवक्त, हर वक्त बाहर झांकता रहता है। क्या यह तुम्हारी कोई समस्या है!''

एक बार फिर गौतम को बादलों को चीरकर कड़क के साथ चमकती बिजली की लकीर-सा दर्द महसूस हुआ। एक कराहट आंखों के पास आकर थम गई। कुछ न कह सके। शब्द अदृश्य हो गए।

''क्या देख रहे हो! मेरी बातें बुरी लगीं! लगनी ही थीं!''

''नहीं तुम गलत समझ रही हो! तुम कितनी नासमझ हो।''

उदासी भरे ठहरे स्वर में मुश्किल से शब्दों को इकट्ठा कर गौतम इतना ही बोल पाए।

"ओह! नासमझ! तुम्हारे रोमांटिक मूड को पनाह देना मेरी समझदारी, उसे नकार देना नासमझी, वाह!'

"नहीं शीतल, यह बात नहीं है। तुम हमेशा इस तरह उखड़ी बात कह बैठती हो। समझे-जाने बगैर मन-मुताबिक मान लेना गलत है। अन्य पुरुषों की फितरत मैं नहीं जानता कि वे रोमांटिक मूड की फितरत में क्या कुछ समाए रखते हैं पर मैं इतना जानता हूं कि यह जिन्दादिली है, यही जीवन का प्राणवान रस है, यही जीवन का उत्सव है, यही उत्साह है। तुम इस रोमांटिक मूड को वासना के गंदे घिनौने दलदल से जोड़कर मत देखना। यह तो मन में उपजे उजले निर्मल प्रेम का प्रतीक है।"

"प्रेम! अब यह प्रेम बीच में कहां से आ गया?"

शीतल ने बात काटते हुए कहा

"क्यों! क्या प्रेम, प्रीत, प्यार कुछ नहीं होता!"

"होता क्यों नहीं, होता तो है पर इसे वही जान सकता है, जिसने प्रेम किया व निभाया हो।"

"नहीं किया, तो अब कर सकते हैं।" गौतम ने एक मुस्कान के साथ शीतल को छेड़ते हुए कहा, "उफ! क्या मुसीबत है। प्रेम कहकर करोगे! प्लीज अब एक शब्द मत बोलना।"

गौतम को शीतल की यह झुंझलाहट अच्छी लगती है। पर शीतल को समझना, जानना उसके बस की बात नहीं है। वह कब क्या सोच लेती है, कह देती है, पता नहीं।

भरी दोपहरी में नींद का उपक्रम करती शीतल हमेशा की तरह घर में अकेली थी। रह-रहकर गौतम की बातें साथ बिताए लम्हें याद आने लगे थे। गौतम कितने सलीके से हल्के-फुल्के मूड के साथ अपनी बात कह देते हैं, कभी झुंझलाहट, तर्क-वितर्क में उलझे नजर नहीं आते। एक बार हफ्ता भर पार्क में नहीं आए थे, तब उसकी हालत कितनी अकेली-सी हो गई थी। अपने प्रिय स्थान पर चहकने, किसी का खलल पसंद न करने वाली वह कितनी उदास, गुमसुम-सी रही थी। पर उसने भी तो गौतम को तंग करने, अपनी उलझनों में उलझा लेने में कोई कसर नहीं रखी।

करवट के साथ ही कानों में शब्द गूंजने लगे, "अपने मन में कितने सवाल पाले बैठी हो। इन सवालों का वजूद ही क्या है! बेवजह ही जाने क्या-क्या पूछ

बैठती हो। सरल-सी जिन्दगी को इतना उलझा क्यों लेती हो! तुम मुक्त-सी क्यों नहीं रहती? सभी सवालों-जवाबों से परे!''

''मैं इतना लापरवाह-बेपरवाह क्यों हूं, हर वक्त हंसी-मजाक के हल्के मूड में क्यों रहता हूं, बात-बेबात गाना गुनगुनाने लगता हूं! इस मिजाज से तुम अनुमान लगाती हो कि मेरी जिन्दगी में जाने कितनी औरतें आईं होंगी! आदि-आदि...।''

''मेरा जीवन कब, किन तूफानों से गुजरा है। तुम जान ही कहां पाई हो। तूफानों ने ही मुझे यह जिन्दादिली बख्शी है। जीवन में लोग मिलते-बिछड़ते रहते हैं, उनमें बहुत सी औरतें भी होंगी। औरतों का मिलना क्या जीवन का नकारात्मक पक्ष है! नहीं शीतल, मैं तो बीच पानी में पड़ा एक पत्थर हूं। रेले के साथ तिनके बहकर आते हैं, मुझसे टकराते हैं, कुछ टकराकर बह जाते हैं तो कुछ-कुछ समय के लिए मेरे इर्द-गिर्द डोलकर उस वक्त रूपी धारा में बह निकलते हैं।''

शीतल ने फिर करवट ली, उसने सोचा आज शाम को वह गौतम के लिए अपने हाथों से खाने की कोई चीज बनाकर ले जाएगी।

शाम को वह टिफिन में दो सैंडविच लेकर आई थी। गौतम को थमाए। उन्होंने पहला सैंडविच मुंह में रखते हुए कहा, ''यही प्रेम है।''

''प्रेम है?''

''क्यों नहीं है! तुम नहीं मानती!''

''नहीं।''

''तो यह सब क्या है?''

''कुछ भी नहीं।''

''यह प्रेम है शीतल। तुम डरती हो, स्वीकार नहीं करती। बच्चों से जिक्र नहीं करती। खाने-पीने की चीज लाती हो, नाम सहेली का लेती हो। क्या तुम्हें नहीं लगता कि तुम्हें इस प्रकार बहानों की जरूरत नहीं है। तुम्हारी ये बातें देख-सुनकर हैरान रह जाता हूं, जाने किन जोड़-घटाओ में उलझी रहती हो।''

थोड़ा रुककर..

''खुद को धोखा देना बंद करो शीतल।''

''खुद को धोखा दूंगी! क्यों? ऐसा क्यों लगा तुम्हें? तुम हमेशा मुझसे लड़ते क्यों रहते हो?''

''मैं लड़ाई नहीं कर रहा, तुम्हें समझा रहा हूं कि तुम मुझे पसंद करती हो, पर छुपाती हो। एक आवरण ओढ़ रखा है तुमने।''

"गौतम सब कुछ बयान करना जरूरी है क्या!"

"शीतल मुझे तुम सबका साथ चाहिए। परिवार चाहिए। तुम हमारी इस पहचान, इस सम्बन्ध को लेकर जाने कितनी गलतफहमियों का शिकार हो। पूर्वाग्रह के बंधे-बंधाए संकीर्ण दायरे से बाहर निकलो। दुनिया में जीवन को खुलकर जियो।"

शीतल चुप थी।

"इक्कीसवीं सदी के इस दौर में उम्र के इस पड़ाव में तुम इस कदर डरती हो! बल्कि इस उम्र, इस अकेले सफर में ही तो सच्चे हमदर्द-साथी की जरूरत होती है। इसमें वासना का पंक दूर-दूर तक नहीं होता। यह तो एक इन्सान का दूसरे इन्सान के प्रति पनपा प्रेममय रुहानी अहसास है।"

"मैं क्या कहूं! तुम्हें जो समझाना चाहती हूं, तुम समझ नहीं पा रहे और तुम्हारी बातें मेरी समझ से परे हैं।"

"अरे, ऐसा क्यों! क्या मैं तुम्हें गलत कहता हूं, बहलाता हूं!"

"नहीं, नहीं, तुम्हारी बातें सही हैं, व्यवहारिक भी होंगी पर जो मैं कहना चाहती हूं, क्या वह सब गलत है?"

"नहीं शीतल तुम भी अपनी जगह सही हो। तुम्हारी कोमल भावनाएं, तुम्हारा डर।"

"लेकिन गौतम... !"

"क्या लेकिन बोलो!"

वह चुप रही। कुछ क्षण निस्तब्धता छाई रही। गौतम ने टिफिन बंद कर एक ओर रख दिया।

शीतल मौन का पल्लू पकड़े धीरे से उठी, टिफिन हाथ में लिया, चेहरे पर शांत भाव, लेकिन मन में उठते अनगिनत सवालों से जूझती हौले-हौले पार्क के मुख्य द्वार की ओर चल पड़ी।

"शीतल! रुको तो, प्लीज रुको। कुछ देर और बैठोगी नहीं, प्लीज बैठो न!"

लेकिन शीतल के कदम आहिस्ता-आहिस्ता बढ़ते जा रहे थे। मन में जाने कितनी पुकारें थी। किसकी सुने, किसको समझे! अचानक वह रुकी, पलटकर कुछ कदम चलकर गौतम के करीब आ ठिठकी। गौतम के चेहरे पर नजर गढ़ाते हुए हल्की-सी मुस्कुराई। गौतम कुछ समझ पाता कि, "कल सुबह मेरे साथ घर चलोगे? बच्चों से मिलने।"

गौतम हतप्रभ उसका चेहरा ताक रहा था। शीतल ने एक बार फिर पूर्ण आत्मविश्वास के साथ गौतम की आंखों में झांका। गौतम कुछ कहते कि मधुर मुस्कान बिखेरती शीतल इत्मीनान के साथ मुड़ी और पुनः पार्क के मुख्य गेट की ओर कदम बढ़ाने लगी।

ऋद्धि-स्सिद्धिस्सरस्वती सा श्रीः

कुसुम खेमाणी

19 सितंबर, 1944 को जन्मी डॉ. कुसुम खेमानी के अब तक सात कहानी संग्रह, छह उपन्यास एवं कथेतर विधाओं में कुछ पुस्तकें प्रकाशित हो चुकी हैं। मूल रूप से राजस्थान की निवासी कुसुम खेमानी इस समय कोलकाता में निवास कर रही हैं। उन्होंने अनुवाद एवं सम्पादन में भी महत्वपूर्ण कार्य किया है। वर्तमान में भारतीय भाषा परिषद की अध्यक्ष हैं। कई पुरस्कार भी आपको प्राप्त हैं। कुसुम खेमानी की कहानियां संघर्षरत महिलाओं की दारुणगाथा का सच्चा दस्तावेज हैं। इन कहानियों से गुजरते हुए पाठक कई बार भीतर से भीगता है।

पता : 3-बी, अस्टर कोर्ट, 3 लाउडन स्ट्रीट, कोलकाता-700017

ई-मेलः kusumkhemani1@gmail.com

"जीजी! क्या मैं अन्दर आ सकती हूँ? मुझे मंजुबाई ने भेजा है- कहा है कि कलकत्ते से एक दीदी आई हैं, जाकर उनकी कुछ सेवा-टहल कर दो।"

हवा में तैरते ये शब्द जब कानों तक आए, तो बजने लगे। लगा कि टूटी-फूटी भाषा के 'घटाटोप' को चंद्रमा की किरण ने भेदकर सुमधुर संगीत की सृष्टि कर दी है। 'मैं' और 'मुझ' का प्रयोग इस जयंतिया, गारो और खासी भाषाओं की इस पहाड़ी वादी में जहां खिचड़ी भाषा को छोड़ किसी भी भाषा की गति नहीं है, वहां ऐसा उत्तरप्रदेशी उच्चारण? सिर का झटका खाकर आँखें झपकते हुए तुरन्त पलटी और दरवाजे के अधखुले 'किवाड़ों' को सांवले हाथ से थामे सीधे पल्ले की साड़ी में खड़ी एक कृशकाय महिला की आधी आकृति पर जाकर ठहर गईं। मेरे मुड़कर देखते ही दरवाजा थोड़ा और खुला और वहां पांच फीट की एक शालीन-सी स्त्री बाएं हाथ में तेल की शीशी लिए खड़ी दिखाई दी।

गोहाटी के 'कामाख्या' सिद्धपीठ से लौटकर थकान का रोना रोते और अपने हाथ-पैर सहलाते हुए हम भगवान से बस यही वर मांग रहे थे कि कहीं से कोई फरिश्ता आकर इन दुखते पैरों पर गर्म तेल मल दे, कि मधुर घंटियों-सा यह अमृत भरा वाक्य सुनाई पड़ा।

सारी थकान और रोने-झींकने को भूलकर अचरज-भरी आँखों से मैंने उससे जो प्रश्न पूछे, वे ये थे, "तुम्हारा नाम क्या है? तुम कहां की हो? और इस

असमिया जंगल में ऐसी परिष्कृत हिन्दी कैसे बोल रही हो?''

मेरे मुखारविंद से यह उवाच सुनते ही साथ आई अंतरा बनर्जी ने मुझसे अंग्रेजी में झुँझलाकर कहा, ''छोड़ो! अपनी इस हिन्दी-रिसर्च को। इससे पूछो कि क्या इसे मालिश करनी आती है? बड़ी आई 'फोनेटिक्स' (भाषा विज्ञान) की जानकार! जब देखो तब इसकी यह बेसिर-पैर की बकवास शुरू हो जाती है।''

हाथों और आँखों से उसे बरजते हुए, पर मीठी बोली से मनुहार-सी करते हुए मैंने उससे कहा, ''बस एक मिनट! और प्लीज!''

''ओ.के., कैरी ऑन!'' कहती 'बोर' सी होती हुई अंतरा वहां से चल दी। उस औपचारिकता के बोझ के हटते ही वातावरण खुल कर उन्मुक्त हो गया। मैंने हाथ के इशारे से उस महिला को पास बैठाकर जो जाना, वह यों था- छब्बीस वर्षीया विधवा लक्ष्मी, आजमगढ़ की रहने वाली और तीन लड़कियों की मां थी।

''हे भगवान! कहां आजमगढ़ और कहां असम! तुम यहां आई कैसे?'' पूछने पर पता चला कि चौदह वर्ष की उम्र में ब्याही लक्ष्मी एक लड़की की अँगुली पकड़े, दूसरी को कंधे से चिपकाए और तीसरी को पेट में लिए पति के साथ यहां आई थी। पति चाय बागान में क्लर्क था। दिन ठीक-ठाक कट रहे थे कि अचानक एक दिन पांव फिसला और पति की मृत देह वादी के नीचे पाई गई। तीन छोटी बच्चियों की मां लक्ष्मी अब किसी तरह टीन की एक छोटी-सी कोठरी में रह रही है और दो-चार घरों में झाड़-पोंछ, चौका बर्तन और तेल मालिश आदि करके किसी तरह अपना और बच्चियों का पेट पाल रही है। उस टीन की कुटिया का किराया भी लगता है, लेकिन फिर भी दो दिन में एक बार वे मां-बेटियां खाना खा ही लेते हैं। कपड़ों के नाम पर उसके पास बस यही एक साफ-सुथरी साड़ी है, जो बड़े घरों में मजूरी करने के लिए पहननी पड़ती है।

''लक्ष्मी! तुम आजमगढ़ क्यों नहीं लौट जाती?'' पूछने पर लक्ष्मी ने बताया कि उसकी ससुराल में न तो खेत और जमीन है, न ही घर में कोई अपना बचा है। जो हैं, वे ऐसे हैं कि रात तो क्या, दिन-दहाड़े उसके शरीर को नोचने की फिराक में रहते थे। उसकी छोटी-सी बच्ची को भी वे व्याघ्र-दृष्टि से ऐसे देखते थे, मानो उसे समूची ही निगल जाएँगे। गरीब की ज़ोरू वाली कहावत हम सब जानते हैं, पर जवान गरीब विधवा का राखनहार तो आदमजाद है ही नहीं। वे सब कर्ता और भर्ता न होकर केवल भोक्ता थे। उनकी आँखें मात्र उसके यौवन पर लगी थीं, उनके पेटों से उनका कोई लेना-देना नहीं था। अतः यहां रहना उसकी बाध्यता है। कम

से कम वह यहां कुछ कमा-खा तो लेती है। वहां तो इसका भी 'जुगाड़' नहीं था।

जैसा कि स्वाभाविक था, उसकी बेटियां कंकाल का ढांचा लगती थीं पढ़ाई-लिखाई तो दूर, सवाल रोटी और तन ढांपने के कपड़े का था! क्या किया जाए? बहुत माथा-पच्ची करने के बाद पता चला कि शिलाँग के रास्ते में रामकृष्ण मिशन का एक निःशुल्क छात्रावास है, अतः हमारी सवारी उस छात्रावास में जा धमकी। दुर्भाग्य से लक्ष्मी की बच्चियां उसके नियमों में सटीक नहीं बैठती थीं, इसलिए मुँह उतारे हम सब शिलाँग के 'होलीडे होम' में आ कर ठहर गए।

'चेरापूँजी' की झिर्रमिर्र-झिर्रमिर्र बूंदें और 'हिमलुंबी' (स्टैलस्टाइट एवं स्टैलग्माइट) गुफाएँ हमारा आह्वान कर रही थीं। उनके रस भरे आमंत्रण से आकृष्ट होकर ही हम इस मानसूनी मौसम में यहां आए थे। मन रह-रहकर 'प्रिय' की ओर खिंच रहा था, पर 'श्रेय' का तकाजा था कि पहले लक्ष्मी के कार्य को निष्पन्न करना चाहिए। लेकिन करें तो क्या करें?

अंधी गली के मोड़ पर खड़ा हमारा मन, मस्तिष्क और शरीर 'भोथरा' हो रहा था, सिर की मटमैली सफेद धुँध किसी भी तरह छंट नहीं रही थी, कि 'देवदूत'-सा 'अल्फ्रेड' (हमारा ड्राइवर) बोला, "मेम साब! ऐनी हेल्प फ्रॉम अस? कैन आई?" उसकी टूटी-फूटी अंग्रेजी ने मुझे जो संदेश दिया, उससे मेरे होंठों से बेसाख्ता फूटा, "यस्स, यस्स! अल्फ्रेड! ऑफकोर्स यू कैन हेल्प मी। प्लीज टेल मी ह्वाट कुड बी डन फॉर पूअर लक्ष्मी एण्ड हर लिटल गर्ल्स।" अपने सिर का कुछ बोझ उसके गोल-मटोल नाटे शरीर में विराजित 'भले हृदय' पर डाल कर मैं बार-बार दोहराने लगी, "अल्फ्रेड! प्लीज, टेल मी! प्लीज हेल्प दिस पूअर लेडी!"

हमने रास्ते भर अल्फ्रेड का खूब मगज खाया था और लक्ष्मी की दुर्दशा का रोना रो-रो कर हमने उसे भी हमारा शरीक-ए-गम बना लिया था। शिलाँग में 70-80 प्रतिशत लोग ईसाई हैं और उनके वार्तालाप का माध्यम उनकी अपनी भाषाएँ-गारो, खासी, जयन्तिया और थोड़ी बहुत अंग्रेजी ही हैं।

छात्रावास से ठुकराए जाने पर अल्फ्रेड हमारा रोना-पीटना, झींकना सब देख-सुन रहा था। वह भी लक्ष्मी के दुख से प्रभावित था, इसलिए जब उसने बताया कि उसकी दो बेटियां और एक बेटा शिलाँग से कुछ दूर एक 'कान्वेंट' में 'फ्री' रहते और पढ़ते हैं, तो सहसा विश्वास नहीं हुआ!

"फ्री! फ्री? सच! अल्फ्रेड?"

अल्फ्रेड ने अपनी भारी गरदन गरिमा से ऊपर-नीचे करते हुए कहा, "यस्स

मैडम! हंड्रेड परसेन्ट फ्री! लेकिन... !"

लेकिन.. लेकिन पर ध्यान देने की फुर्सत किसे थी। देखते ही देखते हमने सबके हाथ से चाय के कुल्हड़ छीन कर जमीन पर पटके और गाड़ी में ठुंस कर शोर मचाने लगे, "चलो! चलो! कॉन्वेंट चलो।"

ऋग्वेद के 'शांति मंत्र' सी ही 'शांति रेव शांति' का साम्राज्य उस सघन दरख्तों की पांतों से घिरे पीताभ पत्थरों की बजरिया के ऊपर खड़े चर्च के चतुर्दिक फैला हुआ था। ऐसा मौन! ऐसा सन्नाटा वहां व्याप्त था कि हमारी सांसों की आवाज भी साफ सुनाई दे रही थी। हमारे उत्साह की उद्दाम लहरों पर उस शांति ने ऐसा पाला मारा कि हमने एक-दूसरे का मुँह देखते हुए, धीमे हाथों से गाड़ी का दरवाजा खोला और हल्के कदम बजरिया पर धरते हुए धीरे-धीरे आगे बढ़े। ऑफिस का बोर्ड देखकर हम ठिठके और मैंने अर्थ-भरी नजरों से लक्ष्मी की ओर देखा! इस देखने में ऐसे ढेरों प्रश्न छिपे थे, जिनका उत्तर सिर्फ उसी के पास था।

कॉन्वेंट की दूरी तय करते समय अल्फ्रेड ने हमें खुल्लम-खुल्ला कह दिया था कि यहां केवल और केवल क्रिश्चियन ही भर्ती हो सकते हैं। उत्साह के अतिरेक में लक्ष्मी ने समर्थन भी कर दिया था, पर क्या यह बात इतनी सरल थी? आखिर इसके पीछे हमारे सारे संस्कार! जीने-मरने तक के कर्मकांड! अर्थात् एक आदमी का पूरा इतिहास, उसका लोक और परलोक सब कुछ निहित था। यदि आज मैं क्रिश्चियन बन जाऊँ, तो मेरी पहचान? उसका क्या होगा? आखिर धर्म बदलना गंभीर बात है, इसे मात्र सुविधा के लिए कैसे स्वीकारा जा सकता है? ऐसे ढेरों-ढेर प्रश्न मुझे धमका रहे थे और मैं बौखलाई-सी सोच रही थी कि जब एक साधन सम्पन्न शिक्षित व्यक्ति की यह स्थिति है, तो इस बेचारी दीन-हीन लक्ष्मी की तो बुरी गत हो रही होगी? मन के किसी कोने में यह भी लग रहा था कि जैसे मुझसे कोई बड़ा पाप हो रहा है। आखिर ये लोग जैसे-तैसे जी ही रही थीं! क्यों मैंने उस शांत जल में आकांक्षा और उद्विग्नता की लहरें पैदा कर दी? कटघरे में खड़े अपने मुजस्समे पर खुद ही पत्थर मारने का मन कर रहा था। पर अब तीर कमान से छूट चुका था और इस स्थिति की सारी बागडोर लक्ष्मी के हाथों में थी। मैंने दयनीय दृष्टि से लक्ष्मी की ओर देखा और यह देखकर स्तब्ध रह गई कि उस अपढ़ ने मेरी सारी दुविधाएं, विचलन और ग्लानिबोध पूरी तरह पढ़ लिये थे। बिना सुनाए ही उसने अपनी सहजता से मेरी सारी गीता समझ ली थी। उसने अपना आत्मविश्वास-भरा हाथ बढ़ाकर मेरा हाथ थामा और कहने लगी, "जीजी!

आपको किस बात का इतना विचार हो रहा है? क्या मैं वेश्या बनने जा रही हूँ, जो आप पर इस तरह मुर्दनी छाई हुई है? चलिए आगे बढ़िए और मुझे जीवन सुधारने का एक मौका दीजिए। मैं अवाक! न मेरे पैर उठे और न ही बोल फूटे। चुपचाप उसके सहारे से एक कदम उठाया, पर फिर धप्प से वहीं सीढ़ी पर माथे को दोनों हाथों से पकड़कर बैठ गई।

तभी शांति और धैर्य की साकार मूर्ति बनी लक्ष्मी आकर मेरे बगल में सट कर बैठ गई और मेरा हाथ अपने हाथ में लेकर बोली, "जीजी! बिलकुल चिंता मत कीजिए! मैं जो भी करने जा रही हूँ, उसके लिए आप बिलकुल भी जिम्मेदार नहीं हैं!"

उसकी यह बात सुनकर मैंने अपनी बंद आँखें खोली और उन्हें उसके चेहरे पर जमा कर कहा, "फालतू बातें मत करो, इन सबके लिए एकमात्र मैं ही जिम्मेदार हूँ। तुम्हें क्या सपना आया था कि यह सब करो? यहां आओ और धर्म परिवर्तन करो?"

मैं चकित रह गई जब उसके ये शब्द मेरे कानों में पड़े, "जीजी! धर्म-परिवर्तन! कौन से धर्म का परिवर्तन? यह शरीर जब जन्मा था, तो मुझे पता नहीं, यह क्या था। पति मरा, तो भी पता नहीं? मेरा धर्म क्या था और आज जब मैं और मेरी बेटियां जीना चाहती हैं, तो आप धर्म की बात कर रही हैं? इस चोले का क्या? कभी भी छूट जाएगा, पर यदि मैं इसे आज ही नहीं रख पाई! तो क्या कोई भी धर्म इसे बचा पाएगा? जीजी! धर्म तो मन में होता है। तन का उससे क्या संबंध है? आप जी छोटा मत कीजिए, आप तो निमित्त मात्र हैं, मेरे भाग्य में यह शुभ दिन लिखा था, जो आप संयोग से मुझे मिल गई! जीजी मैं आपके पैर पड़ती हूँ, कि यदि आज आपने रास्ता दिखाने में मेरी मदद की है, तो अब बीच मँझधार में छोड़कर मुझे इस पहाड़ी से कूदने को तो मत कहिए! उठिए! मन में हिम्मत लाइए! मुझे लगा कि प्रार्थना सभा में सुनी विवेकानन्द की आवाज गूँज रही है "उत्तिष्ठो भव:" मैं सन्न-सी और न देखती आँखों उसे देखती हुई बिना पलक झपकाए घूर रही थी, न सुनते कानों से सुनती हुई और वह मेरे सामाजिक सिद्धांतों के पोटले को, दुनिया भर के तर्कों को, झूठी विद्वता के घमंड से गढ़े गए बड़े-बड़े शिलाखंडों को, यथार्थ के धरातल पर बड़ी सहजता से पटक-पटक कर चूर करती जा रही थी। पर उसमें न तो विजेता का घमंड था और न ही मुझमें पराजित होने की शर्म। बस हम दोनों कलकल बहती निश्छल नदी के जल की तरह बहने लगे थे। उन

विचारों में अहंकार का लेशमात्र भी नहीं था। उसकी समझ में कहीं कोई कमी नहीं थी। जीवन के सच की कसौटी पर उसके शब्द सवा सोलह आने खरे उतर रहे थे।

मैं विस्मित थी कि यह सीधी-सादी, दुख की मारी ग्रामीण औरत कैसे सारे दर्शन-शास्त्र का सार अपने आप में समेटे बैठी है? कितनी सहज सरलता से इसने मुझे धर्म, काम और मोक्ष का अर्थ समझा दिया है। श्रीकृष्ण को भी अर्जुन जैसे महापात्र के लिए अठारह अध्याय गीता के कहने पड़े थे, पर इसने तो मुझ मूर्खा की हथेली पर ही इस सम्पूर्ण ब्रह्मांड में व्याप्त ज्ञान का अर्क रख दिया है। हालांकि उसने ये बातें बहुत ही साधारण शब्दों में कही थी, पर मुझे उनकी संश्लिष्टता और जटिलता को सुलझाने और समझने में खासा समय लग रहा था। मैं मारे अविश्वास के उसके चेहरे को अपनी आँखों से टटोले जा रही थी। दो-चार क्षणों का यह मौन सदियों के सन्नाटे पर भारी पड़ रहा था, हवा दब रही थी और ऊहापोह के बादलों ने चारों ओर से घेर कर एक दमघोंटू वातावरण उपस्थित कर दिया था, अब ऐसी घड़ी आ गई थी कि या तो अभी लम्बा श्वांस-प्रश्वांस खींचा जाए...वरना दम ही निकल जाएगा। मैंने एक बार फिर प्रश्न भरी गंभीर दृष्टि से लक्ष्मी की ओर देखा और वहां दृढ़ निश्चय के संकल्प से उपजे तेज को प्रकाशित देख मैंने हाथ पर जोर देकर उठते हुए कहा, ''तो लक्ष्मी चलें अंदर? देखें शायद मदर सुपीरियर तुम्हारी अर्जी सुन लें!'' लक्ष्मी की वह सफलता-भरी मुस्कुराहट आज भी ज्यों की त्यों मेरे मानस-पटल पर छवि-सी चित्रित है।

जब हमने मदर सुपीरियर के कमरे में कदम रखा, तो लक्ष्मी की गहन समझदारी ने मुझे एक बार फिर विस्मित कर दिया।

उसने आगे बढ़कर 'मदर' के पैर पकड़ लिए और कहने लगी, ''मां मुझे बचपन से ही ईसा की दया बहुत लुभाती रही है। अब उसकी इच्छा और कृपा से मैं यहां आ पहुँची हूँ और चाहती हूँ कि आप मुझे उनकी सेवा करने का मौका दें। मैं चर्च की सारी साफ-सफाई के अलावा खाना पकाने का काम भी करूँगी। मैं दिन में अठारह-बीस घंटे काम कर सकती हूँ। आप मुझे एक अवसर दीजिए, मैं गरीबनी और दुखियारी हूँ, मेरी रक्षा कीजिए। अगर आपको जरूरत हो तो ये जीजी मेरी 'गारंटी' ले लेंगी।''

मेरी क्या मजाल जो मैं ज़ोर से 'हां' में सिर न हिलाती।

मैंने गहरी नजरों से लक्ष्मी को घूरा, जिनमें यह भाव छिपा था कि 'बच्चियों का क्या होगा?' उसने मेरी उस 'देखी' को अनदेखी कर मेरा हाथ इस तरह

दबाया कि उसने उसके सारे मनोभाव कह दिए– 'थोड़ा सब्र रखिए, देखती जाइए, क्रमशः ये सारे मोहरे खानों में बैठ जाएँगे। अभी आप शांति रखिए और कोई लोभ मत दिखाइए।'

शायद मेरा चेहरा लक्ष्मी की इस उपलब्धि और चतुराई भरी समझ से चमक रहा था। इसलिए जब मैं गाड़ी के पास लौटी, तो सारे साथी मुस्कुराते हुए हल्के हाथों से ताली बजाने लगे। कुछ क्षणों के बाद भीतर रुकी लक्ष्मी भी लौट आई और बोली, "मैंने मां से कह दिया है कि कल मैं अपना सामान लेकर आ जाऊँगी।"

कुछ दिनों बाद लक्ष्मी का फोन आया कि वे सब खूब आनंद से हैं और उसे गले की डोर में क्रॉस के साथ हनुमान जी की मूर्ति लटकाने की अनुमति भी मिल गई है। उसके बाद उसने जो कहा, वह बेहद चौंकाने वाला था।

"दीदी! सच मानिए, इससे क्या फर्क पड़ता है कि मैं क्रॉस पहनूँ या हनुमानजी? क्या अपने-अपने गोरखधंधों में फंसे हम कभी भी किसी भी क्षण सही मन से भगवान को याद करते हैं? क्या सिवाय विवाद के हमारे जीवन में भगवान की कोई पूछ है? मुझसे कोई बर्तन टूट जाता है, तो मैं कह बैठती हूँ, हे भगवान! बचाना मुझे, जैसे कि भगवान कोई कुम्हार है, जो इसे जोड़ देगा। क्या हम सब उसको सिर्फ और सिर्फ अपने मतलब के लिए ही नहीं पुकारते? ऐसे में क्या अर्थ है इस बात का कि "मैं लक्ष्मी शर्मा हूँ या लक्ष्मी ब्रिगेंजा या कि लक्ष्मी परेरा? या कि मैं ब्राह्मण हूँ या ईसाई?

मैं चुपचाप उसकी बात सुनती रही। वह फोन पर कह रही थी–

"मुझे जीवन जीना है, आगे बढ़ना है और इन बेटियों को भी आगे बढ़ाना है। इस यात्रा में धर्म, समाज और संस्कार आदि शब्द मेरे लिए रास्ते के पत्थर मात्र हैं, जिन्हें जब जिसका मन होता है, हाथ में उठा कर मेरे सिर पर दे मारता है। आखिर इन मान्यताओं और इन तथाकथित संस्कारों ने मुझे दिया क्या है? भूख, लाचारी, बेबसी और दर्द! जीजी! बच्चों को भूख से तड़पते देखने का दर्द कैसा होता है, यह आप नहीं समझेंगी और मैं बयान भी नहीं करूंगी, क्योंकि उसका सुनना मात्र ही आप जैसे भले आदमी को अधमरा कर देगा।"

मैं चुप थी। परंतु वह बोल रही थी–

"जीजी! मेरी नास्तिकता को माफी दे दीजिएगा, क्योंकि युग के साथ मनुष्य ही नहीं, धर्म और भगवान भी बदलते हैं और इस बदलाव को स्वीकार करते हुए ही मुझे आगे जाना है। पगडंडी आपने पकड़ा दी है, अब राजमार्ग मैं खुद ढूँढ़

लूँगी। और यकीन मानिए मेरा कि मेरे भविष्य में मुझसे मिल कर आप शर्मिन्दगी नहीं फख्र महसूस करेंगी। आशीर्वाद दीजिए कि मैं अपनी दृढ़ता और संकल्प-निष्ठा पर अटल रहूँ, कभी कोई विचलन मुझे भटका नहीं पाए और मैं अपने सही मार्ग पर आगे बढ़ती रहूं! आशीष दीजिए जीजी, आशीष दीजिए!''

मेरे कंठ में उसी क्षण ये शब्द घूम रहे हैं-

''लक्ष्मी तुम सारे आशीषों से ऊपर हो। ये शब्द तो तुममें अपना अर्थ खोजेंगे। क्योंकि तुम इनकी सृष्टा हो। अब तुम्हें आगे बढ़ने से कौन रोक सकता है? यशस्वी भव: !''

आज सालों बाद सुघड़ लिखाई में एक पत्र आया है। नाम देखकर यकीन नहीं हुआ कि ये लक्ष्मी के हरफ हैं। वैसे उसने फोन पर संक्षेप में बताया था कि अब वह कॉन्वेन्ट में पक्की नौकरी कर रही है और लड़कियां भी खूब अच्छी तरह बड़ी हो रही हैं। उसने लिखा था-

पू. जीजी,

सादर प्रणाम!

देखते-ही-देखते पत्थर-से भारी दिन पंख लगाकर उड़ने लगे और सालों में बदल गए। आपकी ऋणी हूँ आदि कहकर आपके योगदान को छोटा नहीं करूँगी। उसे शब्दहीन ही रहने दूँगी। दीदी! आपको जानकर अच्छा लगेगा कि अंजली ने बारहवीं की परीक्षा बहुत ही ऊँचे नम्बरों में पास कर ली है और साथ ही उसने 'सैट' में इतने बेहतरीन मार्क्स पाए हैं कि विदेश की एक यूनिवर्सिटी, उसे पूरी छात्रवृत्ति देकर अपने खर्च पर बुलाने को तैयार है। हालांकि उसकी इच्छा यहीं रहकर डॉक्टरी पढ़ने की है, पर उसने यह भी सोच रखा है कि यहां खर्च का इन्तजाम न होने पर वह वहां चली जाएगी। मँझली बेटी अन्तरा, दसवीं में अत्यधिक अच्छे नम्बर लाई है और एक बड़ी कम्पनी उसकी आगे की पढ़ाई का पूरा खर्चा देने को तैयार है। सबसे छोटी, अपूर्वा! कभी दूसरे नम्बर पर नहीं आती और इस वर्ष वह नवमीं में आ गई है।

कॉन्वेन्ट की मदर और सिस्टर्स इन तीनों को अत्यधिक प्यार करती हैं, लेकिन बारहवीं के बाद यहां पढ़ाई का इन्तजाम नहीं है। वैसे उन लोगों ने भरोसा दिया है कि यदि इनकी पढ़ाई कहीं भी अटकेगी, तो वे सब अपने सम्पर्कों से यथासम्भव सहायता दिलवाएँगी। वैसे शायद प्रभु कृपा से यह नौबत नहीं आए।

शेष शुभ.. आप अपना ख्याल रखिएगा!

आपकी ही लक्ष्मी

मेरा जवाब था-

'ऋद्धि-स्सिद्धिस्सरस्वती सा श्रीः'

'श्री' में अर्थात् लक्ष्मी में ऋद्धि-सिद्धि सरस्वती सब समाहित हैं, ऐसा हम वैष्णवों का मानना है। जिसे तुमने आज सिद्ध करके दिखा दिया।

धन्य हो तुम और धन्य है यह धरती, जहां तुम-सी बेटियां जन्म लेती हैं और निरन्तर संघर्ष करते हुए बिना हार माने सर्वोच्च शिखर पर अपने परिश्रम का झण्डा फहराती हैं। जो मात्र सपना ही नहीं देखतीं, उसे सच्चाई और यथार्थ में परिणत करने का माद्दा रखती हुई अपने नाम को सार्थक करती हैं।

सदा सुखी रहो

तुम्हारी दीदी

सुमन

रुख़-ए-गुलज़ार

तसनीम खान

लेखक एवं पत्रकार तसनीम खान का पहला उपन्यास 'ऐ मेरे रहनुमा' भारतीय ज्ञानपीठ की नवलेखन प्रतियोगिता में अनुशंसित एवं प्रकाशित हुआ है। हिंदी में एक कहानी संग्रह आया है और राजस्थानी में शीघ्र आने वाला है। कुछ कहानियों का अंग्रेजी एवं उर्दू में अनुवाद भी प्रकाशित। वर्ष 2016 में भारतीय ज्ञानपीठ नवलेखन प्रतियोगिता में उपन्यास चयनित। कुछ अन्य पुरस्कार भी प्राप्त। सामाजिक कुरीतियों के विरुद्ध तसनीम खान की कहानियां बेबाक और मुखर आवाज बनकर उभरी हैं।

पता : जयपुर

मोबाइल : 99280-36141

इद्दत को मैंने पहली बार कब जाना। शायद आठ या नौ साल की रही होंगी। जब दादाजान का इंतकाल हुआ और देखा कि दादी दो दिन रोने के बाद तीसरे दिन से अजीब छटपटाहट में है। वे चिल्ला रही थीं और सभी से कमरे से बाहर जाने को कह रही थीं।

बड़ी दादी यानी उनकी मां थी। अपनी बेटी को समझा रही थी कि सब्र से काम लो, अब साढ़े चार महीने तुम्हें ऐसे ही रहना होगा। लेकिन वो किसी तरह मानने को तैयार नहीं। दूसरी ओर औरतें बातें कर रही थीं कि इसे शौहर के मरने के गम से ज्यादा तो बाहर निकलने की जल्दी है।

अरे, तू गुनहगार होगी, जो कोठरी से बाहर उजाला भी देखा तो। ऊपरवाला सब देख रहा है। इद्दत में सूरज भी हराम है। मरियम दादी मुंह बिचकाते हुए बोली।

बाकी औरतों ने भी हां में हां मिलाई।

उरुज दादी कहने लगी, "अजी हम जैसी इद्दत तो कौन निकाल सकता है। साढ़े चार महीने तक सिर ही ऊंचा नहीं उठाया। तभी से गर्दन झुकी ही है, लेकिन क्या मजाल की इद्दत के रिवाज को जर्रा बराबर भी गलत मानकर करने से इनकार किया हो।"

फिर से सभी बूढी दादियों ने एक साथ हामी भरी। वहीं अधेड़ औरतें इसे दर्द समझ कर दादी को तरस भरी निगाह से देख रही थीं। उनकी बहन की आंखों

से आंसुओं की बूंदें गिर पड़ी, उन्होंने झट से दुपट्टे के पल्लू से पौंछ दीं और दादी के उतरे कपड़ों को धोने चल दी।

दादी अपनी बड़ी मगर सूनी-सी आंखों को नीचे किए खोई थी। जैसे, ये सब बातें उनके कानों तक पहुंच ही नहीं रही। शायद सुन्न थीं। पर औरतों को इससे क्या। उन्हें तो लग रहा था कि शौहर की मौत के तीसरे दिन ही इसकी आंखें सूख गई। कोई और होती तो रो-रोकर सुबकियां भर आती। यहीं बातें कर औरतें दादी को उलाहना ही देती रहती।

इन दिनों इस हवेली में यही चर्चा छिड़ी रहती। हवेली के सबसे निचली मंजिल पर बीचोंबीच बना कोठरीनुमा कमरा अब दादी के रहने की जगह थी। दोनों ओर दालान थे। कमरे के एक ओर बरामदा था, उससे सटी बड़ी-सी बैठक। अब बैठक और कमरे के बीच के बरामदों को भी भारी परदों से ढक दिया गया था। ताकि कमरे तक रोशनी न पहुंचे। यह भी परिवार की पंचायत संभालने वाली कुछेक बुजुर्ग महिलाओं की राय पर किया गया था। उनका कहना था कि इद्दत जितना अंधेरे में कटे उतना अच्छा।

उरुज दादी को ही कहते सुना था कि शौहर की मौत के बाद चार महीने दस दिन बीवी परदे में रहती है। न कमरे से बाहर जाती है और न ही अपने बेटे-भाई के सिवा किसी दूसरे मर्द रिश्तेदारों से मिल सकती है। यहां तक कि घूंघट में भी उनके सामने नहीं जा सकती।

याद है कि इससे पहले दादी इस निचली मंजिल में अक्सर खाना बनाने या खाना खाने ही आया करती थी। या फिर अपने लाडले पोता-पोती के स्कूल से आने के वक्त वे बरामदे में घूंघट निकाले उसका इंतजार करती होती। दोनों को नहला कर, अपने हाथों से खाना-खिलाकर अपने कमरे में ले जाती।

उन्हें अपना तीसरी मंजिल पर बना कमरा ही पसंद था। जैसे पूरी हवेली के बाकी कमरों से उन्हें कोई लेना-देना नहीं था। दूसरी मंजिल के कमरों में झांकते भी हमने उन्हें कभी नहीं देखा था। वे तो सीधे तीसरी मंजिल पर जा पहुंचती थीं। यह कमरा दादाजी ने खासकर उनके कहने पर ही बनवाया था। तब भी घर के लोगों ने इसका विरोध किया था। शौहर अपनी बीवी के कहे में चल रहा है, यह बात लोगों को नागवार गुजरी। फिर भी दादाजी ने एक न सुनी और इस हवेली में एक कमरा बढ़ गया। कमरे के दोनों ओर खिड़कियां थीं, बाहर बरामदा जिसकी दीवारें ऊंची थी, मगर यहां बड़े-बड़े झरोखे थे। खुले झरोखे।

उन्होंने अपने कमरे में कहीं परदे नहीं लगा रखे थे। बारिश हो या सर्दी-गर्मी, कमरे की खिड़कियां हमेशा खुली रहती। बारिश में वे खिड़कियों के पास ही बैठा करती और भीगती रहती। एक बार उन्हें भीगता देख, मैंने जैसे ही खिड़की बंद करनी चाही, उन्होंने हाथ रोक दिया।

कहा- ये बंद होंगी तो मेरा दम घुट जाएगा। इन खिड़कियों से आती हवाएं मुझे मेरे होने का एहसास कराती हैं। यही वो कोना है, जहां मैं अपने आपको आजाद महसूस करती हूं। कोई बंधन यहां मुझे बांधता नजर नहीं आता। नहीं तो इस बंद हवेली की ऊंची दीवारों के बीच दम घुट जाता है।

वे मुझ जैसी छोटी नासमझ को जाने क्यों यह सब कह रही थीं, मैं नहीं समझी। खैर, मैं भी उनके साथ उन गिरती बूंदों के नीचे अपने आपको आजाद महसूस कराने की कोशिश में लगी थी और यह समझने की कोशिश कर रही थी कि इसका मतलब क्या होता है।

इन खिड़कियों का तआरुफ वे 'रुख-ए-गुलजार' कहकर कराया करती थीं। ये लफ्ज मेरे लिए उर्दू की मुश्किल पहेली से कम नहीं थे।

एक दिन पूछ ही लिया, "दादी यह क्या होता है?"

वे बोलीं, "मेरी लाडो इसका मतलब होता है, 'फूलों और हरियाली से भरे बगीचे की ओर'। यही कि मुझे मेरी खिड़कियों से आती हवा यूं लगती है, जैसे यह किसी बगीचे के फूलों की खुशबू लेकर मेरे पास आ रही है।"

वे ज्यादातर खामोश रहा करती, छोटी दादी यानी उनकी देवरानी से उनकी नहीं बनती, लेकिन फिर भी वे उनसे कभी कुछ न कहती। कभी-कभार उन्हें अम्मी को यह कहते जरूर सुना, "इन गंवारों की बातों में मत आना। बेटा-बेटी दोनों को पढ़ाना। नहीं तो हमारी तरह इसे भी किसी हवेली की बंद दीवारों को ही नसीब मानना होगा।"

उनका इशारा शायद मेरी ओर था।

घर का काम निपटाते ही जैसे उन्हें लगता कि उनकी खुली खिड़कियां और झरोखे उन्हें पुकार रहे हैं, सदा दे रहे हैं और वे बेकरार-सी दो मंजिल लांघ अपने इस कमरे में आ पहुंचती। जाने क्या आकर्षण था इन खुली खिड़कियों के कमरे का कि मैं भी दादी के साथ यहां आ जाती। मैं इन खुली खिड़कियों के साथ रहस्यमयी तौर पर जो जुड़ी थी, सो रहस्य जानने आती।

"अरे हां, इस कमरे में तो खिड़की ही नहीं।" मैंने दुखी मन से कहा।

अम्मी मिट्टी से पुते चूल्हे के पास बैठी आटा गूंथ रही थी। बोली, ''वह तो कभी थी ही नहीं, क्यों तुम्हें खिड़की का खयाल क्यों आया?''

मैंने पूछा, ''दादी अब आजाद महसूस कैसे करेंगी?''

अम्मी ने आंख निकाली और चुप रहने का इशारा किया। वहां से उठकर दादी के इस अंधेरे और बंद कमरे में आ बैठी। दादी का तो पता नहीं लेकिन बरामदे में परदे डलने के बाद मेरा तो इस कमरे में दम घुट रहा था। ऐसे ही बिना झरोखे और खुली खिड़की के दिन कट रहे थे, मेरे और दादी के।

दादी हर दिन अपनी मां से लड़ती कि उन्हें वहां से बाहर निकालें, वे इस अंधेरे कमरे में वक्त नहीं गुजार सकती। बड़ी दादी उनके बालों को प्यार से सहलाती और कहती, ''क्या करूं बेटी, यह मेरे बस में नहीं। रिवाज है, निभाना होगा, नहीं तो लोग क्या कहेंगे। तुम अभी इद्दत में हो और इस दौरान तुम्हारा तेज आवाज में बात करना भी ठीक नहीं। औरतें आएं तो तुम गर्दन झुकाकर बैठा करो और बात न किया करो।''

इतना कहना होता और दादी बिफर पड़ती, ''अब क्या मैं लोगों के हिसाब से चलूं। एक कमरे के कोने में मुझे घुटन हो रही है। मैं जानती हूं, अब मुझे जिंदगी अकेले काटनी है और यह घुटन इस बात का एहसास हर पल कराती रहती है। मुझे समझ नहीं आया कि दादी जब बाहर जाना चाहती हैं तो इन पर इतनी बंदिशें क्यों?''

खैर, कुछ ही दिन में दादी की दिमागी हालत बिगड़ने लगी थी। अब वे अपना बुर्का अपने घुटने के नीचे छिपाकर बैठने लगी थी। क्यों बैठती इसका पता तब चला जब एक दिन मौका मिलते ही वे घर से बाहर निकलने में कामयाब रहीं। लेकिन मोहल्ले के चौक में पहुंचते ही औरतों ने घेर लिया और उन्हें जबरदस्ती पकड़ लाई।

दादी अपनी बेबसी पर इतनी गुस्से में थीं कि उन्होंने बड़ी दादी को मारना शुरू कर दिया। जैसे-तैसे उन्हें छुड़ाया गया और दादी को पागल घोषित कर दिया गया। कुछ दिनों पहले तक समझदार दादी अब पागल घोषित हो गई थीं। क्यों, इसे समझने की किसी ने कोशिश नहीं की। बस, जो रिवाज न निभाए या तो वह समाज में रहने लायक नहीं है या फिर पागल। उनकी घुटन उन पर ही नहीं, मुझ पर भी हावी होने लगी थी। जब भी उन्हें देखती, आंखें छलक उठतीं। मन करता उन्हें हाथ पकड़ कर बाहर खुली हवा में ले जाऊं और उन्हें उनके होने का एहसास दिलाऊं।

एक बार फिर से घर में मातम का माहौल था। पापा नहीं रहे, यह सोचकर

ही दम घुटा जा रहा था। अब हमें उनके बिना जीना होगा, दिल मानने को तैयार नहीं और सबसे बड़ी तकलीफ कि अम्मी अब अकेले कैसे रह पाएंगी। यही सोच-सोचकर आंखों के आंसू रुकने का नाम नहीं ले रहे थे। लेकिन यह तकलीफ कम थी, उससे जो अम्मी को उठानी थी। एक कोने में सिर झुकाए बैठे रहने के एकाकीपन के साथ अब उन्हें साढे चार महीने गुजारने हैं, यह जानकर ही रोंगटे खड़े हो गए।

दादी की याद हो आई, जिन्होंने बामुश्किल अपने वे दिन गुजारे थे। लेकिन अम्मी जिन्होंने कभी रिवाजों को हमारे लिए बेड़ियां नहीं बनने दी, लगा कि वे ये दिन गुजारने से इनकार कर देंगी। लेकिन हैरानी थी देखकर कि उन्होंने खामोशी के साथ इद्दत के रिवाज के आगे घुटने टेक दिए थे और इसे गुजारने का फैसला कर लिया था।

अब वे अपने कमरे में परदे में थीं। घर के बीचोंबीच परदा डाल दिया गया था। कभी मर्द-औरतों के लिए इस घर में अलहदा रिवाज नहीं थे, लेकिन अब घर के दो हिस्से हो गए थे। एक अम्मी और बाकी औरतों के लिए तो दूसरा मर्दों के लिए। भाइयों के सिवा कोई उनसे मिलने नहीं आ सकता था। मेरे चाचा भी नहीं, जिन्हें उन्होंने बेटे की तरह पाला था। चाचा भी परदे के पार अपनी मां जैसी भाभी को इस मुश्किल घड़ी में भी दिलासा देने नहीं आ पाए।

यूं तो अम्मी को कभी सजने-संवरने और जेवरों का शौक नहीं रहा, लेकिन जितने पहनती थी, उतने में उन्हें देखने की आदत-सी हो गई थी। अब वे भी हमारे विरोध के बाद भी उतार दिए गए। पुराने, रंग उतरे कपड़े उन्होंने खुद ही अपने लिए चुन लिये।

अब उनके जीवन से लेकर शरीर तक पर सूनापन था। अजीब सूनापन। चीखों-चीत्कार से भरा सूनापन।

अम्मी का यह रहन-सहन हमारे लिए पापा के जाने के गम से भी ज्यादा तकलीफदेह था। बेपनाह दर्द। जो पूरे साढ़े चार महीने उनके साथ हमें भी भुगतना था। उनकी सूनी कलाइयां, बेरंग कपड़े और एक कोना। उन्हें देखकर दिल और दिमाग कुछ सोचने-समझने की हालत में नहीं होते और दर्द हद पार कर जाता। अब लगता था कि बचपन से ही अपनी मां, चाची या मामी से यही क्यों सुनती रही कि 'वे सुहागन ही मरें'। इसका मतलब अब समझ आया था कि बेवा होने में साथी से बिछड़ जाने का ही दुख नहीं होता, बल्कि उसके बाद के रिवाजों को

ओढ़ना और भी ज्यादा दुख भरा होता है।

नवंबर का महीना था। भरपूर सर्दी थी। घर के सबसे पीछे वाला कमरा उनकी इद्दत के लिए तय किया गया था। वहां पीछे कोने में जाकर एक ही खिड़की थी, जिसे बंद कर दिया। दरी और पतला बिस्तर उनके सोने के लिए था। बैड या पलंग अब उनके लिए वर्जित था, जबकि हम जानते थे कि उन्हें आंगन में सोने की आदत ही नहीं थी। लेकिन औरतों का जमावड़ा और उनकी बातों का दबाव न चाहते हुए भी हमें यह कबूल करने पर मजबूर कर रहा था।

बिस्तर लगाते हुए यही सोच रही थी कि अम्मी नहाकर आई। मैंने देखा कि वे क्रीम की बजाय तेल लगाकर चेहरे का रुखापन मिटाने की कोशिश कर रही थीं, मैंने सवालभरी नजरों से देखा तो उन्होंने नजरें चुराते हुए कहा, "अब खुशबू की चीजों का इस्तेमाल नहीं कर सकती।" अम्मी को पता है कि इतनी छोटी-छोटी बातों में भी मर्यादाओं का ध्यान करना हमें पसंद नहीं आएगा, शायद यही वजह थी, उनके नजर चुरा लेने की।

याद आया कि अम्मी को खूब सर्दी लगा करती है। सर्दियों के दिन तो वे छत पर ही बिताया करती थी, अपनी किताबें पढ़ते हुए।

मैंने कहा, "चलो ऊपर चलते हैं, आप नहाकर आई हैं तो धूप भी सेंक लेंगे और आप कोई मैगजीन भी पढ़ लेंगी।"

इतने में ही अमीरा फूफो गुस्से में बोलीं, "काहे की धूप और किताबें। तू अपनी बातें अपने तक ही रख। इद्दत में कमरे से बाहर मुंह नहीं निकाला जाता जो तू छत पर ले जाएगी खुले में। अब इन चोंचलों को भूल जाओ।"

उनके साथ दूसरी रिश्तेदार भी हामी भरने लगी तो मैं अपने को अकेली पड़ते देख कमरे से निकल गई। टीस और गुस्सा आंसुओं की शक्ल में बह रहा था।

"जरूरी है कि ये औरतें अब पूरा दिन हम पर सवार ही रहें। अपने-अपने घर जाएं तो हम और अम्मी चैन से तो रह सकें। अपनी मर्जी से अपने घर में रह सकें।" तीनों बहनें बैठकर यही बातें कर रही थीं। खालाजान कमरे में दाखिल हुई। आते हुए उन्होंने यह सुन लिया था तो कहने लगी, "देखो, शहर में होते तो कोई नहीं आता। वहां तो रिश्तेदार दूर-दूर रहते हैं तो दो दिन बाद इतनी भीड़ नहीं रहती। यह ठहरा गांव। पूरा समाज आसपास है और यहां रिवाज है कि कुनबे की औरतें पूरी इद्दत दिनभर यहीं रहेंगी। अब हम इनको मना नहीं कर सकते। पूरे परिवार, समाज की आंख की किरकिरी बन जाएंगे। सब्र से काम लो। यह दिन भी

निकल जाएंगे।'' उन्होंने उठते-उठते छोटी बहन के सिर पर हाथ फेरा। खालाजान भी नहीं चाहती थी कि उनकी बहन इस तरह रिवाजों की भेंट चढ़ी रहें, लेकिन लाचारी साफ झलक रही थी।

नागौर से अम्मी की सहेली आई थी, दुख जताने। शरीफन खाला। कमरे में आते ही दुख जताना भूल गई और कहने लगी, ''यह क्या। इस कमरे में तो आईना है और टीवी भी रखा है।''

नानी ने शर्मिंदा होते हुए कहा, ''यह चलता नहीं, तार हटा दिए हैं।''

''तो क्या हुआ।'' वे फिर बोली, ''यह तो गुनाह है। इस दौरान औरत का चेहरा आईने में देखना भी हराम है। आईने और टीवी को यहां से हटाओ या इन पर परदा लगाओ।''

अम्मी ने शर्मिंदगी से सिर झुका लिया, जैसे वे खुद से सवाल कर रही हों कि उन्होंने पहले इन्हें हटाने पर ध्यान क्यों नहीं दिया।

मुझ पर गुस्सा सवार था, बोली, ''यह कौन-सी शरीयत में लिखा है कि बेवा के कमरे में यह चीजें न हों?'' नानी ने चुप रहने का इशारा किया। लेकिन चुप नहीं रहा गया।

शरीफन खाला मुंह ताकने लगी। उनके साथ आई दूसरी औरत कह रही थी, ''हम क्या गलत कह रहे हैं। हमारे यहां तो औरतों के सामने भी बेवा का आंचल मुंह से नहीं उठता, नाखून दिखाना भी हराम समझा जाता है। फिर तुम्हारे रिवाज तुम जानो।''

उनका तंज इतना गहरा था कि अम्मी और नानी का सिर झुक गया था।

सुबह के नौ ही बजे थे। अभी औरतों का आना शुरू नहीं हुआ था। कमरे की सफाई की और अम्मी की दरी बिछा दी। देख रही थी कि अम्मी बिलकुल खामोश थी। इतनी देर में उन्होंने मुझसे कोई बात नहीं की थी।

उनके पास बैठी और उनका हाथ अपने हाथ में लेकर बोली, ''अम्मी, आप क्यों चुप हो। बोलो, बातें करो जैसे पहले रहती थी वैसे ही रहो, कहने दो लोगों को जो कहना है, हम आपको घुटते हुए नहीं देख सकते।''

उन्होंने मेरी ओर देखा।

उनकी आंखें... हां, उनकी आंखें बिलकुल सूनी थी। हमेशा टिमटिमाने वाली चमक गायब थी कलेजा मुंह को आ रहा था कि बीस दिनों में ही अम्मी का क्या हाल हो गया था।

उनकी आवाज के साथ मेरा ख्याल खत्म हुआ।

वे कह रही थीं, ''क्यों औरतों से बहस करती हो। इनसे हम नहीं जीत पाएंगे।'' उनके इस 'हम' ने कुछ हौसला दिया। लगा कि वे भी नहीं चाहतीं इन रिवाजों से गुजरना, लेकिन वे दबाव में थीं।

मैंने कहा, ''जब मैं इद्दत को लेकर औरतों के सामने कुछ बोलती हूं तो आप साथ क्यों नहीं देती?''

वे कह रही थीं, ''मैं अपने बच्चों के लिए उनके हकों के लिए लड़ सकती हूं, अपने लिए नहीं।'' कभी किसी से हार न मानने वाली अम्मी के मुंह से आज ये बेबसी की बातें अच्छी नहीं लगी।

आज फिर अम्मी का खून का दौरा धीमा पड़ गया था और वे बैठे-बैठे ही बेहोश हो गई। भाईजान आए, साथ में चाचा का लड़का भी। वह अस्पताल में नर्स था, सो भाई उसे ले आया था। उसने अम्मी का बीपी नापा और भाई को जरूरी हिदायतें दीं। लेकिन रिश्तेदार औरतें अब भी इस बात का जोड़-तोड़ बैठा रही थीं कि चाचा के लड़के को उनके पास आना चाहिए था या नहीं। यह ठीक था या नहीं।

इंजेक्शन लगने के बाद अम्मी अब बैठी थीं, भाभीजान गर्म कॉफी ले आई थी। भाईजान कह रहे थे कि बार-बार तबीयत बिगड़ रही है तो डॉक्टर को दिखा देते हैं। नानी और अम्मी दोनों ने एक-दूसरे की ओर देखा और फिर नजरें चुरा ली। लगा कि दोनों तो चाहती हैं कि डॉक्टर को दिखा दिया जाए।

इतने में ही किसी ने कहा, ''कमाल करते हो इद्दत में मर्द डॉक्टर के पास ले जाओगे। वैसे ही इस गम में बेहोशी आना आम बात है।''

हम भाई-बहन देख रहे थे कि ये वही अम्मी हैं, जो कभी रिवायतों को बुरा नहीं मानती, लेकिन उन्हें जिंदगी में आगे बढ़ने की मुश्किल नहीं बनने देती थीं। जो आसानी से निभ गई, ठीक हैं, जो बेड़ी की तरह लगें, उन्हें तोड़ देती थीं।

जब मैं तीन साल की हुई तो उन्होंने मेरे लिए भी वही प्राइवेट स्कूल चुना, जिसमें भाईजान जाते थे।

रिश्तेदारों ने कहा, पढ़ाना ही है तो पास ही सरकारी स्कूल है, उसी में पढ़ा लो, बेटी पर इतना पैसा खर्च करने की क्या जरूरत है।

मेरी अम्मी खामोश रही। खामोशी उनका अपना अंदाज था, जिसमें उन्होंने क्या छिपा रखा है, यह कोई नहीं जानता था। उन्होंने यह बात सुनी और मुझे तैयार कर स्कूल भेज दिया।

जब मिडिल स्कूल जाना हुआ तो फिर किसी ने कहा कि बड़ी हो रही है। स्कर्ट पहनाकर मत भेजो, स्कूल में बात कर इसे सलवार कमीज में भेजने की इजाजत लो तो अच्छा रहेगा।

अम्मी ने फिर से खामोशी से सुना और मेरी स्कूल की नई स्कर्ट सिल डाली और भी नई फूलों वाली स्कर्ट सिली, जिन्हें मैं स्कूल समारोह में पहनकर जाती थी।

उनकी खामोशी इन रिवाजों को मानने से इनकार करती रही और मुझे यह समझाती रही कि मैं क्या पढूंगी या क्या पहनूंगी यह तय करने का अधिकार किसी को नहीं है। अम्मी की खामोशी मेरी बड़ी हिम्मत बनी। उस हिम्मत के साथ ही मैंने कुछ बनने का सपना देखा और विश्वास था कि मेरे हर फैसले में वे अपने अंदाज में मेरे साथ होंगी। रीति-रिवाजों को मेरे आगे बढ़ने में बाधा नहीं बनने देंगी।

यही हुआ, वे मेरे लिए राहें आसान करती गईं और मैं आगे बढ़ती रही।

लड़कों के साथ नहीं पढ़ने का रिवाज भी उनकी खामोशी ने खत्म कर दिया और मैंने उसी कॉलेज से पढ़ाई पूरी की, जिसे आमतौर पर लड़कों वाला कॉलेज कहा जाता था। उन्होंने रीति-रिवाजों से परे होकर जिंदगी जीने का हौसला दिया और आगे बढ़ते जाना, बंदिशों को पीछे छोड़ते जाना भी उन्हीं से सीखा।

अपने बचपन में खोई थी कि छोटी बहन ने झिंझोड़ा। कहा, "अम्मी की तबीयत ठीक नहीं, ठिठुर रही हैं और शायद फिर खून का दौरा धीमा पड़ गया है।" बहन का झिंझोड़ना यूं लगा, जैसे मैं लम्बी नींद से जागी हूं। खुद से कहा, "अब तो जागना ही होगा। नहीं तो ये बुरे सपने डराते ही रहेंगे। कोई तो फैसला लेना ही होगा, नहीं तो मैं उम्रभर अम्मी की कर्जदार रहूंगी।" गालों पर लुढक आए आंसू पोंछे, उठी और पिछले कमरे में औरतों के बीच होती हुई अम्मी तक पहुंची।

अम्मी कम्बल ओढे, गर्दन झुकाए बैठी थी।

मैंने अम्मी का हाथ पकड़ा और कहा,"उठो, चलो यहां से।"

अम्मी के साथ ही सारी औरतें हैरत में पड़ गईं।

अम्मी ने बहुत ही धीमे लहजे में पूछा, "कहां?"

"जहां मैं चाहूं, वहीं ले जाऊंगी।"

उन्हें लगभग खींचते हुए उठाया, बहनों ने भी उनको सहारा दिया। चौक से आगे परदे के पार होने को थी कि अम्मी बोली, "नहीं बेटा, बाहर नहीं।" लेकिन मैं नहीं मानी।

नानी हमारे साथ उनका हाथ पकड़े थीं। आज उन्होंने किसी रिवाज की दुहाई

नहीं दी। शायद बेटी का पीला पड़ता चेहरा अब उनके लिए रिवाजों और औरतों की बातों से ज्यादा दुखदायी हो चला था।

पीछे आई रौनक अम्मा ने गुस्से में कहा, "यह क्या गुनाह करवा रही है, लड़की। इद्दत में सूरज की रोशनी में ले जाएगी, वह भी पराए मर्द से इलाज करवाने। इसे गुनाह में डालेगी और तू भी गुनहगार होगी।"

मैंने कहा, "इसके लिए कयामत के दिन मैं जवाबदेह होऊंगी, आपको ज्यादा फिक्रमंद होने की जरूरत नहीं।"

करीमा फूफो समझाने लगी, "अरे बेटा, साढ़े चार महीने की ही तो बात है और लोग क्या कहेंगे कि आदमी को मरे चार दिन नहीं बीते कि औरत घर से निकल गई।"

उन्हें अनसुना करते मैं अम्मी से मुखातिब थी, "जिन रिवाजों को आपने मुझे नहीं ओढने दिया, मुझे दूर रखा, अपना रास्ता चुनने का हौसला दिया, वैसे ही मैं आपको इन रिवाजों का निवाला नहीं बनने दूंगी।" यह कहते हुए उन्हें कार में बैठाया। हम घर और रिवाजों से आगे बढ़ चुके थे और पीछे घर में तौबा की जा रही थी, लेकिन मैं अम्मी के दिए हर हौसले से भरी थी।

भैया ने कार आगे बढ़ा दी। पीछे की आवाजें कुछ मंद होने लगी थीं। अम्मी हैरत से देख रही थीं। उनकी आंखों में अब बेबसी नहीं थीं, वे पहले-सी चमक रही थीं, टिमटिमा रही थीं।

भैया ने कहा, "आप डरना नहीं अम्मी, समाज के इस दबाव से। हम आपके साथ हैं। आपके लिए ही नहीं। हमारी किसी भी पीढ़ी के लिए इस रिवाज को हम बेड़ियाँ नहीं बनने देंगे।"

अम्मी ने हमारी ओर देखा और चेहरे पर हंसी की एक लकीर खिंच गई। बड़े दिनों बाद हमारे चेहरे भी दर्द से आजाद हुए थे।

हम वापस घर जा रहे थे। घर से पहले गली के कोने पर पुरानी हो चली हमारी पुश्तैनी हवेली नजर आ रही थी। अब खंडहर हो गई थी, लेकिन तीसरी मंजिल पर बनी दादी के कमरे की खिड़कियां अब भी जीवन से भरपूर थीं। उस ओर से आया हवा का झोंका पुरसुकून था, जो हमारी सदियों की थकान मिटा गया था। दादी की उन खिड़कियों से होकर आ रही हवाएं 'रुख-ए-गुलजार' जो थीं। दादी की आजादी आज समझ आ गई। मन ही मन उनसे वादा कर लिया कि आने वाली पीढ़ियां अब इन अंधेरे और बिना झरोखों के कमरों से होकर नहीं गुजरेंगी।

वह जरूर आएगा...

दीप्ति कुलश्रेष्ठ
23 दिसंबर, 1949 को जन्मी दीप्ति कुलश्रेष्ठ की अब तक तीन कथा संग्रह, नौ उपन्यास एवं कुछ अन्य पुस्तकें प्रकाशित हो चुकी हैं। वे राजस्थान साहित्य अकादमी, उदयपुर के सर्वोच्च 'मीरा पुरस्कार' एवं 'रांगेय राघव पुरस्कार' सहित अनेक पुरस्कार एवं सम्मान प्राप्त हैं। वरिष्ठ अध्यापक की राजकीय सेवा से स्वैच्छिक सेवानिवृत्ति के बाद दीप्ति कुलश्रेष्ठ आज भी सक्रिय लेखन एवं साहित्यिक गतिविधियों में लगी हैं। उनकी कहानियां सामाजिक ताने-बाने को लेकर चलती हैं और समय के साथ कदमताल करती प्रतीत होती हैं।
पता :
'अपराजिता'
2-क-7, चौपासनी हाउसिंग बोर्ड,
नंदनवन, जोधपुर-342001
मोबाइल : 94141-9031

"शिखा, देखो, पापा तुम्हारे लिए क्या लाए हैं?" शिखा की मम्मी ने शाम को उसके स्कूल से लौटने के बाद अप्रत्याशित खुशी देते हुए कहा, पापा पास खड़े मुस्करा रहे थे। शिखा ने चकित भाव से पूछा, "क्या लाए हैं पापा मेरे लिए आप?"

"आओ चलो, चलकर देखो उधर कि क्या लाए हैं?"

उसके पापा, बंगले के बाहरी बरामदे की सीढ़ियां उतरकर पार्श्व में बने गैराज की ओर शिखा को अपने साथ ले आए। वह वहाँ पहुँचकर खुशी से उछल पड़ी, चहकते हुए बोली, "अरे वाह! आपने तो बड़ी जल्दी अपना वायदा पूरा कर दिया पापा! आप कितने अच्छे हैं!"

उसके पापा ने उससे प्रॉमिस किया था कि वह यदि दसवीं कक्षा प्रथम श्रेणी में उत्तीर्ण कर लेगी तो वह उसे हायर सैकण्डरी में उसके शौक की चीज रेसर साइकिल और सीनियर सैकण्डरी में स्कूटी लेकर देंगे। वह इस वर्ष दसवीं में प्रथम श्रेणी में उत्तीर्ण हुई थी।

ऐसे प्यारे-प्यारे उपहार और बेटी की सफलता से खुश होकर उसे पुरस्कार देना प्रोफेसर अनन्तपालसिंह और उनकी पत्नी चंद्रिका कभी नहीं भूलते थे।

उसने साइकिल पर बड़े प्यार से हाथ फेरा। प्रोफेसर अनन्तपाल ने पूछा, "पसंद आई न!"

"हाँ पापा, बहुत अच्छी है!" फिर उसने अपनी

मम्मी से मुखातिब होकर कहा, "मम्मी, जल्दी से चाय-नाश्ता दे दो, इसे आज ही चलाकर देखूंगी।"

अनन्तपाल सिंह ने स्निग्ध स्वर में कहा, "अभी शाम को रहने दो बेटी, कल सुबह-सुबह जल्दी उठकर प्रैक्टिस करना। सुबह के समय सड़क पर भीड़-भाड़ कम होती है, गाड़ियाँ वगैरह भी कम निकलती हैं।"

"तो ठीक है, फिर कल सुबह जल्दी उठाने की जिम्मेदारी आपकी। अभी मैं कुछ होमवर्क भी कर लेती हूँ...कल ही ठीक रहेगा।"

"हाँ, हाँ उसकी तुम चिन्ता मत करो, हम लोग तुम्हें उठा देंगे जल्दी। अब चलो। हाथ-मुँह धोकर नाश्ता कर लो।" चंद्रिका ने लाड से कहकर उसकी पीठ थपथपाई।

अगली सुबह शिखा को उठाने की जरूरत नहीं पड़ी। उसकी नींद अपने आप बहुत जल्दी खुल गई। एक उमंग उत्साह के साथ वह गैराज के उस हिस्से में आई, जहाँ उसकी नई-नवेली साइकिल रखी थी। उसने उस पर से पैकिंग के कागज और पॉलिथिन आदि जल्दी-जल्दी हटाए और उसे लेकर बंगले का फाटक खोल, बाहर सड़क पर निकल आई।

विश्वविद्यालय परिसर के नजदीक बने इस बंगले के सामने इंजीनियरिंग कॉलेज का हॉस्टल है। हॉस्टल की बालकनी पर तीन-चार छात्र बैठे पढ़ रहे थे। उन लोगों ने शिखा को साइकिल लेकर बाहर निकलते देख लिया था। अब उनका ध्यान किताबों में कम और सड़क पर ज्यादा था।

उस वक्त सड़क शांत थी और लोगों व गाड़ियों का आवागमन भी कम था। शिखा अपनी साइकिल पर फर-फर उड़ रही थी। नई साइकिल पाकर उसका मन तरंगित हो रहा था।

बालकनी में बैठे छात्रों में से, दो ने अपनी कॉपी-किताबें बंद करके एक तरफ रख दीं, उनमें से एक ने अपनी और दूसरे ने दोस्त की साइकिल ली और बाहर निकलकर शिखा के नजदीक चले आए।

उन्हें शरारत सूझ उठी थी, वे उसके पास-पास जिग-जेग ढंग से साइकिल चलाने लगे। शिखा को अभी इतना अच्छा अभ्यास नहीं था। इसलिये संतुलन बनाने की कोशिश करते हुए वह बोल उठी, "ए मिस्टर, यह सब नहीं! फिलहाल मुझे बहुत ज्यादा प्रैक्टिस नहीं है। मैं गिर जाऊंगी न!"

"ओके! तो ठीक है, सीधे-सीधे चलाएँगे। रेस हो जाए?"

"अरे बाबा! समझ में नहीं आता क्या? जब प्रैक्टिस ही नहीं है अभी ठीक से चलाने की तो रेस क्या खाक होगी?"

"तो ठीक है, फिर कभी सही।" वे दोनों हँसकर चले गए।

शिखा से उन लोगों का कोई सीधा परिचय नहीं था। हाँ, उन्होंने उसे अक्सर आते-जाते तो देखा था और वे लोग इस बात को जानते थे कि वह अनंतपाल सिंहजी की बेटी है, जो विश्वविद्यालय में अंग्रेजी के प्रोफेसर हैं।

कुछ ही दिनों में शिखा ने साइकिल चलाने का अच्छा-खासा अभ्यास कर लिया। हॉस्टल की बालकनी में सुबह-सुबह बैठे पढ़ रहे छात्रों और शिखा में अक्सर मुस्कानों का आदान-प्रदान हो जाया करता था। कई बार वे दूर से ही हाथ हिलाकर और कभी-कभी अंगूठा व तर्जनी वर्तुल में मिलाकर प्रशंसा का भाव भी व्यक्त करते थे। उनकी शरारतों पर शिखा को मन ही मन हल्का-सा गुस्सा भी आता किन्तु निसंदेह उसका उत्साह दुगना हो जाता था।

एक दिन जब शिखा सुबह ही सुबह अपनी साइकिल लेकर बाहर निकली तो देखती क्या है कि सामने सड़क पर कुछ दूरी तक कोलतार और सफेदे आदि के ड्रम व टूटे ट्री गार्ड इधर-उधर, दाँयें-बाँयें, आगे-पीछे करके रखे गए हैं। विश्वविद्यालय परिसर के बाहर और हॉस्टल के बीच की इस सड़क का यही फायदा है कि इधर से ट्रक-टॉली आदि ज्यादा नहीं गुजरते। आगे जाकर यह सड़क मुख्य सड़क से मिल जाती है।

उतनी दूरी तक ड्रम इस तरह पड़े देखकर शिखा समझ गई कि यह लड़कों की ही शरारत है। इसलिए उसकी निगाह बालकनी की तरफ उठ गई।

लड़कों ने हाथ हिलाकर एक स्वर में कहा, "ये तो हरडल्स हैं, हमने पैदा किए हैं, जरा इनके बीच से साइकिल गुजारिए तो पता चलेगा प्रैक्टिस अच्छी हुई है या नहीं?"

शिखा ने उन्हें एक हल्के क्रोध के साथ देखा, फिर भी इसे उसने एक चुनौती की तरह लिया। उसके इस तरह देखने पर उनमें से एक बोला, "अब हरडल्स फेस करने की आदत तो होनी ही चाहिए न! इस तरह खाली सड़क पर तो सभी चला सकते हैं।" ऐसा कहने के साथ ही फिर उन्होंने अंगूठा सीधा खड़ा करके उसे कामयाबी के लिए शुभकामनाएं दीं।

शिखा ने धीमे से मुस्कराकर यह सब स्वीकार कर लिया और वह उन ड्रमों आदि के बीच से गुजारकर उनसे बचते-बचाते साइकिल चलाने लगी।

उसे रोज की तरह कुछ एयरफोर्स के जवान भी अपनी नीली वर्दी में इधर से निकलते दिखाई दिए, वे हमेशा इसी वक्त इधर से निकलते हैं। इसलिए अब उनसे भी परस्पर मुस्कानों का आदान-प्रदान हो जाता है। आज उसे ड्रमों के बीच साइकिल चलाते देख, वे हँसकर हाथ हिलाते हुए निकले तो शिखा ने भी प्रत्युत्तर दिया।

लड़की कम उम्र से ही पुरुषों की नजर को खूब पहचानने लगती है, ईश्वर ने शिखा को भी इसकी खास सामर्थ्य दी है, इसी सामर्थ्य की बदौलत उसने भी जान लिया था कि उन छात्रों और एयरफोर्स के इन नौजवानों की मुस्कानें निर्मल और स्वच्छ हैं।

शिखा अपने मम्मी-पापा की तरह हँसमुख, मिलनसार और सामाजिक है। वह अल्हड़ और सहज है। उसके यहाँ सहेलियों का मजमा लगा रहता है, हँसी, ठहाके और सहेलियों से चुहलबाजी उसका खास शौक है। वह अपना जन्मदिन खूब रौनकदार मनाती है। उसके एक भाई है अजून। जो इन दिनों एन.डी.ए. की ट्रेनिंग ले रहा है, इस वर्ष के अंत तक पूरी हो जाएगी।

अनन्तपाल सिंह और उनकी पत्नी चंद्रिका अपने दोनों बच्चों को बेहद प्यार करते हैं। इस परिवार में जीवनधारा एक सतत् प्रवाह में बह रही है।

इन बातों को दो-ढाई महीने ही गुजरे होंगे कि अचानक एक दिन शिखा की दूर के रिश्ते की एक विधवा बुआजी का टेलीग्राम आया कि वह अपने अकेलेपन से ऊब गई हैं, कुछ दिन यहाँ रहने आ रही है। इसलिए फलाँ तारीख को उन्हें स्टेशन लेने आ जाएँ।

अनन्तपाल सिंह अपनी बेटी के साथ उन्हें लेने स्टेशन गए। भाई से खूब गद्गद् भाव से मिलने के बाद जब उनकी नजर शिखा पर पड़ी तो वह उसे पहचान नहीं पाई। पहचानती भी कैसे, बहुत छोटेपन में उन्होंने उसे देखा था। इसलिए अब कैशोर्य के निखार से निखरी शिखा को देखकर पूछ बैठी, "अरे अनन्त, मैंने इन्हें नहीं पहचाना, ये कौन हैं?"

"लो जीजी! इसे नहीं पहचाना तुमने! यह शिखा है, तुम्हारी लाडली भतीजी। बड़ी हो गई है न, इसलिए पहचान नहीं पा रही हो।"

"ओहो!" उनकी आँखों में चमक और हैरानी दोनों थी।

"यह इतनी बड़ी हो गई? मेरे दिमाग में तो इसकी छुटपन की छवि ही थी अब तक। देखा, सालों नहीं मिलते तो ऐसा होता है।"

अनन्तपाल हँस दिए। शिखा को जाने क्यों अच्छा लगा बुआ का उसे न पहचान

पाना, इसी के साथ उसे अपने छोटे से बड़े हो जाने का एहसास भी हुआ था और अपने अस्तित्व की एक खास पहचान का बोध भी।

उसने एक खुली-खुली मुस्कान के साथ बुआजी को झुककर नमस्कार किया।

रास्ते भर बुआजी खूब बोलती हुई आईं। शिखा और अर्जुन के बारे में खूब बातें पूछती रहीं।

''कम उम्र में ही विधवा हो जाने के कारण उनके अपनी कोई संतान नहीं थी, पर औरों के बच्चों के गुण-दोषों पर उनकी बड़ी पैनी नजर रहती है। यही नहीं, वह उनके माँ-बाप को यह बताने से भी नहीं चूकती कि बच्चों को किस ढंग से पाला-पोसा जाए जिससे वे ठीक रहें। उपदेश देने में माहिर हैं, परनिन्दा और चुगली से उन्हें बेहद प्रेम है। दिखने में वे बड़ी शालीन और सभ्य लगती हैं, व्यक्तित्व ऐसा है कि हर कोई उनके सामने जबान खोलने से घबराता है। मन में उनका एक आतंक अपने आप बन जाता है और उनके सामने कोई अन्य दूसरे की निन्दा करने में भी हिचकिचाता है।

प्रत्यक्ष रूप से दिखाई देने वाली क्षति वे किसी को नहीं पहुँचातीं, यह और बात है कि लगातार उनके प्रति मन में बना रहने वाला खौफ अपने लम्बे असर में परिजनों के तंत्रिका तत्र में, आवेग संवहन में लगातार गड़बड़ी पैदा करने का एक कारण हो सकता है।

चंद्रिका ने अपनी ऐसी दमदार ननद का सहज भाव से खूब स्वागत-सत्कार किया। बुआजी खूब खुश हो गई।

कुछ ही दिनों में वे घर में ऐसे रहने लगीं, जैसे उनकी जरूरत सबको है, उन्हें किसी की भी जरूरत नहीं। अड़ोस-पड़ोस में सबके यहाँ मिलना-जुलना शुरू हो गया था उनका।

वे सबकी कमजोरियों को बड़ी बारीकी से पकड़ती हैं और मौके पर उसे शर्मिन्दा करने से नहीं चूकतीं। किसी की भी साधारण बात को भी इस ढंग से उद्घाटित करती हैं, मानो वह बहुत भेद भरी, बुरी बात हो और उसे उतना ही तूल दे डालती हैं।

दिन भर में जब तक किसी की कोई नई बात सुन न लें, उन्हें नींद नहीं आती। कुछ झूठी बातों को नमक-मिर्च मिलाकर इस तरह पेश करती हैं कि सच्ची लगने लगती हैं।

शिखा को उनका यह सारा रवैया बिलकुल रुचिकर नहीं लग रहा था। वह

यथासंभव उनसे दूर रहने की कोशिश कर रही थी, पर बुआजी उसकी हर बात पर नजर रखे थीं, उन्हें उसका खिलन्दरापन फूटी आँख नहीं सुहा रहा था।

बुआजी हालाँकि थोड़े दिनों के लिए ही आई थीं पर यहाँ की आबो-हवा उन्हें बेहद रास आ गई थी। शायद, इसीलिए उनके दस-पंद्रह दिन धीरे-धीरे सरककर हफ्तों में बदल गए।

बुआजी को यह जरा भी अच्छा नहीं लग रहा था कि शिखा छुट्टी के दिन अपनी सहेलियों का मजमा लगाए बैठी रहती है या फिर सुबह-शाम अपनी साइकिल लेकर बाहर खुली हवा में निकल जाती है। शिखा उनके हाथ किसी भी तरह नहीं लग रही थी, इससे वह मन ही मन और ज्यादा उसके विरुद्ध हो गई थीं। उन्होंने एक दिन चंद्रिका से टीका-टिप्पणी करते हुए कहा, "अरे चंद्रिका, तुम्हारी लड़की का पैर तो घर में जरा नहीं टिकता! बस या तो सहेलियों से गपाती रहती है या उड़ती-फिरती है। मैं कहती हूँ, इसे घर के काम-काज भी सिखाओगी या नहीं? कल को अपने ससुराल जाएगी तो घर कैसे संभालेगी?"

चंद्रिका ने हँसकर कहा, "जीजी, आप चिन्ता मत कीजिए, सिर पर जिम्मेदारी पड़ती है तो सब सीख जाते हैं।" बुआजी अपने भाई से शिकायत करतीं तो वे भी हँसकर टाल देते।

एक दिन बुआजी के हाथ जैसे बड़ा भारी सुराग लग गया। उन्होंने एयरफोर्स के नौजवानों को शिखा से टाटा करते हुए देख लिया था और यह भी देख लिया था कि शिखा सुबह-सुबह जब साइकिल लेकर निकलती है, कुछ छात्र सामने हॉस्टल की बालकनी में बैठे पढ़ते होते हैं और अक्सर शिखा और उन लोगों के बीच मुस्कानों का आदान-प्रदान भी होता है।

उनके हाथ जैसे सहसा कोई रहस्य लग गया। बस, फिर क्या था। उन्होंने अपने भाई-भौजाई के कान भरने शुरू कर दिए। उन्होंने अनन्तपाल से कहा, "भैया, शिखा को बिलकुल बाहर नहीं निकलने देना चाहिए। जानती हूँ तुम्हारे लिए तो वह हमेशा बच्ची ही रहेगी पर वह जवान हो रही है। तुम्हें तो यह भी नहीं मालूम कि सामने कुछ लड़के बालकनी में बैठे रहते हैं, शिखा उन्हें देखकर मुस्कराती है।"

अनन्तपाल ने हँसकर कहा, "जीजी, मैं जानता हूँ यह सब बातें पर तुम जैसा सोचती हो, वैसा कुछ भी नहीं है। शिखा अल्हड़ और मस्त है। उन स्टूडेंट्स के मन में भी कोई योग नहीं है, उन लोगों में उम्र का खिलन्दरापन है, आप इसे इस ढंग से मत लीजिए। शिखा को अंदर नहीं बिठाया जा सकता, फूलों को खिलने

के लिए धूप, पानी, हवा सब चाहिए होता है जीजी।''

''तुम्हारी यह सब बातें मुझे समझ में नहीं आती अनन्त। तुम कविता करते रह जाओगे और लड़की हाथ से निकल जाएगी, फिर हाथ मलोगे।''

अनन्तपाल लम्बी साँस खींचकर चुप रह गए। ऐसे जब बात नहीं बनी तो बुआजी ने अब सीधा सम्पर्क शिखा से ही स्थापित किया और उसे यह ताकीद करने की कोशिश की कि वह घर से बेमतलब बाहर न निकले।

शिखा ने मन ही मन सोचा, जो कुछ बुआजी ने अपने बचपन में सीखा है, वही सब उसे सिखाने-समझाने की कोशिश कर रही हैं, जबरदस्ती वह सब बातें मुझ पर थोपना चाहती हैं। पर प्रगट में हँसकर बोली, ''बुआजी, अब तो आपको भी नए जमाने की कुछ बातें सीखनी होंगी।'' लड़की की धृष्टता पर बुआजी ने आँखें फाड़कर उसे देखा।

बुआजी के भीतर जो संस्कार कूट-कूटकर भरे थे, जिन संस्कारों ने उन्हें गढ़ा था, उनसे वे बाहर नहीं आ पाईं।

उनकी भावनाएँ और संवेदनाएँ कुंठित थीं, वे यह बात कहाँ जानती हैं कि अनात्मीयता, अमित्रता ही तो ऐसी कुंठाओं को जन्म देती हैं।

उन्होंने रात के खाने के बाद भाई को कॉफी देते हुए फिर कहा, ''अनन्त, लगता है तुम और चंद्रिका दोनों ही नहीं समझते इस बात को कि इस उम्र में लड़कियों का ज्यादा विश्वास नहीं करना चाहिए। मेरी मानो तो लगाम कसकर रखो।''

''जीजी, यदि मैं कहूँ कि इस उम्र में लड़की पर ज्यादा विश्वास करना चाहिए बल्कि उसे अपने विश्वास में लेना चाहिए। यह तभी संभव है जबकि उस पर विश्वास किया जाए। वैसे भी मेरी बेटी अविश्वास के लायक नहीं है।'' अनन्तपाल ने वातावरण को हल्का बनाने के लिहाज से हँसी-हँसी में ही यह बात कह दी थी।

बुआजी के भीतर इसकी विपरीत प्रतिक्रिया हुई। वे और ज्यादा विरुद्ध हो उठीं और शिखा को रोककर बिठा देने के लिए और ज्यादा आमादा। लेकिन उन्हें मौका ही नहीं मिल पा रहा था, इधर उनके भीतर की खलिश बढ़ती जा रही थी।

इसी बीच इस परिवार में एक सांघातिक घटना घटी, अनन्तपाल सिंह की कार एक्सीडेंट में मृत्यु हो गई। इस दर्दनाक मौत ने सबको हिलाकर रख दिया। खासतौर से शिखा और चद्रिका को। घर-भर में रोना-पिटना मच गया।

अर्जुन की ट्रेनिंग इस दौरान पूरी हो चुकी थी और उसकी पहली नियुक्ति भी हो गई थी। कारगिल युद्ध के समय उसे बॉर्डर पर भेज दिया गया था। उसके बाद

उसका पहला प्रमोशन भी हो चुका था, अब वह कैप्टन हो गया था। उसे तार देकर बुलाया गया। पिता के देहांत से उसे भी बहुत सदमा पहुँचा। किन्तु उसके लिए शोकग्रस्त होकर बैठे रहना मुमकिन नहीं था और अब तो उसका अपने काम पर लौटना और ज्यादा जरूरी हो गया था। जिन्दगी को तो अपनी ही रफ्तार से चलना होता है। वह बहन को दुलारकर, माँ को धीरज बँधाकर, दोनों का दायित्व बुआजी को सौंपकर भारी मन से लौट गया।

बुआजी को कुछ दिनों बाद अपनी छोटी बहन के यहाँ जाना था पर अब उन्हें यहीं रुकना ज्यादा ठीक लगा और अब तो वह उन दोनों की जरूरत के लिए रुक रही थीं, ऐसे हालातों में उन्हें अकेले तो नहीं छोड़ा जा सकता। इस वक्त यहाँ निश्चिन्त होकर रहा जा सकता था। सो वे जाने का विचार त्यागकर दोनों को संभालने के लिए रुक गईं।

पिता के शोक में डूबी शिखा को संभालने उसकी सहेलियाँ भी आ रही थीं लेकिन बुआजी उन्हें कोई न कोई बहाना निकालकर जल्दी लौटा देती थीं, शिखा से ज्यादा देर बात नहीं करने देतीं। शिखा मन ही मन इन बातों को समझ रही थी, वैसे भी उसने इन दिनों बाहर निकलना काफी कम कर दिया था।

चंद्रिका का ध्यान इस तरफ गया तो उसने उसकी सहेलियों को फोन करके बुलाया और शिखा से भी कहा कि वह बाहर निकला करे वरना भीतर ही भीतर तो और ज्यादा दुख में डूबी रहेगी।

वह जब भी बाहर निकलने लगती, बुआजी की रोक-टोक शुरू हो जाती। वह बिना चंद्रिका की परवाह किए ऊँचे स्वर में कहतीं, ''ए लड़की, चुपचाप घर में बैठना सीखो, ज्यादा बाहर निकलने की जरूरत नहीं है। सिर से बाप का साया हट गया और भाई नौकरी पर बाहर है, ऐसे में अहतियात से ही रहना पड़ेगा, समझी! मुझे तो वैसे भी लड़कियों की इतनी आजादी पसंद नहीं, यह तो अनन्त ही था जिसने तुम्हें इतनी शह दे रखी थी, घोड़ी की तरह इधर-उधर कूदती-फिरती थीं। तुम्हें क्या मालूम है कि घर में बाप-भाई न हो तो कितनी मुश्किल होती है लड़कियों की।''

ये शब्दों के कोड़े शिखा के हृदय पर सीधा आघात पहुँचाते। उसकी उदास, खामोश आँखों में कामना के कई रंग छलछलाते नजर आते।

चंद्रिका बेजबान और बेजान हो चली थी। अब बुआजी उसे भी सुनाने से नहीं चूकतीं। चंद्रिका जब भी अपने हृदय की पीड़ा उन्हें कहना चाहती, बुआजी बजाय उसे सुनने के, अपनी दमदार आवाज में कहतीं, ''तुम तो यह विधवापन

अब भुगत रही हो, मैंने तो इसे बचपन से भोगा है चंद्रिका! खुद अपना ही बोझ अपने कंधों पर लिए घूम रही हूँ पर क्या मजाल है जो किसी के सामने रोई होऊँ! तुम अब तो समझ गई होंगी कि पहाड़-सी जिन्दगी मैंने कैसे निकाली होगी?''

चंद्रिका बेबसी के घूंट पीकर रह जाती, शिखा को लगता कि माँ को उसी के कारण इतना सुनना पड़ता है। इसलिए वह अपने आप में सिमटने लगी। कातर हो आई अपनी आंखों से कभी-कभी अपनी विवश और क्षुब्ध माँ की तरफ देखती है और अपनी कॉपी-किताब लेकर चुपचाप भीतर बैठी रहती है।

परीक्षाएँ नजदीक आ चली थीं। इसलिए किसी तरह मन को खींचकर पढ़ने में लगाने की कोशिश करती है। पढ़ते वक्त अपनी नोट-बुक में वह क्या लिखती रहती है कोई नहीं जानता। बुआजी और चंद्रिका नहीं जानती कि उसने अपनी कुछ नोट-बुक्स के पिछले पन्ने पर लिखा है-मैं मर जाना चाहती हूँ।

सहेलियों से उसका सम्पर्क लगभग समाप्त हो चुका था। बुआजी की खरी-खोटी बातें सुनने की सहन शक्ति अब उन लड़कियों में नहीं रही थी। फिर भी कभी-कभार आकर शिखा से मिल जाती थीं और अपनी मूक सहानुभूति व करुणा जता जाती थीं।

उसे याद आता एक बार उसके पापा ने उसे एक चीनी कहावत बताई थी, 'उदासी के पंछी को अपने सिर के ऊपर से गुजरने तो दो पर उसे अपने बालों में घोंसला मत बनाने दो।' पर क्या अपना स्वत्व अपने नियंत्रण में होता है?

उसने किसी तरह परीक्षाएँ दीं। उसके बाद गर्मी की छुट्टियाँ और सूनी हो चलीं। इक्का-दुक्का जो सहेलियाँ उसके पास आ जाया करती थीं, वे भी अपने माता-पिता के साथ बाहर घूमने चली गई थीं।

शिखा के दिन-रात सिसकियों, हिचकियों और बुदबुदाहटों के बीच निकलने लगे। वातावरण के प्रति किसी भी प्रकार की आत्मीयता और अंतरंगता से खाली। उसके लिए यह कैसी अजीब अनुभूति थी! चारों तरफ चुप्पी ही चुप्पी! चुप्पियों के बीच दम तोड़ता संवाद!

संवादहीनता की ऐसी स्थिति में वह खुद ही खुद से बातें करने लगी थी। उसके इस एकालाप के बारे में किसी को कुछ नहीं मालूम था। मुस्कुराती जीवंत आँखें बुझ चली थीं, उनमें एक अजीब खालीपन समाता जा रहा था, जिन्हें देखकर यह कहा जा सकता था कि उनमें शिखा की आत्मा का अक्स नहीं झिलमिलाता। उन आँखों में शिखा की पहचान नहीं रही।

शब्दों और स्पर्शों को टटोलती बेचैनी जो उसके भीतर साफ देखी जा सकती थी, किसी को दिखाई नहीं दे रही थी। स्नेह, प्यार, ममता, उष्णता, आत्मीयता की रेशमी डोरी जो चारों तरफ बुनी हुई थीं, उन्हें धीरे-धीरे काट दिया गया था। अब उसके पीछे से वह दयनीय स्थिति में झाँकती नजर आ रही थी। न जाने कौन-कौन-सी ध्वनियों को छूने की आकांक्षा पनप-पनपकर उसके भीतर छटपटा रही थी। जाने किस सुगंध को पा लेने को लालायित हो उठती थी वह?

अब वह अपनी रेसर साइकिल को अपने कमरे के कोने में खड़ा कर उससे बातें करते हुए कहती है, "आप यहाँ खड़ी रहो, ठीक है।" खुद वहीं पास में लेट जाती है। कभी-कभी उसको झाड़-पोंछ कर धीरे-धीरे उसे सहलाकर कहती है, "बस!"

खाना परोसकर खाने बैठती है तो खाने से पहले कहती है, "बस! अब खाना खा लो।"

खाने के बाद खुद ही खुद से पूछती है, "खा लिया? बस!" उसका यह 'बस' कहना छोटे बच्चों से बात पूछने जैसा या कभी-कभी सान्त्वना देने जैसा होता है, वह उसी लहजे में बोलती है।

यह सब कहते वक्त शायद अनजाने ही वह अपनी 'पेरेन्टिंग' कर रही होती है। उसके चेहरे पर इस वक्त एक गहरी अंदरूनी यातना का भाव दिखाई देता है।

एक दिन चंद्रिका ने यह सब देखा और सुना, वह भीतर तक सिहर उठी, उसका कलेजा मुँह को आ गया। उसने शिखा को भींचकर छाती से लगा लिया, बात करने की बहुत कोशिश की किन्तु वह खामोश बनी रही। उसका व्यवहार बर्फ की तरह ठंडा था।

चंद्रिका जोर-जोर रो पड़ी, शिखा अब भी उसे फटी-फटी आँखों से देख रही थी। चंद्रिका का रोना सुनकर बुआजी भी शिखा के कमरे में आ खड़ी हुई थीं, उन्हें अब तक भी यह समझ में नहीं आया था कि आचार-आचरण सिखाने के नाम पर वे शिखा के साथ कितनी ज्यादती कर चुकी हैं।

वे सवाल भरी आँखों से माँ-बेटी को ताक ही रही थीं कि शिखा सहसा ही छत की तरफ दौड़ी। ऊपर आकाश से एक हवाई जहाज दूर से आता दिखाई दिया। शिखा जल्दी-जल्दी सीढ़ियाँ चढ़कर ऊपर पहुँच चुकी थी।

पीछे-पीछे चंद्रिका और बुआजी भी दौड़ीं। दोनों ने आँखें फाड़े देखा जिस वक्त हवाई जहाज उनकी छत के ऊपर से होकर गुजरा, शिखा एक अजीब-सी

मुस्कान के साथ हाथ हिलाकर जैसे किसी को टाटा करने लगी। अचानक ही बहुत खुश होकर उसने अपनी मम्मी से कहा, ''मम्मी! देखो उसमें वह जा रहा था, उसने मुझ से टाटा भी की थी और जब वह इधर से दुबारा गुजरेगा मेरे लिए कोई न कोई गिफ्ट जरूर गिराएगा। उसने मुझसे प्रॉमिस किया था। अभी वह जरूर आएगा!''

चंद्रिका की आँखों से झर-झर आँसू बह निकले।

चक्रव्यूह

नीलिमा टिक्कू

नीलिमा टिक्कू के अब तक चार कहानी संग्रह एवं एक उपन्यास तथा एक व्यंग्य संग्रह प्रकाशित हो चुका है। वे त्रैमासिक पत्रिका 'साहित्य समर्था' की संपादक हैं। राष्ट्रीय स्तर पर अनेक पुरस्कार भी प्राप्त हो चुके हैं। उनकी कहानियां जहां महिलाओं को स्वावलंबी बनाने, अपने स्वाभिमान की रक्षा के लिए संघर्ष की प्रेरणा देती हैं, वहीं नारी मन की पीड़ा को बहुत गहराई से महसूस करते हुए सरल भाषा में पाठकों के समक्ष आती हैं।

पता : सम्पादक साहित्य समर्था
ई-311-312, लालकोठी स्कीम, जयपुर-203015
मोबाइल : 98874-42103

बाहर मूसलाधार बारिश होने लगी थी, इसी के साथ ही रोड लाइट्स बंद हो गई थीं। वह काफी समय से एयरपोर्ट रोड पर कार में बैठी छोटी बहन को फोन लगा रही थी लेकिन उसका फोन स्विचऑफ आ रहा था। इसका मतलब अभी तक उसकी फ्लाइट नहीं पहुंची थी। फ्लाइट सही समय पर होती तो साढ़े सात बजे तक पहुँच जाती। उसका अंदाजा था कि बहन को बाहर आते-आते आठ तो आराम से बज ही जाएंगे। यही सोचकर वह ऑफिस की मीटिंग से फ्री होते ही ठीक आठ बजे एयरपोर्ट के बाहर पहुंच गई थी। अमूमन सर्दियों में इतनी तेज बारिश नहीं होती। हाँ सर्दी बढ़ाने के लिए हल्की बारिश मावठ के रूप में हो जाती है। एयरपोर्ट रोड पर अक्सर अपनों को ले जाने वाले लोगों की कारें कतार में खड़ी होती हैं। घुप्प अंधेरे में कुछ कारें अपनी जलती बुझती लाइट्स से जीवन्तता का एहसास करा रहीं थीं। वह झुंझलाते हुए सोच रही थीं। आजकल फ्लाइट्स कभी समय पर नहीं पहुँचती। उसे अपनी बेवकूफी पर भी पछतावा हो रहा था। आज ऑफिस में अर्जेंट मीटिंग थी और उसने साइलेंट मोड पर होते हुए भी अपने मोबाइल को स्विच ऑफ कर दिया था। इसीलिए छोटी बहन का कोई फोन भी उस तक नहीं पहुँच सका होगा। कार में बैठने पर भी उसने अपना मोबाइल ऑन नहीं किया था। यहाँ पहुँच कर ही उसे याद आया था। सम्भव ने उससे कहा भी था कि मीटिंग आराम से अटैण्ड कर लेना, छोटी

बहन को मैं एयरपोर्ट से ले आऊँगा लेकिन अपनी लाडली बहन को खुद लाने की ललक उसमें उछाल मार रही थी। सो उसने मना कर दिया था। तभी सम्भव का फोन आ गया, "क्या हुआ ? तुम अभी तक घर नहीं पहुँची। लगता है एयरपोर्ट से ही अपनी प्यारी बहन को बाहर घुमाने ले गई हो। वैसे मौसम भी बहुत बढ़िया हो रहा है।"

वह रूआंसी हो उठी, "एक तो बेमौसम बरसात हो रही है, उस पर तुम भी सिचुएशन समझे बिना मजाक करने लगे। छोटी का फोन स्विचऑफ आ रहा है। इसका मतलब उसकी फ्लाइट अभी पहुँची नहीं है।" तभी दूसरी तरफ से बहन के खिलखिलाने की आवाज सुनाई दी, "मेरा प्लेन तो बिफोर टाइम आ गया था दीदी। आपको कितने फोन किए लेकिन आपका फोन स्विच ऑफ है, यही सुन-सुन कर मेरे कान पक गए थे। मैं समझ गई कि मेरी प्यारी दीदी की मीटिंग अभी खत्म नहीं हुई होगी। इसीलिए मैंने दिमाग लगाया और सम्भव को फोन कर दिया। उसी के साथ फ्रूट्स लेकर अभी घर पहुँची हूँ। मेरे मोबाइल की बैट्री भी खत्म हो गई थी। इसीलिए घर पर उसे चार्ज करने के लिए लगा गई थी।" उसकी बात सुनकर वह ठगी-सी रह गई थी। अपनी छोटी-सी गलती की वजह से वह आज उसे अपने साथ घर नहीं ले जा सकी थी। उसने सोचा था कि वह माँ की इस प्यारी बेटी को घर लेकर जाएगी और उनका खुशी से दमकता चेहरा देखेगी। खैर! वह इन पलों का आनन्द नहीं उठा सकी। घर पहुँची तो ड्राइंग रूम में सम्भव और पंखुड़ी किसी बात पर जमकर ठहाके लगा रहे थे। कमाल की लड़की है ये, किसी भी अजनबी को चुटकियों में दोस्त बना लेने की अद्‌भुत क्षमता रखती है। मैंने ही इमरजेंसी के लिए उसे सम्भव का नम्बर दिया था।

मैं सम्भव को पिछले एक साल से जानती हूँ, वक्त के साथ-साथ हमारी मित्रता प्रेम में परिवर्तित हो गई थी। माँ-पिताजी को वह पसंद आ गया था। नापसंद करने जैसा कोई कारण भी नहीं था। वह औरंगाबाद से इंजीनियरिंग करके आया था और अब यहाँ नौकरी कर रहा था। दो बडी बहनें विवाहित थीं और माता-पिता इंदौर में रहते थे। मेरे साथ काम करने वाले शर्माजी के पड़ोस में पेइंगगेस्ट के रूप में रहता है। मम्मी-पापा ने कभी अपने निर्णय हम तीनों बहनों पर नहीं थोपे थे। सम्भव उन्हें पसंद आ गया था और अब जब सम्भव के किराए के घर में पेंट हो रहा था तो उसे एक महीने के लिए हमारे घर की तीसरी मंजिल पर बने इकलौते कमरे में रहने की इजाजत पापा ने दे दी थी। पापा इन दिनों एक माह के लिए जर्मनी गए हुए थे।

मंझली बहन ने भी उसे अपने भावी जीजू के रूप में स्वीकार कर लिया था। वह

भी हम सबका बहुत ख्याल रखता था। पंखुड़ी को अभी इस बारे में मैंने कुछ नहीं बताया था। सोचा था यहाँ आएगी, तभी बता दूँगी। वह हम तीनों में सबसे छोटी थी। इसीलिए हम सबकी लाडली थी, खासकर माँ की। हम दोनों बहनों ने अपने शहर में रहकर ही पढ़ाई की थी जबकि पंखुड़ी घर से दूर पूना में रहकर इंजीनियरिंग की पढ़ाई कर रही थी। वहीं कॉलेज प्लेसमेंट में उसका स्लेक्सन एक मल्टीनेशनल कम्पनी में हो गया था। फाइनल ईयर की परीक्षा देकर वह आज घर पहुंची थी, वैसे तीन महीने बाद उसे वापस वहीं नौकरी करनी थी। माँ दूर रह रही अपनी इस लाडली बेटी के लिए हर समय चिंतित रहती थी। उसके खाने-पीने से लेकर उसके अकेले रहने की चिंता में घुली जा रही थी। हमारे समझाने पर भी उसे लेकर उनकी चिन्ता कम न होती थी। इतने समय बाद उनकी लाडली उनके साथ रहने आई है, वे बेहद खुश थीं। उसकी पसंद की चीजें बनाती माँ बेहद उत्साहित थी। मैंने देखा कि उसका सामान ड्राइंग रूप में ही रखा हुआ है। प्यार से उसको देखते हुए मैंने सामान की तरफ इशारा किया, "इसे उठाकर माँ के कमरे में रख दे।"

वह चिहुँकी, "माँ के कमरे में! ना बाबा ना। मैं ऊपर वाले बैडरूम में रहूँगी। अब छोटी बच्ची नहीं रही। वैसे भी मुझे अकेले सोने की आदत है।" माँ का मुँह उतर गया था, अपनी लाडली बिटिया से इतने दिनों से अलग रहने के अनुभव सुनने को तरसती माँ यह नहीं समझ पा रही थीं कि वह अब पहले जैसी छुई-मुई, हर बात में माँ के आँचल में मुँह छिपाने वाली छुटकी नहीं रही। चार साल मुम्बई जैसे महानगर में रहकर आई है।

माँ ने उसे समझाते हुए कहा, "छुटकी, वह कमरा तो मेहमानों के लिए रखा है।" माँ की बात सुनकर वह खिलखिलाई, "माँ, हम लड़कियाँ भी तो पीहर में मेहमान की तरह ही होती हैं।" उसकी बात सुनकर माँ के साथ-साथ मैं भी स्तब्ध रह गई थी। बात की गम्भीरता को खत्म करने के लिए मैंने एक खोखला-सा ठहाका लगाया, "सच कह रही है तू, लेकिन आज तो तुझे माँ के साथ ही सोना होगा, तभी उन्हें चैन मिलेगा। माँ खाना लगा दो बहुत जोर से भूख लगी है।" कहती हुई मैं वहीं सोफे पर पसर गई।

माँ ने आज छुटकी की पसंद का खाना बनाया था। मेज पर सजा खाने का सामान देखकर खुश होने की बजाय वह झुंझलाई, "माँ, यह सब क्या बना दिया आपने? मैंने बड़ी मुश्किल से अपने आपको मैन्टेन किया हुआ है। घी-तेल तो मैं बिलकुल नहीं खाती और रात को सिर्फ फ्रूट्स ही खाती हूँ। भला हो सम्भव का जो

ऐसे खतरनाक़ मौसम में भी मेरे कहने पर मुझे फ्रूट शॉप ले गए। अचानक हुई बरसात में मेरे साथ-साथ वे भी भीग गए।''

तभी सम्भव को छींक आ गई और पंखुड़ी अपने पर्स से छोटी-सी विक्स की डिबिया निकालकर उसे पकड़ाने लगी, ''ये लगा लीजिए इससे आराम मिलेगा।''

हकबकाया-सा वह मेरी तरफ देखता हुआ बोला, ''नहीं, इसकी जरूरत नहीं। रात को सोते समय लगा लूँगा। अभी तो खाना-खाना है। मम्मीजी ने इतनी मेहनत और प्यार से बनाया है। भई मेरे मुँह में तो पानी आ रहा है। मैं हाथ धोकर आता हूँ।'' वह हाथ धोने के लिए वाशवेशिन की ओर बढ़ गया। इधर माँ की भावनाओं से बेखबर छुटकी एक प्लेट में अपने लाए फल काटने लगी थी। माँ को विश्वास नहीं हो रहा था कि दिन भर इतनी मेहनत से बनाए उसके पसंदीदा व्यंजनों को नकारने में उनकी लाडली दो मिनट भी नहीं लगाएगी। इस बार भी स्थिति को संभालने के लिए उसे ही आगे आना पड़ा था, ''चल अच्छा है छुटकी, तूने डायटिंग शुरू कर दी। अब माँ के हाथ का बना इतना बढ़िया खाना हम चट कर जाएंगे। जब से तू हॉस्टल गई है। माँ ने तो हमें ये सब बनाकर खिलाना ही बंद कर दिया। जैसे तेरे सिवाय इस घर में हम सब की कोई अहमियत ही नहीं है। तेरे पीछे से हम किसी चीज की फरमाइश करते तो तुझे याद कर माँ की आँखों से टप-टप आँसू गिरने लगते थे। छुटकी को ये पसंद था, छुटकी को वो पसंद था। आखिर हमने भी अपने हथियार डाल ही दिए थे। सोच लिया था कि जब तू घर आएगी तभी ये सब चीजें खाने को मिलेंगी।'' सम्भव भी हमारे साथ खाना खाने के लिए बैठ गया, उसे अपनी प्लेट में खाना डालते देख छुटकी बिदक गई, ''क्यूँ हुजूर, आप तो फल की दुकान पर फरमा रहे थे कि आपको भी ज्यादा घी-तेल का तला-भुना खाना पसंद नहीं। आपका बस चले तो आप भी रात को फ्रूट्स खाकर ही सोएं, फिर अब क्या हुआ ? लीजिए, मैंने आपके लिए भी फ्रूट्स काटे हैं।'' उसकी बात सुनकर एक बार तो वह सकपका गया किन्तु फिर शीघ्र ही सम्भल गया, ''हाँ, मैंने कहा था लेकिन जब माँ के हाथ का बना इतना स्वादिष्ट खाना सामने हो तो कौन कमबख्त अपने ऊपर कंट्रोल कर सकता है।''

सब मुस्करा दिए थे, वातावरण सहज होने लगा था। मैं सोच रही थी कि आजकल बच्चों को हॉस्टल भेजने के पीछे कई बार माता-पिता द्वारा यह तर्क दिया जाता है कि घर में रहने से उनके इकलौते बच्चे स्वार्थी और आत्मकेन्द्रित हो जाते हैं। हॉस्टल में रहकर वे अन्य बच्चों के साथ मिलजुल कर रहना सीखते हैं। एक-दूसरे की भावना की कद्र करना सीख जाते हैं। लेकिन इस धारणा के विपरीत छुटकी को देखकर

बेहद हैरानी हुई। माँ की स्नेहासिक्त भावनाओं से बेखबर फ्रूटस खाती छोटी बहन बेहद अजनबी–सी लग रही थी। मुझे महसूस हुआ कि वह बाहर रहकर ज्यादा ही प्रैक्टीकल हो गई है। शायद ये महानगर में रहने का असर है। उससे केवल चार साल छोटी बहन अब इतनी भी छोटी नहीं रही थी कि माँ की कोमल भावनाएँ न समझ सके। उसने आँखों ही आँखों में मंझली को इशारा किया और दोनों बहनें चटखारे ले लेकर खाना–खाने लगी। माँ के बनाए खाने की तारीफों के पुल बांधते हम तीनों माँ को खुश करने में लगे हुए थे। लेकिन अपनी लाडली छोटी बेटी के व्यवहार से माँ बुझ–सी गई थीं।

मंझली बैंक में काम करती थी और शाम छह बजे तक घर आ जाती थी। मैं इंश्योरेंस कम्पनी में मैनेजर थी, अक्सर व्यस्त रहती थी। इधर पंखुड़ी भी अपने प्लेसमेंट को लेकर बहुत उत्साहित थी। माँ ने बहुत प्यार से पंखुड़ी की मनपसंद खीर बनाई थी। बड़ी झिझक के साथ वह मेज पर खीर की कटोरियाँ रख रही थीं। मैं भी आने वाली स्थिति से बचने के लिए, पर्स रखने के बहाने अपने कमरे में चली आई थी। तभी पंखुड़ी पीछे से आकर मेरे कंधे पर झूल गयी, ‘‘दीदी सम्भव बड़ा ही इंटरैस्टिंग लड़का है।’’

मैंने उसकी बात का कोई जवाब नहीं दिया।

‘‘क्या हुआ दी, कहाँ खो गई? कहीं तुम उसे पसंद तो नहीं करती हो?’’

मैं अचकचा गई थी। पंखुड़ी के अब तक के व्यवहार से मैं बहुत खिन्न थी। इसलिए अभी उसे सच बताने की इच्छा नहीं हुई। मैंने अपना पीछा छुड़ाने के लिए कह दिया, ‘‘अरे नहीं, ऐसी कोई बात नहीं है।’’

‘‘पक्का?’’ वह रहस्यमय तरीके से मुस्कराई थी। मैंने खीझते हुए कहा, ‘‘तू तो पीछे ही पड़ गई, वह सिर्फ मेरा अच्छा दोस्त है।’’

‘‘ओ.के. फिर ठीक है। असल में मुझे वह अच्छा लगा और उसके हाव–भाव से आई मीन जिस तरह से शाम से वह मुझे सपोर्ट कर रहा है, साफ जाहिर है कि वह भी मुझे पसंद करता है। अब तो लाइन क्लीयर है।’’ कहती हुई मेरा मुँह चूमकर फुदकती हुई वह ड्राइंगरूम में चली गई। मेरा दिल धक् रह गया। यह बेवकूफ लड़की बहुत जिद्दी है, जो ठान लेती है, उसे पूरा करके रहती है। इससे पहले कि यह कोई गलतफहमी पाल ले। मैं आज रात को ही इसे सब कुछ सच–सच बता दूंगी। यही सोचती मैं भी ड्राइंग रूम में चली आई। पंखुड़ी वहाँ बैठी सम्भव को अपने हॉस्टल के मनोरंजक किस्से सुना रही थी, जिसे वह बड़ी रुचि लेकर सुन रहा था। तभी मैंने

हिम्मत करके खीर की ट्रे उसके सामने कर दी। पहले तो उसने नाक-भौंह सिंकोड़ी लेकिन फिर तुरन्त एक कटोरी खीर उठा ली, जिसे देखकर मेरे चेहरे पर इत्मीनान के भाव उभर आए लेकिन दूसरे ही पल उसकी बात से घर में विस्फोट-सा हो गया, "मैं वैसे यह खीर बिलकुल नहीं खाती लेकिन माँ मैंने तुम्हारी एक बड़ी परेशानी आज दूर कर दी। मेरे लिए लड़का मत देखना, मुझे सम्भव पसंद है। इसी खुशी में आज बदपरहेजी कर रही हूँ।" इतनी देर से रस ले लेकर उसकी बातें सुनता सम्भव एकाएक उठ खड़ा हुआ, "सुनो पंखुड़ी, तुम पाखी की बहन हो। इस रिश्ते से मैं तुमसे स्नेह करता हूँ। मैं और वह एक-दूसरे को पसंद करते हैं और इस सम्बन्ध के लिए तुम्हारे मम्मी-पापा की स्वीकृति मिल चुकी है। मैं यह बात तुम्हें पहले ही बता देता लेकिन तुम्हारी दीदी स्वयं तुम्हें यह बात बताना चाहती थी। इस वजह से मैं अब तक चुप बैठा था।"

पंखुड़ी ने आश्चर्य से मुझे देखा, "लेकिन दीदी ने तो कहा था कि तुम सिर्फ उनके दोस्त हो?" मैंने संयत होते हुए कहा, "छुटकी, मैं रात को तुम्हें सारी बात बताने वाली थी, लेकिन तुमने मुझे टाइम ही नहीं दिया।"

वह बिना कुछ कहे सूटकेस उठाए ऊपर वाले कमरे में जाने के लिए सीढ़ियाँ चढ़ने लगी। पीछे-पीछे प्रिया भी चल दी। मैं जब तक ऊपर पहुँचती, उन्होंने कमरे का दरवाजा बंद कर लिया था। दरवाजा खटखटाने का विचार छोड़कर मैं वापस मुड़ी। प्रिया उसे समझा देगी यही सोच रही थी कि तभी प्रिया की आवाज सुनकर मेरे कदम वहीं थम गए थे, "पंखुड़ी, तू परेशान मत हो। पिछले महीने जब सम्भव यहाँ रहने आया था। तब मैं भी उसकी तरफ आकर्षित हो गई थी लेकिन दीदी ने तो उसे पहले ही हथिया लिया था। इसलिए चाहकर भी वह मुझे पसंद नहीं कर सका था। उसने मुझसे कहा था, "सच कहूँ तो प्रिया जी मुझे भी आप बहुत अच्छी लगती हो लेकिन पिछले एक साल से आपकी दीदी से मिलता रहा हूँ। बुरा न मानें आप बहुत सुन्दर हैं। आपको मुझसे अच्छा लड़का मिल जाएगा लेकिन यह वादा रहा कि हम हमेशा अच्छे दोस्त बने रहेंगे। यह कहते हुए उसने मेरे हाथ को पकड़ कर चूम लिया था।"

मंझली बहन की बात सुनकर वह स्तब्ध रह गई थीं। आखिर यह माजरा क्या है? वह सीधी सम्भव के पास जा पहुंची थी।

"सुनो, मैं तुम्हें अपने प्रेम के बंधन से आजाद करती हूँ, हम तीनों बहनों में से जो पसंद हो उसे चुन लो।" उसकी इतनी स्पष्ट बात सुनकर वह अचकचा गया था, "मैंने केवल तुम्हें ही चाहा है। ऐसी बात कहकर तुम मुझे शर्मिन्दा कर रही हो।"

"अच्छा! फिर तुमने प्रिया के साथ हुई बातचीत को मुझसे क्यों छिपाया था?"

"ओह वो।" वह अटक गया था। "वह सब बता कर मैं तुम्हारा दिल नहीं दुखाना चाहता था। उसे भी मैंने स्पष्ट जवाब दे दिया था। मैं केवल और केवल तुमसे ही प्यार करता हूँ।"

रात को हम तीनों बहनें एक साथ बैठी थीं। मैंने सम्भव से अपनी पहली मुलाकात से लेकर अभी तक के किस्से की एक-एक बात सुनाई थी। फिर दोनों छोटी बहनों से कहा था, इस लड़के की वजह से हम बहनों के आपसी रिश्तों में कोई खटास आए, यह मैं बिलकुल नहीं चाहती। तुम चाहो तो मैं अब भी इस रिश्ते से इंकार कर सकती हूँ।" मेरी बात सुनकर छुटकी हँसते-हँसते लोटपोट हो गई थीं।

"दीदी, मुझे मंझली दी ने पहले ही आपके रिश्ते के बारे में बता दिया था। हम दोनों तो तुम्हारे मजे ले रहे थे। हमारी दीदी का कहीं रिश्ता होने जा रहा हो तो हमें उस लड़के को भी तो ठोक बजाकर देखना चाहिए न! बस, इसीलिए यह सब नाटक कर रहे थे। अब लग रहा है कि वह सच में तुमसे बहुत प्यार करता है। इसीलिए अपनी सालियों को भी नाराज नहीं करना चाहता। एक बात जरूर है दीदी, ये ज्यादा स्मार्ट लड़के होते बडे दिलफेंक टाइप के हैं। चलो अभी चल कर उसे सारा सच बता देते हैं।"

तीनों बहनें मुस्कराती हुई दबे पाँव उसके कमरे की ओर बढ़ीं। उसके कमरे का दरवाजा भिड़ा हुआ था, अंदर वह किसी से फोन पर बात कर रहा था, "अरे नहीं यार, अभी कुछ दिन यहीं रहकर पूरी गोटियाँ फिट करूँगा। बेहद सेफ गेम खेल रहा हूँ। समझ लो मेरी तो पाँचों अंगुलियाँ घी में और सिर कड़ाही में है। ससुराल की जायदाद मेरे ही पास रहेगी।'

"कैसे? भई वह ऐसे कि एक के साथ दो फ्री वाली स्कीम हाथ लगी है मेरे। पत्नी के साथ-साथ दो प्रेमिकाएँ सुंदर सालियों के रूप में मिल रही हैं। ये लड़कियाँ, आई स्वैर यार, बड़ी ईर्ष्यालु होती हैं चाहे सगी बहनें ही क्यों न हों। बड़ा ही मनोवैज्ञानिक खेल, खेल रहा हूँ। ऐसा चक्रव्यूह रच रहा हूँ, जिसके ताने-बाने से सारी उम्र तीनों बहनें बाहर नहीं निकल पाएंगी।" एक जोर का ठहाका लगाते हुए वह बात करते करते दरवाजे की ओर मुड़ा।

दरवाजे पर खड़ी तीनों बहनों को देखकर उसके हाथ से मोबाइल छूट कर जमीन पर जा गिरा था।

सरप्राइज

पद्मजा शर्मा

5 मार्च, 1962 को जन्मी पद्मजा शर्मा के अब तक सात कविता संग्रह, पांच शब्दचित्र संग्रह, एक लघुकथा संग्रह, तीन कहानी संग्रह एवं एक डायरी पुस्तक सहित कुल सत्रह पुस्तकें आ चुकी हैं। राजस्थान साहित्य अकादमी, उदयपुर के सुधीन्द्र पुरस्कार सहित अनेक पुरस्कार एवं सम्मान प्राप्त। अपकी कहानियों में स्त्री की पीड़ा को स्वर देने का प्रयास होता है। विशेष रूप से ग्रामीण परिवेश की साधारण महिलाओं की स्थिति का आपने अपने शब्दचित्रों, कविताओं और कहानियों में बहुत मार्मिक चित्रण किया है।

पता :
15-बी, पंचवटी कॉलोनी, सेनापति भवन के पास, जोधपुर-342011
मोबाइल : 94147-21619
ई-मेल : padmjasharma@gmail.com

पिछली बार जब वह घर आई थी, तब रंगों-सी बिखर रही थी। फूलों-सी खिल रही थी। हिरणी-सी कुलांचें भर रही थी। सबसे हंस-हंस कर मिल रही थी। बात-बात पर हंसी के कल्ले-से फूट रहे थे। उत्साह से लबरेज वह कह रही थी , ''माँ मुम्बई आओ। कुछ समय मेरे साथ भी स्पेंड करो। मैं अच्छा-भला कमाने लगी हूँ। एसी, टीवी, फ्रिज सब हैं। घर के काम की भी कोई प्रॉब्लम नहीं है। खाना बनाने के लिए कुक आता है। कपड़े, झाड़ू ,पौंछे के लिए बाईजी आती हैं। आप तो बस उन्हें ऑर्डर देना और पूरे दिन घर में आराम करना। कुछ समय खुद को भी दो माँ। क्या दिन भर काम-काम-काम। एक दिन यूं ही जाने का समय आ जाएगा। सब यहीं रह जाएगा। माँ, यह जीवन बार-बार नहीं मिलता। जितना जी सको जी लो।''

वह लगातार कुछ न कुछ बोले जा रही थी। मैं उसके चेहरे की रौनक, रंगत, उसकी बोली की खनक सुन-देखकर खुश थी।

पर अब वह हताश थी। निराश थी। उदास थी। बोलती थी तो लगता था, जैसे कुएँ में बहुत नीचे उतर कर बोल रही है। डूबी-डूबी आवाज सुनकर मेरे भीतर भी कहीं कुछ डूब जाता था। असल में उसकी नौकरी छूट गई थी। नई नौकरी मिल नहीं रही थी। इधर हम उसके विवाह की बात कर रहे थे। लड़के देखने की बात कर रहे थे। पर उसमें किसी बात को लेकर कोई

उत्साह नहीं था। उससे जब भी बात करते, लगता जैसे वह वहाँ है ही नहीं। किसी दूसरी दुनिया से जैसे उसकी आवाज आती, 'देख लो।' 'ठीक है।' 'कर दो।' 'क्या कहा?' आदि आदि।

लड़का देखने-दिखाने का समय आता तो टालने की कोशिश करती। "फोटो का क्या भेजना। कहो फेसबुक पर देख ले।"

"अरे माँ, यह भी कोई नाम है लड़के का?"

"मेरा बायोडाटा? अरे कोई नौकरी पर रख रहा है क्या?"

"फोटो? लड़कियां देखी नहीं क्या आज तक? पहले लड़के की फोटो मंगवाओ। मेरी फोटो नहीं भेजना।"

"अगर कोई काली, गोरी, ठिंगनी, लम्बी या दान-दहेज की बात करे तो मुझसे मत मिलवा देना।"

नौकरी छूटने के बाद जब भी उससे फोन पर बात की। लगा बस उसकी रुलाई फूटने ही वाली है। बस अब वह टूटकर गिरने ही वाली है। कभी लगता जैसे वह एक लम्बे रास्ते पर झुलसाने वाली गर्मी में पैदल चली जा रही है। सारी छायाओं को छोड़ते हुए। असल में वह अकेली पड़ गई थी। सब दोस्त जॉब में थे। मास्टर्स के चक्कर में वह जॉब में सबसे बाद में आई थी। खैर। ऐसे में मैं बेटी से मिलना चाह रही थी। उसे अकेला नहीं छोड़ना चाह रही थी। उसकी उदासियों को कम करना चाह रही थी उसे बताना चाह रही थी कि हम उसके साथ हैं। और यह दौर तो हर महत्वाकांक्षी व्यक्ति के जीवन में आता है। इससे घबराना क्या। जैसे पिछले दिन हंस कर बिताए, वैसे ही इन्हें भी हौसले के साथ बिताओ। यही तो परीक्षा की घड़ी है। असल में पास होकर तो अब दिखाना है। यह जीवन का व्यावहारिक पक्ष है। इसे समझना और समझकर निभा ले जाना ही जीवन है। उसका जन्मदिन भी आ रहा था सो मैं उसके पास मुंबई चली गई।

घर में सब सो रहे हैं। पर मुझे नींद नहीं आ रही है। जब से उससे मिलकर लौटी हूँ, मन ही नहीं लग रहा है। मुझे बार-बार उसका चेहरा याद आ रहा है। मुरझाया-कुम्हलाया हुआ चेहरा। उसकी बातें याद आ रही हैं। कह रही थी, "माँ, छोटे शहर में मन मुताबिक काम कहाँ मिलता है। जॉब सैटिसफैक्शन भी तो जरूरी है।"

आजकल सभी युवाओं को लगता है जॉब ओपोर्चुनीटी महानगरों में ही हैं और जाने क्यों सब प्राइवेट जॉब की तरफ भागते हैं। कहते हैं वहाँ हमारी मेहनत का

फल मिलेगा। हमारा नॉलेज भी अपडेट होगा। कुछ नया सीखने को मिलेगा। काम करने को मिलेगा। सरकारी नौकरियों को तवज्जो ही नहीं देते। कहते हैं उनमें क्या रखा है। वही बंधी-बंधाई तनख्वाह। काम के घंटे तय। सरकारी नौकरी आदमी को घाणी का बैल बना देती है। गोल चक्कर में ही घूमते रहो तमाम उम्र। जो आज तक सीखा है वह भूल जाते हैं। ग्रोथ रुक जाती है। न कोई चुनौती, न काम का कोई फल और न उत्साह ही। काम करो तो ठीक न करो तो ठीक। उन्हें समझाओ कि सरकारी नौकरी में भविष्य की चिंता करने की जरूरत नहीं है। जियो जब तक पेंशन मिलती रहती है। तो कहते हैं प्राइवेट में उतना हम चार साल में ही कमा लेंगे जितना सरकारी नौकरी में चालीस सालों की घिसाई के बाद कमाएंगे।

मैंने बेटी से जब पूछा, ''नौकरी अच्छी-भली चल रही थी। अच्छा पैकेज भी था। तूने बताया कि बॉस भी अच्छे थे। फिर क्या हुआ अचानक यह?'' तो उसने बताया था, ''माँ, अचानक एक दिन कंपनी में भूचाल आ गया। पता चला कि कुछ एम्प्लोयी कंपनी के सीक्रेट्स लीक कर रहे हैं। उन सबको कंपनी ने निकाल दिया। किसी ने खुद ही इस्तीफा दे दिया। मेरा उठना-बैठना भी उन लोगों के साथ था। पर मैं इस काम में लिप्त नहीं थी। लेकिन अब मुझे भी शक की निगाह से देख रहे थे। निकालना चाहते थे। पर चूंकि सीधे-सीधे मुझ पर कोई आरोप नहीं था सो निकाल नहीं पा रहे थे। मुझसे कहा गया कि मेरा विभाग बदल रहे हैं। सैलरी भी शायद कम हो जाए। ऐसी स्थिति में मैंने खुद ही इस्तीफा दे दिया। अपमानित होकर कब तक सर्वाइव कर पाती वहाँ। कंपनी की हालत भी पतली ही चल रही थी। तब वह बंद होने के कगार पर थी और अब तो बंद भी हो गई।''

मैंने कहा, ''बेटा, और बहुत हैं कम्पनियां। कहीं भी एप्लाय कर। तुझे तो काम मिल ही जाएगा। तू इतनी टेलेंटेड है। तेरे पास प्रोफेशनल डिग्री है। वह भी एक रेप्युटेड कॉलेज की।''

उसने निराशा में कहा, ''माँ, आप नहीं जानतीं, आजकल सब जगह जैक चलती है। बिना गॉडफादर आप कुछ हासिल नहीं कर पाती। एज्यूकेशन और नॉलेज की भी कीमत तभी है, जब आपको कोई पुश करने वाला मिल जाए। वरना सब व्यर्थ है।''

''फिर ये कैम्पस इंटरव्यू वाला क्या सीन है?''

''माँ, आजकल यहाँ भी खूब ड्रामा है। जिनके सैलेक्शन हो गए, हो गए। अब मुश्किल हैं। कैंडिडेट पहले से तय होते हैं। ये कम्पनियां भी कई बार योग्य

उम्मीदवारों को छोड़ जाती हैं। पहचान वालों को ले जाती हैं। इसीलिए आज युवाओं में फ्रस्ट्रेशन बढ़ा है, एडमिशन के समय से ही जॉब की चिंता सताने लगती है। जॉब अनसिक्योरिटी बढ़ रही है यूथ में।''

''तू कहीं एप्लाय कर। भाग दौड़ कर। यूं ही खामियां गिनाने से समस्या का समाधान नहीं होने वाला।''

''आप देख ही रही हैं, मैं लैपटॉप लेकर बैठी रहती हूँ। कहीं एप्लाय करती हूँ। कहीं किया हुआ है तो कॉल का वेट करती हूँ। कॉल आता है तो इंटरव्यू के लिए जाती हूँ। आज पूरा एक महीना हो गया है, नौकरी छूटे हुए। अब तक मैं पंद्रह इंटरव्यू फेस कर चुकी हूँ। कहते हैं एक्सीलेंट। पर जॉब नहीं मिलता है। कोई कहेगा एचआर डिपार्टमेंट से बात करते हैं। कोई कहता है, एक वीक बाद पता करना। कोई कुछ जवाब ही नहीं देता। कोई-कोई तो यह भी कहता है कि आज ही किसी को रख लिया है। कोई कहता है आपके लायक काम नहीं है। कोई कहता है अगले महीने देखते हैं। पर देखता कोई नहीं है माँ, मैं तो नौकरी के लिए कहीं भी जा सकती हूँ। हो सकता है अगले वीक दिल्ली भी इंटरव्यू के लिए जाऊँ।''

''बेटा, वहाँ रुकेगी कहाँ?''

''माँ, अब ये यूजलेस सवाल कम से कम आप तो मत करो। रुक जाऊंगी किसी फ्रेंड के यहाँ। किसी होस्टल में। किसी पी.जी. में। कहीं भी यार। एक दिन की ही तो बात है। वैसे दिल्ली में अपने ठहरने की व्यवस्था कर ली मैंने। अब यह मत पूछना कहाँ? मेरी फ्रेंड के यहां पीजी में।''

''टिकट बन गयी?''

''हाँ माँ, ऑनलाइन बुकिंग करवा ली थी। वेटिंग में है। उम्मीद है कन्फर्म हो जाएगी।''

''न हुई तो?''

''अरे माँ, न हुई तो भी कोई बात नहीं। टीटी को कुछ ले दे के हो जाएगा, यार माँ, आप इस उम्र में भी यह सवाल कर रहे हो। आप किस दुनिया में रहते हो। यह इंडिया है, इंडिया।''

''बेटा, डर लगता है। रात का सफर है। टिकेट न मिली तो। अकेली और।''

''माँ, वक्त बहुत आगे निकल चुका है। आप बहुत पीछे हैं। इतना कमजोर भी मत समझो हमें। आप दूसरी बातों के बजाय पापा पर कंसंट्रेट करो। उन्हें संभालो।''

''क्यों, क्या हुआ है उन्हें?''

मुझसे पूछते हैं, "जॉब का कुछ बैठा कि नहीं? कहती हूँ-नहीं। तो कहते हैं, तुम्हारा बैठ भी नहीं सकता। पूछती हूँ-क्यों पापा? तो कहते हैं, नखरे ज्यादा हैं न। नाक पर मक्खी तक बैठने नहीं देती हो, जॉब का मामला कैसे बैठेगा। फिर कहेंगे-वहाँ मुम्बई में पूरा दिन बैठे-बैठे क्या करती हो। घर क्यों नहीं चली आती। मैं घर आने की सोचती हूँ। पर यह ख्याल रोक लेता है कि जोधपुर हुई और कहीं से कॉल आ गया तो। एकाएक कैसे आ सकूंगी। इसलिए आना चाहकर भी आ नहीं पाती हूँ। और माँ वहाँ आकर भी, हो क्या जाएगा। पापा तो बात-बात में कोंचेंगे। जैसे आजकल हमेशा कोंचते है, अब तुम बूढी हो रही हो। लगता है शादी नहीं करनी है। जिस लड़के को भी लाता हूँ तुम मना कर देती हो।"

"अब तो खैर बात आई गयी हुई। पर अब आपको बता ही देती हूँ। मेरी एक लड़के से दोस्ती हुई थी। कुछ दिन मित्रता चली। मुझे लगा यही है वह शख्स है जिसकी मुझे तलाश थी। पर धीरे-धीरे मुझे लगने लगा वह मुझ पर हावी होने की चेष्टा कर रहा है। मुझे दबाने की कोशिश कर रहा है। जबकि वह मुझसे बहुत कम टेलेंटेड था। वह मेरी इज्जत ही नहीं करता था। अपने यार दोस्तों में मेरी खिल्ली उड़ाता था। कहता जॉब तो इसे मिल गयी पर काम सारा मुझसे पूछकर करती है। हर कहीं मुझे नीचा दिखाने की कोशिश करता था। मैंने उससे तब दोस्ती की जब वह बेरोजगार था। मैंने उसके लिए जॉब भी ढूँढी थी। कभी-कभी वह मुझसे उधार भी लिया करता था। फिर भी सबके सामने खुद को यूं प्रोजेक्ट करता था, जैसे बड़ा इंटेलीजेंट है और मेरा बॉस है। एक दिन तो कहता है-रात के नौ बज रहे हैं। अब तक ऑफिस में क्या कर रही है। निकल वहाँ से।"

मुझे कब ऑफिस से निकलना है, कब ऑफिस में घुसना है, वह डिसाइड करेगा? वह लड़का है, क्या इसीलिए मुझपर हुकुम चलाएगा? मैं लड़की हूँ क्या उससे बेइज्जत होने के लिए? मैं उससे किसी भी मामले में कमतर नहीं हूँ। माँ, मैं किसी की दबैल नहीं हूँ। वह मेरी इज्जत करेगा। मेरे सम्मान की रक्षा करेगा तभी मुझसे भी उम्मीद करे। वरना जाए भाड़ में। क्यों मैं उसके घटिया मजाक बर्दाश्त करूं। क्यों मैं उसकी हाँ में हां मिलाऊँ। मैं क्यों हमेशा उसे मनाऊँ। अगर मैं ही यह सब करूंगी तो वह क्या करेगा। ऐश मौज? अब यह नहीं चल सकता। चला भी लूं पर यह मसला तो उम्र भर का है। कोई साल दो साल का नहीं। कब तक सहन करूंगी और क्यों करूंगी।

वह थोड़ी देर चुप रही फिर बोली, "माँ, हमारा ब्रेकअप हो गया।"

"बेटा, तेरे साथ इतना सब हुआ पर तूने कभी जिक्र ही नहीं किया। कभी अपनी

दोस्ती, अपनी तकलीफें अपनों से बाँट लेनी चाहिए। हलके हो जाते हैं। खैर, वह लड़का अब क्या कर रहा है?''

''जॉब हंटिंग।''

''तेरी तरह?''

''मेरी तरह? मुझे सिर्फ महीना भर हुआ है। मुझे मिल जाएगा। वह पिछले एक साल से ढूंढ रहा है, मुम्बई की सड़कों पर। एक दिन हमारा कॉमन फ्रेंड मिला था रोहन। बता रहा था, आजकल सिगरेट और शराब ज्यादा पीने लगा है। पता नहीं साले के पास पैसा कहाँ से आता है। मंगवाता होगा घर से। माँ बाप भी एक दिन देते-देते थक जाएंगे। तब उसे समझ में आएगी अपनी औकात। किसी को कुछ समझता ही नहीं। अच्छा होता मैं करण को अवोइड न करती। काश! मैं उसे समझ पाती।''

मैंने पूछा, ''यह करण कौन है?''

उसने बताया, ''कॉलेज टाइम में वह मेरे आगे-पीछे घूमता था। पर मैंने कभी ध्यान ही नहीं दिया। लल्लू-सा लगता था। उस लड़के को मेरी ही क्लासमेट उड़ा ले गई। आज विवाह करके वह विदेश में खुशहाल जीवन बिता रही है। वह लल्लू महीने के डेढ़ लाख कमा रहा है। और मेरी क्लासमेट मौज कर रही है। मैं तो हर मामले में बुद्धू ही रही। सच पूछो माँ तो अब शादी करने का जरा भी मन नहीं है पर कभी-कभी लगता है क्या पता शादी के बाद ही भाग्योदय लिखा हो। शादी भी कर-करा लेनी चाहिए। जीवन में कुछ तो स्थिरता आए। उम्र भी कोई कम तो है नहीं। तीस साल की हो गई हूँ।''

''बेटा, तभी तेरे पापा चिंतित रहते हैं तेरी शादी के लिए। उम्र निकले जा रही है। तेरे साथ के सब लड़के-लड़कियां...''

''माँ, अब आप भी पापा की भाषा बोल रही हैं। माँ, मुझे जिस लड़के के साथ पूरा जीवन बिताना है, उसके साथ से मुझे खुशी मिलनी चाहिए। उसके साथ से मुझे यह लगना चाहिए कि बस अब किसी का साथ नहीं चाहिए। तलाश पूरी हो गई। हर किसी को कैसे पसंद कर लूं। आप लोगों को तो हर लड़का अच्छा लगता है। कभी कहते हो खानदान अच्छा होना चाहिए। कभी कहते हो लड़का अच्छा होना चाहिए। आपको याद है वह अहमदाबाद वाला लड़का, मुझे पसंद भी था। पर उसकी माँ को देखकर मैं घबरा गई। शर्मा अंकल ने बताया भी कि उसकी माँ कुछ ठीक नहीं है। सस्पीशियस लेडी है। उनकी बड़ी बहू घर छोड़कर जा चुकी है। उसे ससुराल वालों ने जान से मारने की कोशिश की। उस घर में लड़की मत देना। पता है माँ, पापा ने तब अंकल से क्या कहा? कहा-मेरी बेटी भी बहुत तेज है। उसको

संभाल लेगी। पापा मेरी ऐसी इमेज क्रीयेट करते हैं दूसरों के सामने। क्यों? क्या मैंने किसी का खून कर दिया है? किसी की जमीन-जायदाद हड़प ली? किसी को बर्बाद कर दिया? किसी को काट खाया? आपकी नाक कटा दी? आखिर किया क्या है मैंने? क्या अपने बारे में सोचना गुनाह है? क्या अपने जीवन के निर्णय आप लेना अपराध है? अगर है तो करूंगी मैं यह अपराध। ऐसा करके मैं पापा के ईगो को चोट पहुँचा रही हूँ शायद। पर उनके ईगो की संतुष्टि के लिए मैं ऐरे-गैरे किसी भी लड़के के गले में वरमाला नहीं डाल सकती। सॉरी माँ, ऐसा नहीं कर पाऊँगी। माँ, आप पापा को समझाओ। वक्त की नजाकत को समझें। अपने बच्चों को निर्णय लेने के काबिल बनाया है तो उन पर यकीन भी करें। उन्हें अपने पांवों पर चलने भी दें। अपने रास्ते चुनने दें। अपनी मंजिल तलाशने दें।''

थोड़ा रुककर धीरे-धीरे बोली, ''आजकल पापा को जाने क्या हो गया है। बात-बात पर आग उगलते हैं। पहले कितने अच्छे थे।'' और उसकी आँखों में आंसू आ गए।

पर वह आंसुओं को पीना जानती है। पीकर बोली, ''मुझे पता है, आप पापा को जब भी समझाने की चेष्टा करती हैं, आपको फटकार लगाते हैं-तू उसका पक्ष लेकर उसे बिगाड़ रही है। आजादी इसलिए दी क्या कि हमारा ही विरोध करे। माँ, आपकी तबीयत खराब इसी सब के कारण रहती है। मैं सब जानती हूँ पर कर कुछ नहीं पा रही हूँ। आजकल पापा से बहस भी कहाँ करती हूँ। हां-ना में जवाब देती हूँ। सच तो यह है माँ कि आजकल मैं अपने आप से खुश नहीं हूँ। मेरा मन कहीं नहीं लगता है। न आप खुश, न पापा खुश। न मैं खुश, न छोटे बहन भाई खुश। माँ, खुशियाँ क्यों चली जाती हैं जीवन से! कल तक जो अपने होते हैं, इतने अच्छे होते हैं एकाएक क्यों बदल जाते हैं! क्यों खुशियाँ अचानक हमारा दामन छोड़ जाती हैं!'' वह मेरी गोद में सिर टिका देती है।

मैं उसके बालों में हाथ फेरते हुए समझाती हूँ, ''बेटा कभी-कभी हमारा समय ठीक नहीं चलता। पर यह समय भी गुजर जाएगा। मैं तेरे साथ हूँ। तू अकेली नहीं है और इस समय खुद को खाली मत रख। किसी काम में व्यस्त हो जा।''

वह अपने बिखराव को समेटते हुए कहती है, ''हां माँ, आप ठीक कहती हैं। मैंने एमबीए करने की सोची है।'' पर तभी उदास हो कहती है, ''माँ, मैं सोचती हूँ कुछ पढ़ लूं। पर पढ़ने के लिए बैठती हूँ तो मन ही नहीं लगता। पर हाँ, मैं किसी बेस्ट इंस्टीटयूट से एमबीए करूंगी जरूर। थोड़ी मेहनत कर लूंगी तो शायद स्कॉलरशिप भी मिल जाएगी। आजकल एमबीए ढंग के इंस्टीटयूट से करो तो खर्चा कम से

कम तीस लाख आता है। कुछ और न हो पाया तो स्टडी लोन ले लूंगी। आप लोगों से कब तक लेती रहूँगी। आप लोगों की भी लिमिट्स हैं। कई जिम्मेदारियां हैं। उम्र भी है। पापा कब तक कमाते रहेंगे और हम पर खर्च करते रहेंगे।''

''बेटा, तू पैसे की फिक्र मत कर।'' मैं बोल ही रही थी कि वह मुझे अनसुना करती हुई चुपके से कॉलेज वाले समय की सीढ़ियां उतर गई और जैसे खुद से ही बतियाने लगी, ''पढ़ाई वाले दिन कितने अच्छे थे। कोई चिंता नहीं। पापा-मम्मी को गर्व था मुझ पर। मैंने नेशनल लेवल की एग्जाम फाइट की थी। कहते थे बेटी नहीं यह बेटा है हमारा और आज, आज स्थिति यह है कि मेरा नाम आते ही पापा उस वक्त को कोसने लग जाते हैं, जब उन्होंने मुझे हायर एज्यूकेशन के लिए घर से बाहर भेजा। कभी-कभी तो यह भी कहते हैं, इसे ज्यादा पढ़ाना मेरी गलती थी। पापा इतने कठोर कैसे हो सकते हैं?'' और वह फीकी हंसी हंसती है। मैं उसे अपनी बांहों में घेर लेती हूँ। अपने पापा के रूखेपन से उपजी पीड़ा जैसे उसे भीतर से चीर रही थी।

उसे इस स्थिति में छोड़कर आने का मन नहीं था। मैं कुछ और समय उसके साथ बिताना चाह रही थी, उसे और सुनना चाहती थी। पर घर से दूर कब तक रहती। इनके खाने की समस्या भी थी। मुझे लग रहा था मेरे हृदय के दो टुकड़े हो चुके हैं। न चाहते हुए भी मैं चार-पांच दिन बाद लौट आई। मैं लौट आई। पर दिल का एक टुकड़ा बेटी के पास रह गया था। अब हम सखियाँ बन गयी थी। अब से पहले उसके पास समय ही नहीं हुआ करता था दोस्त, पढ़ाई, प्रोजेक्ट, नौकरी, पार्टी, बाजार, मीटिंग। पर अब के उसने मुझसे हर विषय पर खुलकर बात की। अब उसके पास समय था। सच तो यह है कि समय के एक बिन्दु पर आकर आप यार-दोस्तों से विमुख होने लगते हैं और वे आपसे, चाहे-अनचाहे। सबकी अपनी-अपनी व्यस्तताएं होती हैं। प्राथमिकताएं होती हैं। वे एक-दूसरे की मदद करना चाहते हैं। करते भी हैं। पर उनकी भी अपनी सीमाएं होती हैं, फिर वे अपने सोर्स को अपने बुरे समय के लिए संभाल कर रखते हैं। वीकेंड पर इकट्ठे होते हैं। पर उसमें एन्जॉय भी करना होता है। सिर्फ रोना धोना नहीं। खैर।

आजकल मुझे जरा कोई चिंता हुई नहीं कि दिल की धड़कनें काबू में ही नहीं रहतीं। धक-धक, धक-धक, धक-धक फिर नींद उड़ जाती है। यह उम्र का तकाजा है या चिंताओं के कारण, पता नहीं। पर डॉक्टर कहते हैं- यह सेहत के लिए ठीक नहीं है। अगर स्वस्थ जीवन जीना है तो तनावमुक्त रहो। क्या कोई संवेदनशील आदमी इस दुनिया में तनाव मुक्त रह सकता है? यह प्रश्न फिर एक नए तनाव को जन्म दे जाता है। बजाय उत्तर के। मेरे दिल की धड़कनें मेरे नियंत्रण में नहीं हैं।

रात गहराती जा रही है। बेटी की चिंता-सी हो रही है। तेज आंधी चल रही है। बाहर भी, भीतर भी। बाहरी आंधी इतनी डरावनी नहीं है, जितनी भयावह भीतरी आंधी है। उदासी और हताशा में अकेली लड़की कुछ कर ले तो मुझे एकाएक यह ख्याल आता है। मेरा गला सूख जाता है। पसीने से तर हो जाती हूँ। एक घूँट पानी पीती हूँ। नहीं, नहीं। मेरी बेटी ऐसा कुछ नहीं कर सकती। नहीं कर सकती। नहीं करना चाहिए। यह पीढ़ी इतनी कमजोर भी नहीं है। परिस्थितियों के आगे इतनी जल्दी घुटने टेकने वाली नहीं है। पर फिर लगता है किसी कमजोर भावुक क्षण में कुछ भी हो सकता है। आखिर है तो बच्ची ही। कुछ हो गया तो? कई बार ऐसे किस्से सुनने में आते हैं। उनकी याद आते ही दिल घबरा उठा।

जरा-सी आंधी में कई बार बड़े-बड़े पेड़ गिर जाते हैं, बेटी के जीवन में तो बड़े जोर का तूफान आया हुआ है। मैं बेचैन हो जाती हूँ। बेटी को फोन लगाती हूँ। पूरी रिंग जाती है। फोन नहीं उठता है। मैं बुरी तरह से डर जाती हूँ। यह जानते हुए भी कि वह लैपटॉप से माथा पच्ची करके अभी-अभी सोई होगी।

तभी इनकी आँख खुल जाती है। आश्चर्य से पूछते हैं, "किसे फोन कर रही हो, इतनी रात गए?"

"बेटी को।"

"क्यों?"

"ऐसे ही। मन नहीं लग रहा था तो सोचा..."

"अरे शाम को जब तुम बेटे को ट्यूशन के लिए छोड़ने गई थी। तब उसका फोन आया था। उसे जॉब मिल गया है। वह सोमवार को ज्वाइन करेगी और हाँ, सुबह घर आ रही है। इस समय वह ट्रेन में है।"

मैंने एक लम्बी सांस ली और अपना सारा गुस्सा, सारा तनाव, सारी चिंताओं को इकट्ठा कर इनकी तरफ फेंका, "यूं तो दिन भर इसकी-उसकी, इधर-उधर की करते रहते हो। जो काम की बात थी, वही नहीं बताई गई आपसे। अब बता रहे हो?"

"अरे, वह तुझे 'सरप्राइज' देना चाहती थी। पर अब तेरी यह दशा देखी तो बता दिया।" कहकर इन्होंने करवट बदल ली।

"मेरी नींद उड़ी हुई है और उसे सरप्राइज की सूझ रही है।" बड़बड़ाते हुए मैंने महसूस किया, मेरी आवाज में कमाल का सुकून था। तसल्ली थी। शांति थी।

आंधी तूफान सब ठहर चुके थे। अब मुझे नींद आ रही थी।

वो नहीं है अब

प्रितपाल कौर

पांच अगस्त को राजस्थान में जन्मी। पढ़ाई उदयपुर, जोधपुर, दिल्ली और बीकानेर में करने वाली प्रितपाल कौर ने बीसवीं सदी के अंतिम दशक में टेलीविजन की दुनिया में कदम रखा, दूरदर्शन की साप्ताहिक समाचार पत्रिका 'परख' के साथ संवाददाता के तौर पर। दो साल के इस सफर के बाद एनडी टीवी में बतौर संवाददाता छह साल तक काम किया। इस दौरान समाचारों की दुनिया को करीब से देखा, जिसके अनुभव पहले उपन्यास (अंग्रेजी) 'हाफ मून' के लेखन में बेहद प्रभावी रहे। आकाशवाणी के लिए रेडियो सीरियल का निर्माण किया। साहित्य अकादमी के लिए डॉक्यूमेंट्री फिल्में प्रोड्यूस की। इस दौरान लेखन भी चलता रहा। अब तक चार उपन्यास, दो कहानी संग्रह एवं एक कविता संग्रह प्रकाशित। प्रितपाल कौर की कहानियां स्त्री जीवन की त्रासदियों का चित्रण करती हैं।

ई-पता: pritpalkaur@gmail.com

मोबाइल : 98112-78721

लतिका फोन पर अपनी ई-मेल देख रही थी। अब इस छोटे से स्क्रीन पर ई-मेल देखने और पढ़ने तक तो ठीक है, लेकिन कई बार जब जवाब भी फोन पर ही देना होता है तो बहुत परेशानी होती है उसे। जी चाहता है सारी चिंताएं छोड़ कर सबसे पहले एक लैपटॉप या आय पैड खरीद डाले।

लेकिन फिर अपना बैंक-बैलेंस देखती है तो मन मसोस कर रह जाती है। हर महीने सैलरी तो तब आती है, जब आती है, बिल पहले ही आने शुरू हो जाते हैं। मकान का किराया, बिजली, मेंटेनेंस, फोन, रूही के स्कूल के खर्चे, वैन की फीस, क्रेश की फीस। अब ये कहानी तो सभी के साथ लगी रहती है, लेकिन सिंगल मदर लतिका के लिए हालात काफी मुश्किल साबित हो रहे हैं।

बगल में बैठी रेहाना ने बड़े आग्रह से कहा तो लतिका चौंक उठी, "लतिका, अपनी बेटी की ताजा फोटो तो दिखाओ। साल भर पहले देखा था उसको। कितनी क्यूट है।"

लतिका ने एक लम्बी-सी सांस ली और फिर उसे अन्दर ही अंदर दबा लिया। एक बारगी इधर-उधर चोर निगाहों से देखा कि किसी ने भांप तो नहीं लिया।

औरत से हमेशा बच्चे को लेकर उत्साही बने रहने की यह जो उम्मीद हर वक्त सबको रहती है, इससे लतिका को बड़ी तकलीफ होती है।

"अब बच्चा जिम्मेदारी है तो है न। इससे मेरे दिल में उसके लिए प्यार कम तो नहीं हो जाता!"

लेकिन क्या वह इस जिम्मेदारी के बोझ तले दबी हुई होकर भी अपना दर्द बयान नहीं कर सकती। आखिर क्यों? मर्द तो कई ऐसे देखे हैं उसने जो पल्ला झाड़ कर अलग हो लेते हैं। उन्हें तो कोई कुछ नहीं कहता। सिर्फ माँ से ही इतनी सारी उम्मीद कि भाई तुम तो माँ हो, तुम्हारे लिए तो बच्चा तुम्हारा एक अंग है। तुम कैसे बच्चे को नजरअंदाज कर सकती हो। न करे नजरअंदाज मगर कभी-कभार इस बोझ से दबे हुए होने का इजहार तो खुलेआम कर सके! वह भी मन मार कर दबाना पड़ता है। शरीर का कोई अंग दर्द दे तो भी इंसान शिकायत कर सकता है, लेकिन बच्चा?

लतिका झुंझला उठी।

उसने फोन में रूही की तस्वीरों वाला एलबम खोल कर रेहाना को फोन पकड़ा दिया और खुद वाशरूम की तरफ चली गई। फ्रेश होने।

वॉशबेसिन के सामने खड़े होकर शीशे में खुद को देखा। पिछले पांच साल में क्या से क्या हो गई है लतिका। चेहरा मुरझा गया है। चमक गायब हो गई है। कोमलता खत्म हो चुकी है। आँखें तीखी हो गई हैं। लुनालियत मर गयी है। सपने मर चुके हैं। गाल वक्त के साथ वजन बढ़ने से, कुछ बीमारी और थकान के चलते फूल गए हैं। कुछ भी अच्छा नहीं लगा खुद को देख कर। मायूसी और बढ़ गई। जल्दी जल्दी मुंह धोया फेस वाश से। टिश्यू से पोंछा। लिपस्टिक ठीक की और बाहर निकल आई।

याद आया कितने दिनों से रूही की मांग थी कि उसे पिज्जा खाना है। लतिका ने वादा किया था कि उसके टेस्ट हो जाने के बाद उसे ले जाकर पिज्जा खिलाएगी। परसों उसके टेस्ट खत्म हो गए तो माँ-बेटी पिछली शाम को कनाट प्लेस गए, पिज्जा हट से पिज्जा खाने।

एक स्माल चिकन पिज्जा लेकर उसने रूही के सामने रखा और कहा, "लो बेटा, ये सारा तुम्हारा है।"

"ओके मम्मी। मैं जब तक यह खाती हूँ, आप कोल्ड ड्रिंक ले आओ।"

रूही जानती है मम्मी यहाँ से कोल्ड ड्रिंक नहीं दिलाएगी। महंगी होती है। बाहर सस्ती मिलेगी। कोल्ड ड्रिंक घर पर जाकर ही मिलेगी। पर कोशिश करने में क्या जाता है? क्या पता आज मम्मी पिघल ही जाए। एक कोशिश करके देख ली जाए।

रूही अब बड़ी हो रही है। दुनियादारी और चालाकी उसमें अपने आप घर बनाने लगी है। स्कूल में दूसरे बच्चों को देख-सुन कर भी सीख रही है। जहीन बच्ची है तो सभी कुछ तो सीखेगी।

लतिका ने मुस्कुरा कर उसे देखा और बोली, "बेटा, कोल्ड ड्रिंक तो यहाँ से नहीं मिलेगी।"

रूही समझ गई दाल नहीं गलेगी यहाँ। कोई बात नहीं। अगला पैंतरा तैयार है।

"तो मम्मी बोतल में से पानी तो निकाल कर दो गिलास में।"

माँ-बच्ची की चाकरी नहीं करेगी तो क्या करेगी! लतिका ने हंस कर बैग में से बोतल निकाली और उसके गिलासनुमा ढक्कन में फ्रिज का ठंडा पानी डाल कर बेटी को दे दिया। साथ ही उसका सर भी चूम लिया।

बस यही प्यार तो है जो जिंदा रखता है इतनी सारी दुश्वारियों के बीच। कितना बीहड़ जंगल है इस शहर में। सर के ऊपर तेज धूप है, बेतरह तपाती हुई। पैरों में गर्म रेत है। पूरे बदन तक को सेंक-सेंक जाती। महीने में एक बार पहली तारीख को मेह बरसता है और जल्दी ही लतिका का प्याला रीता भी हो जाता है।

उसके बाद एक-एक दिन दांतों से दबा कर पैसा खींच-खींच कर रखती है तो जाकर अगली पहली तारीख नसीब होती है। कभी-कभी बेतरह घबरा जाती है। फिर खुद ही खुद को दिलासा देती है। अब तक यहाँ तक पहुँची है तो आगे भी गाड़ी चल ही निकलेगी।

अभी तो बड़ा लंबा रास्ता तय करना है लतिका को। रूही बड़ी हो रही है और साथ ही उसकी जरूरतें और आकांक्षाएं भी। अब वह अपने साथ के बच्चों जैसे बैग, टिफिन और बोतल की मांग ही करती है। वे भी कई बार लतिका को अखरते हैं। ये छोटे-छोटे छेद भी उसकी डगमगाती नैया में सुराख तो कर ही जाते हैं और यह तो तब है, जब रूही किसी हाई-फाई महंगे स्कूल में नहीं जाती और बड़ी होगी तो शायद ऐसे ही किसी स्कूल में जाने की जिद भी करेगी। तब क्या होगा! सोच कर झुरझुरी-सी छूट जाती है लतिका को।

लतिका का पति आज कहाँ है, खुद लतिका ही नहीं जानती। शायद कोई भी नहीं जानता। या तो रमेश खुद या उसका भगवान जानता है। किसी को भी नहीं पता उसके बारे में।

देहरादून से सटे हुए गाँव सेलाकुई के रहने वाले रमेश कुमार से लतिका की शादी दोनों परिवारों ने मिलकर धूमधाम से करवाई थी। दोनों की कुंडलियाँ

मिलवाई गई थीं। पंडित ने दोनों के भाग्य में सुख की भविष्यवाणी की थी। दोनों परिवारों ने मिल कर गीत गाए थे। सारे मंगलाचरण किए थे।

दिल्ली के एक केन्द्रीय विद्यालय में वरिष्ठ अध्यापक लतिका के पिता करण कुमार की कुछ पुश्तैनी जमीन कुमाऊँ के पहाड़ों में एक सुदूर के गाँव में थी, जहाँ खूबसूरत सीढ़ियों जैसे खेतों में किसान राजमा, अरहर और मूंग उगाते हैं और फिर नीचे मंडी में ले जाकर सस्ते दामों पर बेचते हैं। कमाई तो क्या होनी है, बस किसी तरह जिस्म और आत्मा के मेलजोल को बनाए रखने में कामयाब हो जाते हैं।

करण कुमार ने अपनी इस पुश्तैनी जमीन को अपने ही एक चचेरे भाई को बटाई पर दे रखा था। इससे साल भर में वे थक-हार कर कुछ हजार रुपए दे दिया करता था। करण कुमार भी जानते थे कि वे खुद तो कभी वहां जाकर रह नहीं पाएंगे और न ही उनकी इकलौती बेटी लतिका के ही ये जमीन कुछ काम आ पाएगी। सो एक दिन दिल कड़ा करके उन्होंने ये जमीन बेच दी थी। जो पैसा मिला उसे दिल्ली के अपने एमसीडी वाले तीन कमरों के फ्लैट की किश्तों में खपा दिया और कुछ लतिका की धूमधाम वाली शादी में खर्च हो गया।

करण कुमार की पत्नी मंजरी देवी घरेलू महिला हैं। घर सँभालने में ही उनका पूरा जीवन बीता। लतिका की परवरिश बहुत अच्छी की। दिल्ली यूनिवर्सिटी से एमए और फिर आईआईएमसी से पत्रकारिता में मास्टर्स। बेहद पढ़ी-लिखी और जहीन लतिका एक दैनिक राष्ट्रीय अखबार में सब-एडिटर के तौर पर काम कर रही है।

जब भी जरूरत हो रूही को सँभालने के लिए मंजरी तत्पर रहती हैं। कई बार कहा भी कि रूही को उन्हीं के पास छोड़ दिया जाए लेकिन यही तो लतिका नहीं कर पाती। उसे भी तो रूही के बिना रहने का ठौर नहीं! जब शाम को दफ्तर से घर जाएगी तो किसका मुंह देख कर खाना खाएगी? किससे बातें करके शाम काटेगी? किसकी देखभाल में चिंतित होकर अगली सुबह उठेगी?

आज शाम जब लतिका घर आई तो पाया रूही चुपचाप बैठी टेलीविजन देख रही थी। उसे देख कर चहकी नहीं बल्कि एक नजर देख कर फौरन अपने कार्टून में खो गई। रेखा, जो रूही के स्कूल से आ जाने के बाद रूही की देखभाल करती है, अपने घर जाने को तैयार बैठी थी।

लतिका के घर में दाखिल होते ही उसने अपना बैग उठाया और जाने को हुई फिर रुक गई। हाथ के इशारे से लतिका को बाहरी दरवाजे के पास बुलाया। लतिका वैसे भी उसके जाने के बाद दरवाजा बंद करती है, सो वह खुद भी अपन बैग

टेबल पर रख कर उसी तरफ जाने को तत्पर हुई ही थी।

लेकिन दरवाजे के पास आकर रेखा रुक गई।

''दीदी, लगता है आज स्कूल में कोई बात हुई है। रूही ने आते ही मुझसे पूछा था कि मेरे पापा कब आएंगे? तो मैंने कहा था कि मम्मी को आने दो उनसे पूछेंगे। तो बोली कि मम्मी तो बताती ही नहीं। आप को तो पता होगा आप बता दो। मैंने तो दीदी उसको बातों में लगा कर खाना खिला दिया। फिर कार्टून लगा दिया। लेकिन वह उदास है। ऐसा मैंने पहले कभी नहीं देखा रूही को।''

रूही को सुबह वैन में बिठा कर स्कूल लतिका ही भेजती है। दोपहर बाद जब वह उसी वैन से घर आती है, तब तक लतिका दफ्तर जा चुकी होती है और रेखा आ चुकी होती है।

वही रूही को लेती है। घर लाकर खाना खिलाती है। कपड़े बदलती है और साथ ही घर की साफ-सफाई और कपड़े धोने का काम, सब्जी वगैरह काटने का काम भी निपटा लेती है। खाना लतिका खुद बनाती है। सुबह जाने से पहले और शाम को घर आने के बाद।

''अच्छा। मैं देखती हूँ। रोई तो नहीं थी?'' लतिका को चिंता तो हुई लेकिन यह सामान्य बात है। कई बार रूही अपने पिता के बारे में पूछती है। हर बार लतिका का एक ही जवाब होता है कि वे कहीं चले गए हैं और किसी दिन लौट कर आ जाएंगे।

एक-दो बार करण कुमार यानी रूही के नाना ने सुझाव दिया है कि उसे असलियत बता दी जाए तो पलट कर लतिका ने आखिर यह सवाल कर ही दिया था कि कौन-सी असलियत उसे बताई जाए? क्या वे खुद कोई असलियत जानते हैं?

इस पलटवार के बाद से सब इस सवाल पर चुप्पी साधे हुए हैं। कोई इस बारे में बात नहीं करता। अलबत्ता जब भी रूही अपने पापा के बारे में कोई भी सवाल करती, उसे यही बताया जाता है कि पापा कहीं चले गए हैं, किसी दिन आ जाएंगे। जो कि आधा तो सच है और बाकी का आधा सिर्फ एक उम्मीद।

रमेश कुमार आईएएस अधिकारी से जब लतिका की अरेंज्ड मैरिज हुई थी। उस वक्त उसकी पोस्टिंग दिल्ली में ही मानव संसाधन मंत्रालय में थी। लतिका ने तभी अपनी मास्टर्स की डिग्री ली ही थी और उसे एक मशहूर नेशनल डेली में सब-एडिटर का काम मिल गया था।

शादी के शुरुआती दिन थे। दोनों बेहद खुश दंपती की तरह अपनी जिंदगी

मजे में बिता रहे थे। साउथ दिल्ली की एक पॉश कॉलोनी में दो बेडरूम का फ्लैट किराए पर ले रखा था। जो रमेश को उसके किसी मित्र ने काफी सस्ते किराए में दिला दिया था। जिन्दगी अच्छी-खासी कट रही थी।

तभी शादी के लगभग डेढ़ साल बाद रूही अचानक ही लतिका की कोख में अपनी परवरिश पाने आ गई थी। अचानक इसलिए भी कि अभी परिवार बढ़ाने का दोनों का ही विचार नहीं था। लेकिन जब यह हो गया था तो दोनों ही खुश थे और तभी एक फरमान आया था रमेश के तबादले का।

उसे उसकी मुश्किल मसलों को सुलझाने की दक्षता को देखते हुए छत्तीसगढ़ के सुदूर नक्सल प्रभावित इलाके में जिला मजिस्ट्रेट के पद भेजा जा रहा था। दोनों ने ही इस तबादले का खुले दिल से स्वागत किया था। एक तरह से यह रमेश के लिए पदोन्नति जैसा था, यहाँ स्वतंत्र तौर पर पूरे जिले का कार्यभार संभालना था और जिले के राजा की तरह रहना था।

खुशी-खुशी दोनों गए थे कार्यभार सँभालने। एक हफ्ता वहां रह कर, रमेश के बड़े से सरकारी बंगले के ऐशो-आराम देख कर और उठा कर लतिका वापस दिल्ली आ गई थी अपनी नौकरी सँभालने।

अभी दोनों ने यह तय नहीं किया था कि अगला कदम क्या होगा। इतना जरूर तय किया था कि बच्चे के होने तक लतिका दिल्ली में ही रह कर अपनी नौकरी करती रहेगी। चूँकि उसके माँ-बाबा वहीं थे, सो डिलीवरी तक वह वहीं रहना चाहती थी।

तीन महीने का नन्हा-सा गर्भ लिए जब वह रमेश से पहली बार अलग हो कर वापस दिल्ली आ रही थी तो बहुत उदास हो आई थी। कुछ तो खुद को गर्भवती होते हुए अकेले पाकर मन उदास था। दूसरे एक अनिश्चितता भी थी कि जाने अगली मुलाकात कब होगी। मगर उस वक्त उसने सपने में भी नहीं सोचा था कि रमेश से उसकी यह आखिरी मुलाकात बन जाएगी।

वैसे आखिरी कहने को उसका आज भी मन नहीं मानता। उसे अब भी उम्मीद है कि शायद रमेश कहीं है। इसी दुनिया में ही। किसी दिन आ खड़ा होगा सामने। उस दिन बीच के सारे दिन, महीने और साल खत्म हो जाएंगे। सारी तकलीफ, सारा रुदन, सारे अनढ़ले आंसू एक साथ ढल जाएंगे। कई बार लतिका ख्यालों में ही रमेश का वापस आना सोचती है और सोचती चली जाती है।

लगता है जैसे रमेश आ गया है। वही रमेश, माथे पर बल डाले हुए, चौंधियाई

आँखों वाला, चौड़े सीने वाला, बलिष्ठ बाहों वाला रमेश। कभी लगता है वह जिम गया हुआ है और अचानक पसीने से भरा गंधाता रमेश आ गया है। लतिका के पास आने लगता है तो आँखें बंद किए बैठे लतिका को उसके आने का एहसास होता है उसके पसीने की गंध से। वह चौंक कर आँखें खोलती है और वहां कोई नहीं होता।

फिर भी एक छूटा हुआ बेहद ठोस एहसास पसरा होता है उसके इर्द-गिर्द, रमेश के होने का। वह समझ नहीं पाती कि इसका क्या मतलब है।

पिछले दिनों नलिनी ने उसकी मुलाकात एक भविष्यवक्ता सिद्धार्थ से करवाई थी। उन्होंने रमेश के जन्म की सारी जानकारी के आधार पर उसकी जन्म कुण्डली बना कर कुछ बातें रमेश के बारे में बताई थी। जो काफी हद तक सही भी थीं। मगर वह इस वक्त कहां है? और जिंदा है या नहीं? नलिनी के यह पूछने पर कोई जवाब वे भी नहीं दे पाए थे।

अलबत्ता लतिका से यह जरूर पूछ लिया था, "आप को उनके सपने आते हैं क्या?"

"हाँ। सपने तो बहुत आते हैं।" सोचते हुए लतिका ने जवाब दिया था। समझ नहीं पाई थी इसका क्या मतलब हो सकता है।

"किस तरह के सपने? क्या देखती हैं आप? क्या आपने अपने पति को देखा पूरी तरह? क्या वे आपसे कुछ कहते हैं? क्या आपके बीच कोई सम्बन्ध होता है सपने में?" वे कुरेद-कुरेद कर पूछ रहे थे।

लतिका सोच में पड़ गई थी। कई बार ऐसा हुआ है कि सपने में लतिका ने रमेश को बेहद करीब भी पाया है। अपने बहुत ही करीब। कई बार वे हमबिस्तर हुए हैं सपने में। झटके से नींद खुली तो खुद को अपने बिस्तर पर अकेले पाया है पसीने में तर। कड़कड़ाती सर्दी में भी। क्या यह सब बता दे इस अनजान आदमी को? नहीं। कैसे कह दे इतनी निजी बात?

चुप रह गई लतिका। कुछ देर की चुप्पी को लतिका की दोस्त नलिनी ने ही तोड़ा था, "लतिका बता दो। जो भी है। शायद उसी से कुछ जानकारी मिले रमेश के बारे में।"

"क्या पता लगेगा इस तरह? मुझे पूरा भरोसा है वह है कहीं। कहीं तो है। मुझे एहसास होता है उसके होने का। अक्सर होता है, जैसे इस वक्त वह नहीं है। मगर किसी-किसी दिन, पूरा-पूरा दिन मेरे साथ होता है। खास तौर पर जब

मैं परेशान होती हूँ किसी भी बात को लेकर।'' लतिका सोच भी रही है। बोल भी रही है। बता भी रही है। छिपा भी रही है।

सिद्धार्थ, यही नाम था उस भविष्यवक्ता का। चुपचाप गहरी आँखों से लतिका को देखते हुए बैठे रहे। काफी देर कमरे में चुप्पी छाई रही। वे तीनों नलिनी के घर थे। नलिनी के पति व्योमेश सिन्हा टूर पर कोलकाता गए हुए थे। तभी सिद्धार्थ को बुलाया था नलिनी ने अपने घर।

लतिका से इस बारे में पहले कई बार बात हुई थी। कई बार मना करने के बाद लतिका मान गई थी इस मीटिंग के लिए। दरअसल नलिनी चाहती थी कि लतिका इस खोल और इस उम्मीद से बाहर निकल कर अपना जीवन आगे चलाए। किसी तरह सिद्धार्थ से मिलने के लिए उसे राजी किया था। एक शर्त पर कि उस वक्त सिर्फ वह और नलिनी ही मौजूद हो। व्योमेश न हों।

''आप को लगता है कि वे कहीं तो हैं। कहाँ हैं इस बात का भी कोई भान होता है कभी?''

यह सिद्धार्थ था। वह गहरी सोच में था। उसकी आवाज जैसे किसी गहरे कुएं से आ रही थी।

''हाँ। लगता है जैसे हमारे बीच एक पर्दा-सा है। मैं जो कहती हूँ उसे सुनाई नहीं देता। वह जो कहता है मुझे सुनाई नहीं पड़ता। मगर हमारी बात हम एक-दूसरे को बिना कहे कह देते हैं। उसका कहना है कि मैं रूही को प्यार से पालूँ। उसके बारे उसे बताऊँ और उसे बड़ा होकर वही बनने दूं जो वह चाहती है। उस पर किसी तरह का दबाव नहीं डालूं।'' लतिका कहे जा रही थी।

सिद्धार्थ ने टोका, ''और आपके बारे में क्या विचार है उनका?''

यूँ लग रहा था कि सिद्धार्थ और लतिका सेशन में थे। नलिनी समझ गई थी सिद्धार्थ किस तरफ ले जा रहा था लतिका को।

''कुछ नहीं। रमेश मेरे बारे में कुछ नहीं कहता। मैंने पूछा भी मैं क्या करूँ? तो जवाब मिला जो तुम चाहो।'' इस बार लतिका की आवाज में कुछ कम्पन था।

''आप क्या चाहती हैं? क्या कहा आपने रमेश को? क्या आपने कहा कि आप उसका इंतजार कर रही हैं?'' सिद्धार्थ की आवाज में कुछ तेजी और अधैर्य आ गया था। लगा जैसे वह कोई भेद जानना चाहता हो। जैसे बंद ताले खोलने की कोशिश में हो।

''हाँ, मैंने कहा तुम आ जाओ। तो उसने कहा इंतजार न करो।'' लातिका की

आवाज में रुदन था।

"तो आपने क्या कहा?" सिद्धार्थ उतावला था और ठहरा हुआ भी। उसने लतिका को उस कोने में पहुँचा दिया था, जहाँ इस वक्त उसे होना ही था। इतनी लम्बी इस सारी बातचीत का यही नतीजा भी था।

"मैंने उसे कहा था कि मैं करूंगी, तो उसने कुछ नहीं कहा। हर बार जब मैं यह कहती हूँ तो कुछ हो जाता है। मेरा विचार उसके ख्याल से छूट जाता है। मेरा सपना टूट जाता है। जैसे वह जवाब नहीं देना चाहता।" लतिका ट्रांस में थी।

इस पर सिद्धार्थ ने कुछ नहीं कहा।

थोड़ी देर सभी दम साधे बैठे रहे कमरे में। सिद्धार्थ ने इशारा किया था नलिनी को और वह उठ खड़ी हुई थी। इसके साथ ही कमरे की ठहरी हुई हवा बिखर गई थी। लतिका जैसे अपने आपे में लौट आई थी।

इसके बाद चाय हुई थी। नलिनी ने अपना बनाया हुआ केक सबको खिलाया था। फिर सिद्धार्थ चला गया था। जाते-जाते उसने अहिस्ता से नलिनी के कान में कुछ कहा था।

उन दिनों रूही छुटियाँ मनाने नानी के घर गई हुई थी सो लतिका को घर जाने की जल्दी नहीं थी। रात का खाना खाकर ही वह घर गई थी। इस बीच रमेश को लेकर कोई बात उन दोनों के बीच नहीं हुई थी।

उस रात सपने में रमेश आया था और लतिका को लगा जैसे वह कुछ कह रहा हो। मगर आज उसकी बात न तो सुनाई दे रही थी हमेशा की ही तरह और न ही समझ आ रही थी, हमेशा से उलट।

लतिका ने काफी कोशिश की उसे समझने की और अपनी बात समझाने की मगर कोई अदृश्य दीवार जो हमेशा उनके बीच होती थी, आज बेहद ठोस होकर इशारों को भी रोके हुए थी। मन के भाव तक उस दीवार के आर-पार नहीं जा रहे थे। तभी लतिका को लगा कि शायद रमेश ने कहा कि अब वह उससे मिलने कभी नहीं आएगा। इसके साथ ही उसका सपना टूट गया। सुबह की रोशनी खिड़की के पर्दों के किनारों से अन्दर झाँक रही थी।

इसके कई दिन बाद तक लतिका परेशान रही। उसने इस बारे में अपने पिता से बात करनी चाही मगर ऐसा करने पर सिद्धार्थ के साथ हुई मीटिंग के बारे में बताना पड़ता जो वह नहीं बताना चाहती थी। पिता से डांट भी पड़ती कि वह क्यों उस ओर जा रही है, जहाँ भटकन के सिवाय कुछ नहीं।

एक बार फिर पिता वही बात दोहराते कि रूही को उसके पिता के बारे में सच बता देना चाहिए कि वे कभी नहीं आएंगे। मगर लतिका अभी इसके लिए तैयार नहीं थी। उसकी उम्मीद अभी तक जिंदा ही थी। रमेश के कहीं होने का एहसास उसे बेहद शिद्दत से बना हुआ था।

हालाँकि सिद्धार्थ के साथ हुई उस मीटिंग के बाद से लतिका के मन का एक कोना यह सोचने लगा था कि पिता की बात में सच्चाई है। मगर मन का एक बड़ा-सा हिस्सा अब भी इस बात को स्वीकार करने में हिचक रहा था।

उस दिन के बाद एक बात तो हुई कि लतिका के मन में कुछ नए अंकुर फूटने शुरू हुए। नलिनी का मकसद यही था। नलिनी ही क्यूँ लतिका के सभी दोस्त और माता-पिता चाहते थे कि लतिका जिंदगी को नए सिरे से स्वीकार करे और जीवन में रंग भरे।

लतिका ने अचानक अपने आस-पास के पुरुषों को परखना शुरू कर दिया था। कई बार उसे अपनी इन भावनाओं पर मन ही मन ग्लानी भी होती, शर्म भी आती मगर मन था कि बहके जा रहा था।

पिछले हफ्ते ही एक पार्टी में उमेश झा ने एक तरह से उसे विवाह का प्रस्ताव ही दे डाला था। पहले भी कई बार उमेश ने बातों-बातों में हंसी मजाक करते हुए अपने मन के झुकाव की बात लतिका से की थी। मगर लतिका ने हर बार इसे मजाक में ही उड़ा दिया था। कारण तो कुछ खास नहीं था उसके मन में। लतिका अभी तक रमेश का इंतजार कर ही रही है। सिद्धार्थ से हुई उस दिन की बातचीत के बाद भी और मन में अन्य पुरुषों को लेकर होने वाले आकर्षण के बावजूद।

शायद उमेश झा का तलाकशुदा होना भी इसका एक कारण है। लतिका को लगता है, किसी भी शादी का तलाक में बदल जाना ज्यादातर स्त्री की वजह से होता है। इस बात पर अक्सर उसकी बहस हो जाती है। उन स्त्री मित्रों से जो ऐसा नहीं मानतीं।

ज्यादातर स्त्रियाँ मानती हैं कि तलाक की वजह पुरुष का मनचला होना, पितृ सत्तात्मक मिजाज का होना या फिर कई बार बहुत ज्यादा बदमिजाज होना ही होता है। इन्हीं के चलते स्त्री उसे बहुत दिनों तक झेल नहीं पाती और अलगाव हो जाता है। जबकि लतिका को लगता है कि शायद स्त्रियाँ अब कम संवेदनशील हो गई हैं और जल्दी ही अपना आपा खो देती हैं। जबकि पहले स्त्रियाँ ज्यादा सहनशील हुआ करती थीं, इसलिए शादियाँ स्थायी हुआ करती थीं।

उसका ऐसा सोचना गलत भी नहीं है। क्योंकि उसके सामने अपनी माँ का उदाहरण है। वह खुद का उदाहरण नहीं देख पाती। इसकी एक वजह रमेश का खुशमिजाज होना और एक बेहद अच्छा पति होना तो था ही साथ ही उसका न होना भी एक बड़ी वजह है। लतिका ने शादीशुदा जिन्दगी को उस तरह और उतना देखा ही कहाँ है जो एक आम स्त्री दिन-रात के अनुभव से देखती है। कारण कुछ भी हो लतिका को तलाकशुदा या कुंवारे, किसी भी सूरत में उमेश में कोई दिलचस्पी नहीं महसूस होती। सो उसने हंस कर उस दिन भी उमेश की बात को टाल दिया था।

उमेश ने इस पर इतना ही कहा था, "यार, तुम जब भी कभी अपनी जिन्दगी में किसी पुरुष की कमी महसूस करो तो एक बार मेरे बारे में जरूर सोचना।"

रात को सोने से पहले उमेश की यही बात कानों में गूंजती रही थी और सुबह-सुबह रूही का फोन आया था नानी के घर से। क्रिसमस की छुट्टियों के लिए वह नानी के घर गई हुई थी।

"मम्मा! अभी मेरे स्कूल नहीं खुलेंगे। एक वीक और छुट्टी है। मैं नानी के साथ अभी और रहूंगी। मुझे लेने अभी मत आना। अच्छा!"

लतिका हंस पडी थी। नानी के सिखाए हुए शब्द बोल रही थी नन्ही रूही। वैसे यह बात रूही के मन की भी थी। मगर नाना के अनुशासन के चलते कल शाम उन्होंने कहा था कि रूही को स्कूल खुलने से पहले अपने घर चले जाना चाहिए ताकि स्कूल की तैयारी कर सके।

बेटी लतिका के अकेले होने की फिक्र भी थी उन्हें। जबकि नानी चाहती थी कि दोहिती ज्यादा वक्त उनके पास रहे और लतिका को अपनी जिंदगी में कुछ करने की जगह, समय, छूट और सोचने की फुर्सत मिल सके।

औरत के मन और तन को औरत नहीं समझेगी तो कौन जानेगा?

पिता औरत होकर नहीं सोच सकते थे। वे नहीं सोच सकते थे कि लतिका के पति के अपहरण के इतने साल बीत जाने के बाद आज तक जब कोई जानकारी नहीं मिली है। यहाँ तक कि सरकारी कागजों तक में उसे लापता घोषित कर दिया गया है और वे खुद यह सोच कर तसल्ली करके बैठ गए हैं कि उसका कत्ल कर दिया गया है। तो लतिका को अपनी जिंदगी में किसी और को शामिल कर लेने का हक भी तो है।

वे तो पिता थे मगर पुरुष भी। उनके अनुसार अब लतिका को अपनी जिंदगी इसी तरह अकेले रह कर बेटी को बड़ा करने में काटनी है। रूही को वे यह

सच बताना चाहते हैं कि उसके पिता को अब कभी लौट कर नहीं आना है मगर अपनी ही बेटी को यह नहीं कह सकते कि वह अपने पति की मौत की बात स्वीकार कर ले और इंतजार न करके अपनी जिंदगी में किसी और को शामिल कर ले। उनके सामंतवादी पुरुष को यह स्वीकार नहीं कि स्त्री फिर से अपना घर बसाए। पति-पत्नी में इस बात को लेकर अक्सर ठन जाती थी। दोहिति रहती थी तो घर में शांति बनी रहती।

रविवार का दिन है। ऑफिस नहीं जाना है। रूही भी नहीं है। नाश्ता कर के ड्राइंग रूम में चुपचाप बैठी लतिका को याद आया वह दिन जिस दिन रायपुर से रमेश के ऑफिस अटेंडेंट सुरजन का फोन आया था। वह बेहद घबराया हुआ था।

''मैडम, सर का अपहरण हो गया है। हम लोग टूर से लौट रहे थे। उन लोगों ने हमला किया और गाड़ी को जला दिया। सर को पकड़ कर ले गए हैं। मुझे फोन और सब सामान छीन कर छोड़ दिया ताकि मैं आकर सब को सूचना दे सकूँ।'' इसके बाद वह सिसक-सिसक कर रो पड़ा था।

पहले तो कुछ समझ ही नहीं आया था लतिका को। फिर वह भी सिसकी थी और फिर अगले ही पल जोर से चीख कर बोली थी, ''मैं आती हूँ। आज ही। मैं ले आऊंगी रमेश को उन लोगों से।''

गयी थी लतिका और बहुत कोशिश की थी रमेश को ढूंढ निकालने की। कितना तो भटकी थी। जब पुलिस के आला अधिकारियों ने अपने हाथ खड़े कर दिए थे तो सुरजन को किसी तरह मऩाकर अपने साथ लेकर उस बीहड़ आदिवासी इलाके में गई थी। सुरजन वहां का लोकल आदमी था। सो उसे तो खतरा नहीं था मगर लतिका को खतरा हो सकता था। लेकिन सुरजन को लतिका ने लगभग मजबूर किया था। अपने पेट में पल रहे बच्चे का वास्ता देकर। लेकिन कोई फायदा नहीं हुआ। रमेश का कोई सुराग नहीं मिला। ऐसे लगता था, जैसे छत्तीसगढ़ का वह आदिवासी इलाका कोई गहरी गुफा हो। डार्क होल जैसा। वहां जो-जो अन्दर जाता था, वह लौट कर नहीं आ सकता था।

तीन दिन रही लतिका सुरजन के ही मामा के घर। कच्ची मिट्टी से बना गाँव का घर। लिपा-पुता। गरीबी से दबा-ढका मगर जिंदादिल घर। लतिका को उन लोगों ने हाथों-हाथ लिया। रमेश की पत्नी के तौर पर नहीं बल्कि सुरजन की मेहमान के तौर पर। कोई कष्ट नहीं होने दिया मगर लतिका का कष्ट तो बहुत बड़ा था। उसका निवारण कोई नहीं कर पाया। पत्रकार लतिका भी रमेश की कोई खोज खबर नहीं

लगा पाई। पत्नी लतिका पर भी किसी को दया नहीं आई। जैसे ही रमेश का नाम आता एक काली-सी खामोशी छा जाती।

तीन दिन में लतिका को समझ आ गया कि यहाँ रह कर कुछ नहीं होने वाला। रमेश का पता ये लोग नहीं देंगे। इतनी गहरी अंधेरी खामोशी के बाद भी लतिका को एक पल के लिए भी रमेश के जिंदा रहने पर संदेह नहीं हुआ। इतना भरोसा था उसे खुद पर। रमेश पर और अपनी किस्मत पर।

आखिर चौथे दिन सुरजन के साथ ही रायपुर लौट आई थी। यहाँ आकर रमेश के सरकारी आवास के लिविंग रूम में बैठ कर सुरजन को अपना पता और फोन नंबर्स वगैरह दिए थे और सख्त ताकीद की थी कि जरा भी कुछ मालूम हो तो उसे बताए और भारी मन से उसी रात दिल्ली लौट आई थी। पापा ने कहा भी था कि वे भी वहां आएं और कुछ मदद करें मगर लतिका ने मना कर दिया था। जानती थी वे कुछ नहीं कर पाएंगे। उनकी देखभाल और स्वास्थ्य को लेकर जिम्मेदारी और बढ़ जाएगी लतिका की। सो सख्ती से उन्हें मना कर दिया।

सुरजन महीने, दो महीने में फोन कर देता है। दोस्त बन गया है लतिका का। सारी जानकारी रखता है। अक्सर रूही के फोटो उसे भेजती है। रूही उसे 'शुजन' मामा कहती है। साल में एक बार मिलने भी आता है लतिका और रूही को। आदिवासी कला के ढेर सारे तोहफे लेकर। मगर रमेश के बारे में कुछ नहीं बता पाता। लतिका भी नहीं पूछती मगर दिल में उम्मीद हर बार होती है कि शायद कुछ कहेगा। शायद कोई सुराग मिला होगा सुरजन को।

कई बार यह शक भी होता है मन में कि कहीं रमेश के गायब होने में सुरजन का ही तो हाथ नहीं? मगर फिर एक ही झटके में इस ख्याल को मन से निकाल फेंकती है। सुरजन पर किसी भी तरह का कोई शक नहीं कर सकती।

तब से लेकर कितना तो पानी जिंदगी के पुल के नीचे से बह गया है। लतिका मन की नदिया के साहिल पर बैठ कर हर शाम दिन भर में बह चुके इस सैलाब को देखती है और सोचती है कि आखिर रमेश कहाँ होगा आखिर? किस हाल में होगा?

हालाँकि शुरुआती महीनों के बाद इस सोच में ढिलाई आ गई है। अब हर पल रमेश का ध्यान नहीं रहता। मगर रमेश है उसकी नस-नस में। उसकी जिन्दगी में भी। बस ऐसा लगता है कि किसी दिन यूँ ही आ जाएगा। आकर खड़ा होगा सामने और पूछेगा, "कैसी हो?"

कैसी है? लतिका कहाँ जानती है कि कैसी है? उन भयंकर कष्टकारी दिनों

की शुरुआती तकलीफ और भाग-दौड़ के बाद मन को अपनी गर्भावस्था और नौकरी में लगा लिया।

पेट में बच्चे की खुशी में रमेश का न होना हर सुबह आँख खुलते ही सेंध लगा जाता था। बिलकुल वैसे, जैसे सुबह-सुबह की दिलफरेब ठंडी खुमारी में धूप की आमद का संकेत।

रमेश आया तो था जिंदगी में सर्दी की दोपहरी की धड़कती धूप की तरह पोर-पोर को सुकून के बड़े-बड़े घूँट पिलाता हुआ और बादलों की आमद की तरह एकाएक गायब हो गया। क्या और कैसे हो गया? आज तक ठीक से नहीं समझ पाई लतिका।

दुनियावी कारण सब समझ आते हैं। नक्सलवाद समझ आता है। सरकारी अधिकारी का इसमें शतरंज के मोहरे की तरह इस्तेमाल होना समझ में आता है। मगर अपने पति का यूँ गायब हो जाना नहीं समझ सकती लतिका। पत्रकार होकर भी नहीं। पत्नी ही बन कर रह जाती है इस मोर्चे पर लतिका।

धूप जिस तरह जून के महीने में पसर कर रह जाती है, ऐसे ही रमेश का न होना भी लतिका के जीवन में पसर कर रह गया है। कब इस दोपहरी की शाम होगी लतिका नहीं जानती।

ऐसी ही गम की खुमारी में रूही आ गई थी जिन्दगी में, तो नौकरी और बच्ची की देखभाल में फुर्सत नहीं मिली रोने-धोने की। मगर जीवन साथी को भुलाना कोई आसान काम तो नहीं। वह जिसने अटूट प्यार किया हो और जिसके आने की उम्मीद इस बात से बंधी हो कि कभी भी कोई ऐसा सन्देश या अंदेशा लतिका को नहीं मिला, जो रमेश के जिंदा होने पर सवाल खड़ा करता हो।

"मगर रमेश का पांच साल से ज्यादा गायब होना क्या उसके दुनिया में नहीं होने का एक बड़ा-सा सबूत नहीं है?"

पापा जब यह बात कहते हैं तो वह उनकी बात का जवाब नहीं देती। वहां से हट जाती है। कहना तो चाहती है कुछ तल्खी के साथ, मगर जानती है उसके दु:ख से वे भी दुखी ही हैं। माँ तो कुछ कहती ही नहीं। बस यह कोशिश रहती है कि किसी तरह रूही उनके पास रहने आ जाए तो शायद लतिका खुले मन से अपनी आगे की जिंदगी के बारे में सोच सके।

वैसे लतिका के अलावा कोई नहीं जानता कि लतिका के पास अब तक कितने ही प्रस्ताव आ चुके हैं। अगर लतिका के सिंगल स्टेटस को देख कर कुछ लम्पट

किस्म के मर्दों के वक्ती सुख के लिए आने वाले अनगिनत दुष्प्रयासों को छोड़ भी दें तो दो गंभीर प्रस्ताव लतिका की झोली में इन दिनों लंबित पड़े हैं।

सिद्धार्थ के साथ हुई उस दिन की बातचीत के बाद मन काफी उद्विग्न-सा रहने लगा है। सिद्धार्थ किस बात की तरफ इशारा कर रहा था समझती तो है। मगर मन नहीं मानता उस बात को मानने को। रमेश इस तरह नहीं जा सकता उस पार। कुछ तो कहता या इशारा करता साफतौर पर ख्वाब में आ कर। किसी तरह से।

आता भी है तो उम्मीद जगा कर ही जाता है। आता है सपने में, तो लगता है जैसे कह रहा हो कि लौट कर आऊंगा, इंतजार करना। मगर फिर सोचती है तो याद आता है ऐसा तो नहीं कहा उसने कभी। लौट कर आने की बात। मगर मन में यह बात है तो कुछ आधार तो होगा ही इस बात का। लतिका अपने मन पर बहुत भरोसा करती है।

"सिद्धार्थ हुआ करे भविष्य वक्ता या 'सोल व्हिस्परर'। मेरे रमेश के बारे में उसे क्या पता? वह तो मैं जानती हूँ। मेरा मन बंधा हुआ है उसके साथ।" यही सोचती बैठी है लतिका सोफे पर। आँखें फिर भर आई हैं।

'लतिका। तुम जब रोती नहीं हो तब मुझे अच्छा लगता है।"

ये रमेश था। उसके सामने के सोफे पर इत्मिनान से बैठा हुआ।

वह हंस पड़ी थी।

"हाँ, और इस तरह हंसती हो तो बहुत अच्छी लगती हो।"

"अब यह भी कोई कहने की बात है? हंसने पर तो सभी अच्छे लगते हैं। मैं भी जानती हूँ यह बात।"

अब वह भी हंस पड़ा। रमेश की हंसी कमरे में गूंजने लगी। जैसे कोई आवाज दूर से आती हो। जैसे आम आवाज न हो जिसके हलके से पैर लगे होते हैं और जो हवा के परों पर चल कर उड़ती हुई-सी सुनने वाले के कानों तक पहुँचती है। यह हंसी तो खाली कमरे की खाली हवा को भेद कर बिना चले लतिका तक आई थी।

"यह तुम कैसे हंस रहे हो? यह तुम्हारी हंसी लग ही नहीं रही।" लतिका ने हँसना बंद कर दिया था।

"मैं अब हंस भी नहीं सकता। तुमने कैसे मान लिया कि यह मेरी हंसी है? मैं तो बोल भी नहीं सकता। तुम मेरे भाव सुनती हो बस।" यह भी खोखला-सा था।

"ऐसा कैसे हो सकता है? मैं तो सुन रही हूँ तुम्हें जो भी तुम बोल रहे हो। अभी-अभी जो कहा वह सब।"

''यह सिर्फ तुम ही कह रही हो अपने आप से। मेरी तरफ से मैं नहीं कह रहा कुछ भी।''

''यह तुम कैसी बातें कर रहे हो? पागल मत बनाओ मुझे।'' लतिका बौखला गई थी।

''सोचो तो यही बात है। मैं कब हूँ वहां? कब देखा तुमने मुझे? सिर्फ सुनती तो हो।'' वह सामने बैठा हुआ था सोफे पर।

''मैं देख रही हूँ तुम्हें। सुन भी रही हूँ।

''यह तुम्हारी जिद है। इसे छोड़ दो। मुझे तकलीफ होती है। तुम्हारी सोच के चलते मुझे इस कैद में रुके रहना पड़ता है। मुझे आजाद कर दो।''

''यह कैसी बेहूदा बात है? तुम पति हो मेरे।'' अब लतिका को अपनी ही आवाज दूर से आती लग रही थी।

''मैं नहीं हूँ अब। सिद्धार्थ ने कहा है यही तो...नलिनी से। पूछ लो चाहे। मुझ पर भरोसा नहीं है तो।''

''मैं क्यूँ पूछूं किसी से?'' लतिका ने कहा ही था कि झटके के साथ उसे घंटी की आवाज सुनाई दी। वह चौंक कर सजग हुई तो सामने के सोफे पर कोई नहीं था।

हाथ में पकड़ा हुआ चाय का मग लुढ़का पड़ा था नीचे बिछी दरी पर। बची हुई आधा कप के करीब चाय भी एक बड़ा-सा दाग दरी पर छोड़ गई थी। हाथ लगा कर देखा तो चाय को दरी सोख चुकी थी। यानी चाय गिरे काफी वक्त हो चुका था। याद आया चाय पीते-पीते ही तो रमेश से बात हुई थी। रमेश? हां यहीं तो बैठा था आज कितने ही दिनों के बाद। क्या आ गया वह? एक बारगी खुशी से चिल्लाने को मन किया। फिर खुद को रोका। थोड़ा और होश आया तो घंटी के एक बार और बजने की आवाज से होश कायम हो गए।

हड़बड़ा कर उठी और दरवाजा खोला।

''क्या दीदी। कितनी देर से बाहर खड़ी हूँ। सुबह-सुबह सो गई थी क्या? यह तो नहाने का टाइम नहीं है आपका।'' बोलती हुई रेखा अन्दर आई थी।

दरी पर टेढ़ा पड़ा चाय का मग उठाया और दाग देख कर फिर बोली, ''क्या दीदी, आज तो आपने चाय भी गिरा दी दरी पर। कोई बात नहीं, मैं धो दूंगी इसको। अभी ताजा दाग है साफ हो जाएगा।''

वह रसोई की तरफ चली गई। लतिका का जवाब सुनने की फुर्सत नहीं थी उसे।

"अच्छा दीदी, रूही अभी नानी के घर ही है न। मुझे पता है अभी जल्दी नहीं आएगी वह। स्कूलों की छुट्टियां बढ़ गई हैं न।" कह कर हंस पड़ी थी। यह रेखा हर बात पर हंसती है। कोई गम नहीं इसे।

लतिका को कुछ सुनाई नहीं दे रहा। उसे कुछ देर पहले रमेश के साथ हुई सारी बातचीत याद आ रही है। एक-एक शब्द।

क्या था वह सब? सपना तो नहीं था। सपने में तो ऐसा भान नहीं होता। रमेश वही नीली कमीज और ब्लू जीन्स पहने था। नंगे पैर, जैसे वह शाम को हमेशा घर पर होता था। ऑफिस से आने के बाद।

नींद में चलते हुए लतिका ने अपना फोन काफी टेबल से उठाया और नलिनी का नंबर लगाया।

"हाय लतिके। कैसी है डार्लिंग!" नलिनी इसी तरह जोश से भर कर फोन लेती है।

लतिका आज किसी और ही जगत में है।

"नलिनी। मुझे बताओ सिद्धार्थ ने तुमसे क्या कहा था। जब वह जा रहा था उस दिन।" लतिका की आवाज में ठहराव के साथ दृढ़ता और उतावलापन सभी कुछ थे।

नलिनी चुप रही।

"नलिनी। मैं कुछ पूछ रही हूँ। टेल मी। इन हिज वर्ड्स ओनली। क्या कहा था सिद्धार्थ ने? प्लीज टेल मी। प्लीज। इन हिज वर्ड्स। सिद्धार्थ वर्ड्स...।"

नलिनी की एक गहरी सांस की आवाज आई और लतिका ने सांस रोक ली।

वह सुनना चाहती है दम साध कर। एक-एक लफ्ज बिलकुल साफ।

"सिद्धार्थ ने कहा था...।" नलिनी खामोश हो गई थी।

"बोलो नलिनी।" इस बार लतिका की आवाज किनारे तोड़ कर बह निकली थी। उसमें हुंकार जैसा कुछ था।

एक लम्बी खामोशी के साथ ही नलिनी ने उधर से कहा था, "लतिका। सिद्धार्थ ने कहा था, वह नहीं है अब।"

लतिका को इसके बाद कुछ नहीं सुनाई दिया था।

उसने फोन टेबल पर रख दिया था। जहाँ खड़ी थी, वहीं फर्श पर बैठ गई थी। शांत नजरों से सामने की दीवार को देखती हुई।

रसोई से रेखा ने पूछा था, "आज पूरी-भाजी बना दूँ लंच में दीदी।"

मगर लतिका ने न कुछ सुना, न जवाब दिया।

आज लतिका के घर में खाना नहीं पक सकता था। आज लतिका विधवा हो गई थी।

फाइव सेकंड मोर, मैडम!

मधु कांकरिया

23 मार्च, 1957 को जन्मी मधु कांकरिया मूल रूप से राजस्थान की निवासी हैं लेकिन वर्तमान में कोलकाता रहती हैं। मधु कांकरिया के अब तक सात कहानी संग्रह एवं छह उपन्यास आ चुके हैं। इनके अलावा दो पुस्तकें अन्य विधाओं में आई हैं। रत्नीदेवी गोयनका वाग्देवी सम्मान सहित अनेक पुरस्कार एवं सम्मान प्राप्त मधु कांकरिया एक संजीदा कथाकार के रूप में राष्ट्रीय स्तर पर पहचानी जाती हैं। मधु कांकरिया की कहानियां स्त्री के संघर्ष के साथ उसके आत्मसम्मान की रक्षा करने वाली हैं। उनकी भाषा, शैली एवं शिल्प पाठकों के ह्रदय में बस जाता है।

पता :
72 ए, विधान सरणी, फ्लैट 3 सी, कोलकाता–700006
मोबाइल : 9167735950
ईमेल : madhu.kankaria07@gmail.com

वे तीन थे!

शिवा, अर्जुन और राहुल!

अर्जुन और राहुल भाई–भाई थे जबकि गहरे सांवले रंग और नमकीन चेहरे वाला शिवा पड़ोस के घर में रहता था। तीनों के घरों में एक समानता थी। वह यह कि वे तीनों ऐसे घरों में रह रहे थे, जहाँ सामान बहुत ज्यादा था और विचार बहुत कम थे।

पहले दिन वे मुझे तीन छात्र नहीं, वरन् रौशनी के तीन टुकड़ों से लगे पर दूसरे दिन ही अपने इस सौभाग्य पर मेरी राय बदल गई। मैं समझ गई कि जिन्दगी ने मुझ पर मास्टरनी बन जाने की एक और जिम्मेदारी अनायास ही सौंप दी है कि मेरा पाला रौशनी के तीन टुकड़ों से नहीं वरन् तीन ऐसे बेलगाम घोड़ों से पड़ा है जिन पर लगाम ही नहीं कसनी है मुझे वरन् उन्हें हिंदी के मैदान में दौड़ाना भी है। कम से कम इतना तो चला ही देना है कि वे परीक्षा पास कर सकें क्योंकि भूमंडलीकरण के उस दौर में चेन्नई जैसे आगे बढ़ते शहर में भाषा की दीवारें दरक रही थीं। माँ–बाप अपने बच्चों को वैकल्पिक भाषा के रूप में फ्रेंच या स्पेनिश जैसी किसी विदेशी भाषा के बजाय हिंदी दिलवाना ज्यादा पसंद कर रहे थे। मैं यह चुनौती स्वीकार न भी करती पर उन दिनों के मेरे रेगिस्तानी जीवन की वे तीन इकलौती फुहारें थी। बाघ की तरह झपटता मारती चेन्नई की गर्मी और संवादहीनता ने जीवन को इतना बदरंग,

नीरस, निरुत्तेजक और हलचलविहीन कर डाला था कि मुझे लगा यदि मुझे अपना मानसिक संतुलन बनाए रखना है तो मुझे यह चुनौती स्वीकार कर लेनी चाहिए। सप्ताह में कम से कम तीन दिन तो घर में पोटली-सी पड़ी बंद काया खुलेगी और नहीं तो कम से कम एक परिवार के भीतर तो मुझे हिंदी के बीज बोने का मौका मिलेगा। उन दिनों मेरा हाल तो यह था कि चुप रहते-रहते लगता, जैसे होंठ ही चिपक गए हैं। महरी तक से इशारे में बात करती। न मैं तमिल जानती थी और न वह हिंदी। पास पड़ोसियों से भी संवाद न के बराबर था।

एक साथ तीनों को झेल पाना मुश्किल था, इस कारण मैं तीनों को अलग-अलग पढ़ाती थी। उन्हें अंग्रेजी में हिंदी कहानियाँ या चुटकुले सुना कर पहले मैं उनका मानसिक मौसम हवादार बनाती फिर वहां हिंदी की हवा चलती। उनका हिंदी का ज्ञान तो सूखे पठार-सा था ही। विडम्बना यह थी कि वे अपनी मातृभाषा तमिल तक ठीक से नहीं जानते थे। पूरा घर अंग्रेजी ही ओढ़ता-बिछाता था। उन तीनों शिष्यों में अर्जुन सबसे आक्रामक और चपल था। जब-जब मैं उनके घर जाती, मेरे प्रति उसकी खुली नापसंदगी सर चढ़कर बोलती थी। मेरी उससे मित्रता करने की तमाम कोशिशों को धराशायी करते हुए वह मुंह बनाता रहता। कई बार तो पढ़ाई के दौरान मेरे होने को न होना करते हुए प्रतिवाद स्वरूप वह अपने कान तक बंद कर लेता।

मैं जैसे ही उनके घर में घुसती, देखती घर के कूल-कूल वातावरण में नए सुखवाद की हवा बह रही है। अर्जुन और राहुल टीवी से चिपके कार्टून चैनल देख रहे हैं। मेरे आने से उनकी मौजों की रवानी में विघ्न पड़ता। टीवी देखते-देखते वे वितृष्णा से मुझे देख भर लेते, मैं भी उन्हें टीवी देखते हुए देखती। दोनों-दोनों को देखते और दोनों को ही लगता- बहुत नाइंसाफी है। करीब तीस सैकेंड के बाद फिर घर की बाई आती। दुपट्टा संभालते हुए मुझे नमस्ते करती, अन्दर के कमरे में बैठाती, एसी चलाती और पहले राहुल को तेलगु में डांट-डपट या बहला-फुसलाकर मेरे पास ठेलती फिर आधे घंटे के बाद दूसरे नबावजादे अर्जुन पतलून की जेब में हाथ डाले-डाले आते। पूरी कक्षा के दौरान गीला सन्नाटा और काले बादल ही छाए रहते। मेरे सरोवर का पानी हर दिन घटता जा रहा था। एक बार तो हद हो गई, मेरी शक्ल देखते ही अर्जुन रो पड़ा। उसका दुःख असली था। उसके आंसू सच्चे थे। उस दिन उसके दुःख से पहली बार मुझे सचमुच सहानुभूति हुई और मुझे एहसास हुआ कि कम से कम अर्जुन के मामले में मैं गलत पहाड़ पर चढ़

रही हूँ। उसे जबर्दस्ती मेरी दुनिया में धकेला जा रहा है पर इस तरह यह कभी भी हिंदी नहीं सीख सकेगा। जब भीतर की माटी ही बंजर हो तो मैं भी क्या कर लूंगी? पानी को कितना भी मथो पानी ही तो निकलेगा!

बहरहाल, निकलते वक्त मैंने अर्जुन को खोदना चाहा कि कुछ तो बाहर निकले। मैं जानना चाहती थी कि उसकी छोटी-सी दुनिया में हिंदी के लिए इतनी बड़ी नफरत कब पैदा हुई? क्यों हुई? उस दिन उसे पढ़ने से मुक्ति मिल गई थी। इस कारण वह मुझसे उतना चिढ़ा हुआ नहीं था। मैंने अर्जुन से पूछा- अर्जुन तुम्हें हिंदी इतनी खराब क्यों लगती है? तुम हिंदी सीखना क्यों नहीं चाहते? अपनी ही स्वप्निल दुनिया में विचरण करते हुए नौ वर्षीय अर्जुन ने फिर मुंह बनाया और फांय-फांय करते जवाब दिया।

-मैडम व्हाई शुड आई लर्न हिंदी? (क्या फायदा होगा हिंदी सीख कर?)

-फायदा? क्या मतलब? हिंदी में तुम्हें कम से कम पास मार्क लाना जरूरी है, इसके बिना तुम आगे कैसे बढोगे? सोनिया गाँधी तक को हिन्दी सीखनी पड़ी।

-मैडम, मैं तो इंडिया में बस कुछ समय और हूँ फिर तो मुझे इस देश में भी नहीं रहना है। मुझे यह देश ही पसंद नहीं है। मुझे न्यु जर्सी वापस जाना है।

-क्या? मैं अवाक्! शब्द मुझे छेदते हुए भीतर धंसे। यह तो मुझे पता था कि इसके पिता बीस वर्ष बाद भारत लौटे हैं। वे न्यु जर्सी में सॉफ्टवेर इंजीनियर थे। पर बच्चों में अपने देश के प्रति इतनी वितृष्णा! हिंदी के प्रति इतनी नफरत!

मैंने फिर कुरेदा उसे-तुम्हें किसने कहा कि तुम्हें यहाँ अधिक नहीं रहना है?

-मेरे पापा ने! विश्वासपूर्वक उसने जवाब दिया। उसकी आँखों से जैसे झाँक रहा था उसका निश्छल मन।

-तुम्हें यह देश क्यों पसंद नहीं है? उसे सोचना नहीं पड़ा। जवाब जैसे तैयार था। डूबती आवाज में कहा उसने-

-मुझे अपनी स्कूल पसंद नहीं है।

-पर क्यों?

-यहाँ की टीचर बहुत डांटती है। बहुत होमवर्क देती है, जबकि न्यूजर्सी की टीचर बहुत प्यार से बात करती थी और मुझे टॉफी देती थी।

-बस इसी कारण?

वह चुप!

उस शाम मैंने बच्चों की बाई को लिखित सन्देश दिया कि यदि बच्चों के

माता-पिता चाहते हैं कि मैं उनके बच्चों को पढाऊँ तो वे तुरंत मुझसे कल शाम ही मिलें।

दूसरे सप्ताह मैं जब तक उनके घर पहुंची, शाम का अँधेरा घर में घुस आया था। दोनों पति-पत्नी चिंता की चादर ओढ़े मेरे इन्तजार में थे। नमस्ते की अदला-बदली के बाद मैं सीधे मुद्दे पर आ गई थी।

मुझे अफसोस है कि मैं इन बच्चों को पढ़ा नहीं पा रही हूँ। इन्हें लगता है कि आप जबर्दस्ती इन पर थोप रहे हैं हिंदी। अब हिन्दी कोई भेलपुरी तो है नहीं कि मैं उन्हें पकड़ा दूँगी और वे स्वाद ले लेंगे। भाषा सीखने के पूर्व भाषा के प्रति दिलचस्पी और सम्मान भी होना चाहिए। बच्चों को यदि यह समझाया जाए कि उनके उज्ज्वल भविष्य के लिए या कम से कम इस देश में स्थापित होने के लिए भी उन्हें हिंदी जाननी चाहिए तो भी मैं उनमें हिंदी के प्रति दिलचस्पी जगा पाती पर आश्चर्य की बात तो यह है कि हिंदी तो छोड़िए अपने देश के प्रति भी इनके मन में न तो कोई प्यार है और न ही कोई सम्मान। इनकी तो माटी में ही मिलावट भर गई है। वे चाहे देश के भीतर हैं लेकिन देश इनके भीतर नहीं है। उन्हें लगता है कि वे इस देश में बस कुछ दिनों के मेहमान हैं, वापस तो उन्हें न्युजर्सी जाना ही है तो क्यों वे अपना अनमोल समय हिंदी सीखने में नष्ट करें। आपके दोनों बेटे विशेषकर अर्जुन तो दिनभर न्यु जर्सी लौटने के ही स्वप्न देखता रहता है।

क्या? ऐसा क्यों कहा उन्होंने? मैंने तो कभी नहीं कहा, उनके पिता आसमान से गिरे। माथे पर सिलवटें उभरी। सर्वथा एक नए सत्य से साक्षात्कार कर रहे थे वे।

दिप-दिप करते व्यक्तित्व वाले बच्चों के सौम्य-सुदर्शन पिता मिस्टर आदित्य अपनी बात पूरी कर पाते कि उनकी पत्नी सुभाषिनी की भृकुटी टेढ़ी हुई। वे बीच में ही कूद पड़ी- सही कह रही हैं मैडम आप। मैंने कितनी बार इनसे कहा कि कम से कम बच्चों के सामने अपने देश को जलील मत करो। जो भी है जैसा भी है, हमारा देश है। जैसा बाप वैसा बेटा! खाते यहाँ की हैं लेकिन गुणगान हमेशा वहीं का ही करते हैं। जब देखो तब यहाँ की बुराई- यहाँ वर्क कल्चर नहीं है। ऑफिस में चमचों की भरमार है। प्रतिभा की कोई इज्जत नहीं, देश क्या है कचरा है।

वे फड़फड़ाए। उनके शब्द लड़खड़ाए। रुमाल से मुंह पोंछते हुए उन्होंने कहा- लेकिन मैंने बच्चों से तो कभी ऐसा नहीं कहा। मैं तो बस कभी-कभी ऑफिस की हताशा भर उतार देता था।

आप क्या सोचते हैं बच्चे सुनते नहीं हैं? आपने ही दोनों बच्चों के जेहन में

अपने देश के प्रति इतनी नफरत भरी है। सुभाषिनी जी तमतमा रही थीं। उनके लिए भी यह किसी सदमे से कम न था।

ठंडे दिमाग के मिस्टर आदित्य ने अपनी भूल स्वीकार की। समय के अँधेरे में घिरे वे नए सिरे से अपने को खोजने लगे। धीरे-धीरे उनकी उदासी फूटी बीस वर्षों के बाद भारत लौटने पर यहाँ की वर्क कल्चर, चाटुकारिता, भ्रष्टाचार और भाई-भतीजावाद ने मेरे भीतर इतनी नकारात्मकता भर दी थी कि मैं जब-तब अपनी हताशा उगलने लगता था।

आप अपनी हताशा नहीं उगल रहे थे, वरन जाने-अनजाने इन बच्चों की मानसिकता बुन रहे थे। इतने सालों बाद स्वदेश लौटकर भी यदि आप अपनी माटी, अपनी जमीन अपने स्व से नहीं जुड़ पाए तो इन बच्चों को मैं क्या दोष दूं। देखिए शिवा भी इनकी ही उम्र का है पर उसकी लगन और दिलचस्पी इतनी कि उसके साथ बिताया आधा घंटा भी फुर्र से उड़ जाता है। वह अपनी स्वाभाविक जिन्दगी जी रहा है। इसलिए उसे न हिंदी से शिकायत है, न अपने देश से जबकि उसके पापा भी लन्दन में रहते हैं।

मेरा इतना बोलना हुआ कि आदित्य जी के अपराधबोध को जैसे कुछ छूट मिल गई। वे पत्नी पर हल्के से आक्रामक होते हुए बोले, शायद उनकी पत्नी ने माँ का रोल भरपूर निभाया और बच्चे को अपने देश और जिन्दगी के नजदीक रखा जबकि हमारे बच्चे कल्पनालोक में विचरण करते रहे।

मेरी आशा के विपरीत सुभाषिनी जी चुप रहीं शायद उनके भीतर भी कुछ जागा, शायद उन्हें भी पहली बार यह एहसास हुआ कि बच्चों को इस देश के नजदीक न ला सकने में चूक तो कहीं न कहीं उनसे भी हुई है। बहरहाल दोनों पति पत्नी ने मेरे प्रति यह आभार व्यक्त किया कि उन्हें तो यह अंदेशा ही नहीं था कि उनके बच्चे इस प्रकार भी सोच सकते हैं।

अगली बार!

लीजिए खिल गया गुलमोहर चेन्नई की तपती भूमि पर! उड़ने लगे श्वेत कबूतर! संभावनाओं के स्वप्न अंखुआने लगे मेरी आँखों में, जाने क्या घुट्टी पिलाई राहुल और अर्जुन के माँ-बाप ने उन्हें कि मेरे प्रति खुली नापसंदगी का जो शाही लिबास पहन रखा था, उन्होंने उसे पूरी तरह उतारा नहीं तो भी ढीला जरूर कर दिया था उन्होंने। छात्र अब थोड़े ज्यादा छात्र और क्लास अब थोड़ी ज्यादा क्लास लगने लगी थी। एक साथ मैं वर्तमान और भविष्य दोनों में विचरण करने लगी और

नए-नए प्रयोग आजमा कर उस धरती पर हिंदी रोपने की अपनी कोशिशें तेज करने लगी। अपनी क्लास को मनोरंजक बनाने की भरपूर चेष्टा के रूप में पहला प्रयोग यही किया कि अंतिम पन्द्रह मिनट मैं तीनों की सम्मिलित क्लास लेने लगी। उस जोइन्ट क्लास में मैं एक प्रतियोगिता रखती जिसका नाम था 'पन्द्रह सैकेंड'। मैं एक सवाल उछालती जो भी उसका जवाब पन्द्रह सैकेंड के भीतर दे देता उसे पॉइंट मिलते। जो सबसे ज्यादा पॉइंट पाता, उसे मैं छोटा-मोटा उपहार देती। मेरी इस प्रतियोगिता में शिवा का दिल चिड़िया की तरह धड़कता था। सही जवाब देने पर जहाँ उसका मन मयूर-सा झूम उठता तो वहीं जवाब न सूझने पर दस सैकेंड बीतते न बीतते वह बिंधे कबूतर की तरह फड़फड़ाने लगता मैम प्लीज, फाइव सैकेंड मोर। सबसे अधिक सवालों के जवाब भी वही देता। कई बार बड़े दिलचस्प जवाब भी मिलते। एक बार मैंने पूछा-गो बैक की हिंदी बताओ। शिवा और राहुल ने तुरंत जवाब दिया- पीठ जाओ। मैं हैरान! यह कैसा जवाब! पॉइंट खो जाने के डर से शिवा ने हड़बड़ाते हुए कहा- क्यों मैम, गो मतलब जाओ और बैक मतलब पीठ!

एक बार राहुल ने पूछा, मैम! गोल्ड मतलब भी सोना और स्लीप मतलब भी सोना तो फिर दोनों में क्या डिफरेंस है? मुझे लगा, मैं सचमुच बेहोश हो जाऊंगी। लेकिन फिर भी अब मेरी क्लास बहुत कुछ शिवा के चलते गुलजार रहने लगी थी। शिवा का उत्साह सबको संक्रमित करने लगा था। अपनी उमंग और उत्फुलता का छिड़काव वह राहुल और अर्जुन पर भी कर देता था। उनके ठिठके ठहरे जलाशय में भी अब हिलोर उठने लगी थी। राहुल-अर्जुन के मां-बाप को भी अब समझ आ गया था कि इस देश के दूध से भरे ग्लास में शक्कर की तरह घुल-मिल कर ही वे अपने और बच्चों के लिए खुशियाँ खोज सकते हैं। तीनों बच्चे जब एक साथ हिंदी में हँसते, मैं कविता हो जाती। मुझे चेन्नई रास आने लगता। सारा दिन मेरा इसी योजना में बीतता कि कैसे क्लास को मनोरंजक बनाऊँ कि मेरे चेन्नई छोड़ने तक बच्चे हिंदी ठीक से बोल सकें। मैं स्वप्नों तक में पूजा भाव से इन्हें हिंदी सिखाती। एक अच्छी बात यह हुई कि सुभाषिनी जी भी अब कभी कभार फरर-फरर करती अपनी नई-नई पोशाकों के साथ मेरी क्लास में बैठने लगी थी। मेरी क्लास तब सचमुच तरंगित हो उठती जब वे भी प्रतियोगिता में बैठती और बच्चों से हार जाती। अद्भुत होते थे वे क्षण जब हमारी क्लास, क्लास नहीं रहती वरन् हिंदी का आसमान बन जाती, जहाँ हम सब बादल बन उड़ने लगते। और तभी जब

हम चाँद पर पहुंच हिन्दी का उत्सव मना रहे थे एक घटना ने ऐसी पलटी मारी, सम पर आती लहरों ने वह शोर मचाया कि सारा तालमेल घालमेल में बदल गया।

एक मुबारक शाम मैं राहुल और अर्जुन की क्लास ले चुकी थी और शिवा के आने का इन्तजार करने लगी। मुझे ताज्जुब हो रहा था कि आज शिवा इतनी देर क्यों कर रहा है। वह तो इतना उत्साहित रहता कि सदैव समय पूर्व हाजिर! कुछ समय और गुजरा कि बाई ने कहा, मैडम आज शिवा नहीं आएगा, आपको उसके घर जाकर पढ़ाना होगा। पर क्यों? वह चुप! क्या दोनों पड़ोसियों में कुछ कहा-सुनी हो गयी? या बच्चों ने झगड़ा कर लिया, क्या वह बीमार है? तभी कौंधा कि आते वक्त मैंने उसे नीचे के खुले लॉन में साइकिल चलाते भी नहीं देखा था। सौ-सौ आशंकाओं के साथ मैं उसके घर में। घर खुला हुआ ही था। शायद मेरे इंतजार में। सामने न शिवा न उसकी हंसमुख माँ। मेरी अगवानी में खड़ा था एक सौम्य और स्मार्ट-सा युवक।

आइए!

शिवा कहाँ है? वह ठीक तो है?

अंग्रेजी में आया जवाब।

थैंक्स! ही इज ओके।

तो...तो फिर मुझे यहाँ क्यों बुलाया?

दरअसल...दरअसल...वे लड़खड़ाए...हिचकिचाए- मैडम बात यह है कि अब हम लोग शिवा को अर्जुन के घर भेजने का खतरा नहीं उठा सकते।

खतरा? कैसा खतरा? अर्जुन तो शिवा का अच्छा दोस्त है।

बात अर्जुन की नहीं, दरअसल मैं... मैं उसकी माँ को डाइवोर्स दे रहा हूँ। उसकी माँ कभी भी शिवा को अर्जुन के घर से अपने अधिकार में ले सकती है। वहां उसका आना-जाना लगा रहता है। उन्होंने इतनी तेजी से शब्द बाहर निकाले कि मैं समझ कर भी ठीक से कुछ समझ नहीं पाई। लगा जैसे खुले तार पर हाथ पड़ गया है। कई-कई वोल्टाज का धक्का खाते हुए पूछा मैंने,"शिवा तो ठीक है? तभी एक अधेड़-सी औरत ने मुझे पानी का ग्लास पकड़ाया और दूसरे हाथ की सोने की चूड़ियों को ऊपर खिसकाते हुए टूटी-फूटी अंग्रेजी में अपना परिचय दिया, "मैं शिवा की दादी। उसकी सुरक्षा के लिए उसके दादा भी त्रिची से यहाँ आ गए हैं।" बूढ़े बैल से लाचार हो चुके दादा-दादी की उपयोगिता शिवा प्रकरण के चलते एकाएक बढ़ गई थी। इस कारण वे परम पुलकित थे।

उसकी माँ कहाँ है? उनकी जली-भुनी आंखों में अंगारे-सा कुछ दहका। वे बोलीं, फिलहाल वह अपनी माँ के पास बंगलोर में हैं। वहीं से गोले दाग रही है। कह रही है शिवा को हरगिज हमारे पास नहीं रहने देगी। बोलते-बोलते उन पर शिवा-प्रेम का दौरा-सा पड़ा हांफते-दाफ्ते बोली, जाने क्या-क्या बोलती गयी, हम भी देखते हैं कैसे दूर करेगी हमारे शिवा को हमसे? मेरे जेहन में कौंध गई पोंगल के अवसर पर सहलाती निगाह से ताकती और मिठाई के डिब्बे को 'प्रसादम' बोल कर भेंट करती शिवा की हंसमुख माँ। मैं क्या जवाब देती। गोबर गणेश की तरह सुनती रही और घर की तासीर को सूंघती रही।

पूरे घर में उदासी, सतर्कता, रहस्य, पूजा-पाठ और असुरक्षा का कोहरा पसरा पड़ा था। आगे बढ़ी तो सतर्कता की दीवारें ही दीवारें। घर के एकदम आखिरी कमरे के आखिरी हिस्से में कुर्सी पर सिकुड़ा, सिमटा, सहमा शव-सा बैठा था शिवा सर झुका हुआ जैसे सारी लज्जा का बोझ खुद ही ढो रहा हो। विश्वास करना मुश्किल था कि यह वही शिवा था जो एकदिन पहले इतनी वेगवान लहर था। कमरे की खिड़कियाँ तक बंद। पास ही सोफे-कम-बेड पर उसकी पहरेदारी में तैनात उसके दादा, हाथों में माला, निगाह शिवा पर। मुझे देखकर हमेशा की तरह शिवा की आँखों में न चमक आई और न ही होंठो पर हंसी की तितली फुदकी। एक ही रात में चंचलता, उमंग और बचपन के सारे पत्ते झड़ गए थे।

अपने ही घर में कैद शिवा को किसी तरह पढ़ाना शुरू किया मैंने पर लगा जैसे दीवारों पर ही नहीं किताबों पर भी उदासी छिड़की पड़ी हो। पेड़ की चिड़िया तक चहचहाना भूल गई थी। अपनी लज्जा, नासमझी और खामोशी में कैद शिवा की आँखों की पीड़ा पढ़ी न गई मुझसे इसलिए सारे समय मेरी खामोश आँखें उसकी खामोशी दर्ज करती रही पर उससे आँख मिलाने से बचती रही। अंतिम 'पन्द्रह सैकंड' प्रतियोगिता में भी न रोज की तरह उसका दिल धड़का और न ही उत्तेजित हो उसने एक बार भी कहा "फाइव सेकंड मोर मैडम!" यंत्रवत मैं उसे पढ़ाती रही। शव की तरह निस्पंद और अडौल बैठा रहा शिवा। उस मैली शाम मैंने शिवा की नोटबुक में अंग्रेजी अनुवाद सहित एक पंक्ति लिख दी 'उद्दाम वेग की धारा में अपने-अपने अहं सिरा दो' इस उम्मीद में कि कौन जाने कोई पढ़ ले महाकवि की यह अमृत वाणी और बचा ले शिवा को रात हो जाने से।

तीन दिनों बाद मैंने एक और क्लास ली शिवा की उसी के घर में। इस बार मुख्य दरवाजा भीतर से लॉक था। आई ग्लास से पहले इत्मीनान कर लिया गया,

फिर खुला दरवाजा। पूरा घर व्यस्त था कुर्सी पर झुका शिवा पस्त था। बाहर सूरज अस्त था भीतर दादी मस्त थी। उसकी हॉटलाइन भगवान से जुड़ी थी। मैंने भरसक कोशिश की शिवा में उत्साह जगाने की लेकिन मेरा 'हीरामन' मुझे फिर कभी वैसा मिला ही नहीं जैसा मिलता था वह अर्जुन और राहुल के घर में। जितना ही मैं उसे अपनी गिरफ्त में लेना चाहती, उतना ही सोन मछली-सा मेरे हाथों से फिसल जाता वह। बाद के दिनों में भी आधा अधूरा ही मिला वह। आधा मूक, आधा वाचाल। आधा शान्त, आधा अशान्त। आधा सावन आधा भादो। जाते-जाते कनपटी गर्म करने वाली खबर मिली कि उसे स्कूल जाने से भी रोक दिया गया है क्योंकि आशंका थी कि उसकी माँ कहीं उसे स्कूल से ही गायब न कर ले। विपक्ष को मात देने की पूरी बिसात बिछ चुकी थी। जब उसकी दादी यह सब बता रही थी। मैं कनखियों से देख रही थी शिवा के चेहरे के भाव काश हंसकर या रोकर अपने को उंडेल पाता वह! एक चलती-फिरती कविता धीरे-धीरे खामोश होती जा रही थी। खंडहर होते उस घर में। जाते-जाते कनखियों से देखा शिवा के पिता पेंट की जेब में हाथ डाले उद्विग्न से घूम रहे थे। जैसे पत्नी का डर भी उनके साथ चल रहा हो। मैं हर दिन हैमलेट में तब्दील हो रही थी। उस घर में जाऊं कि न जाऊं, क्योंकि मेरे अन्दर भी एक अपराधबोध जन्म ले रहा था कि माँ को बेटे से अलग करने की घर-भर की साजिश में कहीं न कहीं मैं भी भागीदार हो रही हूँ।

*****

अगला महीना!

आधे समुद्र और आधे मन्त्र में जीता चेन्नई शहर उस दिन कुछ अजीब तरह से खुला। उस मटमैली शाम जब मैं गई शिवा के घर, दरवाजा खुला मिला। खुले घर में घुसते ही घी, कपूर, चन्दन, कुमकुम और अगरबत्ती की खुशबू नथुनों में घुसी। मुझे लगा शर्तिया शिवा की माँ से सुलह हो गई है। इसीलिए इतनी पवित्र घी-चन्दन की महक! एक पुलक मुझे थरथराते हुए निकल गई। आगे बढ़ी तो हवन के पात्र और पात्र को उठाते कुछ धोतीधारी पुरोहितों से बतियाती शिवा की दादी! जैसे ही मुझसे आँख मिली, उसने विजयी मुस्कान बिखेरते हुए खिड़की से दिखते आसमान के टुकड़े को हाथ जोड़े। हो गई सुलह! मुबारक हो! मेरे मुंह से अचानक निकला। मैंने लक्ष्य किया कि आज घर में सारी खिड़कियाँ भी खुली हुई थी। मैं इस खुलेपन को शिवा की जिन्दगी में फिर से आए खुलेपन से जोड़कर

देखने लगी कि तभी उसने कहा, शिवा को उसके पिता लन्दन ले जाने में कामयाब हो गए हैं। अब आपकी छुट्टी!

क्या? लन्दन? हे भगवान! छोटी-सी दुनिया और कितनी बड़ी घृणा! एक माँ को बीच से हटाने के लिए इतने बड़े लन्दन को बीच में लाना पड़ गया? मैंने मन में सोचा पर कहा नहीं, कहा सिर्फ इतना ही- रह पाएगा वह माँ और अपने दोस्तों के बिना अकेले? उसके बचपन को तो यहीं ग्रहण लग गया था? अब उसके स्वप्नों के पर को भी काटा जा रहा है? शिवा को लेकर मेरी गहरी चिंता उन्हें कंकड़ मारी जिरह लगी, उनकी पेशानी पर तीन बल पड़े। टूटी-फूटी अंग्रेजी में बोली-दिस इज टू सेव हिज फ्यूचर।

मेरी चिंता को मैदान छोड़ना पड़ा। मेरे मन को छोटा होना पड़ा सर्दियों के दिन की तरह!

उस पूरी रात सो नहीं पायी मैं। माँ-बाप दोनों इतने पढ़े-लिखे पर कोई सोच नहीं पाता कि चमन में रंगत खुशबू और रंग से मिलकर आती है। कली की तरह खिलते शिवा को एकाएक विदेशी भूमि पर रोप दिया गया। क्या कभी पूरी तरह खिल पाएगा वह वहां! एक स्त्री होने के नाते मैं जानती हूँ कि चीजों का स्वाभाविक रूप से पकना कितना महत्वपूर्ण है! पर कौन सुनेगा मुझे? उसकी माँ तक मेरी पहुंच नहीं और जिन तक पहुंच है, वे विजय के मद में चूर हैं।

आज भी मेरी हथेलियों में शिवा की हथेलियों की गर्माहट बची हुई है, जब वह घबराकर कहता था, "फाइव सैकेंड्स मोर मैडम"। हर शाम घर लौटते परिंदों को देखते और अतीत के टुकड़े बीनते मन सोचता रहता कि शायद वह भी कभी लौट आए, हमारे हिंदी के आकाश में। पर लौट कर भी हीरामन क्या वैसा लौट पाएगा, जैसा था वह? जेहन में फिर भारत और हिन्दी के नाम पर मुंह बनाने वाला अर्जुन कौंध गया।

केयर ऑफ स्वात घाटी

मनीषा कुलश्रेष्ठ

26 अगस्त, 1967 को राजस्थान के जोधपुर में जन्मी मनीषा कुलश्रेष्ठ के अब तक छह कहानी संग्रह एवं तीन उपन्यास आ चुके हैं। हालिया प्रकाशित उपन्यास 'मल्लिका' भारतेंद्र हरिश्चंद्र की प्रेमिका को केंद्र में रचा गया है और इस समय खूब चर्चा में है। अनुवाद में भी आपका महत्वपूर्ण कार्य है। राजस्थान साहित्य अकादमी, उदयपुर केरांगेय राघव पुरस्कार सहित अनेक पुरस्कार एवं सम्मान प्राप्त मनीषा कुलश्रेष्ठ आधुनिक हिंदी कहानी की एक प्रतीक बनकर उभरी हैं। विशेष रूप से स्त्री स्वर की कहानियों एवं उपन्यासों ने विशेष पहचान बनाई है। आपकी कहानियां अपना नया मुहावरा गढ़ती हुई प्रतीत होती हैं।

ई-पता: manishakuls@gmail.com

"यह मेरी अस्मिता का प्रश्न है...विद्वता का अभिमान नहीं है मुझे। ज्ञान पर विश्वास अवश्य है। सब कहें तो कहें कि वाचकनु के ऋषिकुल में किसी स्त्री ने शास्त्रार्थ में भाग नहीं लिया फिर वह भी याज्ञवल्क्य जैसे महान ज्ञानी के समक्ष। समूचे राजदरबार के समक्ष राजा जनक के ब्रह्मयज्ञ में मैं ब्राह्मणत्व और आत्मा को लेकर कुछ प्रश्न उठाने का साहस बल्कि दुस्साहस करने जा रही हूँ। तुम मुझे रोको मत प्रिय। मेरे पिता ऋषि वाचकनु और मेरे बालसखा तुम ही ने तो मुझे तर्क का सामर्थ्य दिया है। तुम दोनों के बीच बैठ कर ही मैंने यह सीखा है। मैं तुम्हारी वाग्दत्ता अवश्य हूँ, मगर हूँ तो एक स्वतन्त्र इकाई। इस चराचर विश्व में विद्वजनों के प्रतिपादित नियमों के विपरीत सोचने और प्रश्न करने या खण्डन करने का तर्क मैंने अर्जित कर लिया है तो क्यों नहीं अब याज्ञवल्क्य के समक्ष ऐसा अवसर दुर्लभ होता है। नहीं तुम मुझे नहीं रोक सकते। तुम्हें मेरी मर्यादा की चिन्ता है न हजारों पुरुषों के समक्ष, नेत्र और मस्तक उठा कर प्रश्न उठाऊंगी तो लो मैंने डाल लिया दुशाला अपनी यौवनपुष्ट देह पर, कहो तो इस सुन्दर मुख पर भी हवनकुण्ड की राख मल लूं और कुरूप कर लूं। यह जान लो, तुम और पिता से भी कह दो कि मेरी यह देह मेरे ज्ञान और प्रतिभा की कारा नहीं बन सकती। नहीं बन सकती।"

तालियों की गड़गड़ाहट से थिएटर हॉल गूंज उठा।

सुगन्धा हल्के-हल्के हांफते हुए ग्रीनरूम में चली आई। साथियों ने उसे घेर लिया, फुसफुसा कर बधाई देने लगे।

"वाह सुगन्धा, पहली ही बार में झण्डे गाड़ दिए।"

"क्या डायलॉग डिलीवरी थी। शानदार। दर्शक दम साधे बैठे हैं।"

"क्या सच?"

"हाँ।"

गार्गी बनी सुगन्धा ने एक नजर शीशे पर डाली, विद्रोहिणी, विदूषी ऋषिकन्या के वेश में उसने अपनी देह को लम्बवत देखा। वह हल्का-हल्का कांप जरूर रही थी मगर मंच पर बोले संवादों का ओज अब भी देह से उत्सर्जित हो रहा था। राजा जनक के नौरत्नों में एक रत्न 'गार्गी'। शास्त्रार्थ में भाग लेने को उत्सुक गार्गी और सुगन्धा? वह कौन है? उससे अपनी पहचान की डोर छूटने लगी थी।

उसने रंगीन दुशाला बदला और सफेद दुशाला सीने और कंधों पर लपेट लिया। जंघा तक लहराते हुए खुले बाल खींच कर पीछे जूड़े में बांधे, फूल बालों से निकाल फेंके। उसके चौड़े सांवले माथे पर पीले वाटरकलर से मेकअप आर्टिस्ट निधि ने चन्दन का-सा त्रिपुण्ड उसके माथे पर रचा दिया। बीच में लाल बिन्दु। वह अपनी बारी आने तक बाकी के संवाद बुदबुदाते हुए दोहराने लगी।

"भूत, भविष्य और वर्तमान क्या है। ये काल क्या है और किस पर बुना गया है इस काल का ताना-बाना और बुने जाने की पुनरावृत्तियां किसमें ओत-प्रोत हैं? महात्मन, स्वर्ग के ऊपर क्या है और धरती के नीचे क्या है, इन दोनों के बीच क्या है? ये ब्रह्मलोक क्या है, यह कैसे रचा गया और कब विकसित हुआ?

"गार्गी इतने प्रश्न मत कर कि तेरा सर फट जाए।"

याज्ञवल्क्य बना अनुज अपने आसन से उठ खड़ा हुआ और उसे लाल आंखों से घूरने लगा। वह डायलॉग भूलने को थी मगर उसने मन से दो पंक्तियां बोलीं फिर शेष खुद ब खुद जुबान पर आ गईं।

"क्षमा करें, महाराज जनक! मेरा उद्देश्य मेरे प्रश्न व्यर्थ नहीं हैं।" सुगन्धा ने प्रश्नवाचक दृष्टि राजा जनक के सिंहासन की ओर डाली। राजा जनक ने दृष्टि झुका ली।

"महात्मन याज्ञवल्क्य, आप तो मुझे क्षमा करें। जैसे वैदेह या काशी के किसी योद्धा के किशोर पुत्र अपने ढीली डोर वाले धनुष पर भी बाण चढ़ा कर युद्ध के लिए किसी को भी ललकार सकते हैं। इन प्रश्नों के पीछे वैसा ही बालसुलभ साहस

ही समझ लें मगर उत्तर अवश्य दें। बस मेरे इन अंतिम दो प्रश्नों के उत्तर दें, मुझे पता है, आपके पास इन प्रश्नों के सटीक उत्तर हैं। देखिए न, ये सहस्त्र कामधेनुएं बड़ी–बड़ी आँखों में प्रतीक्षा लिए आपके आश्रम के पवित्र वातावरण में हांकी जाने को उत्सुक हैं।'' कह कर ऋषि वाचकनु की पुत्री गार्गी शांत हो गई और अपने आसन से उठ कर एक गाय के भोले मुख को सहलाने लगी। तभी याज्ञवल्क्य का स्वर गूंजा, ''तो फिर, सुन ओ गार्गी, ध्यान से सुन।''

गार्गी बनी सुगन्धा ने कुछ सुना की नहीं, न जाने कब नाटक खत्म हुआ उसे पता नहीं चला वह तो मंचसज्जा, अभिनय, परदों के गिरते–उठते क्रम, प्रकाश–संगीत के महीन जाल के बीच सुन्न खड़ी थी। तालियां उसे बार–बार वर्तमान में लाने के प्रयास में थीं। उसके सैलफोन पर श्यामल का संदेश जगमग कर रहा था। ''शानदार! तुम पर गर्व है, गार्गी।''

मेकअप उतारते हुए उसका ध्यान चेहरे की बांई तरफ गया। बांई आंख के नीचे एक खरोंच थी और उसके चारों तरफ एक काला और जामुनी निशान बना था। उसका शरीर ढीला हो गया। वह ओज जाता रहा, बेचारगी घर करती रही। गर्व से भरी आंखों में पानी भर आया। वह खुद को घसीटते हुए कपड़े बदलने के लिए ड्रेसिंग रूम में ले गई। बाहर आते ही सहकलाकारों ने उसे घेर लिया, ''सुगन्धा, पहली ही परफॉरमेंस में ये जलवे!''

''श्यामल को देखा होता वे किस कदर गर्व से झूम रहे थे। कोई उनसे कह रहा था कि वेदों का युग जीवन्त हो गया था और दर्शकों को अपनी दुनिया में लौटने में समय लगा।''

''सच?''

''हां।''

''चलो सफल रहा पहला ही शो कल अखबार भरे होंगे।''

''भैय्ये, गए वे जमाने जब नाटकों की सफलता राजनीति और फिल्मों के साथ स्कोर कर पाती थी, रिव्यू आते थे। किसी कोने में छोटी खबर ही छप जाए तो गनीमत समझना।''

''पागल है, यह श्यामल सर का नाटक है, अननोटिस्ड नहीं जाने वाला।''

सबका बाहर निकल कर निरूलाज में डिनर करने का कार्यक्रम पहले से तय था। श्यामल अपने महत्वपूर्ण मेहमानों और पत्रकारों के साथ बाहर व्यस्त थे। उसे अपनी हदें पता थीं, चुपचाप उसने बैग उठाया और सबसे विदा ली।

"ये क्या यार!"

" नहीं हो पाएगा अनुज। छोटा वाला शाम के बाद नहीं रहता मेरे बिना फिर मेरे पति भी आज बहुत व्यस्त हैं। छोडो न फिर कभी। बल्कि तुम सब लोग कभी सुबह घर आओ ब्रेकफास्ट पर, मैं तुम सब को खिलाऊंगी पिज्जा या थाई फूड।"

"हां, जल्दी ही तुम्हारे घर टपक पड़ेंगे। बिना प्लान।"

"बाय।"

"गुडनाइट।"

"सुनो निधि, श्यामल को कहना, मैं जल्दी में थी। कल फोन पर बात करूंगी।"

थिएटर के गलियारों से निकल कर वह बाहर आई। श्रीराम सेन्टर के खुले छोटे लॉन में आकर उसने गहरी सांस ली, बालों को क्लचर में बांधा और दो सीढ़ी उतरकर बस के इंतजार में बाईं तरफ बने एक टीनशेड में खड़ी हो गई। मौसम तो सुबह ही से मुंह बना ही रहा था, अंधेरे के गहराते ही बरसात भी शुरू हो गई। टिन पर टपकती मोटी बूंदों ने तालियों की याद दिला दी। क्या उसे ही लेकर थीं वे तालियां। प्रशंसा में बजती तालियां? या मजाक उड़ाती तालियां। उसका चेहरे की सूजन पर ध्यान गया।

"बहुत दिनों से देख रहा हूँ। घर से खूंटा छुड़ा कर भागने लगी हो। बच्चों की तरफ ध्यान कम रहने लगा है। मान्या का रिपोर्ट कार्ड देखा? कैसे उसकी पोजिशन पहली से पांचवीं हो गई है हाफईयरली में।"

"जानते हो तुम, उसे चिकनपॉक्स हुए थे।"

"तब भी तुम घर में कहां बैठी थीं।"

"बहस शुरू मत करो।"

"बहस की बात ही नहीं। बहस की गुंजाइश मैं नहीं छोड़ता। बस बन्द करो यह सब और घर में ठहरो थोड़ा। बच्चों को देखो। जब मेरे ऑफिस में बहुत व्यस्तता हो, तभी तुम्हारा कोई न कोई शौक मुंह उचकाने लगता है। पहले फ्रेन्च सीखूंगी। फिर यह थिएटर।"

"विनय, आज मूड्स मत दिखाना, आज मेरा पहला स्टेज परफॉरमेन्स है।"

"देखो, नन्नू को बुखार है, मुझे रात देर होगी, आज तुम कहीं नहीं जा रही हो।"

"मान्या है न, फिर मैंने उसे क्रोसीन सिरप दे दिया है, फिलहाल वह सो रहा है। बस शाम छह से नौ तक की बात है।"

"नहीं।"

"प्लीज। नाटक की घोषणा हो गई है। टिकट बिक चुके हैं। मेरा लीडिंग रोल है। इसे कोई और नहीं कर पाएगा। विनय प्लीज।"

"स्साले, अच्छा घंटों बाहर डोलने का बहाना ढूंढ लिया है।"

"तो क्या करूं? बच्चे स्कूल चले जाते हैं, तुम दफ्तर सुबह आठ से शाम आठ मैं क्या करूं? घर और बच्चे अकेले न छूटें इसीलिए हमने यहां रिहर्सल कीं।"

"ठीक है वह दिन-दिन की बात थी। अब रातों को भी। रात को इस शहर में बाहर भेज दूं तुम्हें। तुम्हें न सही मुझे तो तुम्हारी सुरक्षा का ख्याल है।" वह नर्म पड़ा।

"तो तुम साथ चलो।" उसने भी कोशिश की।

"बीवी की नौटंकी देखने? हिश्ट।" वह घने तिरस्कार के साथ बोला। सुगन्धा चुप रही अगले कुछ मिनट, वह शीशे में देखकर टाई उतारता रहा।

"आज मेरा डिनर नहीं बनेगा। एक क्लाइंट के साथ डिनर है। बल्कि मैं चाहता हूँ कि तुम साथ चलो।"

"क्यों अच्छा इंप्रेशन पड़ता है, जवान बीवी का?" कह कर वह जबान भी नहीं काट पाई थी कि...

" बकवास....बकवास करती है।" कह कर विनय ने बांह मरोड़ दी।

"मैं बकवास कर रही हूँ नौटंकी और थिएटर में फर्क करने की तमीज तो सीख लो।" उसने बांह छुड़ा कर उसे धकिया दिया।

"सीख ली, मेरी मौजूदगी तो मौजूदगी गैरमौजूदगी में भी तेरे नौटंकीबाज यार यहां मजमा लगाए तो रहते हैं। वो तेरा बंगाली बाबू श्यामल। उसकी फेमिनिस्ट बीवी अनामा जो तमाम मीडिया में फेमिनिज्म का झण्डा लेकर घूमती फिरती है। तू मत करना कभी ये कोशिश, वरना उसी झण्डे का डण्डा..."

"तुमसे मुंह लगना बेकार है, बेटी के सामने भी अपना यह गन्दा मुंह खोलने से बाज नहीं आओगे मैं जा रही हूँ। "

"तू कहीं नहीं जा रही। चुपचाप घर में बैठ।" कह कर उसने उसे बिस्तर पर धकिया दिया। वह उठी और बैग उठा कर चलने लगी, "तू भी रोक कर देख ले।"

उसने तमतमा कर उसके चेहरे पर घूंसा मार दिया। अनामिका में पहनी शादी की अंगूठी की एक खरोंच आंख के पास उभर आई, खरोंच के आस-पास तुरन्त सूजन आ गई। वह चेहरा सहलाती हुई तेजी से फ्लैट से उतर आई और गेट के बाहर आकर खड़ी हो गई। वह खिड़की में से चिल्लाया, "बहुत अकड़ के जा रही है ना? फिर सोच लेना, लौट कर घर आने की जरूरत नहीं है।"

''देख जुर्रत मत करना लौटने की।''

एक टैक्सी वाला रुका, वह पीछे आती आवाज उपेक्षित कर टैक्सी में चढ गई, ''मैट्रो स्टेशन।''

थिएटर पहुंची तो, वक्त अभी बाकी था। लड़ाई नहीं हुई होती तो बच्चों को कुछ खिलाकर, बहलाकर आती। हड़बड़ाहट में सब रह गया। यूं तो नौकरानी आएगी ही, रोटी-सब्जी बनेगी। बच्चे बेमन से खाएंगे। कुछ उनकी पसंद का बना आती, बर्गर या पास्ता।

वह मंच की तरफ बढ़ आई, वहां हल्का अंधेरा था। श्यामल मंच सज्जा में तल्लीन था कुछ लड़कों के साथ। मंच सज्जा अधुनातन और कलात्मक तरीके से की गई थी। बहुरंगी प्रकाश का प्रयोग ज्यादा था, बजाय चीजों और परदों और पेन्टिंगों के। कंप्यूटर की सहायता से 'वर्चुअल इमेजेज' यानी आभासी छायाओं का इस्तेमाल खूबसूरत भी है और कम खर्चीला भी। बहुरंगी प्रकाश के बीच गुरुकुल की सुबह का दृश्य बहुत सुन्दर बन पड़ा है, हिलते पेड़ों और कुटियों की महज छायाएं। नेपथ्य से गूंजते मंत्र और पंछियों की काकली के स्वर ध्वनि प्रभाव की तरह इस्तेमाल किए जाने हैं। मिथिला की अध्यात्म सभा के दृश्य के लिए हवा में डोलते सुनहरे परदों का इस्तेमाल किया जाना था, इसके लिए पीछे एक स्क्रीन पर नवग्रह चलायमान थे। एक ओर सहस्त्रों गायों की प्रतिच्छाया पड़नी थी। एक कोने में एक बड़ा यज्ञकुण्ड रखना था, जिसमें से निकलती अग्नि को उड़ती नारंगी झालरों के माध्यम से प्रस्तुत किया जाना था। एक सचमुच की सजी हुई गाय बाकी आभासी गायों का प्रतिनिधित्व करने को लाई गई थी। एक नाटक खासी तैयारी मांगता है। बहुत-सा श्रम। पर्दे के पीछे का काम कम नहीं होता! सुगन्धा हैरान थी और शाम की क्लेश का प्रभाव उसके मन से जाता रहा। श्यामल की गंभीरता के पीछे इतना बड़ा कलाकार कहां छिपा रहता है? श्यामल, जिसके निकट रहकर उसने अपने व्यक्तित्व की थाह जानी है। श्यामल, जिसके पास बने रहना उसे सुख देता है।

श्यामल, जिससे वह आठ महीने पहले मिली थी, बड़े भाई अनुराग के साथ। वे दोनों कॉलेज के मित्र रहे हैं। उस दिन श्यामल के एक बेहद लोकप्रिय नाटक का सौवां शो था। हफ्तों तक उस नाटक का नशा रहा था। तब उसने सोचा तक नहीं था कि एक दिन वह इसी लोकप्रिय नाट्य-निर्देशक के निर्देशन में मंच पर उपस्थित होगी।

एक दिन, न जाने किस बहके हुए फुरसतिया क्षण में उसने श्यामल को फोन किया था।

"क्या मैं आपके किसी नाटक में एक पेड़ या खम्भे का रोल पा सकती हूँ?"

"नहीं, वहां भी लम्बी कतार है। परदा गिराने और उठाने वाले की जगह जरूर है, कर लोगी?"

"हां, आपके नाटक में उपस्थित रहने के लिए कुछ भी करूंगी।"

"तुम्हारी क्वालीफिकेशन क्या है?"

"एम.एससी. बॉटनी।"

"मार डाला।"

"क्यों?"

"कलाओं से कहीं कोई दूर का वास्ता?"

"न।"

"नाटक पढ़े?"

"नहीं।"

"देखे।"

"स्कूल में देखे। किए नहीं।"

"गार्गी के बारे में सुना है?"

"कौन गार्गी?"

" पौराणिक पात्र?"

"शायद हां, कभी स्कूल की किसी संस्कृत की किताब में या हिंदी के पाठ में...पर अब याद नहीं।"

"नेट पर देखना और रिसर्च करके मुझे कल बताना। तुम मेरे साथ स्क्रिप्ट पर काम करोगी?"

"मुझे स्टेज पर छोटी-सी उपस्थिति चाहिए थी। स्क्रिप्ट तो... !"

"स्टेज बाद की चीज है। नेपथ्य में काम करना सीखोगी तभी तो न मंच को समझोगी!"

"ठीक है।"

स्क्रिप्ट पर काम करने में दो महीने जाने कहाँ उड़नछू हो गए। बहुत कुछ सीखा उसने श्यामल से। इस नाटक में गहरी रुचि जाग उठी। गार्गी के चरित्र ने उस पर असर डालना शुरू किया। स्क्रिप्ट देखकर श्यामल की पत्नी अनामा ने जब

इस गैरपारंपरिक, कम ग्लैमरस रोल में रुचि लेने की जगह दूरदर्शन के चर्चित सीरियल में अपना समय देना ज्यादा पसंद किया तो श्यामल ने सुगन्धा में अपनी गार्गी को खोजा। लम्बे बाल, चौड़ा माथा, चौड़ा जबड़ा, कम झपकने वाली जिज्ञासु आंखें, गड्ढे वाली ठोडी और जिद्दी व्यवहार जताती नाक। हल्की भारी आवाज, लम्बी और पुष्ट देह।

"मैं कर पाऊंगी ?"

"कर लोगी।" एक विश्वास था निर्देशक श्यामल का जिसका निर्वाह करना था सुगन्धा को।

वह जुट गई। दूध उफन रहा है, सुगन्धा रट रही है डायलॉग।

"याज्ञवल्क्य, बताओ तो जल के बारे में कहा जाता है कि उस में हर पदार्थ घुल-मिल जाता है, तो यह जल किसमें जाकर मिल जाता है ?"

"अच्छा आत्मन, फिर सच्चा ब्राह्मणत्व क्या है ?"

साबुन के झाग से ढकी हुई देह को शीशे में देखती हुई वह और शॉवर के साथ उसका एकालाप चलता जा रहा है, "लो मैंने डाल लिया दुशाला अपनी यौवनपुष्ट देह पर, कहो तो इस सुन्दर मुख पर भी हवनकुण्ड की राख मल लूं और कुरूप कर लूं। यह जान लो, तुम और पिता से भी कह दो कि मेरी यह देह मेरे ज्ञान और प्रतिभा की कारा नहीं बन सकती। नहीं बन सकती।"

वह मानो सपनों की किसी आसमानी दुनिया में रही थी पिछले कुछ महीने। आज समय आ गया था जमीन छूने का।

"आ गई मेरी विदूषी गार्गी! राजा जनक के नौ रत्नों में से एक रत्न। वाचकनु ऋषि की पुत्री।"

"वैसे श्यामल! मुझे शक है"

"बोलो न, मंच पर जाने से पहले अपने सारे शक दूर कर लो।"

" यही कि गार्गी का कोई मंगेतर था भी, कोई उसका बाल-सखा, ऋषि वाचकनु का शिष्य। जिसे आपत्ति होती कि गार्गी अध्यात्म सभा में अन्य आठ शास्त्रार्थ करने वाले ज्ञानियों के साथ जाए और याज्ञवल्क्य से सवाल करे! आपने स्क्रिप्ट में यह मिथक बुना है या यह सच है। वह सदा की बालब्रह्मचारिणी थी या बाद में अविवाहित रहने का प्रण लिया ? नेट पर बालब्रह्मचारिणी होने का ही जिक्र है। कई लोगों ने उसे याज्ञवल्क्य की पत्नी भी समझा है।"

"मिथक हो कि कल्पना...जो नाटक को पूर्णता व सार्थकता दे वही सही है। मुझे कहीं

लगता है कि सुन्दर और युगप्रवर्तक गार्गी को प्रेमी या मित्रविहीन बना कर बृहदारण्यक उपनिषद में ज्यादती हुई है। उस युग की स्त्री टाइम और स्पेस को लेकर सवाल कर रही है! बड़ी बात है। वही सवाल जिनके अंत में उसने उत्तर चाहे थे, स्पेस और टाइम के बाहर क्या है? ब्रह्मांड। तो फिर पूछती है यह ब्राह्माण्ड किसके अधीन है जिसका गोल-मोल उत्तर याज्ञवल्क्य महाशय देते हैं जिनका लॉजिक मैं नहीं समझ पाता।''

''ऐसा क्यों?''

''वही कि कोई अविनाशी तत्व। अक्षरत्व। जिसके अनुशासन व प्रशासन में सब ओत-प्रोत हैं। ऑल रबिश! समझती नहीं, प्रश्नों के उत्तर की जगह गार्गी को धमकी देने वाले याज्ञवल्क्य को निरुत्तर छोड़ कर पुरुष जाति की हेठी करानी थी क्या? जबकि वे उत्तरविहीन हो चुके थे मगर हो सकता है कि क्षेपक की तरह आगे जोड़ा गया हो, या उनके खीजने पर गार्गी ने ही स्वयं वे उत्तर दिए हों। हो सकता है कि प्रेम या सम्मान के कारण गार्गी ने अंत में कहा हो कि 'याज्ञवल्क्य के पास हर प्रश्न का उत्तर है, चाहे वह धरती या ब्रह्मलोक से जुड़ा हो या अंतरिक्ष से। ब्राह्मणत्व या पुरुष की इयत्ता से जुड़े प्रश्न हों...वे ब्रह्मर्षि हैं। वे इन सहस्त्रों गायों के अधिकारी हैं।' मगर फिर स्त्री की इयत्ता? यह प्रश्न क्यों नहीं किया गार्गी ने और मेरी विवशता देखो कि मैं गार्गी के सम्मान में इस उपनिषद के किसी तथ्य को कल्पना से बदल नहीं सकता, अन्दाजा लगा कर भी नहीं पता है, लोग थिएटर फूंक देंगे। गार्गी की मां, बालसखा और संगी साथियों तक का हल्का-सा जिक्र कहीं नहीं है।''

''हाँ।''

''अपनी परंपरा की विरासत इतनी समृद्ध है, मगर हमारे पास सही तथ्यों के मामले में दरिद्रता ही दरिद्रता है। विवश कर देने वाली दरिद्रता। उस समय के ब्राह्मणों ने सदियों तक अपने लाभ के लिए बहुत कुछ नष्ट हो जाने दिया और बहुत कुछ क्षेपकों की तरह हमारे महान ग्रन्थों में जोड़ दिया।''

सुगन्धा चकित हो श्यामल की पीड़ा को देखने लगी तो वह संभला।

''खैर, डायलॉग्स जहां-जहां भूलती थीं वहां सुधारा? सुगन्धा कर तो लोगी न! खासी भीड़ होगी।''

''हाँ, शायद। पता नहीं। डराइए मत।''

''एक्सप्रेशन शार्प और ड्रामेटिक रखना। पौराणिक नाटक है। फिर दिन की रिहर्सल और रात में मंच की नकली रोशनी में फर्क होता है। तुम्हारे उच्चारणों पर तो पूरा कॉन्फीडेंस है मुझे। वही तुम्हारी ताकत है। गुड लक, सुगन्धा। तुम ग्रीनरूम में चलो, मैं पहुंचता हूँ। निधि वहां है तुम्हारे कॉस्टयूम के साथ।''

कॉस्टयूम पौराणिक किस्म का था। कंचुकीनुमा ब्लाउज, नाभिदर्शना साड़ी, सुनहरे

दुशाले ने राहत दी। श्यामल कॉस्टयूम को लेकर बहुत सजग रहते हैं। वह बाल काढ़ रही थी कि श्यामल ग्रीन रूम में आए।

"निधि, सुगन्धा के ये बाल खुले रहेंगे पहले सीन में। दूसरे-तीसरे सीन में जब वह 'ब्रह्मचारिणी' रहने का प्रण लेती है, उसके बाद से यह जूड़े में बंधे हुए रहेंगे। माथे पर चन्दन का त्रिपुण्ड रहेगा। यह सुनहरा दुशाला सफेद रंग के दुशाले से बदला जाएगा। सुनो मुझे मेकअप एकदम सादा चाहिए मगर वेल डिफाइन। नेचुरल लिप्सटिक, गहरी आंखें।"

श्यामल कहते हुए कुछ हैरान-सा सुगन्धा की तरफ बढ़ा।

"सुगन्धा यह चेहरे पर क्या हुआ है? कल तक तो यह नहीं था। इतनी गहरी खरोंच और यह नीला निशान?"

"बाथरूम में फिसल गई थी, नल से लग गई।" उसने लगभग बुदबुदाते हुए कहा था। श्यामल अविश्वास के साथ उसे गौर से देखता रहा। वह चुप था मगर उसकी अनुभवी आंखें बोल रही थीं, "पन्द्रह बरस हुए होंगे मुझे थिएटर करते हुए। तुम लोगों के पास अब बहाने भी खत्म हो चले हैं। मेरे नाटकों की गार्गियां, आम्रपालियां, वसंतसेनाएं, वावसदत्ताएं देवयानियां, शर्मिष्ठाएं...यूं ही चेहरे पर अपनों के विरोध के हिंसक निशान लेकर थिएटर आती रही हैं। बहाने भी अमूमन यही सब रहते हैं , मसलन बाथरूम में फिसल गई थी। बच्चे ने खिलौना कार से मार दिया गलती से। टैक्सी या बस के दरवाजे से टकरा गई। तुम पहली तो नहीं हो, सुगन्धा!"

प्रत्यक्षत: वह इतना ही बोला और बाहर निकल गया, "कोई बात नहीं, जाओ पहले बर्फलगा कर सूजन दबा दो फिर कन्सीलर लगा कर, गहरा फाउण्डेशन लगा लेना। समय होने वाला है जल्दी करो।" वह उसे ग्रीन रूम में शर्मिन्दा छोड़ गया था। उसे लगा वह सारे संवाद भूल जाएगी। उसने अपने संवादों वाला पुलिंदा निकाल लिया। बेमन से उन काले शब्दों को पढ़ने लगी थी, जिनके अर्थ उन शब्दों के छोटे कलेवर में समाए नहीं समा रहे थे। खैर, चलो यह नाटक तो पूरा हुआ।

बस आने में देर लग रही थी। शेड में खड़े लोग एक-एक कर टैक्सियां पकड़ रहे थे। वह भी एक टैक्सी की तरफबढ़ी।

"कहा जाना है, मैडम?"

उसके कानों में खिड़की से उछल कर किसी पत्थर की तरह पीठ पर पड़ी आवाज गूंजी।

"डोंट कम बैक होम। इस जुर्रत के साथ घर लौटने की जरूरत नहीं है।"

"मैडम, बारिश तेज हो रही है। कहाँ जाना है?"

"कहाँ?" क्या वह भूल गई?

"गुरुकुल या वैदेह के दरबार से बाहर आओ, गार्गी। मंच और थिएटर के बाहर

तुम्हारा एक घर है। वहाँ बच्चे हैं। विनय है। विनय डिनर पर बाहर गया होगा। बच्चों ने नौकरानी के हाथों खाना पता नहीं खाया होगा या टीवी देखते होंगे। मान्या का होमवर्क अधूरा होगा। नन्नू को बुखार है। इडियट, यह सब भूल कैसे सकती हो?

"मैडम? किधर जाना है?"

" घर...ऑफकोर्स घर ही।"

"घर किधर? पता है कोई?"

"हाँ, है।" सुगन्धा टैक्सी में घुसते हुए बोली। ड्राइवर ने टैक्सी बढ़ा दी। उसने सीट से सर टिका लिया। शीशे के बाहर की तेज होती बारिश धीरे-धीरे आंखों में होने लगी। उसने आंखें बन्द कीं तो दो बूंदें, पलक की कोरों पर आकर उलझ गईं। टपकने से पहले उसने उन्हें रुमाल में सोख लिया। मन ने कहा, "मेरा पता क्या पूछते हो, मैं तो प्रज्ञा और गर्भाशय के बीच उलटी लटकी हूँ। प्रज्ञा आसमान छूना चाहती है, गर्भाशय धरती में जड़ें धंसाए हुए है। फिर भी, हाँ, है पता मेरा भी पता है। तुम सुनो, सब सुन लें।"

सुगन्धा बहुत धीमे होठों में बुदबुदाने लगी।

"मैं गार्गी, केयर ऑफयाज्ञवल्क्य। मैं दुश्चरित्र अहिल्या केयर ऑफगौतम ऋषि। मैं भंवरी देवी, मैं रूप कंवर केयर ऑफ लोक पंचायत, केयर ऑफ ऑनर किलिंग केयर ऑफ चेस्टिटी बैल्ट। पब में पीटी जाने वाली लड़की हूँ, केयर ऑफशिवसेना। नाजनीन फरहदी हूँ, केयर ऑफतेहरान जेल। सरेआम कोड़े खाने वाली वह कमसिन लड़की...केयर ऑफ स्वात घाटी।"

नीले कंधे

रजनी मोरवाल

एक अगस्त को राजस्थान में जन्मी रजनी मोरवाल का साहित्य-जगत में आज एक महत्वपूर्ण मुकाम है। उनका पहला कहानी-संग्रह 'कुछ तो बाकी है,' वर्ष 2016 में प्रकाशित हुआ। इस कहानी-संग्रह के साथ ही उनकी कहानियों ने ऊँचाइयाँ पाना शुरू किया। उनकी कहानियों को विशेष पहचान मिली जब उन्हें 'कुछ तो बाकी है' के लिए हिन्दी साहित्य अकादमी, गुजरात ने पुरस्कृत किया। वे राजस्थान साहित्य अकादमी, उदयपुर की सरस्वती सभा एवं संचालिका समिति की सदस्या भी रही हैं। रजनी मोरवाल की भाषा सहज, सुगम व पारदर्शी है। विषयों की विविधता के साथ उनकी कहानियों के पात्र अपना परिदृश्य भी पाठकों के समक्ष जीवंत करते चलते हैं।

पता:
23/97, स्वर्ण पथ,
मानसरोवर
जयपुर-302020
मोबाइल : 9824160612

बैकुंठी आधी रात को उठकर आँगन में आ बैठी। उसने दिन में ही आँगन को गोबर से लीपा था। गीले गोबर और लाल मिट्टी की मिली-जुली सौंधी खुशबू उसकी साँसों से होती हुई छाती में समा गई थी। छाती फूलने से आँचल में दूध उतर आया था। काँचली से बाहर होती हुई उसकी ममता बाहर तक छलक आई, तब उसे याद आया कि वह अपने दूधमुँहे बेटे श्यामू को खाट में सुलाकर बाहर चली आई थी।

घर का आँगन लीपकर चाहे कितना भी सुघड़ बना ले किन्तु घर का सन्नाटा था कि कम ही नहीं होता। गोबर का क्या है, गाँव में किसी भी घर से माँगकर लाया जा सकता है लेकिन पेट की अग्नि शांत करने का उपाय उसे स्वयं को ही करना पड़ेगा। रिश्तेदारों से भरे घर में शोक के बारह दिन कैसे काटे थे उसने, यह बैकुंठी का दिल ही जानता था। बारह दिन तक इतने लोगों के लिए दिन में तीन बार का खाना और दूध-चाय का इंतजाम करते-करते बैकुंठी साहूकार से काफी कर्जा ले चुकी थी। उसके गहने पहले ही गिरवी रखे जा चुके थे, अब ले-देकर जमीन का वही एक टुकड़ा बचा था जिसमें उसका कच्चा-पक्का घर बना हुआ था।

शराब की लत ने बैकुंठी से उसका पति छगन छीना और बदले में दिए उसके बूढ़े माता-पिता और उनके बुढ़ापे की एक संतान मग्न्याँ, जो उस वक्त बारह बरस का था। यूँ तो बैकुंठी समेत कुल जमा पाँच सदस्यों

के पेट भरने का जुगाड़ उसे करना था लेकिन जापे से उठे मात्र तीन माह ही हुए थे। कच्चे तन और भरे मन के साथ जुगत बिठाने में उसे ठीक वैसी ही परेशानी आ रही थी, जैसी उसे सूखे गोबर में गीली मिट्टी मिलाकर दरार पड़े उस आँगन को लीपने में आई थी।

शोक उठाई की रस्म के बाद घर को लीपकर शुद्ध करना था, सो उसने किया किन्तु थकान से पस्त होने के बावजूद उसे रात नींद नहीं आ रही थी। सामने उजाड़ भविष्य के सूखे ठूँठ खड़े थे। आँगन के नीम से टप-टप निबोरियां गिरकर अंधियारे को और भी भयावह बना रही थी। उसका मन किया दो-चार पकी निबौरियाँ बीनकर चूस ले। बचपन में सहेलियों के साथ कच्ची-पकी निबौरियों की दुकान लगाकर खूब जमघट लगाया करती थी। चौकसी अपने बापू के बूट-पॉलिश की खाली डिब्बी से तराजू बना लेता था तो किशमिश और टोप्या उनके बाजार से सौदा-सुलफ करने आया करते थे। कोका-कोला के बिल्लों और नदी के गोल-गोल पत्थरों के बाट बना लिए जाते थे। पुराने गत्तों के नोट काटकर खूब बाजार चलता था उनका। काश कि रुपए असल में भी गत्तों से बनाए जाते तो फिर हर घर में खूब नोट होते। चारों तरफ खुशियाँ ही खुशियाँ होती। गत्ते काटो और नोट ही नोट रुपया ही रुपया होता तो कितनी मजे की जिंदगी होती मगर अफसोस कि ऐसा वास्तव में नहीं होता। यह स्वप्न सिर्फ बचपन में देखे गए हजारों अजूबे सपनों जैसा ही है जिसका हकीकत से कोई लेना-देना नहीं होता।

उसका मरद छगन कहा करता था, "बावळी, असली ख्वाब तो खुली आँखों से ही देखे जाते हैं। बंद आँखों से तो अधूरी इच्छाएँ दिखती हैं।"

"तू पीना छोड़ दे! हम असली और नकली सारी इच्छाएँ पूरी कर लेंगे।" लेकिन छगन ने कभी उसकी एक न सुनी। बैकुंठी को ब्याह कर कुछ महीनों बाद ही पता चल चुका था कि छगन के फेफड़े खराब हो चुके हैं और उसका ब्याह एक धोखे से किया सौदा है जिसमें उसके बापू को पच्चीस हजार नकद की रकम दी गई है। उनके समाज में बेटियों के ब्याह के बदले रुपए लेने का रिवाज तो था किन्तु बैकुंठी यह नहीं जानती थी कि रुपयों के लालच में जानबूझकर भी कोई बाप अपनी बेटी का रिश्ता एक ऐसे आदमी से कर सकता है जिसके जीवन में कुछ ही साँसें बची हों। न जाने ब्याह के रोज बैकुंठी ने सुहाग का जोड़ा ओढ़ा था या वैधव्य के सूती लट्ठे से बनी ओढ़नी? बापू से खूब झगड़ी थी वह, पर बापू ने उसके छोटे भाई-बहनों का वास्ता देकर उसको मना ही लिया था। उस रुपए से

बापू उसकी छोटकी बहन की सगाई और भाई के लिए काम-धंधे का कोई जुगाड़ करना चाहता था।

बैकुंठी शायद रात भर ही बाहर बैठी सांय-सांय करते अंधियारे में अपने जीवन की अनसुलझी गुत्थी सुलझाती रहती पर भीतर से उसके बच्चे के रोने की आवाज से वह अंदर दौड़ पड़ी थी। सास की नींद में खलल पड़ी तो आधी रात को गालियों की बौछार से बैकुंठी को भीगना पड़ता। भूखे-बच्चे को स्तन से लगाकर बैकुंठी खुद भी अधलेटी हो गई थी। कमर का दर्द दिमाग तक दौड़ गया था, न जाने देह का कौन-सा कोना अधिक टीस रहा था उसका? वह कब सोई कब बच्चा सोया पता नहीं।

सुबह-सुबह ससुर की सुल्फी से उठते तंबाकू की गंध जब हवा के साथ कमरे के अंदर तक चली आई तो माथा पकडे बैकुंठी खाट पर उठ बैठी थी।

कलेवे का समय था और वह सोई पड़ी थी, चूल्हे में लकड़ियाँ सुलगाकर उसने चाय की देगची चढ़ाई और परात में पड़ी रात की बासी रोटियों को मसल-मसलकर बुरादा बनाने लगी थी। देवर उसकी तरफ हसरत भरी नजरों से ताक रहा था।

"क्यूँ रे मग्न्याँ भूख लगी है?"

"हओ"

"तू इस घर का इकलौता मर्द है जो इतना कम बोलता है। बैकुंठी की ठिठोली को मग्न्याँ समझ नहीं पाया था, वह तो बस चाय की देगची के उबाल पर गौर कर रहा था।

"ले खा ले।" बैकुंठी ने मुठ्ठी भर रोटी के बुरादे में चाय उड़ेलकर कटोरा उसके सामने सरका दिया था। मग्न्याँ धीमे-धीमे चाय सुड़कने में व्यस्त हो गया था, ठीक वैसे ही तीन और कटोरे बैकुंठी ने सास-ससुर और स्वयं के लिए भी तैयार कर लिए थे।

"कलेवे के बाद मुझे काम ढूँढने जाना होगा।" उसने सास से इतनी ऊँची आवाज में कहा था कि गोखे पर बैठे ससुर तक भी उसकी आवाज पहुँच जाए। पति की मौत के बाद बैकुंठी के घूंघट में से पहली बार इतनी जोर से आवाज निकली थी। कहते हैं व्यक्ति का पेट जितना भूखा होता है, उसकी आवाज उतनी ही बुलंद होती जाती है। गरीबी के छप्पर को पाटने के लिए किसी न किसी को तो घर-परिवार के भरण-पोषण की जिम्मेदारी उठानी ही थी और बैकुंठी के अलावा उस बेजार होते घर में ऐसा कोई नहीं था, जो घर से बाहर जाकर दो जून की रोटी का जुगाड़ कर सके।

सुल्फी की राख हुई जाती अंगार को जमीन पर उड़ेलकर ससुर ने एक लम्बी चुप्पी साधे रखी थी। फिर गला खंखारते हुए एक लौटा पानी माँगा था। बैकुंठी लौटा भर पानी पकड़ाकर भी थोड़ी देर वहाँ इस उम्मीद से खड़ी रही थी कि कोई आवाज उस बूढ़े हुए जाते कंठ से निकलेगी और पूरे घर में गूंजती हुई उस घर को बर्बाद होने से बचा लेगी। लोटा वापस थमाते हुए ससुर ने एक कातरता भरी बेचारगी भी बैकुंठी के हाथों में सौंप दी थी, जो न कहकर भी ससुर के हलक से बाहर चली आई थी और जिसे सिर्फ बैकुंठी ही समझ पाई थी। उस चुप्पी में बैकुंठी को हामी सुनाई दी थी। लाचारी की आवाजें बाजदफा यूँ ही इशारों से समझी और समझाई जाती हैं।

क्या काम करे ? यह एक अहम प्रश्न था बैकुंठी के समक्ष, एक तो जचगी का कच्चा शरीर ऊपर से भरी जवानी में हुई विधवा। खेतों में काम करने के अलावा कोई चारा न था। बस यह सुकून था कि वहाँ कम से कम बच्चे को साथ ले जा सकेगी। अगले दिन से उसने पेपरी के साथ ही काम पर जाना शुरू कर दिया था।

पेपरी उसकी बचपन की सहेली थी। उससे बैकुंठी का कोई राज न छुपा था और पेपरी के पास छुपाने को कुछ खास था नहीं। ब्याह उसका हुआ और नहीं हुआ बराबर ही था। शादी करके उसका मरद खाड़ी के देश में कहीं मजदूरी करने चला गया था। कहकर तो गया था कुछ रुपया कमाकर वापस लौट आएगा किन्तु रुपयों की जंजीर ने ऐसा जकड़ा कि वहीं का होकर रह गया। पहले-पहल कुछ सालों तक तो एकाध महीनों की छुट्टी लेकर वह गाँव आया करता था। फिर धीरे-धीरे उसका आना कम होता गया। कुछ समय बाद उसने आना ही बंद कर दिया था किन्तु गनीमत यह थी कि वह हर महीने रुपया भेजता रहा, चाहे अपने बापू के नाम से ही सही पर वह रुपया भिजवाता जरूर था।

पेपरी के कोई औलाद न थी, सो वक्त गुजारने के लिए वह मजदूरी तो कभी खेतों में छुट्टा काम कर लेती थी। अपने खर्चे-पानी का इंतजाम वह खुद निकालती थी। गांव के लोग उसे खुदमुख्तार कहते थे जिसने ससुराल में रहते हुए भी अपनी रोजी-रोटी का सतुना खुद के बलबूते संभाल रखा था। पेपरी से सारा गाँव थर्राता था। एक तो उसकी भारी-भरकम आवाज ऊपर से मजबूत कद-काठी ऐसी की अच्छे-अच्छों की सिट्टी-पिट्टी गुम हो जाए। चूने-भाटे के काम पर जाती तो दो तगारियों की ईंट एक साथ उठा लेती। खेतों में काम करती तो फसल बुआई-कटाई के कांट्रेक्ट में निराई-रुपाई मुफ्त कर देती थी। कोई भी काम करे, खूब जी लगाकर

करती थी। इसीलिए पूरे गाँव में उसकी बड़ी इज्जत थी।

बैकुंठी को काम दिलाने में पेपरी ने ही मदद की थी। दो पेड़ों के बीच में साड़ी का झूला डालकर बैकुंठी अपने बच्चे को सुला देती और खेतों में जुट जाती थी। कभी-कभार जब वह खेत में कहीं दूर काम कर रही होती थी और उसका श्यामू जागकर रोने लगता तो पेपरी उसे गोद में लेकर खिलाने बैठ जाती थी। बहनापे के इस संबल ने बैकुंठी को हिम्मत दी थी। पेपरी के साथ अपना सुख-दुःख बाँटकर उसका जी हल्का हो जाता था। जब कभी दोनों का ही जी भर आता था तो दोनों बिलख-बिलखकर रो लेती थीं।

इस बीच बैकुंठी की सास को लकवा मार गया था और ससुर चल बसे थे। उसका श्यामू पाँच बरस का हो चुका था और मग्न्याँ अठारहवें में बैठ चुका था। बैकुंठी ने उसे पढ़ाई करवाने की जी तोड़ कोशिश की किन्तु मग्न्याँ गलत राह पर चल पड़ा था। गाँव के आवारा लड़कों की टोली में उठने-बैठने के कारण कभी-कभार शराब पीकर घर लौटता। बैकुंठी ने उसे छगन की असमय और दर्दनाक मौत का वास्ता देकर रोकने की हरसंभव कोशिश की लेकिन उसकी आवारगी बढ़ती ही जा रही थी।

एक रोज देर रात सास को राबड़ी पिलाकर सुलाने के बाद बैकुंठी चूल्हे के पास बैठी रसोई का बचा काम सुलटा रही थी कि तभी मग्न्याँ ने झाँपे को एक लात मारकर खोला था। उसकी चाल बता रही थी कि उसने फिर शराब पी थी। वह सीधा बैकुंठी के पास चला आया था।

"भूख लगी है?"

"हओ।" मग्न्याँ ने बचपन की तरह सिर्फ एक शब्द ही कहा था। थाली में साग-रोटी डालकर बैकुंठी ने उसकी ओर बढ़ा दिया था। मग्न्याँ ने थाली के साथ बैकुंठी की कलाई भी पकड़ ली थी। बैकुंठी ने सोचा शराब के नशे में मग्न्याँ अपने होश में नहीं है। वह पानी का लोटा लाने उठी ही थी कि मग्न्याँ ने उसे पीछे से आ दबोचा था। वह उसे पकड़कर कमरे में खींचने की कोशिश करने लगा था। अपने आपको छुड़ाने की कोशिश में बैकुंठी ने चीखना शुरू कर दिया था। कमरे में से बूढ़ी सास की आँखें बैकुंठी से जब मिली तो ममता की डोर के दो सिरे एक साथ टूटकर दूर जा पड़े थे, जिसका एक सिरा उस स्त्री से जुड़ा था जिसकी कोख ने मग्न्याँ को जन्मा था तो दूसरा सिरा उस स्त्री से जिसने एक माँ की तरह उसे पाला-पोसा था।

रिश्ते को तार-तार होने से बचाने के लिए बैकुंठी ने पूरा जोर लगाकर मग्न्याँ की बाँह में अपने दांत गड़ा दिए थे। मग्न्याँ दर्द से कराह उठा था और जैसे ही बैकुंठी पर से उसकी पकड़ कम हुई बैकुंठी दौड़कर कोने में पड़ा डंडा उठा लाई थी। उसने जी भरकर मग्न्याँ को कूट डाला था। वह होश में था ही कब जो प्रतिरोध कर पाता? जमीन पर पड़े उस लिजलिजे पुरुष को मारते हुए बैकुंठी को क्रोध के स्थान पर सहानुभूति ही अधिक हुई थी। डंडा फेंककर वह दहाड़े मार-मारकर रोने लगी थी। रोते-रोते वह आँगन में ही ढह गई थी। सुबह श्यामू की आवाज ने उसे उठाया था।

"माँ, देख न दादी कैसे ऐंठी पड़ी है?"

बैकुंठी अंदर दौड़ी तो देखा सास चल बसी थी। उस बूढ़ी माँ की खुली आँखें रात के भयानक मंजर की ओर रुख किए हुए सफेद पड़ चुकी थी। बैकुंठी को समझ नहीं आया था कि इंसान मरता है तो उसकी आँखें यूँ सफेद हो जाया करती हैं अथवा शर्मिंदगी की वजह से आँखों का पानी जब सूख जाता है तो वहाँ सिर्फ सफेदी बचती है। बैकुंठी मुक्त हो चुकी थी पति से जुड़े हर रिश्ते से, बस एक श्यामू था जो उसका अपना जना था। वह उसका हाथ थामे पेपरी के दरवाजे जा पहुँची थी। दर्द की नसें जब सूख गईं तो उसने अपने लिए ठिकाने की तलाश करना उचित समझा था।

पेपरी ने उसे पास ही की कोठरी में रहने का प्रबंध करवा दिया था। बैकुंठी ने श्यामू का दाखिला पास ही के सरकारी स्कूल में करवा दिया था। सुबह पेपरी उसे स्कूल छोड़ आती थी और दोपहर श्यामू सीधा खेत में ही चला आता था। पेपरी के सहारे उसकी रोजमर्रा जिंदगी ठीक-ठाक चलने लगी थी पर बैकुंठी को क्या पता था कि उसके जीवन की मुसीबतें अभी खत्म नहीं हुई हैं। एक रोज पेपरी शाम तक लौट आने का कहकर पास ही के गाँव में अपनी बहन से मिलने गई थी। रात को जल्दबाजी में बैकुंठी भूल ही गई थी कि उसने घर का बड़ा दरवाजा बंद नहीं किया है। अमूमन पेपरी के न होने पर वह जरा अधिक सजग रहा करती थी पर उस रोज सावधानी हटी ही थी कि एक बड़ी दुर्घटना उसके सामने मुँह बाएँ आ खड़ी हुई थी। उसने श्यामू को नहलाने के लिए चूल्हे पर पानी का देग चढ़ा रखा था। दरवाजे की तरफ देखा तो ऐन उसके मुँह के सामने मग्न्याँ खड़ा था। दो बरस बाद बैकुंठी उसे फिर अपने सामने खड़ा पाकर डर के मारे थर-थर काँपने लगी थी। उसने हिम्मत नहीं छोड़ी थी और तेज आवाज में पूछा था, "क्या

है रे मग्न्याँ! आज फिर मार खाने के इरादे से इधर चला आया क्या?'' बैकुंठी आस-पास रखा बचाव का कोई साधन खोज रही थी। वह मग्न्याँ को बातों में उलझाए रखना चाहती थी।

''हओ'' बस हर बार की तरह सिर्फ इतना ही कहा था उसने और चूल्हे पर खौलते पानी का देग उठाकर बैकुंठी पर उलट दिया था। दर्द से कराहती बैकुंठी जमीन पर लोट-लोटकर बेहोश हो चुकी थी। न जाने किसने उसे अस्पताल पहुँचाया था? उसे जब होश आया तो श्यामू को गोद में उठाए पेपरी उसके पास बैठी थी। बैकुंठी का आधा शरीर बुरी तरह झुलस गया था। पेपरी ने पुलिस में रपट लिखवाई थी किन्तु मग्न्याँ गाँव से लापता हो चुका था।

कुछ दिनों बाद बैकुंठी घर लौट आई थी। उसके शरीर के फफोले तो सूख चुके थे पर मन पर लगे घावों का वह क्या करे? इस जनम में तो शायद घाव सूखने से रहे। वक्त के साथ-साथ नासूर न बन जाएँ इसीलिए वह गाँव छोड़कर चली जाना चाहती थी।

''कहाँ जाएगी? मायके चली जा?'' पेपरी ने सुझाया था।

''वहाँ कौन धरा है अब? माँ-बाप कब के सिधार गए और भाई-बावज का अपना ही पूरा पड़ जाए सो ही बहुत।''

''सही कह रही है हम गरीबों के रिश्ते भी पैसों के दम पर पनपते हैं। अपना ही पूरा नहीं पड़ता तो किसी और से कौन निभाएगा? तू थ्यावस रख बैकुंठी कुछ न कुछ तो रास्ता निकलेगा। जिसने पेट दिया है, वही इसे भरने का जुगाड़ भी जुटाएगा।'' पेपरी ने उसे सांत्वना तो दे दी थी किन्तु वह खुद नहीं जानती थी कि बैकुंठी अब क्या करेगी? बैकुंठी के कंधें पर नील का निशान गहरा होकर जम गया था, मानो अब जीवन भर वहाँ से न हटने की कसम खाकर जड़ हो बैठा हो।

एकाध दिन की बात होती तो बैकुंठी काट भी लेती किन्तु पेपरी उसे जीवन भर बिठाकर तो खिला नहीं सकती?

''तू मुझे कोई काम दिला दे, पेपरी!''

''तू ऐसा कर गुजरात चली जा!'' पेपरी ने कुछ देर सोचकर जवाब दिया था।

''वहाँ कौन है मेरा?''

तो यहाँ भी कौन है तेरा एक मेरे सिवाय? वहाँ मेरी एक काकी है, तू उसका नाम-पता ले जा? कोई न कोई काम तो मिल ही जाएगा वहाँ। सिरोही से गुजरात नजदीक ही है, जो काम का जुगाड़ न बैठे तो वापस आ जाना।''

"और श्यामू का क्या होगा?"

"अब देख बैकुंठी! मेरे तो कोई औलाद है नहीं पर भगवान की दया से तेरे श्यामू को पाल-पोसकर अच्छा आदमी बना सकने का जिगर रखती हूँ। उस रोज अगर मैं होती तो क्या मग्न्याँ ऐसी मजाल करता? घर की गुवाड़ी में पैर धरने की हिम्मत नहीं होती उसकी। अब जो हुआ सो हुआ लेकिन इस गाँव में तो वह आकर दिखाए? पुलिस में अच्छा प्रबंध करके ही दम लूंगी उसका और जो तू अपनी इस भायेली पर विश्वास न कर सके तो श्यामू को भी अपने साथ ले जाना।"

"तेरे पर तो मुझे अपने से भी ज्यादा विश्वास है, मेरी आली! मैं श्यामू की देवकी हूँ तो तू उसकी जसोदा माई ठहरी। रख तू ही उसको रख! आज से ये हम दोनों की सन्तान है।" दोनों सखियाँ गले लगकर खूब देर तक रोती रही थीं। अगले रोज बैकुंठी गुजरात जाने वाली बस में बैठ चुकी थी। उसका मन श्यामू के लिए हुलस-हुलसकर रो रहा था पर मन में एक विश्वास भी था कि जिन्दगी कहीं कुछ बेहतर जरूर निभाएगी उसके साथ।

रास्ते में बैकुंठी की आँख लग गई थी, मानो बरसों से पलक न झपकी हो उसने। प्यास से उसका गला सूख गया तो साँसों की खराश से गले में घर्र-घर्र की आवाज ने रुकावट पैदा की, तब अचानक बैकुंठी की आँख खुली थी। पसीने से तरबतर बैकुंठी ने सीट के नीचे से अपने बैग को खींचने के लिए हाथ बढाया पर उसका हाथ हवा में डोल-फिरकर वापस आ गया। उसने दुबारा कोशिश की किन्तु फिर उन्हीं हालातों से उसका बावस्ता हुआ। बैकुंठी ने घबराकर चिल्लाना शुरू कर दिया पर उसकी फूटी किस्मत उसे फिर एक बार धोखा दे चुकी थी। सबसे ज्यादा घबराहट तो बैकुंठी को उस पर्ची के खो जाने के कारण हुई थी जिसमें पेपरी की काकी का अता-पता लिखा था।

अब बैकुंठी के पास दो ही रास्ते थे या तो गाँव लौट जाए या अपनी आधी-अधूरी स्मृति में बसे उस पते को ढूँढने की कोशिश करे। उसे पेपरी की कही एक-एक बात याद आ रही थी कि गरीबों की किस्मत में छलनी जितने छेद होते हैं, जीवन भर इन्हीं छेदों से छनते-छनते किस्मत लकड़ी के बुरादे की तरह जितनी जिसके आँचल में आ गिरे उसी में इंसान को सब्र करना सीखना चाहिए।

बैकुंठी को अपने नाम का आशय कभी समझ नहीं आया था, न जाने उसका ये नाम किस बैकुंठ की आशा में रखा गया था। उसने आँखों को पोंछा तो कंधे पर लटका झोला नीचे झूल गया। उसे याद आया कि चलते-चलते पेपरी ने खाना-

पानी तो उसी झोले में रखकर पकड़ाया था। उसने पानी की बोतल एक ही सांस में खाली कर दी थी। पेट भूख से कुलबुला रहा था पर बैकुंठी का मन कसैला हो उठा था। वह सीट पर सिकुड़कर पड़ी रही। खिड़की के बाहर का स्याह अंधियारा उसकी आँखों की कोरों से होता हुआ उसके पूरे अस्तित्व पर उतर गया था। एक करवट बैठे-बैठे उसका कंधा दुखने लगा था। वही कंधा जिस पर मग्न्याँ ने कभी न मिटने वाला दाग ला पटका था।

अहमदाबाद के पालड़ी बस अड्डे पर बस रुकी तो कंडक्टर ने गुस्से में उससे कहा था, "उतर जा मासी! ये बस इससे आगे नहीं जाती। तुझे कहीं तो जाना है कि यहीं बैठी रहेगी?"

बैकुंठी ने उससे पेपरी की काकी का पता जानने की कोशिश की थी।

"इतने बड़े शहर में बिना किसी अते-पते के कोई ठिकाना ढूँढ़ पाना बड़ी टेढ़ी खीर है। यहीं बैठ जा सड़क किनारे और कल वापस लौट जाना जहाँ से आई थी। बस कंडक्टर ने उसे सुझाव दिया था।

वह नीचे उतरकर बस स्टैंड के किनारे बैठ गई थी। कहाँ जाए? क्या करे? इसी ऊहापोह में डूबी थी कि तेज बारिश शुरू हो गई थी। एक दुकान के किनारे दुबककर बैठी बैकुंठी ने उसी अवस्था में पूरे दो दिन काट दिए थे। तब एक दिन सुबह-सुबह दुकान खोलने से पहले दुकानदार ने उससे हकाला था।

"दो दिन से यहीं डेरा जमा रखा है तूने! मैं कुछ बोला नहीं कि मुसाफिर है, किसी बस का इंतजार करती होगी पर तू तो यहीं जम गई। क्या विचार है बेन?" बैकुंठी ने रोते-रोते अपने कहानी उसे सुना दी थी जिसे सुनकर दुकानदार हँसा था। उसका पान से भरा मुँह कितना डरावना लगा था बैकुंठी को कि वह एक कोने में कुछ और सिकुड़कर बैठ गई थी।

"तू कितना सिकुड़ेगी बेन? ये शरीर है कोई रबड़ की गेंद नहीं जो दुकान के नीचे छुप जाएगी?"

"कहाँ जाऊं कोई राह सूझ नहीं रही?" बैकुंठी ने संकोच से भरकर पूछा था।

"देख बेन तू तो जानती है कि एक औरत का यूँ अकेले रात-दिन यहाँ पड़े रहना खतरे से खाली नहीं। कुछ तो सोचा होगा तूने अपने बारे में।" उसने दुकान के बाहर जाकर पीक से भरा मुँह सड़क पर खाली करते हुए कहा था। बैकुंठी ने सहम कर पूछा था, "कुछ काम-काज और रहने का ठिकाना मिल जाता तो... मैं गाँव से बचकर यहाँ आई हूँ। अब लौटकर खाली हाथ वहाँ जा नहीं पाऊंगी।"

बैकुंठी सुबकने लगी थी।

"बस यही परेशानी है तुम लोगों की। आ जाते हैं शहरों की तरफ मुँह उठाकर, यह भी नहीं सोचते कि लोगों की भीड़ भरे इस अथाह समुंदर में कितने ज्वार आते हैं? धोखे और बईमानी की लहरें जीते-जागते इंसान को किस खोह में बहा ले जाती हैं कि अंग-अंग बिक जाता है। यह खोखले शरीर शहर के गर्भ में कहाँ समा जाते हैं? किसी को कुछ पता भी नहीं चलता कि इंसान कहाँ गायब हो गया।"

"फूटी किस्मत वाले हम गरीब लोगों के पास इस शरीर के सिवा होता ही क्या है भाई? मैं तो वैसे भी किसी पुतले से ज्यादा कुछ नहीं।" बैकुंठी ने भरी आँखों से दुकानदार को देखा था और सामान उठा कर अनजान राह पर चल दी थी और तब तक चलती रही थी जब तक कि भरी धूप में सड़क के किनारे गिरकर बेहोश नहीं हो गई थी। उसे जब होश आया तो उसने अपने-आपको एक लॉरी पर पड़े पाया था। वह हकबकाकर उठ बैठी थी।

"क्या हुआ मुझे? तुम कौन हो और मुझे यहाँ क्यूँ लिटा दिया?"

"तू सड़क किनारे बेहोश पड़ी थी, मैंने अपनी लॉरी पर तुझे पटका और छाया में ले आया। अब इसमें कौन-सी गलती कर दी?" जवाब देने वाले का मुँह गुस्से में कांपने लगा था। बैकुंठी ने गौर से देखा कि वह क्रोध से तमतमा आया था। यूँ मुँह हिलाकर बोलने से उसके बालों में छिपी कानों की मुरकियाँ भी हिलने लगी थी। लगभग उसका हमउम्र एक आदमी जिसने फटी बनियान और पाजामा पहन रखा था, वह आदमी बोलने के तरीके से तो उसे अपने ही प्रदेश का लगा। राजस्थान के लोगों की जुबान पर मारवाड़ी भाषा का प्रभाव चढ़ा रहता है। यह आदमी भी उसके गाँव के लोगों की तरह 'श' को 'स' बोल रहा था।

"अच्छा किया रे... एक गरीब ही गरीब का दुःख पहचान सकता है।" बैकुंठी ने लॉरी से नीचे उतरने की कोशिश की तो उसका ब्लाउज लॉरी की उधडी सीखंचों में उलझकर फट गया। बैकुंठी ने तीन दिनों से ठीक से खाया-पिया नहीं था सो उसकी हिम्मत जवाब दे गई थी। वह ब्लाउज का फटा हिस्सा निकालने के बजाय पुनः उस लॉरी पर पसर गई थी।

"यह क्या हुआ?" उस व्यक्ति ने उसको एक गमछा पकड़ाते हुए नीची निगाहों से पूछा। बैकुंठी ने अपनी दर्दभरी दास्तान उसे सुना दी।

"हम्म्म... आज यही पर सो रह। कल तबीयत में सुधार हो तो जहाँ तू बोलेगी छोड़ आऊँगा किन्तु उसी रात बैकुंठी को जबरदस्त बुखार ने आ घेरा था। चार-पाँच

दिन तक वह व्यक्ति बैकुंठी के दवा व खाने का इंतजाम करके सड़क के किनारे बने अपने प्लास्टिक की ओट वाली खोली में सुलाकर लॉरी खींचने चला जाता था और रात पड़े बाजार से खाने का बंदोबस्त करके लौटता था। पांचवें दिन जब वह लौटा तो बैकुंठी उसके लौटने का इंतजार कर रही थी। उसने लॉरी खड़ी करते ही बैकुंठी की ओर प्रश्नवाचक नजरों से देखा।

"तेरा नाम क्या है री?"

"बैकुंठी और तेरा?"

"परभातिया!"

"अरे यह भी कोई नाम हुआ भला?" बैकुंठी ठिठोली भरे अंदाज में बोली थी।

"वैसे ही जैसे बैकुंठी नाम हुआ!" वह भी जोर-जोर से हँसने लगा था।

"आजा खाना खा ले!"

"क्या-क्या...खाना? कहाँ से आया?"

"आया नहीं, मैंने बनाया। तेरे इस टीन-टापरे में मुझे जो भी कुछ मिला, मैंने रांध लिया।"

"देखें क्या बनाया?" वह खुशी से चिलक उठा।

"दो ईंट लगाकर लकड़ी सुलगाई और पतीले में भात उबाल दिए। पत्थर पर लाल मिर्च के साथ नमक मिलाकर कच्ची चटनी बना ली।"

"वाह मगर तूने क्यों परेशानी ली? तेरी तबीयत ठीक नहीं थी।"

"तू खा, बैठ!"

"तू तो बहुत अच्छी चटनी बनाती है री! सिर्फ मिर्ची और नमक में भी यूँ लगे है कि मानो छप्पन मसाले बघार दिए हों इसमें। ले तू भी तो खा!" उसने बैकुंठी के आगे दूसरी थाली में भात और चटनी परोस दी।

"मैंने सोचा, जाने से पहले तेरा उधार उतारती जाऊं।"

"तू क्या वापस गाँव जाने के बारे में सोच रही है?"

"हाँ रे, वहाँ मेरा श्यामू है।"

"मगर रोजगार के बिना श्यामू को कैसे सँभालेगी और तेरा वो देवर अगर पुलिस की गिरफ्त में आ गया तो जेल जाएगा और फिर जेल के बाद तो पहले से भी अधिक खूँखार बनकर लौटेगा। कहते हैं साँप को मार देना अच्छा मगर अधकुचला साँप रह जाए तो वह डसकर ही मानता है खैर तेरी मर्जी है और तेरी जिंदगी!"

उसकी बातें सुनकर बैकुंठी को खाँसी का दौरा पड़ गया था। लोटा भर पानी

गटककर उसने थाली परे सरका दी थी। परभातिया ने भी निवाला हाथ में ही रोक दिया था। बैकुंठी ने गौर किया था कि इसके आगे परभातिया ने भी कुछ नहीं खाया था।

अगले रोज सूरज निकलने से पहले ही परभातिया उठ गया था। नीम की दो दातून तोड़कर चाकू से घिस रहा था। चाकू की खर्र-खर्र से बैकुंठी की नींद खुली तो खोली के एक कोने वाली प्लास्टिक की तनी हवा से खुलकर उसके मुँह पर झूल रही थी।

"तू क्या जीवन भर इसमें रहेगा रे?"

"नहीं री! सर्दी और बारिश में इसमें रहूँगा और बाकी वक्त लॉरी जिंदाबाद!" परभातिया की मसखरी पर दोनों ने मिलकर ठहाका लगाया था।

"तुझे मसखरी सूझ रही है।"

"हम गरीब लोग अपनी गरीबी की मसखरी करके ही तो अपने जीने के लिए हिम्मत जुटाते हैं।"

"सही कह रहा है रे तू।" बैकुंठी और परभातिया दोनों हँसते-हँसते एकाएक उदास हो गए थे। बैकुंठी ने दातून निबटाई तब तक परभातिया जाकर पास के खोखे से दो चाय ले आया था। दोनों ने रात के बचे भात के साथ चुपचाप चाय सुड़क ली थी।

"तो फिर?"

"तो अब?" दोनों के मुँह से एक साथ यही शब्द फूटे थे।

"सोच रहा हूँ आज गाड़ी खींचने नहीं जाऊं।"

"क्यूँ?"

"एक तो अकेले गाड़ी खींचते-खींचते मेरा शरीर दुखने लगा है और दूसरा यह कि आज तुझे अहमदाबाद दिखा लाता हूँ, तू आज न जाकर कल चली जाना। अब आ ही गई है तो कम से कम गाँधी आश्रम, कांकरिया गार्डन और रिवर फ्रंट ही देख ले!"

"नहीं रे! तू क्यूँ अपने काम की खोटी करता है, मैं आज ही चली जाऊँगी।" बैकुंठी के जवाब ने परभातिया को निराश कर दिया था।

"सोच ले, दूर देशों से लोग आते हैं यहाँ इन जगहों को देखने। बापू के आश्रम में बैठकर प्रार्थना करते हैं। आश्रम में बापू का चरखा, कलम, चश्मा औरभी न जाने क्या-क्या वस्तुएँ रखी हैं।"

"गाँधी आश्रम में क्या गरीब लोग रहते हैं जो चरखा रखा है?"

"नहीं री... बापू ने इस देश को आजाद कराया, उनकी याद में आश्रम बनाया गया है।"

"पर हम कहाँ आजाद हैं?"

"कहने को तो आजाद ही हैं, यह अलग बात है कि अपने हिस्से की आजादी हमें अब भी मिलना बाकी है। इस भुखमरी से, गरीबी से, बेरोजगारी से, छुआछूत से, मैं सड़क किनारे कीड़े-मकोड़े की तरह नहीं मरना चाहता, बैकुंठी! लेकिन क्या करूँ? ये स्साली किस्मत!" परभातिया अपना माथे पर हथेली ठोकते हुए रुआँसा होकर बोला था।

"चल तू मुझे शहर दिखा ला!" बैकुंठी की बात पर परभातिया चहका था।

"जे हुई न बात, सारा दिन घूमेंगे और अहमदाबाद की डाबेली भी खाएँगे, फिर कांकरियां गार्डन जाएंगे वहाँ शाम को बड़ी रौनक लगती है। तू तो पागल ही हो जाएगी यह सब देखकर। बाद में शाम को सनेमा भी देखेंगे, मैंने बरसों से कोई पिच्चर नहीं देखी सनेमा हॉल में।"

"मैंने भी श्यामू के बापू को पीने की लत थी सो उसे ले डूबी और मुझे उसके हिस्से के दुःख भुगतने पड़े। हाँ, बचपन में बाइस्कोप जरूर देखा था मेले में। क्या तू भी दारु पीता है रे?" बैकुंठी के प्रश्न पर परभातिया मुस्कुरा उठा था।

"कभी-कभार थोड़ी बहुत! जब मेरी घरवाली मुझे सपने में आकर कूटती है तो कई-कई महीनों तक दारु को हाथ नहीं लगाता।"

"क्या वो तुझे कूटती थी?"

"हाँ, जब कभी एकाध पहुआ चढ़ा लेता था।"

"लेकिन मैंने तो सुना है यहाँ शराबबंदी है।"

"अरे, अब तू मेरा मुँह मत खुलवा, बैकुंठी! चल तू शहर घूम ले!" दोनों दिन भर अहमदाबाद शहर घूमते रहे थे और एक-दूसरे के बारे में न जाने कितनी ही बातें दोनों ने जाने-अनजाने में पूछ-बतिया ली थी। बैकुंठी को कांकरिया गार्डन के बड़े वाले झूले में बैठकर अपने गाँव की खूब याद आई थी, वहाँ का हरियाली तीज का मेला, तेजाजी का मेला, रामापीर का मेला और बजरंग गढ़ का मेला भी। वह धीमे-धीमे स्वर में गुनगुना उठी थी-

"बन्ना रे बागां में झुला घाल्या
म्हारै हिवड़ै री,

म्हारै जिवड़ै री,

म्हारै मनड़ै री कोयल बोले झुला छैल भंवरसा।

बन्ना रे जैपुरिया ते जाज्यो,

म्हारी बन्नी नै रखड़ी ल्याइजो

बन्ना गेन्द गजरा.....''

''तू कित्ता सुरीला गाती है।''

''धत्त... वो तो यूँ ही गाँव की याद आ गई।''

''तू किस गाँव का है परभातिया?''

''सिरोही के नजदीक सियावा गाँव का।''

''तभी मैं सोचूँ कि तू लगे तो अपने उधर का ही है। इधर कब आया था?''

''यही कोई दसेक बरस पहले। यहाँ आकर लुगाई को हैजा खा गया, बाल-बच्चा कोई था नहीं तो सोचा गाँव लौटकर भी क्या करूँगा? वैसे भी गुजरात में गाड़ी खींचने की अच्छी रकम मिल जाती है। पहले लुगाई भी दूसरे हाथ जुत जाती थी सो हम दोनों मिलकर गाड़ी खींचते थे।''

''बैल की जगह इंसानों को जोता जाता है? कितनी अजीब बात है कि इंसान और जानवर की स्थिति एक समान है। फर्क सिर्फ इतना ही है कि बैलों को पीटकर या हंकालकर आगे बढ़ाया जाता है और इंसानों को आगे बढ़ते ही जाना पड़ता है क्यूंकि यहाँ वह एक ऐसा प्राणी है जिसे पता है कि उसके घर का चूल्हा किसी बैल के भरोसे नहीं बल्कि खुद के बलबूते ही जलेगा।''

''सही कह रही है री, तुलसी दास जी की चौपाई 'ढोल, गँवार, शूद्र, पशु, नारी। सकल ताड़ना के अधिकारी।' इसमें ये जो 'ढोल' लिखा है न वह दरअसल आदमियों के लिए ही है। तूने सुनी है वह चौपाई?''

''हाँ, गाँव में हर बरस नवरात्रि में रामलीला होती थी ना वहीं सुनी थी मैंने ये चौपाई।'ढोल' ही क्या? ये पूरी चौपाई ही हमारे जैसे लोगों के लिए है। मुझे तो एक बात कभी समझ ना आती कि यूँ देखा जाए तो ताड़ना तो रावण ने भी सही थी।''

''किन्तु उसने बुराई का रास्ता चुना था इसीलिए वह ताड़ना का अधिकारी बना। हम गरीबों ने तो मेहनत की राह चुनी है। फिर हम क्यूँ ताड़ना के अधिकारी बने?''

''मुझे तो बस नवरात्रि के दसवें दिन रावण के जलने का इंतजार रहता था। गाँव के बड़े-बूढ़े कहते थे, रावण के जलते ही बुराइयों की हार और अच्छाइयों की जीत हो जाती है लेकिन ये दुनिया तो बुराइयों से भरी पड़ी है। अब मग्न्याँ

को ही देख लो, है कि नहीं जीता-जागता रावण का अवतार?'' बैकुंठी अनजाने में अपने कंधों को सहलाने लगी थी। देह के घाव पिघलकर उसके दिल में समा गए थे। उन्हें वह जितना सहलाती है, वे उतने ही अधिक गहरे होते चले जाते थे।

दोनों जब लौटे तो थककर चूर थे। परभातिया गाड़ी पर उकड़ू बैठा बीडी के सुट्टे लगाने लगा था। बैकुंठी अपने झोले में बचा-खुचा सामान रख रही थी।

''तू कल चली जाएगी, बैकुंठी?''

''जाना ही पड़ेगा! यहाँ न घर न रोजगार ऊपर से पेपरी की काकी भी नहीं मिली। जाऊं तो उसको ख़बर करूँ कि शहर हम जैसे गरीबों के लिए नहीं है, यहाँ तो चमचमाती कार और आलिशान मकानों में रहने वाले लोग बसते हैं फिर पेपरी भी चिंता करती होगी। मेरा श्यामू भी अपनी माँ को याद तो करता ही होगा।''

''ठीक है जा सो जा भीतर जाकर!'' परभातिया गाड़ी पर लुढ़क गया था किन्तु नींद उसकी आँखों से कोसों दूर थी। वह सोच रहा था कि जीवन में आदमी और औरत दोनों का होना कितना जरूरी है, एक के बिना दूजा अधूरा तो दूजे के बिना पहला। जबसे उसकी लुगाई मरी उसने कभी किसी औरत की तरफ आँख उठाकर नहीं देखा जबकि उसके सारे दोस्त महीने में एकाध बार यहाँ-वहाँ मुँह मारने चले ही जाते थे। परभातिया को उनकी फब्तियों का सामना भी करना पड़ता था। केशुडा कहता, ''तू स्याला नामरद! एक लुगाई क्या मर गयी भें... रंडुआ बन गया मजनूँ की औलाद!''

''अरे नहीं ये तो परेम करता है अब भी अपनी लुगाई से, वो इसको अब भी सपने में आके कूटती है।'' रतन उससे मुंहजोरी पर उतर आता पर परभातिया हमेशा नाक की सीध में गाड़ी खींचता हुआ अपने खोली में चला आता था।

इतने बरसों में पहली बार उसने किसी औरत से इतनी बातें की थी। उसको ऐसा लग रहा था जैसे बैकुंठी उसकी बालपने की कोई दोस्त हो।

बैकुंठी जब झोला जमा चुकी तो खोली में चादर ओढ़ के दुबक गई थी। नींद तो उसकी भी आँखों से कोसों दूर थी पर उसकी आँखों में अपने श्यामू, पेपरी और भविष्य की चिंताएं थी। परभातिया को देखकर उसे श्यामू के आने वाले जीवन की फिक्र हो रही थी। सोचते-सोचते कब आँख लग गई उसे पता नहीं चला।

आधी रात को बैकुंठी की पलकों में परभातिया के शब्द सपने में गूंजने लगे थे, ''मैं कीड़े-मकोड़े की तरह नहीं मरना चाहता बैकुंठी पर स्साली किस्मत।'' और जोर से एक हथेली अपने माथे पर ठोकने के साथ ही उसकी नींद खुल गई

थी। पसीने से नहाई बैकुंठी वहाँ से भागकर अपने श्यामू को अंक में भर लेना चाहती थी। वह चाहती थी उसका श्यामू सड़क के किनारे ऐसी गलीज जिन्दगी ना जिए। खुले आसमान की छत बनाकर धरती का ओढ़ना-बिछावना बनाकर कोई कैसे जिन्दगी बिता सकता है?

रात के बाकी पहर वह सो नहीं पाई थी। उधर परभातिया भी करवटें बदलता रहा था। उस रात पहली दफा उसे गाड़ी की छाती इतनी सख्त लगी थी कि सुबह तक उसका बदन टीसने लगा था।

सुबह दोनों जल्दी उठ गए थे। जागे हुओं को जगाना कहाँ पड़ता है? परभातिया चाय ले आया था। वह बैकुंठी को आवाज लगाता इससे पहले ही बैकुंठी अपना झोला लेकर बाहर आ चुकी थी। दोनों चुपचाप चाय सुड़कते रहे थे।

"तो चलूँ?"

"जो तू ना जाए तो?"

"रुकना मुश्किल होता है रे!"

"अगर जिद ना हो तो।"

"जिद कभी-कभी मजबूरी भी होती हैं ना।"

"तू रुक जा री! मैं तुझसे शादी कर लूँगा। हम दोनों मिलकर गाड़ी खींचेंगे।"

"तेरी गाड़ी खींचने के लिए मजबूत कंधों की जरूरत है और मेरे कंधे पर तो यह देख। ये जो मेरा शरीर है इसे गौर से देख, कितना कुरूप हो चुका है। इसके ऊपरी फफोले तो कबके सूख गए किन्तु मन के भीतर काँटों का एक पूरा जंगल उग आया है। उसे फूलवारी में कैसे बदल पाऊंगी मैं?" इतना कहकर बैकुंठी ने अपने दाएँ कंधे पर से ब्लाउज नीचे सरका दिया था। वहाँ एक गहरा नीला निशान फफोले की शक्ल में उभरा हुआ था।

"सुंदरता मन की होती है बैकुंठी और तेरे मन में जो काँटों का जंगल उग आया है, उसे मैं अपने प्रेम की बारिश से सींच दूंगा। फिर तू देखना वहाँ न कोई घाव बचेंगे और न ही उनका नामोनिशान। कंधे तो मेरे भी नीले हैं पर मैं हार नहीं मानूँगा। समाज दो हिस्सों से मिलकर बना होता है- कर्म और धर्म। गरीबों के हिस्से में सिर्फ कर्म आता है तो क्या हम अपने कर्म को भी त्याग दें? नहीं, कभी नहीं, जिनके हिस्से धर्म आया है वे धर्म रख लें और हमें हमारे कर्मों के सहारे छोड़ दें। ले तू भी अब देख ले।" और परभातिया ने अपने दोनों कंधे बैकुंठी के सामने झुका दिए थे। गाड़ी खींच-खींचकर परभातिया के दोनों कंधे भी नीले पड़ चुके थे।

बैकुंठी और परभातिया की आँखों में एक गहरी झील उतर आई थी जो सतह पर शांत होते हुए भी अपने तल में साझे दुखों की अथाह हलचल समेटे हुए थी। परभातिया ने बोलना जारी रखा था "और तू चिंता मत कर जब हमारी आवक बढ़ जाएगी तो हम एक कच्ची ही सही मगर अपनी एक खोली का इंतजाम कर लेंगे। फिर तू चाहे तो श्यामू को भी शहर ले आना। हम मिलकर उसे पढ़ाएंगे और बड़ा आदमी बनाएंगे। मेरे तो कोई औलाद नहीं मैं श्यामू को ही अपनी औलाद मान लूँगा।" परभातिया एक ही सांस में सब कुछ कह जाना चाहता था।

"और लोग क्या कहेंगे ?"

"कौन-से लोग बैकुंठी ? गाँव में जब तू झुलसी पड़ी थी, तब कौन लोग थे जो तेरी मदद को आगे आए थे सिवाय पेपरी के ? मेरा यकीन है कि पेपरी तेरे इस फैसले से जरूर खुश होगी।"

बैकुंठी ने परभातिया के नील पड़े कंधों पर अपनी हथेलियां हौले से छुआ दी थी, उसने देखा अचानक वहाँ कुछ घाव भरने लगे थे। परभातिया ने बैकुंठी के नीले काँधे पर अपना सिर टिका दिया था। बैकुंठी को महसूस हुआ मानो उसके अपने काँधे के फफोलों पर रूई के फाहे सहला दिए हों किसी ने।

अकेली औरत सिर्फ जमीन पर गिरा उलका पिण्ड

रीना मेनारिया
राजस्थानी कहानी की महिला कथाकारों में अलग पहचान रखने वाली रीना मेनारिया का जन्म 16 फरवरी, 1982 को हुआ। आपकी हिंदी कहानियां भी चर्चा में रही हैं। तीन हिंदी कहानी संग्रह, दो राजस्थानी कहानी संग्रह एवं दो राजस्थानी उपन्यास आपके आए हैं। कमला गोइन्का फाउंडेशन के किशोर कल्पनाकांत युवा पुरस्कार सहित बहुत से सम्मान एवं पुरस्कार प्राप्त रीना मेनारिया की कहानियां स्त्री जीवन के चित्र उकेरती हैं। स्त्री के जीवन से जुड़ी समस्याओं को रीना एकदम साफ सुथरी एवं सरल भाषा में पाठकों के सामने रखती हैं कि पाठक उनके पात्रों से अपने आप ही जुड़ जाता है।
पता: पथवारी के पास,
पानेरियों की मादड़ी,
उदयपुर - 313002
मोबाइल : 76659-09830
ई-मेल : reenamenariya1982@gmail.com

एक बरस होने को आया समीर को परदेस गए। छह महीने से न कोई फोन न ही कोई समाचार। अक्सर जब भी समीर का कोई मित्र या पड़ोसी गांव का कोई बंदा परदेस से लौटता तो समीर उनके साथ अपनी कुशलता का समाचार और इला के लिए विलायती चॉकलेट भिजवाना कतई नहीं भूलता। फोन तो उसका हर हफ्ते आ ही जाता। तो फिर यह विलम्ब कैसे ? सीमा भीतर ही भीतर टूटती-सी जा रही। रात को नौ बजे के बाद उसकी नजरें फोन पर जमी रहती, इस उम्मीद से की जाने कब घण्टी बज उठे। समीर को सुनाने के लिए वह शिकायतों का पुलिंदा तैयार लिए बैठी रहती। पर न घण्टी बजती, न ही उसके शिकवे का पुलिंदा ही खुल पाता। शुरू-शुरू में तो वह यही सोचती रही कि शायद काम की अधिकता रहती होगी। हो न हो फोन पर पाबंदी कर दी होगी। विलायत गए तो क्या हुआ आखिर है तो चाकर ही, वहां कोई अफसर तो नही। ज्यों-त्यों वह मन को बहलाती। पर कब तक। छह महीने से पूरा साल बीतने को आया। कोई समाचार नहीं। यदि कोई बाहर से आता तो सीमा की सास दौड़ी-दौड़ी जाती पूछने पर आने वाला यही कहता, "नहीं माई! कई महीनों से नजर नहीं आया समीर। न ही उसका फोन ही लगता।"

माई का कलेजा मुंह को आ जाता। माई जब उम्मीद

छोड़ चुकी थी मां बनने की, तब जाकर तो समीर ने उस पर खुशियां बरसाई और अब इस उम्र में... । वह बुरे विचारों पर पानी डालकर बहू को दिलासा देती। एक साल क्या कम होता है बिना खोज-खबर के? रह-रह कर अनहोनी का ख्याल आता। कांप उठती सीमा। दो साल का वीजा बनवाकर गया था, तब वह कितना रोई अब दो क्या दस साल न आए तो भी वह एक बूंद न बहाएगी। बस उसकी सलामती की खबर मिल जाए।

अब तो धीरे-धीरे पूरे गांव में बातें होने लगी। सीमा की मांग का सिंदूर और माथे की बिंदी लेकर औरतों की आंखों में प्रश्नचिन्ह तैरते दिखाई पड़ते। वे कहती, कुछ नहीं पर एक-दूसरी को इस कदर देखती मानो सीमा कोई अपराधी हो।

दो साल हो गए समीर से वार्तालाप हुए। एक रोज उड़ती-उड़ती खबर आई कि समीर की मौत हुए करीब एक साल से ऊपर हो गया। पूरे गांव में बात आग की लपटों की भांति फैल गई। पर यह नही पता चल पाया कि आखिरकार यह खबर लाया कौन?

माई रो-धो ली। बेटे के नाम का दान पुण्य भी कर दिया, अलबत्ता सीमा का मन मानने को तैयार नहीं। माई के किसी काम में उसने साथ नहीं दिया। माई बेटे की आत्मा की शांति के लिए देर से ही सही सारे दान-पुण्य करती रही। होनी को कौन टाल सकता है, यह वह स्वीकार चुकी थी। ठीक विपरीत बहू ने न मांग का सिंदूर पोंछा न माथे की बिंदी हटाई। अब तो गांव की औरतों को बातें बनाने का सबूत भी मिल चुका था, सो खुसर-पुसर करने से पीछे नहीं रहती। कुछ ढीठ औरतें तो उसे मुंह पर यह कहते भी संकोच नहीं करती कि वह अब सुहाग की निशानियों की हकदार नहीं रही। क्यों बेकार में इनकी तौहीन करती है। माई यानी सीमा की सास भी अब आपत्ति उठाने लगी। बहू के मांग भरने को लेकर। एक रोज मुंह पर आ ही गई, ‘‘किसके नाम की मांग भरती है री। जब बेटा ही न रहा मेरा तो? सात पीढ़ियों से चमकता आ रहा यह खानदान तूने लांछन लगाया तो मुझसे बुरा एक न होगा।’’

‘‘माई मेरे पति जिंदा है और एक दिन वे जरूर लौटेंगे। कुछ नहीं हुआ उन्हें, वे विलायत हैं। हो सकता है कोई परेशानी आई हो लेकिन वे जिन्दा हैं। मेरी उम्मीदों पर पानी मत डालो माई।’’ कहती हुई सीमा रो पड़ी।

माई ने उसके दोनों हाथ पकड़कर दीवार से दे मारे। सीमा के हाथ में पहनी कांच की चूड़ियां टूटकर काचर-काचर हो गई। कांच के कई टुकड़े उसके हाथों

में घुस गए जिससे उसके हाथ लहूलुहान हो गए। जाने माई में अकस्मात् इतनी ताकत कहां से आई।

"अब भूलकर भी मत पहनना मेरे मरे हुए बेटे के नाम से चूड़ा। उसकी आड़ में जाने किसके नाम की सुहागिन बनी हुई है।" आज माई को गली की औरतों ने जमकर भरा, तभी तो इतनी हिम्मत जुटा ली उसने। दूसरे ही दिन सीमा ने घर छोड़ दिया। दो साल की बेटी को लिए वह निकल तो ली पर जाना कहां यह नहीं पता था। कहां जाए? पीहर में भी तो भोजाइयां आज नहीं तो कल मुंह पर आ ही जाएंगी। पीहर में आज तक किसका टिकाव हो पाया भला। ससुराल के कड़वे बोल से तो पीहर में बोले अधिक असहनीय होते हैं। सीधे कलेजे को बींध देते हैं। बिना सोचे-समझे उसके पैर बढ़ते जा रहे थे। दिमाग में कई झंझावात उठ रहे थे। क्या वह भी मान ले कि वाकई समीर नहीं रहा। उथल-पुथल के साथ वह बढ़ती चली जा रही थी।

परिवार तो खूब लम्बा-चौड़ा था। भुआ, मामा, मासियां पर किस पर बोझ बने। अपनों की सहानूभुति उसे कहां तक हौसला दे सकती है। इसका उसे अच्छे से भान था। दो वक्त की रोटी ही तो तोड़नी है कहीं भी मिल जाएगी। सोचते-सोचते उसके पांव बस स्टैण्ड पर आ थमे। सामने शहर की बस आकर रुकी, वह बिना कुछ फैसला लिए झट चढ़ गई बस में। "देखती हूं किस्मत कहां ले जाती है। कब तक क्रूर मजाक करती है।" वह मन ही मन बुदबुदाई। इस शहर में उसकी बचपन की एक सहेली रहती थी। उसे याद हो आया। पर कहां रहती है, यह जान पाना मुश्किल था। गांव तो था नहीं यह शहर था। बात करना तो दूर बस स्टैण्ड पर उसने देखा, लोगों के पास एक-दूसरे को देखने का भी वक्त नहीं। टकराते-भागते आगे बढ़ते जा रहे थे। वहीं लगे नल से उसने बेटी को अंजुरी भर-भर पानी पिलाया और एक बैंच पर बैठ ली। काश उसके पास निर्मला का नंबर होता, वह समझती उसका दर्द। बचपन की सखी है, उससे बेहतर तो उसे कोई समझ ही न पाया। वह सोच में डूबी हुई थी कि अकस्मात् उसने देखा कुछ निगाहें उसे घूर रही हैं। बस स्टैण्ड पर भी लफंगे और जेबकतरे घूमते रहते हैं, यह तो वह जानती है। एक बार समीर के साथ ही शहर आई थी वह। समीर की फुफेरी बहन की शादी में। तब भी इसी तरह वह बैंच पर बैठी थी और समीर टिकट लेने गया था। वह लौट कर आया, तब तक तो उसके पास बैठी औरत सहेली भी बन गई और बातचीत भी चालू हो गई। कहां जाना, नहीं जाना तो छोड़ो इस बार की फसलों पर भी चर्चा

करने लग गई वह तो। बातूनी तो बचपन से रही। जब समीर ने देखा तो उसे खूब सुनाया। गांव और शहर का अन्तर समझाते हुए कहा कि भीड़-भाड़ वाले इलाकों में आदमी ही नहीं औरतें भी ठगी का काम करती रहती हैं। शक्ल से ही पहचान जाते हैं ये लोग कि कौन अनजान है इस जगह से। गांठ बांध लो, इस बात की ऐसी बेवकूफी भविष्य में नहीं करोगी।

"इसमें गांठ बांधने जैसी क्या बात है। मैं कौन-सी रोज-रोज शहर आ रही हूं।" उस वक्त तो उसने समीर की बात को लेकर बड़ा-सा मुंह बनाया। अलबत्ता उसके मायने आज समझ आ रहे हैं। आंखों को बड़ी मुश्किल से भीगने से रोका उसने धीरे से वह जगह छोड़ दी। भीड़ में कहीं खुद को खो-सा दिया और धीरे-धीरे रास्ते पर आ गई, जहां कई ऑटो वाले अपनी सवारियों के जुगाड़ में इस कदर लगे कि उनका बस चले तो मना करने पर भी उठा-उठाकर बिठा दे ऑटो में।

सीमा बिना किसी से उलझे चुपचाप चलती चली जा रही थी। अचानक से उमड़ते-घूमड़ते बादल सिर पर मंडराते से प्रतीत हुए और कुछ ही देर में पानी पड़ने लगा। वह खुद को और नन्ही बच्ची को बचाने के लिए एक बन्द दूकान के शटर से टिककर बैठ ली। आसमान पूरा काले बादलों से ढककर अपना रूप ही बदल गया। मूसलाधार पानी गिर रहा था। वह बैठी हुई सड़क पर भागते लोगों के रेलें देख रही। उसके भीतर भय पसरता जा रहा। एक पल को उसे लगा वह खुद ही कसूरवार है। क्या जरूरत थी उसे इस कदर घर छोड़ने की। खुद की न सही कम से कम इस नन्ही जान की तो सोची होती। बच्ची भूख से बराबर बिलबिला रही थी। पर सीमा इतने गहरे में उतर ली की उसे गोद में रोती बच्ची की आवाज भी नहीं सुनाई पड़ रही। अब बच्ची से रहा न गया, उठकर उसने मां के मुंह पर झपट्टा मारा। सीमा के नाक का कांटा गिरते-गिरते बचा, वह भी सोच के गहरे समन्दर से बाहर निकली।

"क्या हुआ मेरी बच्ची को? भूख लगी।" कहते हुए उसने थैले में खंगाला। पारले-जी का बिखरा बिस्किट का पैकेट बाहर निकाल कर बच्ची के हाथ में पकड़ा दिया। बच्ची मां की चिन्ता से दूर मुस्कुराती हुई बिस्किट कुतरने लगी। वह थैले से फोन निकालकर एक-एक नंबर टटोलने लगी। यदि यूं ही पानी बरसता रहा और अंधेरा छा गया तो वह क्या करेगी। फिर तो मजबूरन उसे बुआजी के घर रात गुजारनी होगी। मंदिर के घण्टे की आवाज। टन....टन...! शायद आसपास कोई मन्दिर है। उसने सोचा, कुछ ही देर में बरसात बंद हो चुकी थी। वह छोरी

और थैले को उठाकर इधर-उधर निगाहें दौड़ाने लगी। रात मंदिर में ही आसानी से बीत जाएगी। कुछ ही दूरी पर मंदिर के कंगूरे नजर आए। वह उस दिशा में अपने पांव बढ़ाने लगी। भगवान से तो भरोसा उठ चुका था उसका, पर रात तो बितानी ही पड़ेगी। गुनहगारों की भांति वह सीढ़ियां चढ़ने लगी। सामने पुजारी सुस्ताता दिखा। नींद से उठा लग रहा। अल्साया-सा। सिर पर सफेद चोटी थी और बदन पर भगवा वस्त्र। उम्र आधी से अधिक ही लग रही। वह चुपचाप अंदर बरामदे में जा बैठी। गणेशजी का मंदिर है। वह इधर-उधर नजरें दौड़ाने लगी। अच्छा भव्य मंदिर था। शायद बरसात के कारण लोगों की आवाजाही नहीं थी। पुजारी बगल में बने एक कमरे में घुसा और कंधे पर तौलिया और हाथ में बाल्टी लेकर मंदिर परिसर से बाहर निकल लिया। बच्ची सो चुकी थी। सीमा ने उसे फर्श पर लिटा दिया। पास ही लगे नल से बोटल भर लाई। पेट के पड़ मिल चुके थे। खाली पेट बिलबिला रहा था। दो-चार घूंट पानी पीया और फिर आ बैठी छोरी के पास। कुछ ही देर में पुजारी लौट आया। कपड़े कमरे के बाहर टांग वह फिर भीतर चला गया।

सीमा बेटी के सिर पर हाथ फिराती मन ही मन कह रही, "कैसी किस्मत पाई री तूने। घर की छत भी साथ न रही। बच्ची नींद में मुस्कुरा रही। जरूर कोई मीठा सपना देख रही है। थैले से एक लुगड़ी निकाल उसके मुंह पर डाल दी। इससे पास उड़ती दो मक्खियां दूर हो ली। मंदिर में अब लोगों की आवाजाही शुरू होने लगी। पुजारी आरती की तैयारी में लगा था। कुछ ही देर में झांझ-मंजीरें बज उठे। मधुर आवाज में आरती भी चला दी गई। उसके पास कुछ मालिनें आ बैठी। लोग माला खरीदने आ जा रहे।

सीमा ने दबी आवाज में एक माला वाली से पूछा, "काकी मन्दिर शाम को कब तक खुला रहता है?"

"धागे में फूल पिरोती मालिन बोली, "कपाट ग्यारह बजे तक खुले रहते हैं, मंदिर के दरवाजे दस बजे बन्द हो जाते हैं।"

"पुजारी जी तो यहीं रहते होंगे? मन्दिर की देखभाल भी तो करनी होती है न।" उसने घुमा-फिराकर बात करी और जानना चाहा पुजारी के बारे में।

मालिन को समझते एक पल नहीं लगा। कहने लगी, "तुम्हें यहां रुकना है? रुक सकती हो। पुजारी जी बड़े भले हैं। डर की कोई जरूरत नहीं। हां, एक बार उन्हें बोल जरूर देना ताकि वे कोई शक न करें।"

"कैसा शक काकी?"

‘‘अरे! वह तुम्हें कोई चोर उठाईगिरी न समझ बैठे। सो पहले कह देना कि यहां ठहरना चाहती हो। न, नहीं कहेंगे।’’ कहती मालिन टोकरा सिर पर रखकर सीढ़िया उतरने लगी। मालाएं भी लगभग समाप्त हो गई थी। इक्के-दुक्के पुष्प ही रह गए थे। बच्ची उठ चुकी थी। नल पर ले जाकर उसने उसका मुंह धोया। अंजूरी में भर कर पानी पिलाया। खुद के भी हाथ और मुंह धोए। थैला एक ओर थोड़ा आड़ में रखा ओर आरती लेने गई। जोत से उठती लौ पर हाथ घुमाकर बेटी के सिर पर फेरा। माथा टेक क्षमा याचना सहित कुछ बड़बड़ाती फिर बरामदे में आ गई। श्रद्धालु प्रसाद बांट रहे थे। उसने सबसे ले लिया। मावा, मिश्री, खोपरा जो भी मिला। बच्ची को बहलाने में काम आएगा।

धीरे-धीरे भीड़ छंटने लगी। सीमा के भीतर झंझावात चल रहा था, पुजारी को कह दे कि वह इस परिसर में रात काटना चाहती है या चुपचाप बगल में जाकर बैठ जाए। हालांकि मालिन कह गई थी कि पुजारी सज्जन व्यक्ति हैं। पर कैसे विश्वास कर ले यूं। उसके भीतर की स्त्री शंकाओं के बादल से गिर गई। हठात् पूजारी ने पांव बजाए और कड़कती आवाज में बोला, ‘‘तुम गई नहीं अभी तक? दिन से यहीं देख रहा हूं। चलो निकलो दरवाजा बंद करने का भी समय होने वाला है।’’

सीमा घबरा-सी गई पर हिम्मत दिखाते बोली, ‘‘बाबा, रात यहीं रुकने दें। सवेरा होते ही चली जाऊंगी। अभी इस अंधेरे में नन्ही बच्ची को लेकर कहां जाऊंगी।’’

‘‘तुम कपड़ो और बोल-चाल से तो भिखारिन नहीं लग रही हो। कहीं ...।’’ कहते-कहते पुजारी को स्वतः ही उसकी हालत देखकर स्थिति समझ आने लगी। वे धीरे से बोले, ‘‘ठीक है, बच्ची के लिए कुछ खाने-पीने की आवश्यकता हो तो बोलना।’’ कहते हुए पुजारी ने एक दरी लाकर दी, ‘‘लो! यह बिछा दो बच्ची के नीचे। डरना नहीं, बप्पा का दरबार है।’’ कहते हुए पुजारी जी अपने कमरे की ओर चल दिए।

ज्यों-त्यों बच्ची को सुलाया पर सारी रात उसकी तो आंखों में कटी। यों कैसे कर ले अनजानी जगह पर अनजाने लोगों पर भरोसा। सवेरा होते ही पुजारी जी चाय का प्याला पकड़ाते बोले, ‘‘लो बेटी! बच्ची को चाय पिलाओ और खुद भी पीओ।’’

‘‘आपका लाख-लाख शुक्र है बाबा।’’ सीमा हाथ जोड़ती बोली।

‘‘पूजा समाप्ति पर हम बात करते हैं।’’ कहते हुए पुजारी जी काम में लग गए।

आरती का समय होने से पहले ही लोग आने-जाने लग गए। पुजारी जी अपना

काम खत्म कर चोटी में गांठ डालते हुए पास आए और कहने लगे, ''हां, अब बोलो बेटी! कहां से आई हो?''

गांव का नाम गोलमाल करती सीमा ने बात बदल कर सुना दी। कहने लगी, ''दहेज के नाम पर प्रताड़ित कर घर से निकाली गई हूं बाबा।''

''राम! राम! कैसा कलयुग आ गया रे। तुम एक काम करो बेटी! चाहो तो यहां रह सकती हो। मन्दिर परिसर की साफ-सफाई कर लिया करना। दो वक्त की रोटी का इंतजाम तो बप्पा मेरा भी कर ही रहा है, सो तुम्हारा भी हो जाएगा। पीछे का एक कमरा मैं तुम्हारें लिए खोल दूंगा। पहले मेरे बेटी-जंवाई रहा करते थे। अब खाली ही पड़ा है।''

''और क्या चाहिए बाबा, रहने को छत और दो वक्त की रोटी। आपका यह एहसान कभी नहीं भूलूंगी।'' कहती सीमा भावुक हो गई।

उधर गांव में चारों ओर शब्द हवा हो लिए, समीर की लुगाई नाटगी। सबसे ज्यादा बोलने का मौका औरतों को मिला। बिन बात लम्बी-लम्बी कहानियां तैयार कर डाली। जहां भी दो औरतें इकट्ठी होती सीमा बीच में आ जाती। चबूतरों पर बैठी बुजुर्ग औरतें भी इन दिनों भजन भूलकर यही बातें करती। इधर माई के मायने ही बदल गए। उसने भी कई घटनाओं को सिर-पैर दे डाले। घर के बाहर अच्छा खासा औरतों का जुमला बैठा करता जो माई से रह-रहकर बातें उगलवाने के इरादे से सहानुभूति जताती। कहती, ''हे राम! क्या बदनसीबी है बेचारी की। एक तो औलाद वक्त पर दी नहीं विधाता ने, कहां-कहां नहीं भटकी बेचारी। देवरे-देवरे, भोपा, समझिया बुझा। आखड़ियां तक रखी, फिर भी आंसू ही मिले। इधर हमारे छोरे घोड़ी चढ़ने जोगे हुए और इसके आस मंडी। चलो देर से ही सही विधना ने बांझ का कलंक लगने से तो बचा लिया पर बुढ़ापे में बेटा छिन लिया। अरे छीनना ही था तो दिया ही क्यों?''

दूसरी कहती, ''अरे बांझ के कलंक से बचा लिया तो भी बुढ़ापे में खानदान पर दाग लग ही गया। अब किस मुंह से जीए बेचारी।'' सुनते ही माई फूट-फूटकर रोने लगती। औरतें फिर अपना नया ड्रामा करती उसे सांत्वना देती कहती, ''रो मत, रांड नाटी तो इसमें तेरा क्या कसूर? तू क्यों आंखें फोड़े। तुझे कोई बुरा नहीं कह रहा। सब तेरी बहू को ही गलत कह रहे। पूरा गांव उसी पर थू...थू...कर रहा।''

औरतों की पंचायती में माई पूले डालती। बातों पर बातें जोड़ती जाती। ऐसी-ऐसी बातें रखती की अच्छे से अच्छे कहानीकार की कल्पनाओं पर भी पानी

फेर देती। उसकी बातों को सच का जामा पहनाने के लिए उसकी पंचायती सखियां उसके मुंह से निकली बात को तुरन्त झेलती।

इधर माई कहती, ''रात-रात भर फोन पर लगी रहती। राम जाने किससे बातें करती। सोढ़ में एक तरफ छोरी तो दूसरी तरफ फोन होता। सारी रात सोने नहीं देती मुझे। पूछती तो कहती मेरी बहन का फोन है। कभी कहती मेरी भौजाई का फोन है और मैं निरी गंवार उसकी बात पर भरोसा कर लेती।''

''जरूर किसी लाड़े से बातें करती होगी।'' फट से जुमले में से कोई बात झेल लेती।

''दूसरी लाड़ा खोज लिया पर बापड़ी माई की जिन्दगी पर तो दाग लगा गई।'' दूसरी बोल जाती।

माई फिर चालू होती, ''मेरा बेटा इतने बगत से आया नहीं। मेरी तो काया निकल गई और उसके मुंह पर सल तक नहीं पड़ा। नाजोगी ने संपड़ावा तक नहीं दिया। मौत की खबर सुनकर मैं रो-रोकर बेहाल थी पर क्या मजाल की उसकी आंखें भीग जाएं। मुझे तो शंका तब ही हो गई पर क्या करती। कुछ कहूं और बैरन कुआं-बावड़ी कर जाए तो? इसी डर से चुप्पी साधे थी।''

''यहां गलती कर गई कि स्साली की चोटी पकड़कर घसीटती गांव-चौड़े लाती। गांव वाले करते उसका फैसला। नहीं तो हमारे बीच ही ला पटकती। हम डूकरियां ही काफी थी उसे राह पर लाने को।'' घेरे बैठी औरतों में से फिर यह बात उछली।

''पूछा था मैंने उससे कि मेरा बेटा मर कर मिट्टी हो लिया। फिर किसके नाम की सुहागिन बनी रहती है तो निगरगुड़ी मुंह पर ताला डाल जाती।'' माई नई बात कहती।

''हां चोर नै चांदणो दिखै। चोर था कहीं न कहीं उसके भीतर तभी मालजादी जवाब नही देती।'' फिर बात उछलती। इस तरह हर शाम दिन भर माई के घर के बाहर बैठी डोकरियां बढ़-चढ़कर पंचायती की हिस्सेदार बनती।

दूसरी ओर बहुओं में बातें होती सो अलग ही थी। रह-रहकर सवाल उठते कि आखिर सीमा भागी तो भागी किसके साथ? न गांव का कोई मर्द गायब, न कभी उसे किसी से बात करते हंसते देखा न सुना। घर पर कोई आना-जाना नहीं। बाकी भाई भी किसी को लिवाने आया हो तो एकबार तो अनजान औरतें बातें बना ही देती। सीमा की हमउम्र सभी इसी बात को लेकर चर्चा करती।

अधेड़ उम्र वाली औरतों का तमाशा और न्यारा था। वे माई के बुढ़ापे को लेकर जताती। एक कहती, "पक्की बदमाश निकली। इसीलिए मैं तो कहूं छोरियों को ज्यादा पढ़ाना-लिखाना ही नहीं चाहिए। ज्यादा होशियार करो तो कल को हमारे ही मुंह पर कालिख पोत जाती हैं। मैंने तो मेरी समधन को सीमली की बात सुनते ही कहलवा भेजा, नहीं पढ़ानी छोरी को ज्यादा। दसवीं पास कर गई बहुत है। बेचारी वह भी मान गई।"

दूसरी कहती, "बापड़ा समीर तो उसे बारहवीं करवा गया और आगे पढ़ाता पर छोरी पेट में पड़ गई। नहीं तो बी.ए. पास मास्टरनी बना देता।"

पहली फिर कहती, "छोरा तो बेचारा गऊ था। कमाने भी लुगाई के लिए ही गया। उसे क्या पता यही पीछे से ऐसे कालिख पोत देगी।"

"सीमली को देखकर मेरे वाली भी बहुत फुदकी थोड़े दिन तो। मैं भी आगे की पढ़ाई पूरी करूं! पर मैंने तो छोरे को ऐसी पट्टी पढ़ाई कि क्या मजाल दुबारा मेरे सामने जिद कर जाए।" फिर बात में बात होती और यूं सब मिलकर अपना-अपना पेट उतारती।

समीर की मौत की खबर से रहा-सहा संशय भी गांव वालों के मगज से निकल गया। कुछेक ठाले आदमी कहते, "अरे नाटी इसका तो हम भी क्या कर सकते पर किसी जात वाले के साथ ही गई हो तो भगवान भला करे उसका। परजात में गई होगी तो गांव की नाक जानी है। आज नहीं तो कल पता चल ही जाएगा फिर पूरे गांव को नीची गाबड़ करके चलना पड़ेगा। दूसरे गांव वालों के सामने। अभी तक तो बेचारी माई ही लाज से मरी जा रही है। पता चलते ही गांव वालों की भी इज्जत उतरते वक्त नहीं लगना है।"

"कोई कहता मैं तो कल ही भैरूजी के प्रसाद बोलकर आया। जात वाले के साथ ही गई हो। पता चलते ही प्रसाद चढ़ाऊंगा।" दूसरा कहता।

एक अधेड़ काफी देर से सुन रहा था। अब उससे रहा न गया। मुंह से तम्बाकू की गोटी निकाल कर दूर फेंकी। हाथ पर मुंह फेर, धोती के हाथ पोंछता कहने लगा, "अरे मैं तो कहता हूं कि अपने गांव में क्या मर्दों का अकाल पड़ गया! यहीं देख लेती किसी को। कम से कम बात दूसरे गांवों तक तो नहीं जाती।" कहकर ठठाया।

पास बैठा एक बुजुर्ग मुंह बनाता बोला, "कीड़े पड़ेंगे तेरे मुंह में। तेरी पोता बहू से कुछ ही बरस बड़ी होगी वह। कुछ तो लक्खण रख। बोलने से पहले कम

से कम अपनी उम्र का तो लिहाज कर लिया कर।''

पर उस पर कोई खासा असर नही पड़ा। खी...खी...कर हंसने लगा।

सीमा को शहर में एक बार तो बसर का ठिकाना मिल गया। हर रोज वह मन्दिर परिसर में झाड़ू-पौंछे करती। सीढ़ियों में पानी डालकर धोती साफ-सफाई करती। पुजारी खुद के लिए खाना बनाता। उसमें से थोड़ा उसे भी दे देता। कई बार बना-बनाया खाना ही आ जाता। पूरा एक सप्ताह बीतने को आया सीमा को शहर आए। गांव से उसकी कोई सखी या पीहर वाले फोन न कर दें, जिसके कारण फोन बंद कर डाल रखा एक ओर। रात-रात भर वह समीर के बारे में सोचती रहती। क्या वाकई लोगों की कही बात सच है। कहीं ऐसा तो नहीं कि उसने किसी और से ब्याह रचा लिया हो। अकस्मात् उसे एक घटना स्मरण हो आई। वह चौथी क्लास में पढ़ती थी तब की बात होगी। अंग्रेजी के मास्टरजी ने सुनाया था यह वाकया। उनका भाई भी परदेस गया था, एकबार वहां की भाषा बोलने-समझने में उसे थोड़ी परेशानी हो रही थी, साथ ले जाने वाला गोठी तो नौकरी बता कर गया अपना काम संभालने। अचानक उसके पेट में जोरों का दर्द उठा। पीड़ा असहनीय थी जिसके कारण वह तो लोटने लगा जमीन पर और मालिक की बेटी को हाथ से पेट की ओर संकेत करता समझाने की कोशिश करने लगा कि उसे अस्पताल पहुंचा दे। लेकिन मालिक की बेटी ने तो अभद्रता का आरोप लगाकर सीधा पुलिस के हवाले कर डाला। यह वाकया सुना कर मास्टरजी छात्रों को समझाना चाहते थे कि अंग्रेजी नहीं आती तो ढोरों के समान हो। कोई वेल्यू नहीं देश के बाहर। वह कांप उठी, कहीं समीर के साथ भी...। पसीने से तरबतर वह थरथरा उठी।

दूसरे ही पल वह खुद को दिलासा देती कहने लगी, ''नहीं-नहीं। समीर को फर्राटेदार अंग्रेजी आती है। ऐसा कुछ भी नहीं हुआ होगा।''

बुधवार का दिन। सुबह होते ही श्रद्धालुओं का रेला चालू हो जाता। भीड़ चालू हो, उससे पहले ही वह सफाई कर लेना चाहती थी। पौंछा फेरते उसका हाथ एक जोड़ी जनाना पैर पर पड़ा। बायें पैर पर बोर-सा निकला फोड़ा। वह ऊपर देखती, तब तक वह पैर भीड़ में आगे निकल ली। वह भीड़ का दर्शन कर पुनः सीढ़ियां उतरने का इंतजार करने लगी। उसका ध्यान चेहरे से ज्यादा पैरों पर था। सीढ़ियां उतरती एक-एक जोड़ी को बड़े गौर से देख रही थी वह। अचानक उसके मुंह से निकल गया, ''निर्मला!''

एक औरत चौंकी। ठहरी। हुबहू निर्मला। सीमा को अपनी आंखों पर यकीन

ही न हुआ। मारे खुशी के उसका गला रुंध–सा गया।

उसके पांव पर फिर नजर डाली। फिर चेहरे पर। फिर बोली, "निर्मला!"

"सीमा! तू यहां कैसे री?" कहते हुए उसे गले से लगा लिया।

"बड़ी लम्बी कहानी है निमू।" आंखें छलछला आई उसकी। हाथ में पकड़ा पौंछा एक ओर फेंकती वह नीची निगाहें कर बोली।

"ले चल! उधर चबूतरे पर बैठकर बात करते।" निर्मला ने कहा।

"मन्दिर के पीछे मेरा कमरा है। चल उधर ही बैठते।"

दोनों पीछे कमरे की ओर आ गई। भीतर से हल्की आवाज आ रही थी। शायद बच्ची उठ गई।

अन्दर बैठकर सीमा ने पूरी कहानी निर्मला को सुनाई।

"अब तनिक भी चिंता न कर। चल मेरे साथ।" बच्ची को उठाती निर्मला बोली।

पुजारी जी को प्रणाम कर वह चल पड़ी सखी के साथ।

कुछ ही दूरी पार कर निर्मला के पैर थम गए। "ले आ!" एक संकरे से दरवाजे की उसने बेल बजाई।

"यह तेरा घर है निमु?"

निर्मला ने हां में गर्दन हिलाई।

"मैं यहीं तो आकर बैठी थी उस रोज जब गांव से आई थी। बरसात से भीगने से इसी छज्जे ने बचाया मुझे और मेरी बेटी को।"

"तू फिक्र न कर! यहां रह मेरे पास। हमारी यह आटा चक्की की दुकान है। अच्छा बसर हो जाता है। पास वाला मकान भी अपना ही है, किराए दे रखा है। अच्छा किराया आ जाता है इसका भी। तेरे भी जल्दी की कुछ इंतजाम कर देंगे। एकदम चिंतामुक्त हो ले।" सीमा सारा गम भूल गई। कल तक भगवान को सिर्फ पत्थर कहने वाली आज सखी से कहने लगी, "निमु भगवान कहीं न कहीं किसी न किसी रूप में है तो सही। आज ऐसी विपत्ति के दौर में तुझसे मिलना कोई दैवीय शक्ति का ही साथ है।"

"ईश्वर नहीं होता तो यह दुनिया कैसे चलती? ऊपर वाले से आस्था नहीं हटानी चाहिए।" उसकी मर्जी के बिना तो एक पत्ता भी नहीं हिलता। तुम चिन्ता न करो। समीर जल्दी ही लौट आएगा। कुछ नहीं हुआ उसे।"

"..." कुछ नहीं कहा गया सीमा से। उत्तर में सिर्फ सिर हिलाया।

जिन्दगी से तो अब कोई मोह नहीं रह गया। पर बस बेटी की खातिर यह नर्क भरी जिन्दगी जीनी थी उसे। शहर आकर उसे निर्मला से थोड़ा संबल मिला। गांव में तो वह हर रोज टूट रही। बाहर वालों की भी परवाह नहीं की पर जब सास ही बेगानी हो ली तो कैसे रहे उसके सामने। वह अपनी सखी से कहती, ''निमु! देख न कैसी अभागी हूं री मैं, अपनी आंखों के सामने पति की तस्वीर पर माला चढ़ते देखती रही। सास दहाड़े मार-मार कर रोई मेरे समीर की मौत होना कबूल कर तो पूरी गली की औरतें उसे नहलाने आई। मुझ पर थू...थू...थूकती मौत की सारी रस्में पूरी की गई। पूरे गांव वाले मुझे विधवा की नजर से देखते। बाहर निकलती तो सवेरे-सवेरे मेरा मुंह नही देखती। मेरे सिंदूर पर सवाल और बिंदी पर बातें करती। सब सह रही थी मैं। पर मेरी डोकरी ने तो जैसे मेरी उम्मीद का दीपक ही बुझा डाला। मजबूरन मुझे घर छोड़ना पड़ा।'' कहती वह बच्चों की मानिंद बिलखने लगती।

''न रो री! इस नन्ही जान की खातिर खुद को संभाल और अब तो मैं हूं तेरे साथ खड़ी।'' चूक.....चूक...करती चूमती निर्मला उसे ढाढ़स बंधाती।

''अगर गांव वालों की कहीं बात सच भी है न तो भी मैं डोकरी की अन्त समय तक समीर बनकर सेवा करती। पर उसने तो मुझे जीते जी मार डाला।'' आंसू पोंछती सीमा कहती। शहर में आए हुए भी करीबन सीमा को चार माह बीत गए। अपने घर में निर्मला ने उसे रहने को एक कमरा दे दिया। अनाज पिसवाने में वह भी निर्मला की मदद करती। खाना दोनों मिलकर बना लेती। दो महीने बीतने को आए सीमा को यहां रहते-रहते।

एक रोज निर्मला का सवेरे-सवेरे मोबाइल घनघनाने लगा। वह पति के टिफिन बनाने के लिए आटा गूंथ रही। पास ही सीमा सब्जी काट रही थी।

''सीमा देख तो सुबह-सुबह कौन है?''

''तुम्हारे भाई विजय का फोन है।'' सीमा बोली।

''उठा कर लाउड पर कर दे।'' हाथों से आटा हटाते निर्मला बोली।

''मेरी जानकारी मत देना। देख किसी को खबर नहीं होनी चाहिए कि मैं यहां हूं।''

''चिंता न कर फोन उठा।'' सीमा ने फ्रिज पर पड़े फोन का हरा बटन दबाकर आवाज तेज कर दी।

''हैलो! जीजी।''

"हां बोल।"

"तुम्हारी वो सहेली थी न जो सुसराल से भाग गई किसी के साथ। अरे! क्या नाम था? हां सीमा...सीमा।"

"आगे बोल।" निर्मला तैश में बोली।

"उसका पति विदेश से लौट आया।"

"क्या? क्या कहा। समीर लौट आया?" दोनों के मुंह से यह वाक्य एक साथ निकले।

"निमु! निमु मेरा समीर आ गया। ले तू मुझे पहली बस में बिठा दे। पांख होते तो मैं उड़कर चली जाती।"

"धीरज धर सीमा! धीरज धर। तेरे आने के बाद गांव में क्या-क्या बातें हुई होंगी, इसका तुझे अंदाजा भी है। किसे पता की तू यहां मेरे पास है। तेरा पति प्रमाण मांगेगा। अब तक तो उसके कानों के कोकरवें झूठ से भर चुके होंगे। तू अकेली मत जा। मैं भी चलती हूं तेरे साथ।"

"अरे मेरा समीर बहुत खुले दिमाग का है। वह किसी की बातों पर भरोसा नहीं करेगा। देखना जाकर सवाल तो मैं करूंगी उससे। आखिर कहां था वह।" निर्मला के लाख समझाने पर भी वह नहीं मानी और निकल ली।

बस चल पड़ी। रास्ते भर सोचती जा रही थी कि, जाते ही पूछेगी कि कहां थे तुम इतने समय? कम से कम अब सलामती की सूचना तो दे ही सकते थे। तो फिर क्यों नहीं भेजी कोई चिट्ठी पत्री? क्यों गायब से हो गए? और देखना माई की सारी बातें कह सुनाएगी कि कैसे उसने उसे मरा मान लिया और तुम्हारी सीमा को घर से कैसे निकाल दिया। आज जवाब देगी वह उन औरतों को जिन्होंने उसे इतना जलील किया। देखना समीर एक-एक को ऐसा लताड़ेगा और माई, वह तो आज न बेटे से नजरें मिला पा रही होगी न मुझसे मिला पाएगी। डोकरी जाते ही मुझसे माफी की नौटंकी करेगी। होगा, माफ कर दूंगी। क्या चाहिए डोकरी से मुझे। मेरा समीर लौट आया, इससे बढ़कर और क्या हो सकता है मेरे लिए। वह सोच की गहराइयों में गोते लगा रही थी कि कंडक्टर ने आकर उसकी तंद्रा तोड़ी।

"कहां जाएगी बैनजी?"

ब्लाउज में दबे बटुएं से मुड़े-तुड़े नोट निकालकर उसने किराया चुकता किया। फिर सोच में खो गई। घर जाते ही मांग में सिंदूर भरकर मोटी-सी बिंदी लगाऊंगी। फिर हैडपंप पर जाऊंगी। देखना वे सारी की सारी औरतें मुझे देखकर

जमीन में धंस जाएंगी। हृदय में खुशी के बादल उमड़कर आंखों के जरिए बहते जा रहे थे।

लो सोच-सोच में ही रास्ता कट गया। गांव के घर दिखने लगे। कुछ ही मिनट में बस रुकने वाली है। वह थैला और बेटी को उठाए उठ खड़ी हुई।

गांव के गुवाड़ में पहुंचते-पहुंचते खुशी में उसके पांव मण-मण के हो लिये। दस मिनट का रास्ता उसे लग रहा था वह आधे घण्टे में पार कर पाएगी। पर रास्ते में मिलती औरतें उसे देखकर मुंह बिचका रही। फिर उसने एक से पूछ ही लिया, ''समीर आ गया? यह सच है न भाभी?''

''सौ टका सच है। पर यह भी तो झूठ नहीं कि उसकी लुगाई पूरे छह महीने जाने कहां और किसके साथ बिताकर आई?'' औरत ने मुंह कसैला करते हुए जवाब दिया।

''यह क्या कह रही है? मैं किसी के साथ भाग थोड़ी गई थी। देखा नहीं कैसे माई ने मुझे मारपीट कर घर से निकाला।'' सीमा ने टूटे शब्दों में आधा-अधूरा जवाब दिया।

''वा जा टेम न खराब कर। अभी पूरा गांव सवाल करेगा। तेरा पति प्रश्नों की पोटली लिए बैठा होगा जा।'' औरत टोन करती आगे निकल ली।

''स्साली सब की सब गंवार है। थोड़ा बहुत पढ़-लिख गई होती न तो ऐसी घटिया सोच ही न लाती। खैर मुझे गांव वालों से क्या लेना-देना। मेरा पति सलामत है। वह साजा-सुरा रहे। भाड़ में जाए गांव वाले। अब वह किसी से सवाल या जवाब नहीं करेगी। लम्बा घूंघटा खींच डाला और लम्बे-लम्बे डग भरती आ पहुंची घर के बाहर तक। गला खंखार कर बगल में थूका। आंखों में जमे खार को पोंछ डाला पल्लू से यह कहते हुए कि जा अब तेरी इन आंखों में जरूरत ही नहीं। अब तो सुरमा सजेगा मेरी आंखों में। मुस्कराती हुई भीतर गई। पर यह क्या! भीतर का नजारा देखकर वह थोड़ा डरी। समीर को चार-पांच आदमी घेरे बैठे थे। पास में माई भी सुबके भर रही। वह दौड़कर समीर से लिपट जाना चाहती थी। पर यह पंचायत क्या कर रहे पड़ोसी? वह कुछ समझ पाई उससे पहले ही माई ने कड़कदार आवाज में कहा, ''रुक जा वहीं। खबरदार जो मेरी दहलीज पर पांव रखने की हिमाकत की तो।''

इस डोकरी में इतनी हिम्मत कहां से आ जाती है, समझ नहीं पड़ता। समीर ने मुड़कर उसकी ओर देखा। पास बैठे लोग एक साथ उठ खड़े हुए और बाहर

की ओर चल दिए।

"बेटा पूछ इस रण्डी से कि किसके घर रहकर आई है यह। पूरे गांव में बदनामी करवा कर अब क्या करने आई है यह यहां पर। मुंह दिखाने लायक नही छोड़ा।" माई, बेटे में बारूद भरने का पूरा प्रयास कर रही थी। सीमा को लगा वह डोकरी को टोकेगा। पर ऐसा नहीं हुआ। उसने सीधा मां का साथ देते हुए कहा, "कहां थी छह महीने से? माई के सवाल का जवाब दे।"

सीमा को काटो तो खून नहीं। उसके शरीर की सारी ताकत जाती रही। सारा लहू निचोड़ डाला इस सवाल ने तो उसका। क्या बोले वह। मिट्टी की मूरत-सी हो ली। समीर फिर बोला, "क्यों गांव से किसी ओर के पति नहीं गए परदेस? तुझे इतना भी सब्र नहीं हुआ री। कि तू छी!" कहते हुए समीर ने अपनी छोटी-छोटी आंखों को पूरी ताकत से मींचा। दो बूंद खारा पानी गिरा उसकी बनियान पर।

"निकल ले, चुपचाप यहां से। कहीं मेरा हाथ उठ गया तो ठीक नहीं होगा। ओझल हो जा मेरी नजरों से।" इस बार उसकी आवाज में चीख थी। उसकी इस चीख ने ही सीमा को बोलने की ऊर्जा दी। उसने छोरी को कांख से उतारा। थैला बगल में डाला। फिर बोली, "समीर, तुम माई के भरमाए हुए हो। पहले सच कितना और झूठ कितना यह तो जान लो।"

"क्या जान लूं! यहीं न मेरी लुगाई पराए मर्द के साथ गुलछर्रे उड़ाती रही। मेरी पीठ पीछे। तुम जहां से आई न, वहीं चली जाओ। इसी में तुम्हारी भलाई है।"

"तुम तीन साल कहां रहकर आए? इसका जवाब ही दे दो। छोड़ दूंगी तुम्हारा घर। कितनी रांडे करी तीन सालों में? बोलो समीर। यह सब मैं तुम्हें सात जनम में भी नही पूछती पर तुम।" क्रोध में सीमा बोले जा रही।

शोर-शराबे से बाहर भीड़ जमा हो गई। सभी इस कदर देख रहे मानो कोई उल्का पिण्ड आ गिरा हो।

समीर के आने का अचरज नहीं सबको सीमा के लौट आने का अचरज था। औरतें कह रही थी, "पति मरा जानकर भाग गई थी और कितनी बेशर्मी से वापस आ गई। भई कमाल का जिगरा है।"

दूसरी बोली, "हमारी बहू-बेटियों को न दे भगवान ऐसा कमाल का जिगरा। इज्जत बेच आई। राम...राम। बेचारी माई का बुढ़ापा बिगाड़ दिया।"

"समीर, इन्हीं औरतों ने मेरा जीना मुश्किल कर डाला था। माई ने मुझे धक्के मार कर बाहर किया। जिसमें इन्होंने पूरा सहयोग किया। तुम्हारा अन्तिम संस्कार

तक करवा दिया माई से।''

''जो भी हो, तुम तो मेरे काम की नहीं रही न। जूठन चाटने की मुझे आदत नहीं। इस घर में या तो तुम रहोगी या मैं।'' सुनकर सीमा को काटो तो खून नहीं। आज उसके विश्वास के कतरे-कतरे आंसुओं के साथ बहते चले जा रहे थे।

अपना घर

डॉ. रेणुका व्यास 'नीलम'

15 जून, 1970 को जन्मी डॉ. रेणुका व्यास की अब तक हिंदी एवं राजस्थानी में कुल पांच पुस्तकें प्रकाशित हुई हैं। स्त्री विमर्श पर आपका निबंध संग्रह 'स्त्री देह का सच' खासा चर्चा में है। कुछ पुरस्कार भी मिले हैं। विभिन्न सामाजिक संस्थाओं में सक्रिय भागीदारी है। रोजगार के लिए सरकारी स्कूल में अंग्रेजी व्याख्याता। आपकी कहानियों में स्त्री की स्थिति को लेकर गंभीर सवाल उठाए जाते हैं, जिनका जवाब आज का यह समाज नहीं दे पा रहा है।

पता : 'श्रीकृष्णम्'
सीताराम द्वार के अंदर,
बीकानेर-334001
मोबाइल: 9414035688
ई-मेल : drrenukavyas-neelam@gmail.com

कमरे के बीचों-बीच अस्त-व्यस्त बैठी गरिमा फूट-फूट कर रो रही थी। घर और आस-पड़ोस में समझदार मानी जाने वाली अपनी चौबीस वर्षीया बड़ी बहन को यों बिफरा हुआ देखकर, दोनों छोटी बहनें कुछ सहमी हुई थीं। छोटा भाई राकेश ढिठाई से हंसता हुआ उसका कंधा थपथपा रहा था। रसोईघर से मां की आवाज सुनाई दे रही थी, "अरे! इतना कोहराम मचाने की क्या जरूरत है? अब तू तो यहाँ रहती नहीं, ऐसे में अगर तेरी किताबें डिब्बों में भरकर टांड पर चढ़ा दी तो क्या गजब हो गया? कोई किताब चाहिए तो राकेश से उतरवा ले या खुद उतार ले। रो-रोकर क्यों जमीन-आसमान एक कर रही है?"

हथौड़ा-सा लगा गरिमा के दिल पर।

वह आंसू पोंछती हुई मां के पास जाकर धीरे से बोली, "ऐसा कैसे कर सकती हैं मां आप? अभी मुझे नई नौकरी पर गए पच्चीस दिन ही तो हुए हैं। आपने मेरा सामान इस तरह समेट कर रख दिया जैसे मैं हमेशा के लिए घर छोड़कर चली गई होऊं।"

"अरे! किताबें ही तो डिब्बों में भर कर रखी हैं, और कौन-सा सामान समेट दिया। बोल?" माँ परात में कटी हुई सब्जी में हरी मिर्च कतरती हुई बोलीं।

"पर माँ, आप जानती हैं न, कि मेरी किताबों में मेरी जान बसती है। आप उन्हें उनकी जगह से बेदखल कैसे कर सकतीं हैं?" कहती हुई गरिमा फिर

से सुबकने लगी।

माँ चुपचाप सुनती रहीं। फिर पता नहीं क्या हुआ अचानक उन्होंने राकेश को आवाज देकर टांड पर से किताबों के डिब्बे उतारने का आदेश दिया और मुस्कुराते हुए गरिमा से बोलीं, "ले सजा ले अपनी किताबें।"

"पगली कहीं की! बिना बात दिल जला रही है।"

राकेश डिब्बे उतारकर लापरवाही से हंसता हुआ घर से बाहर चला गया। दोनों छोटी बहनें तत्काल अलमारी में किताबें जमाने में जुट गई। कुछ ही देर में कमरा फिर से पहले जैसा हो गया।

सच! कमरा तो पहले जैसा हो गया, पर गरिमा के दिल में कुछ ऐसा था जो पहले जैसा नहीं हो सका। अगले चार दिनों में सभी के साथ हंसते-बोलते, खाते-पीते और मौज-मस्ती करते समय भी उसे ऐसा ही लगता रहा मानो उसके अंदर कुछ टूट-सा गया है और वह टूटा हुआ, किताबों के पुनः अपनी जगह जम जाने के बाद भी फिर से जुड़ नहीं पाया। अकेली बैठी गरिमा सोचती, "क्या है यह सब? क्या सारा मामला सिर्फ किताबों के हटने और फिर से जमने का है या कुछ और?" बचपन से लेकर अब तक न जाने कितनी ही बार उसके खिलौने और कपड़े उसकी इच्छा के विपरीत इधर-उधर हुए थे पर तब तो नहीं टूटा था कुछ भी उसके अंदर? इस बार वह इतना क्यों बिफर गई?"

बहुत सोचा-विचारी के बाद भी जब उसे कोई स्पष्ट कारण समझ नहीं आता तो वह हार कर काम में लग जाती।

खैर! चार दिन की छुट्टियां पूरी कर, गरिमा लौट गई सुजानगढ़। अभी पच्चीस दिन पहले ही उसने सुजानगढ़ के राजकीय उच्च माध्यमिक विद्यालय में व्याख्याता पद पर नियुक्ति पाई थी।

समय पंख लगाकर उड़ने लगा। गर्मी-सर्दी की छुट्टियों के अलावा दो-चार दिन की इकट्ठी छुट्टियों में वह घर आती और स्कूल खुलने पर वापस लौट जाती।

इसी बीच उसकी शादी भी तय हो गई। सारा घर तैयारियों में जुट गया। सारी गहमा-गहमी के बीच एक दिन उसने खुद ही बड़े भारी मन से अपनी सारी किताबें डिब्बों में भरकर टांड पर चढ़ा दी।

मां ने मुस्कुराते हुए पूछा, "अब?"

"अपने ससुराल ले जाऊँगी।" रूंधे गले से उसने कहा और आंखों की कोरों पर अटके आंसुओं कों पोंछती हुई वहाँ से हट गई।

पर, ससुराल में कौन-सी जगह पड़ी थी। संयुक्त परिवार में एक कमरा ही तो था उसके हिस्से में। उसमें भी कोई बंद अलमारी नहीं थी। फिर चूहों का आतंक अलग। ऐसे में वह कभी भी मां के घर से किताबों को वहाँ लाने की हिम्मत नहीं संजो पाई।

हर साल दिवाली की सफाई के समय माँ गरिमा से किताबों के डिब्बों के बारे में पूछती, "कब ले जाएगी?" सुनकर गरिमा का मन न जाने कैसा-कैसा हो जाता। क्या उत्तर दे वह? वह खुद नहीं जानती थी।

पर हर बार कहती, "बस थोड़े दिन और।" हालांकि, इस थोड़े दिन की अवधि कितनी लंबी थी, उसे खुद ही नहीं पता था।

स्कूल के समय से ही गरिमा को किताबों से बेहद लगाव था। बहुत संभाल कर रखती थी वह उन्हें? घर की आर्थिक स्थिति ऐसी नहीं थी कि वह पाठ्यक्रम की किताबें भी खरीद पाती। उसे हर साल स्कूल के बुक-बैंक से किताबें उधार लेनी और सत्रांत में लौटानी पड़ती थी। साहित्य की पसंदीदा किताबें भी वह किसी पुस्तक-प्रेमी के निजी पुस्तकालय, स्कूल के पुस्तकालय या सार्वजनिक पुस्तकालय से उधार लेकर ही पढ़ पाती थी। सप्ताह में साहित्य की कम से कम एक किताब पढ़ना उसकी आदत हो चुकी थी। कभी-कभी तो स्कूल की पुस्तकालयाध्यक्ष झल्लाते हुए उससे कहती, "सारा रजिस्टर तो तेरे नाम से भर गया है अब और कितना पढेगी?" वह गर्व से मुस्कुरा देती।

जब किताब लौटाने का समय आता तो उसका मन रोने-रोने को हो आता। किताब को अपने सीने से लगाकर वह मन ही मन वादा करती कि जीवन में जब कभी भी उसके पास पैसे होंगे, वह अपनी इस पसंदीदा किताब को खरीदकर अपने निजी पुस्तकालय में रखेगी। न जाने ऐसे कितने ही वादे उसने अपनी किताबों से बिछड़ते समय किए थे।

कॉलेज की पढ़ाई जारी रखने के लिए उसने छोटे-छोटे बच्चों को ट्यूशन देना शुरू कर दिया। जब कभी मौका मिलता, ट्यूशन से मिले उन थोड़े से पैसों से वह अपनी पसंद की एक किताब जरूर खरीदती। इसके लिए उसे कभी-कभी माँ की डाँट भी खानी पड़ती। पर किताबें पढ़ने के अनिर्वचनीय आनंद के आगे मां की ऐसी डांट का कोई मोल नहीं था। एक-एक किताब उसने कैसे एक-एक पाई जोड़कर खरीदी थी, माँ को अच्छी तरह मालूम था। फिर भी पता नहीं क्यों, माँ का व्यवहार कभी-कभी उसकी समझ से बाहर हो जाता था। उसकी किताबों

के लिए घर छोटा था या माँ का दिल? यह पहेली कभी नहीं समझ पाई वह। घर में कौन-सी वस्तु रहेगी कौन-सी नहीं, इसका निर्णय माँ वस्तु की उपयोगिता या अनुपयोगिता के आधार पर करती थीं। उनके निर्णयों में सदा यथार्थ हावी रहता। वहाँ भावनाओं की कोई जगह नहीं थी।

मां तो गरिमा का मन नहीं समझ पाई, पर उसके जीवनसाथी मनोज ने उसे कभी शिकायत का मौका नहीं दिया। बहुत अच्छे से समझा उन्होंने उसका मन।

नया घर बनाते समय ऊपर के बड़े कमरे में गरिमा की किताबों के लिए विशेष फर्नीचर बनवाया उन्होंने। जिस दिन उसे मनोज की यह योजना पता चली, वह मनोज से लिपटकर रो पड़ी। भावावेश में सिर्फ 'थैंक्स' ही निकल पाया उसके मुँह से।

घर व्यवस्थित होने के बाद एक दिन अचानक मनोज बोले, ''चलो, आज माँ के घर से तुम्हारी किताबें ले आते हैं।'' गरिमा खुशी और आश्चर्य से उछलते हुए बोली, ''हाँ आखिरकार मेरे घर में मेरी किताबों के लिए जगह बन ही गई।''

शाम का समय था।

मनोज माँ के घर के ड्राइंग रूम में बैठे थे और गरिमा स्टूल पर चढ़ी हुई, एक टांड से दूसरी टांड, एक रैक से दूसरी रैक में किताबें ढूंढने में व्यस्त थी। लगभग एक घंटा होने को आया था पर अब तक एक भी किताब या किताबों वाला डिब्बा उसके हाथ नहीं लगा था। पसीने से लथपथ, गरिमा के दिल की धड़कनें बढ़ रहीं थीं। जब कुछ नहीं मिला तो वह धीरे से नीचे उतर आई। भाई और माँ की आँखों में गहरे तक झांकते हुए उसने बस इतना ही पूछा, ''क्या मेरी किताबें कबाड़वाले... ?'' और दो मोटे-मोटे आंसू लुढक पड़े उसके गालों पर। मानो वे भी उसकी किताबें ढूँढने निकल पड़े हों।

मां और भाई, दोनों चुप थे। गरिमा समझ गई कि किताबें घर में नहीं हैं पर वे उसे सच बताने से हिचक रहे हैं। उन्हें पांच-सात साल पहले का गरिमा का वह फूट-फूट कर रोना याद था। आज घर के दामाद के सामने वे कोई खतरा मोल नहीं लेना चाहते थे।

कोई उत्तर न पाकर, गरिमा दीवार का सहारा लेकर निढ़ाल-सी बैठ गई। मन में भावनाओं का अजीब-सा झंझावात चल रहा था। उसका मन फूट-फूट कर रोने या जोर से चिल्लाने का हो रहा था। पर घर की इज्जत की खातिर अब यह सब संभव नहीं था। थोड़ी देर यों ही बैठे रहने के बाद अचानक उसने कुछ निर्णय किया और मनोज के पास आकर बोली, ''चलो घर चलें।'' और वह सेंडिल

पहनकर तत्काल वहाँ से निकल पड़ी। मनोज भी कुछ असमंजस की स्थिति में उसके पीछे-पीछे रवाना हो गए।

माँ ने पीछे से आवाज दी, "अरी! चाय-पानी कुछ तो पीती जा! अपने घर से इस तरह भूखे नहीं जाते।"

आंखों से आंसू पोंछती हुई गरिमा बुदबुदाई, "अपना घर? कहां है अपना घर?"

प्रेम से पहले

लवलीन

10 अप्रैल, 1959 को जन्मी लवलीन राजस्थान की अत्यंत प्रतिभाशाली कहानीकारों में शामिल रहीं। उनकी पहली कहानी धर्मयुग में प्रकाशित हुई थी। इसके बाद उनका कहानी संग्रह भी आया। व्यक्तिगत जीवन में अत्यंत त्रासद स्थितियों का बड़े जीवट के साथ सामना करने वाली लवलीन बहुत कम उम्र में पांच जनवरी, 2009 को इस नश्वर संसार से विदा हो गई थीं। उनकी कहानियां स्त्री जीवन का चित्रण करती थीं। एक आलोचक ने तो लिखा भी था-वे अपने पात्रों के चरित्र-चित्रण लेखिका के रूप में न करके मनोविश्लेषक के रूप में करती हैं और यही बात उन्हें अपने समकालीन लेखकों से अलग करती है।

पार्टी की भीड़ पर उसकी नजरें फिसल रही थीं। उन्हें खोजना मुश्किल मालूम हुआ। जहां आंखों को अटना था। वहीं चेहरा ओझल था। फुरफुरी की तरह निराशा व्यापने लगी। तो... तो वे आए नहीं! ऐसा कैसे हो सकता है?

हो तो सकता है जिस पद पर वे कार्य कर रहे हैं, अर्जेन्ट कॉल के झमेले पड़े ही रहते हैं। लेकिन सूचित तो कर ही सकते थे। करना चाहिए था।

हताशा से सिर फटता-सा लगा। उन तक पहुंच पाना उसके लिए हमेशा ही मुश्किल रहा है। शुरुआत से ही। सबकुछ अनिश्चित, संदिग्ध सन्देहपूर्ण। सन्देह के रहस्य में मिलने पर कभी उल्लासपूर्ण ताप चढ़ जाता तो कभी उचाट ठण्डापन। निष्कर्ष तक न पहुंच पाना उसे बहुत क्षुद्र और कातर कर जाता। उनके व्यवहार में कुछ ऐसा अनिश्चय था कि वे उसे कभी बहुत करीब और कभी दूर खड़े अजनबी की तरह लगते थे। कभी झलझलाती रंगीनी भरी तबीयत तो कभी खाली मटके-सा भाखता रीतापन। अपने मूड का उनके रिस्पॉन्स पर आश्रित होना उसे बहुत अपमानजनक लगता। कई बार गुस्से में बड़बड़ाई है, "ऐरोगेन्ट सेल्फिश, टाइम केलकुलेटिंग मेन!"

"क्यों आलतू-फालतू सोच कर मन मलिन कर रही है?" उसने सख्ती से बिखरते हुए मूड को कसा और एकाग्र हो दुबारा छितरी भीड़ को आंखों में समेटने लगी।

"हैलो! क्या देख रही हैं, लंच लीजिए! प्लीज।" मिस्टर सिंह थे।

"कुछ नहीं।" हकबकायी-सी वह अपने फीके चेहरे को मुस्कान से सायास सहज करती हुई उनके साथ घिसटते हुए तकल्लुफी बातों में अपने आप को खपाने लगी।

"गुड गॉड।" वह दूर-दूर तक देख रही थी। वे अब करीब ही थे। उसकी दाहिनी ओर की सर्विस टेबल के पास प्लेट पकड़े हुए किसी से बतिया रहे थे। वह मिस्टर सिंह को दरकिनार करते हुए आतुर कदमों की डगमग चाल से उन तक पहुंची।

"कब आईं?"

"कुछ देर पहले।" कहकर वह अभिमुख थी। उनके आस-पास की भीड़ से चेतस जबरन सादा मुस्कुराहट में भी उसे व्यंजना भरे अर्थ की कौंध लपकती-सी लगी। वह गुस्सा भूल सहज हो गई। स्तब्ध आंखों की टकटकी जब झेली नहीं गई तो झंपायी-सी सामने दहकी धूप में चटकीले फूलों की सघन क्यारी को निरखने लगी। वे लोग पहले भी मिलते रहे हैं। औपचारिकता से बंधे विभागीय बैठकों में। परसों ही उनका फोन आया था।

"तुम आओगी? पार्टी में वहां से कहीं चलेंगे। हमें बात करनी चाहिए। वी मस्ट।"

"आर यू सीरियस?" बात काटते हुए वह अपना सन्देह जुबान पर लाने से रोक न पाई थी।

"तुम आओगी तो बात करेंगे, प्रॉमिस।" और फोन चुप पड़ गया था। उसका जवाब 'श्योर' उसके कण्ठ में ही अटका रहा गया था।

"लन्च नहीं लोगी?"

"लन्च लेकर ही चली थी।" बिना सोचे-समझे मुंह से निकल गया। लंच पार्टी का निमन्त्रण हो तो कोई ऑफिस से लंच लेकर निकलता है? अपनी हड़बड़ाहट पर वह स्वयं विस्मित थी।

"कुछ स्वीट ही ले लो।"

अधीनस्थ की तरह आदेश की अनुपालना में यंत्रचालित-सी उसने प्लेट उठाई और टेबल की ओर बढ चली। अब वह उनके सामने लॉन में कुर्सी पर बैठी हुई चम्मच से छोटे-छोटे कौर निगल रही थी।

कुछ दिनों से वह परेशान थी। असमंजस में थी। भीतर से उठती चेतावनियां।

तुम फिर खतरा उठा रही हो। दांव पर लगा रही हो अपनी स्वतन्त्रता-निजता। वह बहरी बनी हुई थी और प्रतीक्षा के आकुल तनाव में थी। कभी-कभी हम बेसबरे होकर प्रतीक्षा भी करते हैं और सद्य: जन्मे बच्चों की तरह घटित नए संसार में प्रवेश के डर से मुट्ठियां कसे रहते हैं। दो आसक्त व्यक्तियों का अपनी-अपनी खूंटियों से छिटक कर मुठभेड़ की आत्मविध्वंसक घटना। संघर्ष की चकाचौंध चिनगारियों से नजर चुरा लेना मुश्किल है। इस दुर्घटना के बाद ही सम्बन्ध की नींव पड़ेगी। असहनीय जान पड़ता है सब कुछ, कल्पना का सच ज्यादा विकराल होता है। घटित न होते हुए भी मानसिक आवर्तन के कारण हमेशा ग्रसित किए रहता है। वह हैरान और आकुल थी। रसज्ञता के मुहाने पर विगत जीवन के विषाक्त अनुभवों के पत्थर क्या पिघल गए हैं? मरणासन्न कर देने वाली घुटन से वह तलाक द्वारा निजात पा चुकी है।

जीवनयापन की आत्मअन्वेषित शैली में नियोजित-व्यवस्थित हो गई है। दुबारा भावुकता के दलदल में खुद को लथेड़ना फिर खुद ही अपनी आशंकाओं का प्रतिवाद करने लगी। पत्थर की लकीर से ढले व्यक्तित्व का क्षरण कहीं संभव है? यह तो जीवन में सरसता की छोटी-सी मांग है। जिसे स्वीकार कर वह आज यहां उनके बुलाने पर आ गई है।

सोच के बोझिल अंधड़ से अकुलाई आंखें उनके चेहरे पर केन्द्रित हो गईं। जैसे सारी ऊहापोह और शंकाओं का समाधान उनके चेहरे पर लिखा हो। क्या ये सही है, सचमुच मैं आकर्षित हूं, चाहत में हूं?

उनका प्लेट पर झुका चेहरा ऊपर उठा। अब उसकी प्लेट पर सिर झुकाने की बारी थी। क्या अब सोचने और निर्णय लेने को कुछ नहीं बचा है? संशय के ये कैसे फनफनाते पल हैं जो प्रेम से पहले घुमड़ते हुए सिर उठा लेते हैं।

एक सज्जन उनसे बात करने के लिए आए। वह भी कुर्सी से उठ गई। उसका परिचय देते हुए वे दृढ़ता से 'माय फ्रेण्ड' कह गए। तो उन्हें वह स्वीकार्य है और उसे? बेचैनी भरी ऐंठन उठी और वह घबरा कर इधर-उधर देखने लगी। घास शारदीया धूप में गीले पुते रंग-सी तरल-चटख थी। कच्ची फुलवारी की कतारें शोख रंगों का झमाझम आलोक बिखेरती हुई इठला रही थीं। हठात् वह चौंकी। उन दोनों की बातचीत तीखी हो गई थी। बातचीत में से चाकू पर धार चढाते समय जैसे स्फुलिंग छूट रहे थे।

वे सज्जन क्रोध में पांव पटकते हुए चल दिए। वे दोनों वापस अपनी-अपनी

कुर्सियों पर थे। वे खासे विचलित नजर आ रहे थे। धीमी लय के साथ नकारात्मक ढंग से सिर को दाएं-बाएं घुमाते स्वयं से उलझे हुए थे। ऐसी देह मुद्रा-जब आप जो कहना चाहते हैं, माकूल समय पर कह नहीं पाते हैं। बाद में पछताते हैं।

प्रशस्त पेशानी पर मध्यम वयस की रेखाएं। निखरी आंखों की कोरों पर उम्र की चुगली महीन झुरियां। तीखी नाक। पार्श्व से देखने पर यह तीखापन चुभता-सा लगता है। सजग गाम्भीर्य की तनी भावमुद्रा! प्राय: उन पुरुषों में देखने को मिलती है जो अपने ध्येय और उसके कौशलपूर्ण निर्वाह की सतत चेतना से आदीप्त रहते हैं।

अन्तरंग पुरुष द्वैतियक हो ओझल हो जाता है। देखने-जानने वाले को इस आयास सजगता से ही संतोष करना पड़ता है। लेकिन आज इस मुद्रा में वे उखड़ गए थे। बेहद साधारण और निरुपाय नजर आ रहे थे।

उन्हें इस मालिन्यपूर्ण मन:स्थिति से बाहर निकालने के उद्देश्य से ही वह हस्तक्षेप कर उठी।

"क्या बात है? वे कौन थे?"

"कुछ नहीं।" कहकर उन्होंने फिर सिर को पछतावे वाले अन्दाज में झटक दिया।

वह उन्हें 'बताओ न, बताते क्यों नहीं' वाली मुद्रा से कुरेदती रही। वे अनिच्छापूर्वक बताने लगे। स्वार्थों के टकराव और पदोन्नति का विभागीय किस्सा। बहस का अन्त ट्रिब्यूनल में केस चलाने की धमकी से हुआ था। फिर स्वयं ही अप्रीतिकर घटना की तात्कालिकता से उबरते हुए बोल उठे, "चलो! कहीं चलते हैं।"

बाहर निकलने में ही दस-पन्द्रह मिनट लग गए। ऐन पार्टी के बीच में से उन्हें जाता हुआ देखकर सभी को उनसे महत्वपूर्ण बात निपटाने की जरूरत महसूस हो उठी थी। बे खींझ दबाते हुए लोगों से निपट रहे थे।

उन्हें कोफ्त महसूस होने लगी। इस तरह पार्टी के बीच से उठ कर जाना नोट कर लिया जाएगा। सत्रह-अठारह साल की होती तो दुनिया मेरी जूती की नोक पर की आलम फरेब मुद्रा में कन्धे उचका कर पीछे-पीछे चल सकती थी। मध्यम वयस के पक्केपन में अंजाम की सजगता पांव बांध देती है। 'भावात्मक आवेग से जुड़ने में परिपक्वता उतनी ही बड़ी बाधा है, जितना अबोध वय का जोश।' सोचते हुए वह उनके खाली होने का इंतजार करने लगी।

कार में बैठते हुए वे मुक्त ढंग से मुस्कुराते हुए बोले, "सॉरी! बोर किया न तुम्हें।"

"इम्पोर्टेंट आइडैन्टिटि। आपको तो अच्छा लगता होगा।"

"लगता है - पर हमेशा नहीं, खासकर जब आप अकेले हो जाना चाहें।"

दोनों मुक्त हास से हल्के हो गए। सामान्य वार्तालाप में अन्तरंगता के सूत्र जुड़ने लगे। हवा में डोलती अकेली घास की तन्वंगी तने-सी सरसराहट उसे अपने में व्याप्त लगी कुछ अचाक्षुष-सा घटित होता हुआ छाता चला जा रहा था और वह गहरी सांस लेते हुए बेसुध-सी सब समेटते हुए पोसरी होती चली जा रही थी।

अजीब बात थी, अन्तःचेतना का एक अंश उमड़ता हुआ इस नशे का विरोध करता हुआ चेतावनियां ठोक रहा था। उसे ध्यान आया। अभी जिस व्यक्तित्व के आकर्षण से वह अपने आपको विवश पा रही है, थोड़ी देर पहले वह कितने साधारण निरुपाय नजर आ रहे थे और अब जिसे हम जुड़ना कहते हैं, वह आदर्श छवि तोड़कर प्राप्ति का सहज वरण है या उस स्वप्न-छवि की टूटी प्रतिमा का पुनर्निर्माण? वह सचमुच असमंजस का शिकार हो चली थी। क्या वह इस रिजिडनेस को विर्दीण कर भीतरी परत को देखना-भोगना चाहती है?

लेकिन वह उत्फुल्ल-प्रसन्न थी, उनके साथ। यकीनन थी। क्या यही काफी नहीं?

बड़े होटलों की चमाचम सजावट उसे हमेशा पटाखों-सी फूटती दुःसह जान पड़ती है। लप-झप में आंखें बार-बार जा अटकती हैं। सोचने-महसूसने की एकाग्रता भंग हो जाती है।

वे दोनों कॉफी पी रहे थे।

अपनी तरफ एकटक नजरों की बौछार से वह सकुचा गई। गालों पर सुर्ख आंच थिरकने लगी। आक्षेप भरी नजरों से उलाहने लगी। "क्या देख रहे हो? देखना अब भी बाकी है?" कुछ कहने की तत्परता क्षणांश भर के लिए उठी। फिर लुप्त हो गई। आरक्त आंखों में गुलाब के फूलों का रंग था।

"क्या प्रोग्राम है?"

"आप बताइए।" वह इतना ही कह पाई। "आपने बुलाया है।" कहने की इच्छा घोंट गई।

"नथिंग स्पेशल।" वे उकसाते हुए शरारतन मुस्कुरा रहे थे।

मुस्कुराहट तो ठीक है लेकिन वे एक हाथ से दूसरे हाथ का नाखून छील रहे थे। उसने गौर किया। हाथ असामान्य थे-सफल व्यक्तियों की तरह मध्यमा की ऊंचाई को छूती अन्य उंगलियां। नाखून छीलने की मुद्रा खासी अभद्र थी। उसकी इच्छा हुई उन्हें टोक दे। नाखून इस तरह मत छीलो, इसका मतलब होता है

प्रेम उपजे या न उपजे। अधिकार का अंकुश भाव उससे पहले आ जाता है। उसने पर्स से इलायची निकाल कर आगे बढ़ा दी।

''यह पान-सुपारी, इलायची छोटे-छोटे अपराध मैं नहीं करता।''

''बड़े अपराध करने का शौक फरमाते हैं?'' शब्दों की सादी बिसात के पीछे रसिकता का पुट चकचका गया।

''हां करता हूं, कर रहा हूं।'' कह कर उन्होंने धीरे से आंख दबाई।

वह अजीब उत्सुकता की उठान से उद्धत हो गई। उनकी जिन्दगी के छिपे कोने में दबे पांव निःशंक घूमने-खंगालने की इच्छा में वह सुलगने लगी। उससे पहले कौन थी? कोई थी या नहीं? अपने-अपने पद, विवाहित जीवन और दुनियादारी से अलग नितान्त निजी परछाइयों के महीन साये, आवेग का आच्छादन, एक समानान्तर दुनिया।

वे दोनों भी तो शुरुआत कर रहे थे। अपराध के सृजन की आरंभिक लीला। ईश्वर जानता है, जिन्दगी गुनाहों पर ही टिकी है। वे चोर नजरों से घड़ी देख रहे थे।

''कहीं जाना है?''

''नहीं! आदत पड़ गई है बार-बार घड़ी देखने की। यू नो चाह कर भी इस्केप नहीं कर सकता, सब सेक्रेट्री की नोटबुक में दर्ज रहता है। अक्सर घर से फोन पर पूछताछ होती रहती है। नोटलैस खोया हुआ समय यही तो मैं चाहता हूं।'' बुदबुदाते हुए उनकी आंखों में किसी अज्ञात स्वप्न के कतरे तैर रहे थे। आर्द्र आकुलता से भरे हुए शब्द फूटे।

''खैर! तुम तो आजाद हो-फ्री बर्ड।''

''क्यों कैसे हूं?''

''मतलब तलाकशुदा हो।'' आधी बात कह कर वे सुनने की प्रत्याशा में उसे देखने लगे।

''यूं तो आजाद हूं। पर इस आजादी की अपनी गुलामी है। पुराने अनुभव और फिर अन्तरंग सम्बन्धों में जो जकड़न होती है। एक बार भुगत कर आजाद होने के बाद।'' कह कर वह बात पी गई।

सचमुच। उसने कल्पना भी नहीं की थी। बहुत-सी चीजें कल्पना के बाहर छूट जाया करती हैं। वे फिर भी बची रहती हैं। कल्पना की मुंडेर पार कर कब वास्तव के धरातल पर आ उतरती हैं, कोई नहीं जानता। कितनी कसमें खाईं थीं तलाक के बाद। कांच की किरचों-सी चुभन भरी जलन से इन रिश्तों को नहीं,

आपके कार्य को ही जीवन का ध्येय होना चाहिए। उड़ती बदलियों से नश्वर सुख कहीं नहीं पहुंचाते। लेकिन आज न केवल वह उनके निमन्त्रण पर आई है, अपितु बुलाए जाने की प्रतीक्षा भी करती रही है।

फिर अन्तर्निहित सोच को तोड़ते हुए बरबस बोल उठी, "इमोशनली डिपेंडेंस अब लगता है बरदाश्त नहीं कर पाऊंगी मैं। नामुमकिन लगता है।"

"तुम्हारी बात मैं समझा नहीं।"

"मेरा मतलब। पजेसिवनेस से उपजा, दूसरे को नियन्त्रित और शासित करने का जो मेनहुड ओरिएंटेशन है। वह बहुत।"

"दैट्स आल! जो तुम्हें हर्ट करता है। पजेसिव होना तो सम्बन्ध की स्वीकृति है। तुम खुद पजेसिव नहीं हो जातीं?"

"अभी तक तो जो सही मानती हूं उसके पालन करने का अभ्यास है मुझे।"

"यहां से चलें।" कहते हुए उनका चेहरा म्लान हो गया। वे शायद बुरा मान गए।

यह तो बहुत टची हैं। जरा-सी बात पर मुंह फुलाने वाले। ऐसा कैसे चलेगा? यह क्या झमेला पाल लिया। कार में बैठते ही उन्होंने फिर घड़ी देखी, "ओह! चार बजे सिटिंग है, अभी तो हमारे पास काफी समय है।" ड्राइवर आदेश की प्रतीक्षा कर रहा था।

"तुम बताओ कहां चलें?"

"होटल में टॉप फ्लोर रेस्ट्रां है।"

रास्ते में वे दोनों चुप थे। बतियाई हुई एक-एक बात उसके दिमाग में घूम रही थी। आवृत्तियों में घूमते हुए अनुगूंजित होकर दोहरे-तिहरे अर्थ खुल रह-रह कर उसे आक्रान्त कर रहे थे। उद्विग्न होकर वह कार की खिड़की से बाहर देखने लगी।

उन्होंने इकॉनामिक टाइम्स उठा कर पढ़ना शुरू कर दिया।

लिफ्ट में दोनों अकेले थे। पहली बार इतने नजदीक और घनीभूत आयत में आबद्ध। उसे धुकधुकी-सी महसूस होने लगी। कामनाओं की मूर्तिमान कल्पनाएं उसकी आंखों में तिरने लगीं।

होटल की छत पर कृत्रिम उद्यान था। घास नरम धूप में मखमली हरेपन में उजलाई हुई थी। सूरज पर बदलियों का पहरा था। धूप सिर्फ रोशनी थी जिसमें गमलों में लगे पौधे खोए-खोए से आत्मलिप्त खड़े थे। हर चीज ठहरी और ठिठकी हुई।

"तुम्हें खुले में बैठना अच्छा लगता है?"

"हां। बहुत।" चौंककर उसने जवाब दिया। इतनी देर की चुप्पी वे

साधारण-सी बात से तोड़ रहे थे।

''मैं अभी भी पूरा दिन बाग-बगीचों में बैठे हुए गुजार सकती हूं। कॉलेज के दिनों में तो।'' बोलते-बोलते वह रुक गई। उसे लगा इतने पीछे जाना अनावश्यक है।

''इस तरह घूमना याद नहीं। इस तरह समय गुजारा हो। बहुत ओवर पैक्ड रहता हूं। टाइम ही नहीं मिलता। यू नो! हर चीज की उम्र होती है।'' स्वर निर्णायक और निर्मम था।

वे खुद को चेता रहे हैं या उसे? क्या वे भी अनिश्चय में हैं? किनारे पर खड़े जल में हाथ डाल कर जायजा भर ले रहे हैं? यह उनकी बात का साइकिक प्रोजेक्शन है या उसके भीतर तक धंसा प्रेम के प्रति भय। वह अपने मनोभावों का प्रक्षेपण उनकी बातों में ढूंढ रही है?

''हां, होती है। हर चीज की उम्र होती है।'' कहते हुए कुछ धप से उसके अन्दर मुरझा गया। सचमुच प्रेम करने की भी उम्र होती है। इतने दिनों तक वह मरीचिका में आंखें उलझाए बैठी रही? सूरज पर से बदलियों का पहरा हट चुका था। अस्ताचलगामी होने से पहले अपनी अन्तिम आग धरती पर बेरहमी से बरसा रहा था। दूर इमारतों की छतें, पेड़-पौधे सब चमकते हुए आंखों में चिलक भरते चुभ रहे थे। वह लय तिरोहित हो चुकी थी जो दो आसक्ति भरे प्राणियों की बेमतलब बातों के बीच में से झरती रहती है।

वह अपनी ही लालसा के बूंद-बूंद सूखते चले जाने की कड़वाहट में डूब गई।

सिर्फ प्लेट से छुरी कांटे टकराते हुए खनखना रहे थे। वे दोनों ही कामना की बुझती आग के कसैले धुंआरे से घिरे बैठे थे।

प्राय: दृढ़ता के अतिआग्रही व्यक्तित्व जब कमजोर पड़कर भुरभुराने लगते हैं, अन्तश्चेतना उन्हें अपने ही बनाए कंट्रोलरूम में ले जाकर सताने लगती है। निर्मम पूछताछ शुरू हो जाती है। कोड़े बरसते हैं और आत्मपीड़न में पश्चाताप कर मुक्ति की राह खोजी जाती है।

वे पत्थर के बुत की तरह निश्चल थे। चेहरा हताशा में उघड़ा हुआ था। वह चाहती थी कि उन्हें किसी तरह आह्लाद नहीं तो सहजता की परिधि में खींच लाए। उसे यह असंभव लगा। क्या बात है? किस उधेड़बुन में हैं? पूछने का हौसला तक नहीं जुटा पा रही थी, बस यहीं दूसरे के मूड पर अपनी मन:स्थिति का पराश्रित हो जाना उसे खलता है। सामने वाला चेहरा लटका कर बैठा है, इसलिए आप भी कसमसाते फिरें। वेटर आकर ट्रे वापस ले गया।

वे दोनों टॉप फ्लोर से नीचे पहुंचने के लिए वापस लिफ्ट में थे। एक-दूसरे के आमने-सामने। एकटक नजर मिली।

आशा की तेज लहर उदासीनता को रौंदते हुए हुलस कर उठी। भीतर चेतावनी जगी। इट्स नाऊ ऑर नेवर! उसका हाथ भर छू लेने की तड़प लिये आगे बढ़ा उन तक गया और बजाय उन तक पहुंचने के बोर्ड के जी स्विच को दबा गया। लिफ्ट ग्राउण्ड फ्लोर की ओर दौड़ चली।

अफसोस भरे गहरे निश्वास के साथ उसे अपने प्राण फड़फड़ा कर बाहर निकलते से लगे।

वे खोए-खोए से निश्चल खड़े थे।

लिफ्ट रुकी और तीसरी मंजिल से लोग भीतर आ गए।

यह वास्तव में हुआ था या विभ्रम था? खामोशी में सनसनाता प्रश्नचिह्न उसकी आंखों में खुबा हुआ-उनकी ओर ताका किया।

लिफ्ट से बाहर आते ही उसे लगा कि वह सूना चौखाना ही बेहतर था। वहां संभावना थी। जिसे दोनों के संशय ने नष्ट कर दिया था। यह संकोच था या आशंका, जिसकी वजह से प्रेम की दुर्घटना खण्डित हो गई या स्थगित हो गई?

वह सोच-सोच कर उदासी में कलपने लगी। निर्णय की प्रतीक्षा का लम्बा रास्ता उसके पांवों के नीचे अगोरता खड़ा था।

इला न देणी आपणी

डॉ. लक्ष्मी शर्मा
महाविद्यालयी शिक्षा से सह आचार्य हिंदी के पद से सेवानिवृत्त डॉ. लक्ष्मी शर्मा के दो कहानी संग्रह एवं दो उपन्यास प्रकाशित हो चुके हैं। कथेतर विधाओं में भी आपकी पुस्तकें आई हैं। वे 'समय माजरा' एवं 'अक्सर' जैसी गंभीर साहित्यिक पत्रिकाओं के संपादक मंडल में शामिल रही हैं। आपकी कहानियों में स्त्री जीवन को बखूबी चित्रित किया गया है। फेसबुक पर प्रकाशित स्त्री सरोकारों की कविताओं का संकलन 'स्त्री होकर सवाल करती है' भी खूब चर्चित हुआ है।
पता : 65 विश्वकर्मा नगर द्वितीय, महारानी फार्म, जयपुर-302018
मोबाइल : 94143-22200

मैं एकटक उसे देखे जा रही हूँ, अपलक। राम के पूर्वज निमि अगर इस कलियुग में भी पलकों पर ही रहते हैं तो वो निश्चिन्त ही इस समय स्वयं की पलकें झपकाना भी भूल गए होंगे। सच कह रही हूँ कि मैंने इसके पहले ऐसा सम्पूर्ण सौन्दर्य शायद ही कहीं देखा हो, दर्पण में भी नहीं। झुक कर सब्जी का डोंगा उठाती उस प्रौढ़ा स्त्री का सौन्दर्य विधाता के खुले हाथों लुटाए रंग-रूप में ही नहीं है, उसके व्यक्तित्व में ही गुंथा हुआ है। उसकी पतली कलाइयों की लोच में, अकृत्रिम पद-लाघव में, उसकी कमर में खुंसी सस्ती-सी सिंथेटिक साड़ी के तोतई हरे पल्लू में, उसकी सुघड़ नाक में पहने बड़े से बुलाक में, जो कदाचित उस का एकमात्र शेष बच रहा आभूषण है और उसकी अंतर्मुखी-सी शालीनता में जो मैं लगातार कल से नोट कर रही हूँ। वो अंतर्मुखता जो न सायास है न ओढ़ी हुई, न उसमे दैन्य है न उदासी। स्वयं के लिए आत्मदया और दुनिया के लिए उपेक्षा तो कतई नहीं, वो एक लय में डूबी है जो रोबोटिक भी नहीं और लौकिक भी नहीं। क्या है इस गरीब, अजनबी, अधेड़, कामगर स्त्री में, मैं समझ भी नही पा रही हूँ और मुक्त भी नहीं हो पा रही हूं। माँ के जाने के दुःख और उनके गंगभोज की व्यस्तता के बीच भी वो मुझे लगातार अपील कर रही है, या कह लूँ कि हांट कर रही है। उसे मैंने एक बार भी मुस्कराते नहीं देखा पर वो कहीं से भी दुखी नहीं

लग रही। हे भगवान, मैं तो इसका विश्लेषण करने बैठ गई, 'हर जगह कहानीकार बने रह कर चरित्र खोजते रहना ठीक बात नहीं है मालती,' मैंने खुद को टोका और विदा में दिए जाने वाले भगोनों और मेहमानों का मीजान (हिसाब) बिठाने लगी, अभी तो कुछ साड़ियाँ भी और मंगवानी होगी और चार-छह भगोने भी।

"भाभी।" मैंने भाभी को आवाज दी।

"ओ बाई, बोलो।" पीछे भाभी की जगह कोई नई आवाज आ खड़ी हुई थी, मेरे लिए अपरिचित। मुड़ के देखा

तो वही किताबी चेहरा जिससे पीछा छुड़ा कर मैं यहाँ भंडार में घुसी थी। "नहीं, मैं भाभी को...।"

"आई बाई सा, वो नसियां वाली काकी सा को छोड़ने गई थी। तू जा सुरसती, बाई सा तुझे नहीं, मुझे बुला रही थी। दरअसल इसे यहाँ सब भाभी ही कहते हैं न तो... कितने भगोने और साड़ी कम पड़ रही है?" मेरी भाभी एक बात में बहुत कुछ निपटा रही है। सुरसती के जाने के बाद हमें बहुत कुछ करना था सो उस समय मैं सब कुछ भूल-भाल गई पर मैंने दिमाग की टू डू लिस्ट में डाल लिया कि जोधपुर लौटने के पहले एक बार सुरसती से बात जरूर करनी है, अगर ये राजी हो गई तो।

गंगभोज की व्यस्तता और मेहमानों की गहमागहमी के डेढ़ दिन जब गुजर गए और बच रहे आधे दिन के लिए हम लोग कुछ फ्री हुए तो वो फिर मुझे हांट करने लगी।

"सुनो भाभी।" मैंने उसे पुकारा पर मेरी आवाज पर उसने जरा भी तवज्जो नहीं दी और अपनी आत्मलीनता में डूबी धुले बर्तन पोंछती रही, अब जब उसे मालूम है कि मैं उसे भाभी नहीं बुलाती तो बेकार देखने का भी क्या फायदा। "सुनो ना सुरसती भाभी, मैं तुम्हें ही बुला रही हूँ।" अब मैंने नाम लेके पुकारा और मैं अचंभित रह गई यह देख कर कि सुरसती इस सहजता से पास आ खड़ी हुई जैसे वो सदियों से मेरे पुकारे जाने के इंतजार में ही खड़ी थी। उसके चेहरे पर सहज चुप्पी के अलावा कुछ नहीं है, न झिझक, न उत्सुकता, न प्रश्न, न उतावली। बस पृथ्वी-सी सहजता।

"बैठो भाभी।" मैंने कहा तो उसके मुख पर एक अनिच्छा-सी उग आई जो उसने छुपाई भी नहीं, "बोलो बाई, क्या चाहिए, पानी लाऊं या चाय बना दूँ?" उसने गीले हाथों को सिन्दूरी साड़ी के किनारे से पोंछ लिया।

"नहीं, मुझे कुछ नहीं चाहिए, बस तुमसे बात करने को जी कर रहा है।"

उसके सादा और स्ट्रेट फारवर्ड मिजाज पर न मेरी कोई चतुराई चलती, न ही मैंने कोशिश की। बस सीधे से अपनी बात रख दी।

"तो कर लो, पर क्या बात करोगी? मैं तो तुम्हें जानती भी नहीं, और न तुम मुझे।" सुरसती शार्प है। "अरे, तो मुझे कौन-सा रिश्तेदारी निकालनी है भाभी। बस ऐसे ही तुम अच्छी लगी तो बात करने का मन हो गया, बैठो।"

मेरे नजदीक चौकी पर बैठी सुरसती को मैंने जरा गौर से देखा, क्या रंग-रूप दिया है विधाता ने इसे...तिलोत्तमा...अपरूपा... भुवनमोहिनी जैसे शब्द इसी रूप को मिले होंगे न।

"इसी रूप ने आज मुझे तुम्हारे आगे बिठा रखा है बाई।" सुरसती में बुद्धिमानी और स्त्रियोचित अंतर्दृष्टि दोनों है, नजरों से भाँप लेना उसे शायद इस फुर्तीली देह के साथ ही मिला है। तभी तो इस धर्मशाला की सबसे महंगी कर्मचारी है।

"मैं समझी नहीं भाभी, रूप के पुण्य से यहाँ हो या पाप से?"

"अब ये तो मालिक ही बताएगा आगे-आगे, मैं तो बस भोग रही हूँ।"

"कहाँ की हो भाभी?"

सुरसती ने कुछ क्षण तोलती हुई, चतुर नजरों से मुझे देखा, पास के हाल में सामान सहेजती भाभी को देखा, अपने आसपास के सूने चौक को देखा और हर तरह से आश्वस्त होके जवाब दिया, "थी तो होशंगाबाद जिले की, पर अब जहाँ ये पेट ले जाए वहीं की हो जाती हूँ बाई। अब तो ये पेट ही मेरा ठिकाना है और हाथ-पैर मेरे संगी साथी।" सुरसती ने अपनी ओर आते लंगड़े चींटे को तर्जनी के निशाने से बरामदे के नीचे हिट कर दिया। "पढ़ी-लिखी हो?"

"हाँ, बारह दर्जे तक स्कूल गई थी, फिर सब छूट-छाट गया।"

"भाभी, तुम थोड़ी-बहुत पढ़ी हुई भी हो, रंगरूप से भी अच्छे घर की दिखती हो फिर यहाँ यह काम क्यों?"

"कहा न बाई, ये रंगरूप मुझे नचा रहा है और मैं इसे।"

क्या? क्या कहा इसने आखिर में, ये रंगरूप को नचा रही है, कैसे? अगर यह बात कोई रूपजीवा कहती तो बात थी पर इसके, एक रसोई-चौका करने वाली, अधेड़ औरत के मुँह से यह बात, मुझे कुछ समझ नहीं आ रहा पर मैं चुप रही। कुछ तो है ही इसमें, ऐसे ही तो नहीं हांट कर रही ये मुझे... इस स्त्री के सहज बर्ताव के पीछे भी क्या एक रहस्यमय अतीत है। मुझे खुद की 'सास-बहु सीरियल मार्का बुद्धि' पर हंसी और चिढ़ दोनों आई। 'खुद से खुद ही बुनती-उधेड़ती रहोगी

या इससे भी कुछ सुनोगी' मैंने खुद को चुपाया और सुरसती से मुखातिब हुई, "कितने साल की हो भाभी?"

"अबके नवम्बर छियालीस की हो जाऊंगी बाई, 28 नवम्बर लिखी थी स्कूल के कागज में।

अरे हां, यह तो पढ़ी-लिखी भी है न? मुझे याद आ गया। "स्कूल में क्या विषय पढ़ती थी भाभी तुम?" मैं बात करने को बात कर रही हूँ कि कहीं से तो कोई सूत्र मिलेगा लेकिन जब भाभी ने कहा 'अंग्रेजी और भूगोल' तो मैं एक बार फिर चौंक गई। सच में कहानियों का पात्र है ये स्त्री।

"फिर आगे पढ़ाई क्यों छोड़ दी? यहाँ कैसे आ गई? घर में क्या और कोई नहीं? जैसे कितने ही प्रश्न मेरे मन में थे, सच कहूँ तो पूछने का मन भी था, लेकिन इस तिलोत्तमा सुन्दरी में कुछ तो ऐसा है कि मैं ज्यादा सीधे-सीधे कुछ नहीं पूछ पा रही हूँ और कुछ ऊटपटांग भी पूछ ले रही हूँ, जैसे मैंने अचानक पूछ लिया, "भाभी, तुम्हारी शादी तुम्हारी पसंद से हुई थी?"

"नहीं, अब होगी।" भाभी के कोमल रूप पर सुर्खी दौड़ गई, कठोर-सी सुर्खी। ये एक और ट्विस्ट है, समझना मुश्किल है कि ये डायलॉग खुशी में आया है या तंज में, इसकी अब तक शादी ही नहीं हुई है या मनपसंद की नहीं हुई है?

"क्या! शादी या मनपसन्द वाली शादी?" मैं बिना आगे-पीछे सोचे धड़ाक से बोल गई और अपनी इस बदफैली पर भीतर से सहम भी गई पर घटनी तो घट चुकी थी और... और भाभी अब भी सहज थी। उसकी नाक का फूल स्थिर था। "शादी तो हो गई बाई, अब तो मनपसन्द वाली होनी है।" हे प्रभु, एक और सिक्सर। क्या स्त्री है यार, कैसी तो बेबाक और कैसी तो बेलौस। यह तो डराती है, कहीं गलत नम्बर तो नहीं डायल हो गया मुझसे, कौन जाने कोई आवारा किस्म की ही हो जो अपने बुरे लक्षणों के कारण घर से भाग आई हो। पर ऐसा होता तो धर्मशाला मैनेजमेंट इसे नौकरी पर रखता, इसे भंडार की चाबी रखने का सम्मान देता? चलो मान लिया मैनेजमेंट तो पुरुष वर्चस्व का है लेकिन इस कस्बेनुमा शहर की खाँटी पारम्परिक औरतें भी भाभी की तारीफ करती हैं जो ऐसी-वैसी औरतों को देखते ही मुँह नोचने पर उतारू हो जाती हैं।

"क्या सोचने लगीं बाई?" सुरसती ने पहली बार अपनी ओर से बात बढ़ाई।

"तुम बहुत अलग हो सबसे, रूप में भी और बुद्धि में भी।" सुरसती मेरी बात का जवाब दिए बगैर चुप बैठी है, "तुम्हारा पहले वाला पति कैसा था सुरसती

भाभी ?'' लंगड़ा चींटा फिर बरामदे में चढ़ आया है।

''था नहीं बाई, अब भी है।''

बाप रे! मैं सनाका खा गई, ये बेवा या तलाकशुदा नहीं, पति को छोड़ कर आई हुई औरत है। 'चालू' मेरे मन में पहला रिएक्शन वही उभरा जो मर्दवादी समाज में बुनी गई स्त्री का होना था। उसकी नाक का फूल थरथराया, ''मैं ऐसी-वैसी औरत नहीं बाई। होती तो इस पराए देस में चौका-बासन नहीं करती होती।'' सुरसती की आवाज भी काँप रही है, न जाने कौन-सा जेस्चर मेरे रिएक्शन की चुगली कर गया जिसने इस मजबूत औरत को रुला दिया। मैं बिना कुछ कहे मुजरिम-सी बैठी जाजम पर सरसराते लंगड़े चींटे को देखती रही।

''अभी आप घर जाओ बाई, मैं रात को आऊंगी। मुकुल भैया का घर जानती हूँ मैं।'' सुरसती ने एक टूक फैसला सुनाया, घिसटते लंगड़े चींटे को अपनी चप्पल के आघात से देहमुक्त किया और भंडार में घुस गई।

रात 10 बजे के लगभग, जो मैंने सोचा था ठीक उसी समय, सुरसती भाभी लॉन में आ खड़ी हुई और वहीं बैठने का संकल्प लिए एक कुर्सी पर जम गई। हालाँकि जाती हुई ठंड है पर रात दस बजे लॉन में बैठना... खैर।

''अब पूछो बाई, का पूछने हैं तुमाए लाने। ऐसे तो हम कोनऊ को नईं बताते हैं पर तुम इत्ती बड़ी मास्टर, लिखवे-पढवे वाली दीदी, चार दिन से हमाए चक्कर खा रही हो, हमारे बारे में सोचत हो तो बताने आ गए। तुम हम पर साई एक कहानी लिखई देव बाई।'' यहाँ खुल के बुन्देलखंडी में बोलती सुरसती अपने स्वभाव के फुल फार्म में है, फोकस्ड, टू द पॉइंट। मुझे भी इधर-उधर की बात करने का कोई औचित्य नहीं लगा।

''कोई नई बात तो है नहीं भाभी, तुम मुझे सबसे बहुत अलग लगी और मेरा तुमसे बात करने का मन किया और बात करने के बाद तुम मुझे और भी ज्यादा अलग लग रही हो, बताओ न कुछ अपने बारे में।''

''बताऊँगी, बतावे तो आये हैं, तुमाओ भरोसा भी है और जा तसल्ली भी के अगर हम मर गए तो जो सच हमाए संग तो ने मरहें न। ऐसे काय देखत हो बाई, हमाई मौत तो हमाए संगे चल रही है और तुम डरत काय हो, इते अबे कछु ना हुइए।'' सुरसती को राम ने कोई भीतरी आंख तो जरूर दी है जो वो सामने वाले की एक-एक साँस को पढ़ लेती है, ''तुम भीतर जाओ लाला।'' मेरा भतीजा पास आके बैठने लगा था कि सुरसती ने उसे बेहिचक बरज दिया।

''हम होशंगाबाद जिले के एक छोटे से गाँव के ठाकुर की मोडी आए। दाल-रोटी खात भये गिरस्थ घर की मोडी। सब मोडियों के जैसे घर को काम करत, भईया-बहनों से लड़त, मताई से ठुकत-पिटत, स्कूल जाती मोडी। सब मोडियों में और हम में बस एक ही अंतर हतो कि बिधना ने हमाए लाने ये रंगरूप दियो जो हमाए मताई-बाप के जी की आफत बन गयो। राम कोनऊ को जे रूप ना दे बाई। एइके कारण आज हम दर-दर के हो रहे हैं।''

''क्यों भाभी?'' शायद इसका अपहरण हुआ हो या बलात्कार के बाद घर से निकाल दी गई हो, मेरे टेलीविजनी प्रीडिक्शन चालू है। शुक्र है सुरसती अपनी यादों में आँखे फेरे हैं, वरना अभी एक तीर आता।

''माँ-बाप सारे माँ-बापों जैसे थे, वो गरीब के धन की तरह हमें सम्भाल-सम्भाल के रखते, सारे बखत चौकसी की आँख रखते, अकेले घर से जाने की छूट न घर पर फालतू आदमी आने की रजा। स्कूल भी जाती तो बहन के साथ। उसकी छुट्टी हो तो मुझे भी घर रहना पड़ता। न खेत पर अकेली जा सकती थी न हाट-बाजार। मेले-ठेले, शादी ब्याह का मतलब ही नहीं। जहाँ अम्मा, जिज्जी जाएं वहीं जाओ बस और तो और दिसा-मैदान भी अम्मा के बिना नहीं निकल सकते थे हम।'' सुरसती ने यादों की पोटली फैला ली है और खुद भी उसमें उलझ गई है, मैं साफ देख रही हूँ कि अपने रूप का वर्णन करते समय वो जरा भी खुश नहीं बल्कि तिक्त ही हो रही है।

''अम्मा अकेले में लाड लडाती पर सबके सामने गालियाँ देने के मौके तलाशती। घर में वैसे भी कोई घी-दूध की धार नहीं बहती थी पर जो भी था उसमे से भी मुझे कम से कम दिया जाता कि मेरी देह पहले ही लम्बी-पूरी थी। जिज्जी दो बरस बड़ी हो कर भी सूखी पापड़ी-सी थी सो वो भाई के साथ घी-दूध खाती, मुझे चिढाती और मैं कक्का के डर से चुप बैठी कुढती रहती।'' सुरसती फिर से हिंदी में बोलने लगी है, शायद समझ गई है कि मुझे बुन्देलखंडी कम पल्ले पड़ती है।

''क्या तुम्हारी बहन सुन्दर नहीं थी?''

''थी। अम्मा-कक्का दोनों सरूप थे तो हम तीनों बच्चे ही बहुत अच्छे रंग-रूप के थे पर मेरे साथ खड़ी होके तो वो भी उन्नीस पड़ती थी। वो ही क्या आसपास के गाँव की हर लड़की मुझ से उन्नीसी ठहरती थी, इस कारण मैंने बहुत कुछ झेला सहा भी है बाई, गाँव की लड़कियां न मुझसे दोस्ती करती न मुझे अपनी टोली में साथ लेती। इसी कारण मैंने स्कूल में भी बहुत नीचा देखा है।''

प्रतिपदा की चांदनी सुरसती की नाक के फूल को छूने के प्रयास में उसकी लम्बी कंटीली बरोनियों में उलझ गई है और वहाँ से निकलने की कशमकश में उसकी बरोनियों को थरथराने में लगी है। अकम्प बैठा उसका प्रौढ़ सौन्दर्य लॉन में आसक्ति और विरक्ति का मिलाजुला अजीब-सा प्रभाव पैदा कर रहा है। अचानक मुझे आज पहली बार यह अनुभव हुआ कि ऐसा रूप विरक्ति के बिना आसक्ति नहीं दे सकता और किशोर उम्र की युवतियाँ इससे खौफ खाती थी तो क्या अनहोनी करती थी। किसी भी युवती को कमतर दिखना नहीं अच्छा लगता। हवा में खुनकी बढ़ गई है सो सुरसती ने अपनी चटख गुलाबी साड़ी का पल्लू गले में लपेट लिया है और बाउंड्री पर रखे पौधे को गौर से देख रही है।

''ये हरसिंगार है न बाई? हमारे गाँव में नर्मदा मैया की कृपा है, खूब हरियाली और पेड़-पौधे पनपते हैं वहाँ। मुझे बहुत शौक था धरती और पौधों का और इसलिए मैंने भूगोल लिया था दसवीं के बाद, पर...।'' सुरसती के बाकी शब्द गले में अटक गए लेकिन उनका अर्थ मुझ तक फिर भी पहुंच गया। तुम भी मेरे देश की उन करोड़ों लड़कियों जैसी हो जिनकी पढ़ने-लिखने की चाह समाज का भय लील जाता है। वो भय जो पिशाच की तरह माँ-बाप के गले में हर समय झूलता रहता है, तब तक जब तक कि ब्याह के मंडप में खड़ा होकर लड़की के सपनों की बलि न ले ले। इस बेचारी के साथ भी यही हुआ होगा। सुरसती अब जमीन पर लगे छुईमुई के पौधे को छेड़ने में लगी है। ''बाई इसे उखाड़ के फेंक दो, ऐसे कमजोर पौधे को घर में रखना ही क्यों जो छूते ही मुरझाए। पौधे मजबूत हों या फिर गुलाब जैसे कंटीले।'' और मुझे लंगड़े चींटे को मसलती चप्पल याद आ गई। ''छोडो भाभी, तुम अपनी बात बताओ न।'' मैं उसकी तरह टू द पॉइंट हूँ।

''हओ बाई। तो, ऐसे करते ही हम दोनों बहनें जवान हो गई। मैं दसवीं में और जिज्जी बारहवीं क्लास में थी जब दीदी को लड़के वाले देखने आए। मुझे पहले ही दूसरे गाँव मौसी के घर पहुंचा दिया गया कि कहीं लड़के वाले मुझसे मिलने की इच्छा न जता दें और मेरे कारण दीदी के नसीब से इत्ता अच्छा घर-बार न छूट जाए। खैर, पास के गाँव के छोटे ठिकानेदार के बड़े बेटे ने हमारी जिज्जी को पसंद भी कर लिया और उन दोनों का ब्याह भी हो गया। जिज्जी शादी के बाद घर लौटी तो देह सोने, संदल और सिल्क से गमक-दमक रही थी और वो खूब खुश थी। जीजाजी हमसे भी बड़े खुश रहते, कित्ती बार हमें घर भी बुलाया पर न हमें जाना पसंद था। न अम्मा-कक्का को भेजना। जीजाजी जब भी घर आते,

हम दोनों भाई-बहनों के लिए कपड़ा-मिठाई लाते, हम से खूब बातें करते। बड़ों का मान रखते, अम्मा-कक्का से आंख झुका के बात करते। साल भर में जिज्जी के पांव भारी हो गए, हम सब खुश थे। मेरी पढ़ाई भी अच्छी चल रही थी और कक्का जीजाजी के साथ मिल कर मेरे लिए लड़का भी देख रहे थे।''

पुराने दिनों में खोई सुरसती के कुछ साल भी मानो पीछे लौट गए हैं। वो प्रौढ़ा से किशोरी में तब्दील हो गई है। अपने अच्छे दिनों को जीती किशोरी। भाभी दो बार चक्कर काट गई, वो चाहती हैं कि हम कमरे में नहीं तो कम से कम बरामदे में तो बैठ ही जाएँ पर सुरसती अंगद का पैर और मन दोनों रखती है। ''तुम चिंता नहीं करो दुलहिन, को कुछ नहीं होगा, अब इत्ती ठंड नहीं है।'' दरअसल सुरसती भाभी से पहले से ही जरा खुली हुई है तभी तो बेहिचक घर आ जाती है, उसने भाभी को दुलहिन कहने का अधिकार भी ले रखा है। कोई जरूरत पड़ने पर वो भैया-भाभी के पास ही आती है और उसकी जरूरतें होती हैं मनी ट्रांसफर करवाना जैसे बैंक के छोटे-मोटे काम या कभी कोई दवा ला देना।

''और कक्का को मेरे दूल्हे के लिए ज्यादा खोज भी नहीं करनी पड़ी, जीजाजी की बुआ के लड़के से मेरी सगाई हो गई और आते जेठ का ब्याह भी तय हो गया।''

''और लड़का तुम्हें पसंद नहीं था।'' मेरा उतावला स्वभाव अपने ही निष्कर्ष खोज रहा है, इसी ने तो बताया था कि अभी मनपसन्द की शादी होनी बाकी है।

''उस उम्र में कोई लड़का जल्दी से बुरा नहीं लगता बाई, फिर ये तो माँ-बाप का ढूंढा हुआ लड़का था। बिन बाप का बेटा, घर का गरीब था पर पढ़ने में बहुत तेज था, अच्छा रंग रूप, कॉलेज में बीएससी पढ़ रहा था, तो क्या बुरा लगना था, फिर भी मैं खुश इसलिए नहीं थी क्यूंकि मेरी पढ़ाई छूट रही थी।'' सुरसती का यह वाक्य राजनैतिक-सा है, लड़का पसंद था या नहीं कुछ स्पष्ट नहीं हुआ। चांदनी भी उसकी पलकों से निकल के नीम के पत्तों से आँखमिचौनी में लग गई है, सो साफ दीख भी नहीं रहा कि उसके मन में क्या चल रहा होगा।

''मेरे शादी के घोड़ी-बाजे, धर्मशाला सब तय हो गए थे, बुलावे का पहला कार्ड गणेश जी को भेज दिया गया था और अम्मा ने मौत-उठावने में जाना बंद कर दिया था, लेकिन भेमाता को तो कुछ और ही मंजूर था, जिस दिन आंगन में पड़ोसनों ने पहली बरनी गाई उसी रात जिज्जी को जोरदार दर्द उठा, उसे घर पर ही छमासा बच्चा हुआ और अस्पताल ले जाने तक चटपट में खेल खत्म हो गया।

''ओह, वही फैमिली मेलोड्रामा। मुझे आगे की सारी कथा समझ आ गई। अब

जीजा से ब्याह और क्या!

''सही सोच रही तुम बाई।'' सुरसती ने फिर मेरा मन पढ़ लिया। ''मैं हल्दी लगी, पीढ़े चढ़ी, बान-तिलक सब हुआ पर बियाही गई जीजाजी से। मानसिंग, मेरा मंगेतर, जीजाजी का दु:ख देख के खुद ही पीछे हट गया तो उसकी माँ ने भी कुछ नहीं कहा और मेरे माँ-बाप की तो औकात ही क्या थी।'' सुरसती का मुख और वाणी दोनों निर्विकार है।

''तुम्हारी मर्जी के बिना।''

''हम तो जिज्जी के शोक और अम्मा के दुख से पगला रहे थे, सो बिना कुछ सोचे सब करते गए।'' बहुत सामान्य-सा चरित्र है यह औरत तो, मैं एवेंई इसे इतना फुटेज दे रही हूँ? मेरे मन ने पाला बदलना शुरू कर दिया, कौन-सी नई और अनोखी कहानी है इसकी, ऐसी गाथा तो लगभग हर दुखी आत्मा के साथ संलग्न मिलती है।

''फिर तुम यहाँ कैसे?''

''बताते हैं बाई, जरा धीरज धरो, आप बहुत उतावली हो, इत्ता उतावलापन ठीक नहीं। सुरसती पहली बार हंसी है और मैं उसकी बात पर नाराज होने की जगह वाकहीन बनी उसकी हंसी देख रही हूँ, जैसे कोरे घड़े से छलकती मदिरा, और उस पर उसकी हंसी से चमकती काली आँखे जैसे कांच की प्याली में धरा अफीम। कोई कैसे इससे अछूता रह सकता है। मेरा मन मर्दाना-सा होने लगा।

''सारे दुख-शोक के बीच सादगी से हमारा ब्याह हुआ और ठाकुर सा ने मुझे राजरानी बना दिया। सातों सुख मेरे आँचल में ला धरे थे उन्होंने। मैं खुश न होकर भी खुश रहती, अम्मा-कक्का भी मेरे सुख में जिज्जी का दुख भूलने की कोशिश कर रहे थे। बियाह के लगभग चार बरस बाद मुझे एक बच्ची हुई, ऐन मेरे जैसी, जैसे विधाता ने मेरा ही रूप दुबारा घड़ दिया हो। ठाकुर सा खुशी के मारे बावले से हो हो गए थे। राजराजेश्वरी कह के बुलाते थे वो बिटिया को। जिस दिन मैंने कुवा पूजा उस दिन सारे गाँव को न्योता दिया गया, खाने-पीने दोनों का। ठाकुर सा भी जमके छके। नाच-गाने का भी खूब रंग जमा। जब रात आधी ढल गई, आंगन में शांति हो गई तब ठाकुर सा मेरे पास आए, वो बहुत खुश थे। आते ही बच्ची को गले से लगा के उससे खेलने, बातें करने लगे। नशे की झोंक में कभी हंसते, कभी रोते, कभी उसे लडाते तो कभी मुझे दुलारते। 'मेरी बेटी, मेरी राजराजेश्वरी, मेरी लाडो, तू मेरे जीवन की जोत है, मेरी खुशी है तू। सरो, मैंने आज पांच बीघा

जमीन खरीद ली है इसके नाम और होशंगाबाद में एक प्लाट भी ले लिया। मैं इसे खूब पढ़ाऊंगा-लिखाऊंगा, जीवन के सारे सुख दूंगा और बहुत बड़े ठाकुर घराने में ब्याहूंगा।' कहते हुए ठाकुर सा ने पंचलड़ी की मटरमाला जेब से निकाल कर मेरे हाथों में धर दी। बेटी की खुशी और ठाकुर सा की बातों से मैं भी खुश थी और इसी भावुकता में कोमल होकर मैं ठाकुर सा के गले लग गई, चार सालों में पहली बार। 'मेरी सुरो, आखिर मैंने तुझे पा ही लिया, कितने पापड़ बेले मैंने तुझे पाने को, हत्यारा भी बना, पाप भी कमाया पर आज तुझे और लाडो को पाके मैं धन्य हो गया, अब इसकी और तेरी खुशी में ही मेरा स्वर्ग है, अब मर के नरक में भी जाऊं तो कोई गम नहीं होगा मुझे।' ठाकुर नशे और खुशी में बक गया कि उसी ने जिज्जी को मारा था, मेरे इसी रूपरंग को पाने की खातिर।''

सुरसती की आवाज नर्क से आ रही है। नारकीय यादों की बदबू के भभके से सड़ती और कालकूट-सी जहरीली, जिसकी लपट मुझ तक आ रही है, मेरा आपा झुलसने लगा। मैंने देखा सुरसती का सर्वांग कस के कठोर हो गया है। उसका गुलाबी आँचल उसके गले में पहले से भी ज्यादा कसा हुआ लग रहा है। नीम के फूलों की कसैली गंध वातावरण में महक रही है और पास के बंगले से किसी बच्चे का रोना और उसकी माँ का बहलाना समवेत स्वर में इधर बह के आ रहा है।

''बालक की रुलाई में भी भगवान बसते हैं बाई।'' सुरसती उन आवाजों पर अभिभूत-सी कह उठी। ''मेरी बच्ची भी रो पड़ी थी उस छन में और बस, मुझे ईश्वर का इशारा समझ आ गया।''

''मार दिया तुमने उसे?'' मैंने सबसे नजदीकी कयास लगाया और सुरसती मेरी और देख के दुबारा हँस दी, एक नादान को देखती सयाने की हँसी।

''नहीं बाई, मैं उसे मार देती तो अपना बदला कैसे चुकती, वो राक्षस तो आज भी जिन्दा है। आज इक्कीस साल होते आए, पागलों की तरह डोलता रहता है, मुझे और अपनी बेटी को खोजता रहता है। वो बेटी जो उसकी जान थी, उसके बिछोह में मारा-मारा फिरता है।''

''तुम उसे छोड़ आई थी?''

''और क्या करती, धोखे से जमीन पर कब्जा करने वाले को फसल नहीं मिलनी चाहिए। ये मेरा मानना है और मैंने उसे नहीं ही लेने दी। उसने मेरी बहन छीनी, मैंने उसकी खुशी चुरा ली। सुबह मुँह अँधेरे ही अपनी बेटी को लेकर घर से निकल गई तो मुड़ कर नहीं देखा। तब से अब तक कितने धक्के खाए, क्या-क्या

सहा, पर लौट कर नहीं गई।''

''सवा महीने की बच्ची को लेके निकल गई, कैसे पाला होगा तुमने अकेले, वो भी नई जगह पर ?'' मैं अवाक रह गई।

''जैसे सब गरीब अकेलियों के बच्चे पलते हैं, मेरी बच्ची भी पल गई और मैं भावुक जरूर थी बाई, पर मूरख नहीं, मैंने बेटी को लेके घर छोड़ा था तो उसकी चिंता थी मुझे। मेरे पास घर से लिया कुछ पैसा-टका था उस समय और कुछ गहना-गांठा भी। शुरू के कुछ महीने बैठ कर खाया, बाद में यह रसोई का हुनर काम आ गया।'' सुरसती के हाथ में अन्नपूर्णा बसती है यह सब जानते हैं।

''और उसने तुम्हें ढूँढा नहीं ?''

''क्या लगता है तुमको बाई, नहीं ढूंढा होगा। पर मैं तो कोसों दूर गोहाटी में जा छुपी थी, मिलती कैसे ? तीन साल मैं वहीं रही, कैसे रही या कैसे रहती हूँ ये न पूछना, फिर वहाँ से दार्जिलिंग चली गई, फिर काठगोदाम, फिर देहरादून। और इसी चक्कर में आज यहाँ, तुम्हारे देस नोहर में बैठी हूँ।''

''अपने माँ-बाप से भी नहीं मिली तुम ? और तुम्हारी बिटिया राजराजेश्वरी, वो कहाँ है ?''

''मेरे पास कोई राजराजेश्वरी नहीं रहती बाई। नर्मदा, मेरी बेटी, को मैंने दार्जिलिंग के एक क्रिस्तान (मिशनरी) स्कूल में डाल दिया था। आज वो कलकत्ता में कम्पुटर की पढ़ाई कर रही है। वो खुद भी वहां टूशन पढ़ाती है और अपना खर्चा निकाल लेती है। जरूरत हो तो मुकुल भैया से कह के हम पैसा भिजवा देती हैं। उसको मोबाइल दिला रखा है, कभी-कभी मैं ही बात कर लेती हूँ, कभी मिल भी आती हूँ पर उसे कभी नही बुलाती। अम्मा-कक्का तो अब रहे नहीं पर बेटी की कोशिश से ही पांचेक बरस से भाई-भाभी की खबर है मुझे। वो राक्षस अब भी बेटी के लिए मारा-मारा फिरता है, रातों को रोता-चिल्लाता है, दारू के नशे में सिर फोड़ता है, वोही लोग तो बताते हैं मुझे और सच्ची कहती हूँ बाई, मेरे कलेजे में हर बार एक नई ठंडक पहुंचती है। सुरसती के गाल चांदनी में भी दहक रहे हैं और खिली चांदनी-सी शफ्फाक आँखों की चमक में एक आंच-सी कौंध रही है। ''उसे भी मालूम पड़ रहा है कि माँ-बाप से उसका बच्चा छीन लेना क्या होता है। उसने मेरे माँ-बाप के बच्चों को छीना, मैंने उस की बच्ची। उसने मेरे प्रेम को दरबदर किया, मैंने उस के इस रूप को। मेरी जिन्दगी उजाड़ कर वो भी राजी तो नहीं ही रहा।''

''तुम खतरनाक हो भाभी।'' मैंने मजाक किया। ''लेकिन तुम तो दूसरी शादी भी करने वाली हो न, इस बार अपनी पसंद की। कौन है वो ?''

''मानसिंग, मेरा मंगेतर।'' सुरसती ने एक और स्केम ओपन किया।

''लेकिन वो तो उसी समय हट गया था न, या वो तुम्हारे साथ ही ?'' ओह, तो ये माजरा है। मुझे कुछ-कुछ समझ आने लगा है।

''हाँ, हट गया था, कभी नहीं मिला मुझसे। मेरी शादी के बाद ही घर छोड़ कर कहीं निकल गया था, तब से किसी को खबर नहीं कि वो कहाँ हैं।'' सुरसती ने एक बार फिर मुझे झूठा सिद्ध कर दिया। ''पर उससे क्या, कभी तो मिलेगा, आज नहीं तो कल, इस दुनिया में नहीं तो भगवान के घर, मेरी आस में कोई कमी नहीं, जाने वो कब मिल जाए यही सोच के ही मैं कभी फीका कपड़ा नहीं पहनती कि मिलते ही उस से ब्याह कर लूँगी। जिसकी जमीन है उसे तो सौंपनी ही है न बाई।'' धरती, सच ये स्त्री धरती-सी सर्वरूप, दृढ कोमलांगी और आत्मसंपन्न है, जो देना न चाहे तो कोई माई का लाल इससे कुछ नहीं ले सकता चाहे मर ही क्यों न जाए।

''चलती हूँ बाई, जिन्दगी रही तो जरूर मिलूंगी।'' सुरसती हाथ जोड़ कर उठ गई।

''पर कल को मैं अकाल मौत मर जाऊं तो मेरी कहानी जरूर लिखना और हाँ, दुख भी नहीं मनाना। बेटी अब बड़ी हो गई है, उसे मैंने खूब पढ़ा-लिखा कर मजबूत बना ही दिया है तो क्या दुख-चिंता करनी हुई बाई। चलती हूँ मुकुल भैया।''

सुरसती ने बरामदे में खड़े मुकुल भैया को हाथ जोड़, मेरी और स्नेहसिक्त मुस्कान डाली और निकल गई। चांदनी के धुंधले उजाले में जाती हुई सुरसतिया किसी शापित, निर्वासित देवदूत की आत्मा-सी दीख रही है और पिता जी के कमरे के रेडियो से बजते गीत की पंक्तियाँ मानो उसे सलामी दे रही है...' इला न देणी आपणी, हालरिया हुलराय, पूत सिखावे पालणै, मरण बड़ाई मांय...'।

राजस्थानी कवि सूर्यमल्ल मिश्रण की प्रसिद्ध काव्य-पंक्तियाँ जिसमें वीर प्रसूता माँ अपने पुत्र को पालने में झुलाती हुई सीख देती है कि अपनी जमीन किसी को नहीं लेने देनी चाहिए, इस के लिए लड़ते हुए अगर मृत्यु भी मिले तो वह प्रशंसनीय होगी।

यू टर्न

वीना करमचन्दाणी

हिंदी एवं सिंधी भाषा में लेखन। सिंधी भाषा में एक कविता संग्रह प्रकाशित। राजस्थान सिंधी अकादमी से पुरस्कृत। कुछ कहानियां भी राष्ट्रीय स्तर पर प्रकाशित एवं पुरस्कृत। लगभग पंद्रह वर्ष तक दूरदर्शन जयपुर पर रोजगार समाचार वाचन। सूचना एवं जन सम्पर्क विभाग से सहायक निदेशक पद से सेवानिवृत्त। वीना करमचंदानी की कहानियों में घर में रहकर जिम्मेदारी निभा रही स्त्री के मन को टटोलती घटनाओं का सजीव चित्रण होता है। वे एक जिम्मेदार स्त्री के दर्द को शब्द देने का प्रयास करती हैं।

पता : 9 /913 मालवीय नगर
जयपुर–302017
मोबाइल 9460548536

एक दिन मीनल सुबह उठी तो हमेशा की तरह परी का व्हाट्सअप पर मैसेज आया हुआ था, "उठ गईं आप?"

उसका जवाब नहीं गया तो परी ने दूसरा मैसेज भी कर दिया था, "कैसी हो?"

ज्यादातर शुरुआत में मीनल का हमेशा मोनोटोनियस–सा एक ही जवाब होता, "ठीक हूँ...तू बता कैसी है? क्या नया?"

फिर धीरे–धीरे मां–बेटी के मैसेज धड़ाधड़ एक–दूसरे को आते–जाते। समय होता तो स्काइप पर लम्बी बात का दौर चलता।

उस दिन मीनल कुछ अलग ही मूड में थी। उसने शैतानी भरे अंदाज में मैसेज लिखना शुरू किया। कैसी हो सकती है वह मां जिसकी जवान कुंवारी बेटी शहर से इतनी दूर रह रही हो और शादी की बात सुनते ही बिदक जाती हो!

परी का तुरंत मैसेज आया, "हैं! क्या लिख रही हो?"

परी ने मम्मी के जवाब का भी इंतजार नहीं किया और तुरंत कॉल लगाया और बोली, "आज अचानक क्या हो गया है आपको?"

मीनल हँस पड़ी।

मम्मी को हँसता देख परी को राहत महसूस हुई। वह बोली, "मैं तो चक्कर में पड़ गई। यह मम्मी को

अचानक क्या हुआ, "आप भी पूरी नौटंकी हो।"

बात तो हँसी में ही कही गई थी पर वास्तव में मीनल को अब परी की शादी की चिंता सताने लगी थी। वैसे बाहर से उसने कभी इसे जाहिर नहीं होने दिया। .

अपनी पीड़ा और चिंता छुपाने की बला की ताकत है मीनल में। ऐसा मीनल की मां कहतीं थीं।

बचपन में कभी मीनल को चोट लगती तो वह कभी भी घर पर किसी को नहीं बताती थी। मां की नजर चोट पर पड़ती तो कहतीं, "भैंस की खाल है क्या तेरी, दर्द नहीं होता क्या तुझको?" ऐसा ही परी के जन्म के समय हुआ। लेबर पेन शुरू होने के बाद जब समीर उसे हॉस्पिटल ले गए तो मीनल उस समय भी अपने दर्द का ग्रेड ठीक से नहीं बता पाई। जांच करने पर नर्स ने कहा, "दर्द की वेव तो बहुत तेज है और तुम कह रही हो दर्द नहीं, औरतें तो ऐसे में पूरा अस्पताल ही सर पर उठा लेती हैं।"

समीर कहते हैं, "तुम बोलना शुरू करती हो तो बोलती चली जाती हो बिना किसी कोमा फुलस्टॉप के। खानदानी बीमारी है यह तुम्हारी।" ऐसे में मीनल को चुप देख अगला जुमला यह आता, "मजाक ही तो कर रहा था। अरे भई मजाक तो वह होता है जिसे दूसरा भी एन्जॉय करे।"

ज्यादातर लोग कहते हैं, "मीनल बहुत कम बोलती है। मीनल किसकी बात माने।"

मीनल फिर अपने को समझाती, समीर ऐसा कहते हैं तो सही ही कहते होंगे। शिव खेड़ा की तरह वे भी पर्सनेलिटी डेवलपमेंट की क्लासेज लेते हैं और उनको चाहने वालों और फॉलोअर्स की संख्या भी अच्छी खासी है। फेसबुक पर पोस्ट डालते ही लाइक और कमेंट्स की तो मानो बाढ़ ही आ जाती है। बहुत सारे लोग उनसे राय मशविरा लेते रहते हैं तो वे गलत तो नहीं ही कहते होंगे।

समीर अक्सर मीनल को यह भी कहते हैं, "सोचती बाद में हो। बोलना पहले शुरू कर देती हो।" मीनल को समीर की यह बात भी सौ प्रतिशत सही लगने लगी है। आखिर वह पर्सनेलिटी डेवलपमेंट के हर बिंदू को गहराई से जानते हैं।

मीनल भी क्या करे। जब परी छोटी थी तो उसकी पढ़ाई, उसकी कोचिंग, उसकी और एक्टिविटीज के बारे में वह मीनल से ही पूछते थे। यहाँ तक की यदि समीर को लगता कि परी ढंग से पढ़ाई नहीं कर रही है तो वे मीनल के जरिए ही अपनी नाराजगी और नसीहतें भी परी तक पहुंचाते।

समीर अपनी पसंद का ही सुनना चाहते हैं और उतना ही सुनना चाहते हैं, जितना उनका मन करे। इसके अलावा आपने कुछ बोला तो गए आप काम से। खासतौर से जब समीर टीवी देख रहे हों और मीनल कुछ बीच में बोल दे तो जरूर कहेंगे, ''बिलकुल उसी समय बोलती हो जब बहुत जरूरी बात सुननी होती है।''

बेशक सीरिया के युद्ध, तमिनलाडु के किसानों की आत्महत्या, जवाहरलाल नेहरू यूनिवर्सिटी में चल रहे अनशन, ईवीएम, नोटबंदी आदि पर चल रहे प्रोग्राम की नजाकत और समझ तो वह खुद भी रखती है मगर जरूरी होने पर थोड़ा-सा बोलते ही समीर ऐसे घूर कर देखते हैं, मानो मीनल से कोई अपराध हो गया हो। फिर बेशक घूरने के दौरान चल रही बहस की दो-चार अहम बात वे नहीं सुन पाएं।

मीनल हमेशा द्वंद्व में रहती है। कब नहीं बोलना है और बोलना है तो कितना बोलना है। मीनल को हर समय समीर से एक नई नसीहत मिलती रहती है। इसीलिए समीर उसे अब अपने पति से ज्यादा ट्रेनर या इंस्ट्रक्टर लगने लगे हैं।

समीर की सख्त ट्रेनिंग ने मीनल को बहुत समझदार बना दिया है। वह एक नामी स्कूल में टीचर थी। परी के होने के बाद उसने अपनी इच्छा से नौकरी छोड़ दी ताकि परी को क्रेच में नहीं छोड़ना पड़े। औरतों की इच्छाएं भी कितनी अजीब होती हैं जो खुद से नहीं बल्कि अपने पति, बच्चों और घर से जुड़ी होती हैं। मीनल का सपना था समाजसेवा से जुड़ने का। उसने कई बार किसी स्वयंसेवी संस्था से जुड़ने की कोशिश भी की। समीर बड़े डिप्लोमेट तरीके से कभी सीधे मना नहीं करते मगर बहुत सारे सवाल खड़े कर देते, इतने किन्तु-परन्तु कि मीनल ने इरिटेट हो इस बारे में सोचना ही बंद कर दिया।

इंसान के मन में कुछ इच्छाओं का होना लाजिमी है। मीनल के मन में भी छोटी-छोटी इच्छाएं अभी बची हैं। हालाँकि समय बीतने के साथ उसकी इच्छाएं बदल गई हैं। अब वह बड़ी-बड़ी बातें नहीं सोचती। बस यही चाहती है कि कभी तो समीर बोलें- आज मौसम बहुत अच्छा है। कहीं घूम आते हैं या मूवी देख आते हैं। समीर कभी बेफिक्री से कहें- अरे खाने का क्या है वह हम बाहर खा लेंगे। उसका मन करता है, कभी समीर उससे कहें- चलो जल्दी से तैयार हो जाओ। आज हम लॉन्ग ड्राइव पर चलेंगे और सुनो आज वही नीले फूल वाली साड़ी पहनना। वह तुम पर बहुत फबती है मगर ऐसा कभी नहीं हुआ। मीनल के ही कहने पर कभी आउटिंग के लिए जाएंगे तो ऐसे जाएंगे मानो कोई ड्यूटी पूरी करनी हो।

परी जानती हैं मम्मी की हर इच्छा के बारे में और कभी-कभी समझाती भी

है मम्मी को-अपने आप से बाहर निकलो। घर से बाहर की दुनिया बहुत बड़ी है। अपनी सहेलियों से मिला करो। उनसे अपने मन की बात शेयर किया करो। किसी संस्था से जुड़ो, उसका अनुभव लो और फिर अपना एन.जी.ओ. सेटअप करो। अपने आपको सिर्फ घर, कपड़ों और गहनों में मत उलझाओ।

मीनल अवाक हो उसे देखने लगती तो परी थोड़ा सम्भल कर बोलती, ''सॉरी मम्मी, मैं तो मजाक कर रही थी।''

मीनल को सच में गहनों की चाह कभी नहीं रही। फ्रीडम फाइटर और समाजसेवी रहे उसके दादा से उसे यही संस्कार मिले थे कि सादगी से रहना चाहिए। वे गहनों को औरतों की आजादी में बहुत बड़ी बाधा मानते थे। मीनल को हमेशा याद रहता है, दादा जी माँ को कहते थे-सारे पुरुष गहने दिला कर दोहरा लाभ लेते हैं। घर का पैसा प्रॉपर्टी की तरह इन्वेस्ट हो, घर में ही रहता है और साथ में गृह लक्ष्मी भी खुश। वे शैतानी से मुस्करा कर मां को बोलते-कभी अपने पति से बोलना, हमें गहनों की जगह रुपए दे दो और उसे हम अपने हिसाब से खर्च करेंगे तो देखना सब मुकुर जाएंगे।

समीर कभी-कभी अचानक मीनल पर हमला-सा करते हुए कहते, ''परी की शादी की भी चिंता है कि नहीं?'' यह कहकर वे अपने फर्ज से मुक्ति पाते।

कई बार तो मीनल को अपने ऊपर बड़ा आश्चर्य भी होता है कि परी की शादी को लेकर वह बहुत ज्यादा चिंतित क्यों नहीं है। पर सच में ऐसा नहीं है, मीनल भी एक मां है और वह चाहेगी ही उसकी परी का घर बस जाए, मगर मीनल चाहती है कि एक बार परी अपने पांवों पर अच्छे से खड़ी हो जाए वरना शादी के बाद अमूमन औरतों की महत्वाकांक्षाएं अपने पति और उसके परिवार के आगे अपने आप ही सरेंडर हो जाती हैं। फिर चाहे वह कितनी ही पढ़ी-लिखी काबिल क्यों न हों। सोचने में भले ही यह बात दकियानूसी पुराने जमाने की लगे पर यह वह कड़वी सच्चाई है जिससे आज भी महिलाओं को व्यवहारिक तौर पर जूझना पड़ता है।

एक दिन जब मीनल और परी स्काइप पर बात कर रहे थे तो मीनल ने बातों-बातों में पूछा, ''आगे का कुछ तो सोचा होगा, मेरा मतलब शादी का। पहले तो तू बोलती थी पढ़ाई और तुम्हारे जवाई को मैं एक साथ हैंडिल नहीं कर सकती। अब तो तू नौकरी भी करने लगी है।''

शादी की बात आते ही परी के चेहरे का भाव बदल जाता। इस टॉपिक पर वह हमेशा ही चुप्पी साध जाती और किसी सोच में डूब जाती।

मीनल को भी याद है। बहुत पढ़े-लिखे, अंग्रेजी बोलने वाले, ऊँची कद-काठी वाले स्मार्ट पति के रूप में समीर को पाकर वह बहुत गर्व महसूस करती थी। मीनल को लगता था अपने फील्ड में दक्ष समीर हर किसी से बात कर उसके अंदर का निकलवा लेते होंगे, तभी तो किसी के व्यक्तित्व को निखार पाते होंगे। उसको लगता उसे भी इसका फायदा मिलेगा मगर मीनल कभी ठीक से खुल ही नहीं पाई। समीर का रूप घर और बाहर बिलकुल अलग-अलग है।

परी जानती है मम्मी को अच्छी तरह। उनको इस बात की बेहद पीड़ा है कि पापा ने कभी उनकी इच्छाओं को महत्व नहीं दिया। हालांकि मम्मी ने कभी इसे शो नहीं होने दिया। मगर दर्द तो दर्द होता है। उसकी अपनी एक छाप होती है। आप चाहे कितना छुपा लो वह कहीं न कहीं से उभर ही आता है।

जब परी ने मेडिकल की प्रवेश परीक्षा पास की तो दिल्ली और मुंबई के नामी मेडिकल कॉलेज में उसको एडमिशन मिल रहा था मगर उसने मम्मी-पापा के ही पास रह कर पढ़ाई करने का फैसला लिया, बाद में बैंगलोर के एक फेमस हॉस्पिटल में क्लिनिकल साइकोलॉजिस्ट की नौकरी मिलने पर भी वह नहीं जाना चाहती थी क्योंकि वह अच्छे से जानती है, मम्मी पापा उसके साथ रहने से कुछ तो सहज रहते हैं। मम्मी ने ही जिद कर उसे बेंगलोर जाकर अपना करिअर बनाने को प्रेरित किया। उसने परी से कहा, ''जा सिमरन जा। जी ले अपनी जिंदगी।''

उस दिन मम्मी के हैलो बोलते ही वह समझ गई आज मम्मी का मूड सही नहीं है। कुछ तो गड़बड़ है। वह भी कोई बच्ची तो है नहीं। वह समझ गई जरूर पापा ने आज कोई नया पंगा किया है। उसने मम्मी से पूछा, ''क्या हुआ? आज बहुत उदास लग रही हो?''

''नहीं तो, ऐसा कुछ नहीं।'' मीनल ने कहा।

मीनल की ओढ़ी हुई मुस्कराहट ने उसके चेहरे पर जमी दर्द की परत को और गहरा बना दिया।

परी बहुत दिनों से पापा से बात करना चाह रही थी। उसे लगा अब वह समय आ गया है।

''पापा कहां हैं?'' परी ने पूछा।

स्काइप पर अपने बारे में सुन समीर भी वहां आ गए, ''क्या हुआ?'' समीर ने आते ही पूछा।

बहुत दिनों से परी अपने अंदर अनेक सवाल-जवाब लिये उलझ रही थी।

दोनों स्काइप के सामने आकर बैठ गए तो परी ने कहा, "आप जानना चाहते हैं न कि मैं शादी की बात क्यों टाल जाती हूँ?"

"पापा, आप बताएं। आपकी शादी को तीस साल हो गए। मम्मी की क्या इच्छा थी?" परी ने 'थी' शब्द पर जोर देते हुए कहा।

समीर कुछ बोलते इससे पहले ही परी ने कहा, "नहीं। यह एक बेटी का सवाल नहीं है। एक साइकोलॉजिस्ट का सवाल है। इसलिए जवाब भी वैसे ही देना।"

"तुम जानती तो हो तुम्हारी मम्मी समाजसेवा में काम कर रही किसी संस्था से जुड़ना चाहती हैं। अब वह कुछ नहीं करे तो मैं क्या कर सकता हूँ? मैंने कभी कुछ करने से रोका है क्या?"

"चलिए, आपको पता तो है मम्मी की इच्छा के बारे में। आपने नहीं रोका। यह भी अच्छी बात है। पर आपने इसके लिए किया क्या?" परी ने एक और सवाल दागा।

"पर्सनेलिटी परफेक्शन ट्रेनर।" समीर को अपनी ही बेटी से ऐसे सवाल की उम्मीद नहीं थी।

"तुम्हारी मम्मी को कुछ करने की मनाही है क्या? मैं भला इसमें क्या करता?"

समीर अनचाहा सुनते ही तुरंत बौखला जाते हैं। हर मुद्दे पर वे अपनी राय को ही सबसे सही मानते हैं। मानो हर समय सही होने का पूरा ठेका उनका ही हो।

"पापा, एक बात बताओ। मम्मी, रोज हम सबके लिए क्या-क्या करती हैं? क्या कभी ऐसा हुआ है कि आपको अपने इंस्टिट्यूट जाना हो और टिफिन तैयार नहीं मिला हो। आपकी हर चीज आपको तैयार मिलती है। आपके कपड़े, आपकी फाइल, आपका सामान। आपकी पूरी देखभाल मम्मी कितनी अच्छी तरह से करती हैं। मेरी पढ़ाई, घर की पूरी सार-संभाल कौन करता है? आस पड़ोस-रिश्तेदारियां कौन निभाता है? इस सबके पीछे की मेहनत या परेशानियों से जैसे आपका कोई लेना-देना ही नहीं। आपको तो मम्मी हमेशा मुस्कराती हुई दिखनी चाहिए, है न पापा?" आज परी बिना कोमा फुल स्टॉप के बोले जा रही थी।

"आप सिर्फ यह कह कर जिम्मेदारी से मुक्त हो जाना चाहते हैं कि मैंने यह सब उसको करने को कब कहा है और बाहर जाने से कब रोका है? सिर्फ आपके सोचने से किसी की इच्छाएं पूरी नहीं हो सकती। आपके सहयोग की भी जरूरत होती है इसमें।"

"वे तो कभी-कभार अपनी सहेली तक से मिलने का कहती हैं तो आपका

यही कहना होता है–क्या करोगी इतनी दूर जाकर? धूप तेज है, थक जाओगी। जब वे घर बाहर के तमाम काम अकेले निपटाती हैं, तब कभी आपको उनकी थकान का ध्यान नहीं आता। भला अपनी सहेली से मिलने में क्या दूरी और क्या धूप? और दोस्ती की घनी छाँव के सुख का आनंद आपने खुद भी कभी नहीं लिया तो उनको भी नहीं लेने दिया। सच तो यह है हमारी परवरिश में ही कुछ ऐसा होता है कि हम महिलाएं कितना ही पढ़-लिख जाएं हम क्या करेंगे? हम कहाँ जाएंगे? क्या पहनेंगे? किससे मिलेंगे? किससे बात करेंगे? कब हँसेंगे? यह सब अमूमन घर के मुखिया पर ही निर्भर करता है। यह मुखिया आपका पिता, भाई, पति, बेटा कोई भी हो सकता है।''

''पापा, मुझे अब भी ध्यान है, जब हम पप्पी मामा की शादी में गए थे। मम्मी को अपने बहुत से ऐसे रिश्तेदार मिले जिनसे वे बरसों से नहीं मिली थीं। उनका मन हुआ कि वहां एक दिन और रुका जाए। मगर आप तो अड़ कर खड़े हो गए। आपने सबके सामने आदेश–सा देते हुए बहुत रूखे अंदाज में कहा, हम आज ही चलेंगे। मम्मी की वे गीली आँखे मुझे आज भी याद हैं। पापा आप ही बताओ हम एक दिन रुक जाते तो क्या हो जाता। इतनी छोटी–सी बात के लिए किसी का मन तोड़ना ठीक था क्या?''

समीर इस झटके के लिए तैयार नहीं थे। उन्होंने थोड़ी ऊँची आवाज में परी से कहा, ''कौन–सा जुल्म कर दिया मैंने तुम्हारी मम्मी पर? पूछ...पूछ अपनी मम्मी से।'' यह कहते–कहते समीर फिर बौखला गए।

''क्या सिर्फ शारीरिक चोट को ही जुल्म कहते हैं?'' परी ने तुरंत सवाल किया।

समीर यही तो सिखाते हैं, अपनी कार्यशालाओं में सबको कि अपने मन पर किसी बोझ को हावी मत होने दो। शरीर का घाव तो कुछ समय में भर जाता है, मगर दिल का घाव न आपको मरने देता है न जीने। पापा दूसरों को नसीहत देना बहुत आसान होता है मगर खुद को भी तो इस पर अमल करना चाहिए।

समीर को समझ नहीं आ रहा था कि वे क्या बोलें। उन्हें तो कभी ऐसा कुछ महसूस ही नहीं हुआ था।

समीर कोई जवाब देते, इससे पहले ही परी बोली, ''जब इतने बरसों साथ रहने के बाद मम्मी अपने मन की बात खुल कर आपसे साझा नहीं कर पाई तो ऐसे सम्बन्ध का क्या अर्थ है? यदि शादी के बाद मुझे भी ऐसा साथी मिला तो? मुझमें तो इतनी सहनशक्ति भी नहीं जो मम्मी की तरह घुट–घुट कर जी पाऊँ। मैं

तो आपको रोज फोन कर-करके परेशान ही कर दूंगी। ऐसे में तलाक लेने में भी देर नहीं लगाऊंगी मैं तो।''

समीर का चेहरा बुझा हुआ था। उसको अपनी बेटी के सामने कभी इस तरह कटघरे में खड़ा होना पड़ेगा। ऐसा उसने कभी नहीं सोचा था।

उसकी नजरों के सामने तीस बरस का लम्बा सफर कुछ ही देर में पूरा घूम गया। उसे ध्यान आया। शादी के समय कैसी चमकती हुई सपनो से भरी आँखें थी मीनल की। वह चमक धीमी पड़ती चली गई और उसे महसूस तक नहीं हुआ। मीनल कॉलेज की हर एक्टिविटी में सबसे आगे रहती थी। वह बुद्धि, प्रतिभा और सुंदरता का एक कम्पलीट पैकेज लगी थी उसे। परी सही ही तो कह रही है। वह हमेशा खुद को सबसे सुपीरियर समझता रहा और अपने आप में ही खोया रहा। उसके अपने उससे इतना दूर हो गए और उसे पता ही नहीं चला।

आज परी ने उसे सोचने पर मजबूर कर दिया। सच है उसके कम्फर्ट जोन को बनाए रखने के लिए मीनल घर से बाहर नहीं निकल पाई वरना आज उसका भी अपना नाम होता, शोहरत होती। मीनल और परी के मन में उसके लिए सच्चा प्यार होता।

जिंदगी का कीमती लंबा समय यूं ही निकल गया। अब समीर एक दिन भी खराब नहीं करना चाहता था। उसने मीनल से कहा, ''हम कल सुबह ही चलकर 'आशा संस्था' में बात करने चलेंगे। फिर आगे सोचेंगे क्या करना है।''

परी सोचने लगी, उसने कितनी देर लगा दी पापा से बात करने में। कई बार परिस्थितियाँ बदलना उतना मुश्किल नहीं होता जितना हम सोचते हैं। संवाद बंद करके हम सारे रास्ते खुद ही बंद कर देते हैं।

अचानक परी बोली, ''पापा, एक बात और।''

समीर ने चिंतातुर स्वर में पूछा, ''अब क्या हुआ?''

परी ने शैतानी से कहा, ''पापा, मम्मी समाजसेवा करेंगी तो आपको घर पर मिलने वाली सेवाओं में कुछ कमी आ सकती है।''

समीर ने मुस्करा कर मीनल का हाथ अपने हाथ में लिया और कहा, ''चलो, तैयार हो जाओ। आज हम डिनर करने बाहर चलते हैं और कल से हम घर के काम मिल-जुल कर करेंगे।''

समीर, मीनल और परी आज बहुत लम्बे समय बाद एक साथ खुल कर हंस रहे थे।

और बढ़ती रहेगी कशिश

डॉ. वीणा चूंडावत

डॉ. वीणा चूंडावत का जन्म चितौड़गढ़ जिले के झड़ोली गाँव में हुआ। अपनी विश्वविद्यालयी शिक्षा सुखाड़िया विश्वविद्यालय उदयपुर और जयनारायण विश्वविद्यालय जोधपुर से प्राप्त करने वाली वीणा चूंडावत ने 'निराला के साहित्य में युगबोध' विषय में डॉक्टरेट की। वर्तमान में अध्यापन के साथ नियमित लेखन में सक्रिय हैं। पहला कहानी संग्रह हाल ही आया है। वीणा चूंडावत अपनी कहानियों में स्त्री-पुरुषों के सम्बन्धों की पड़ताल करती प्रतीत होती हैं। कहानी लेखन के अलावा वीणा चूंडावत कविता, आलेख और ललित निबंध के माध्यम से अपनी संवेदना और अनुभूतियों को शब्दों के रूप में कागज पर उतार रही हैं।

पता : 109, सेंट्रल स्कूल स्कीम, एयरफोर्स एरिया, रातानाड़ा, जोधपुर-342011

मोबाइल : 9929832300

ई-मेल : nms.veenarathore@gmail.com

वल्लरी और अम्लान लाइब्रेरी से क्लास की ओर बढ़ने लगे।

"अम्लान मैं तो आगे की पढ़ाई पूना जाकर करना चाहती हूं। तू भी मेरे साथ पूना के कॉलेज में एडमिशन ले लेना।"

"मेरे परिवार वाले मुझे कतई पूना नहीं भेजेंगे। मैं तो अपनी आगे की पढ़ाई उदयपुर से ही करूंगा।" अम्लान ने अपना पक्ष रखा।

"तो फिर ठीक है। मैं भी आगे की पढ़ाई तुम्हारे साथ ही करूंगी।" वल्लरी ने अम्लान की हां में हां मिलाई।

बात करते-करते वे क्लास में पहुंच गए। क्लास में अध्यापक के आने का इंतजार करने लगे। मैथ्स की क्लास थी। क्लास में वे दोनों साथ ही बैठते थे। सभी उनको 'लव बर्ड्स' कहते थे। स्कूल का कोई प्रोग्राम हो तो वे साथ ही अपनी भागीदारी निभाते। यहां तक कि अध्यापकों को भी इस बात का भान था। लेकिन विद्यालय के प्रधानाध्यापक को यह बात पसंद नहीं थी। वे जानबूझकर अम्लान को किसी न किसी प्रकार परेशान करते रहते। उन्हें बिलकुल अच्छा नहीं लगता था कि अम्लान अव्वल नंबरों से पास हो।

वल्लरी के परिवार वालों को वे जानते थे। उनके साथ अच्छे संबंध थे। अम्लान से चिढ़ते थे। परीक्षा में भी जितने अंक अम्लान के आने चाहिए, उतने न आकर

कम ही आते थे। योग्य होते हुए भी वह प्रथम स्थान हासिल नहीं कर सकता था।

वल्लरी उसे समझाती, ''तुम चिंता मत करो। अगर तुम इंटेलिजेंट हो तो बोर्ड एग्जाम में सर क्या कर लेंगे? अच्छे नंबर लाने से रोक नहीं सकते।'' वल्लरी की बातें सुनकर अम्लान का गुस्सा शांत हो जाता।

''मैं कल स्कूल लाइब्रेरी आने का सोच रही हूं। हां ,अगर कोई साथ आना चाहे, तो स्वागत है।''

अम्लान हंसते हुए, ''सीधा-सीधा क्यों नहीं कहती तुम भी आ जाना।''

वल्लरी मुस्कुराती हुई, ''अगर सीधा कहूंगी तो अभी एटीट्यूड दिखाएगा कि मुझे यह काम है, वह काम है।''

हंसी-खुशी के साथ पूरा साल बीत गया। उन दोनों की बारहवीं बोर्ड की परीक्षाएं भी अच्छी हो गई। अम्लान ने तो मेरिट में नाम लाने के लिए दिन-रात जी तोड़ मेहनत की।

परीक्षा के बाद स्कूल में फेयरवेल था। अम्लान बहुत खुश था। इस बहाने वह वल्लरी से मिल सकेगा। इतनी देर में डोर बेल बजी। उसने दरवाजा खोला तो सामने कॉरियर वाला था। पैकेट थमाते हुए बोला, ''साइन कर दीजिए सर।''

''अच्छा, यह किसने भेजा है? क्या है?''

पार्सल देने वाला लड़का, ''सर भेजने वाले का नाम और फोन नंबर पैकेट पर लिखा हुआ है।''

अम्लान ने उस पार्सल को उलट-पुलट कर देखा। वल्लरी ने उसे भेजा है। अम्लान ने बिना देरी किए वल्लरी को फोन किया, '' पापा ने तो मुझे नया सूट सिलवाने से मना कर दिया था। मैं सोच रहा था कि फेयरवेल पर क्या पहनूँगा। पर यह काम अच्छा किया। लव यू। तेरा सारा उधार नौकरी लगने के बाद चुकता।''

''अब रहने दे। मुझे किसी चीज का हिसाब नहीं रखना है। बस तुम मुझसे शादी कर लेना और कुछ नहीं चाहिए।''

''मुझे एक बात बता। तूने मेरा नाप कहां से लिया?''

हंसते हुए कहने लगी, ''मैंने तेरा नाप अपनी आंखों से ले लिया था। टेलर को दे दिया, सिंपल।''

''ओके! तू नागिन है। आंखों से फोटो खींचकर कपड़े सिलवाती है।''

''और नहीं तो क्या? अगर मुझे धोखा देने की कोशिश करेगा तो मैं तुझे डस लूंगी।''

इतना सुनते ही दोनों की हँसी हवा में तैर गई।

फेयरवेल पर वल्लरी ने अम्लान के सूट से मैच करती साड़ी पहनी। दोनों बड़े स्मार्ट और कूल लग रहे थे। फैशन शो में दोनों ने एक साथ रैंपवॉक किया। उनको स्मार्ट कपल के टाइटल से नवाजा गया। सहपाठियों के साथ खूब मस्ती की। वल्लरी ने अपनी गाड़ी से अम्लान को घर छोड़ दिया।

अम्लान और वल्लरी ने आईआईटी के लिए एग्जाम दिया। अम्लान का आईआईटी चेन्नई कॉलेज के लिए सिलेक्शन हो गया। लेकिन वल्लरी कुछ नंबरों से परीक्षा में पीछे रह गई। अम्लान पढ़ने के लिए चेन्नई चला गया। वल्लरी ने उदयपुर के गीतांजलि कॉलेज में एडमिशन ले लिया। वे एक-दूसरे को फोन पर समझाते और दिलासा देते। छुट्टियां एक-दूसरे के नाम करने का वादा, इसके सिवा उनके पास कोई चॉइस नहीं थी।

अम्लान जब चेन्नई में वल्लरी के साथ बिताए गए लम्हों को याद करते हुए कभी कविता, कभी कहानी लिखता। उसकी कहानियां और कविताएं कॉलेज मैगजीन में प्रकाशित होने लगी थीं। वहां के लोकल समाचार-पत्रों में भी उसने अपना स्थान बना लिया था। चेन्नई आने के बाद रोज रात सोने से पहले डायरी लिखता। उस डायरी को वह दोस्तों से छुपा कर रखता। यह बात उसने वल्लरी को भी नहीं बताई।

बहुत दिनों के बाद वल्लरी का वीडियोकॉल आया।

"आई एम मिसिंग यू।" कहते-कहते आंखों में आंसू आ गए।

"अगर तुम ऐसे अपना दिल छोटा करोगी तो मैं यहां कैसे रह पाऊंगा। मुझे यहां बिलकुल अच्छा नहीं लगता। लेकिन पढ़ाई नहीं करूंगा तो तुम्हारे पापा से अपनी शादी की बात कैसे करूंगा। तुम ठहरी रईस बाप की बेटी।"

"तुम मेरे पापा को नहीं जानते, अगर मैं उन्हें तुमसे शादी करने के लिए कहूंगी, उनको कोई प्रॉब्लम नहीं होगी।"

"तुम इन रईस लोगों को नहीं पहचानती। सबसे पहला सवाल होगा महीने में कितना कमाते हो?"

"अच्छा! मैं अपने पापा को नहीं जानती!" वल्लरी रोते-रोते हंसने लगी थी।

अम्लान दिवाली की छुट्टियों में अपने घर उदयपुर आने वाला था। उसने घर में सभी सदस्यों के लिए अपनी बचत से कुछ न कुछ खरीदा था। उसने वल्लरी से पूछा, "तुम्हारे लिए क्या लेकर आऊं?"

"बस तुम आ जाओ। यही मेरे लिए सबसे बड़ा तोहफा होगा।"

"मां, मैं अम्लान के साथ बाहर जा रही हूं। थोड़ा लेट हो जाएगा। खाने पर मेरा इंतजार मत करना।"

"बेटा जल्दी लौट आना।"

"ओके माँ। अभी ड्राइवर मुझे छोड़ देगा और लौटते समय मैं अम्लान के साथ आ जाऊंगी।"

फतहसागर रात को मिनी मुंबई में परिवर्तित हो जाता है। उसकी पाल पर रात को पग धरने की जगह नहीं रहती। पाल के किनारे लैंपपोस्ट की लाइटें चारों तरफ सफेदी छिटकाए हुए थीं। झील में चांद अपना अक्स देखकर इतराने लगा था। फतहसागर का पानी खामोशी से किनारे पर टहलते लोगों की चहल-कदमी को निहारता रहता।

फतह सागर के बीचों-बीच बना नेहरू पार्क दूर से टापू-सा लगता। जहां लाइटों की रोशनी हजारों जुगनू की मानिंद टिमटिमा रही हैं। वृक्षों के झुरमुट इस पार्क की सुंदरता को और निखार देते लेकिन रात को वहां जाना मना था।

अम्लान और वल्लरी का यह फेवरेट डेस्टिनेशन था। वहां आकर वे घंटों हाथों में हाथ डालकर टहलते। अपने कॉलेज की बातें शेयर करते। अपनी शादी के सपने संजोते। अपने बच्चों के नाम रखकर हंसते। खुद से वादा करते, शादी के बाद भी हम यहाँ टहलने आया करेंगे अपने बच्चों के साथ। इन दिनों की यादों में खो जाएंगे।

वल्लरी ने घड़ी देखते हुए कहा, "अम्लान ग्यारह बज गए। घर चलना चाहिए। मां-पिताजी इंतजार कर रहे होंगे।"

"पल भर रुक जा।"

"नहीं, कल फिर से मिलना है तो अभी समय से घर छोड़ दो वरना मां-पिताजी मुझे तुम्हारे साथ आने नहीं देंगे।"

"ओके ! मैं तुम्हें घर छोड़ देता हूं।" कार का दरवाजा खोलते हुए, "मैडम प्लीज।"

"आह! थैंक यू।"

गाड़ी का हॉर्न सुनकर दरबान ने गेट खोल दिया। अम्लान वल्लरी को छोड़कर निकल ही रहा था, वल्लरी के पिताजी ने आवाज लगाई, "कभी हमसे भी मुलाकात कर ले। इतने बुरे भी नहीं हैं हम।"

अम्लान ने सकुचाते हुए उनसे हाथ मिलाया, "हाय ! अंकल आईएम अम्लान।"

"हां मुझे पता है। वल्लरी ने बताया था। पढ़ाई कैसी चल रही है?"

"ठीक। अभी छुट्टियों में यहां आया हुआ हूं।"

"कभी मम्मी-पापा को साथ लेकर आना। मुझे अच्छा लगेगा।"

‘‘ओके अंकल। गुड नाइट।’’

‘‘गुड नाइट अम्लान।’’

वल्लरी उन दोनों की बातें चुपचाप सुन रही थी। अम्लान के जाने के बाद पिताजी ने कहा, ‘‘ही इज अ नाइस ब्वॉय।’’

वल्लरी शरमाते हुए, ‘‘हम्म, ही इज।’’

‘‘मुझे पता है। तुम अम्लान को पसंद करती हो और अम्लान भी तुम्हें। हां उसके माता-पिता को इस रिश्ते से कोई इनकार न हो तो, मेरी तरफ से भी हां है।’’

‘‘ओ पापा, आई लव यू।’’

‘‘लव यू बेटा।’’ पिताजी ने वल्लरी को गले लगाते हुए कहा, ‘‘तुम मेरी इकलौती औलाद हो। मेरा जो कुछ है वह सब तुम्हारा है। अम्लान के स्वभाव में जो सरलता और सच्चाई झलकती है। एक दिन जरूर कुछ अलग करके दिखाएगा।’’

यह सुनकर वल्लरी खुशी से उछल पड़ी। उसने अम्लान को वीडियोकॉल लगाते हुए कहा, ‘‘तूने पापा पर क्या जादू कर दिया है, तेरे ही नाम की माला जप रहे हैं।’’

अम्लान अपनी शर्ट की कॉलर ऊपर करके बोला, ‘‘फर्स्ट इंप्रेशन इज द लास्ट इंप्रेशन।’’ दोनों मोबाइल फोन की स्क्रीन पर एक-दूसरे को देख कर हँस पड़े।

छुट्टियां खत्म होने पर अम्लान के वापस जाने के दिन आ गए। उसने वल्लरी को एक स्कार्फ देते हुए कहा, ‘‘मैं तेरे लिए लाया हूं। जब भी मेरी याद आए तो इसे पहन लेना और सोचना मैं तेरे साथ हूं।’’

वल्लरी ने बड़े प्यार से उसे गले में पहन लिया। ‘‘अच्छा अब मेरी याद में लिखने वाली कविता सुना दे। मैं उसे मोबाइल में रिकॉर्ड कर लूंगी।’’

अम्लान, ‘‘रिकॉर्ड करने की क्या जरूरत है? अपनी तो तकरीबन रोज बात होती है।’’

‘‘तू नहीं समझेगा, प्लीज कविता सुना।’’

‘‘अरे! सुनाता हूं।’’

‘‘मेरी कविता का शीर्षक है-और बढ़ती रहेगी कशिश।’’

फैल रही है वल्लरी
खिल रहा है अम्लान
यह क्या है जो उसे हरा करता है
और मुझे रंग देता है
खाद मिल रही है हमारे प्यार को
रेत में मिल रही है कशिश

रोज मेरी और उसकी
और फैलेगी यह वल्लरी
खिलेगा अम्लान
और बढ़ती रहेगी कशिश।

अम्लान ने अपनी कविता पढ़ने के बाद कहा, ''आखिर तूने रिकॉर्ड कर ही ली।''

आईआईटी की पढ़ाई के साथ ही अम्लान आईएएस की भी तैयारी कर रहा था। उसने इंजीनियरिंग पूरी होने पर दिल्ली में एक साल आईएफएस की कोचिंग ज्वाइन कर ली। उसकी कड़ी मेहनत रंग लाई। उसका चयन डी.एफ.ओ. की पोस्ट के लिए हो गया। इस खबर से अम्लान के घर में खुशी का माहौल छा गया। अम्लान ने वल्लरी को फोन लगाते हुए कहा, ''मैं आज बहुत खुश हूं। अपने पिताजी को विदाई की तैयारी के लिए कह दे।''

''अच्छा अपने घरवालों से मेरे बारे में बात तो कर ले।'' वल्लरी ने उसे छेड़ते हुए कहा।

अम्लान ने हिम्मत करके अपने पिताजी को वल्लरी के बारे में बताया। अम्लान के पिता जी नाराज हो गए। तेरी शादी के लिए मैंने कितने सपने देखे हैं। एक बहुत बड़े राजनेता हैं उनकी बेटी का रिश्ता आया है तेरे लिए। उन्होंने तेरी बहन का रिश्ता भी अच्छे घर में करने का वादा किया है। तू इस तरह मेरे अरमानों पर पानी नहीं फेर सकता।

''पापा आप राजी हो या बेराजी, शादी मैं वल्लरी से ही करूंगा।'' गुस्से से बोलते हुए अम्लान घर के बाहर निकल गया।

अपनी ट्रेनिंग के लिए अम्लान मसूरी चला गया। अम्लान के पिताजी ने मौका देख कर वल्लरी को बात करने के लिए घर बुलाया।

जब वह घर से अम्लान के पिताजी से मिलने जा रही थी, तब कितने सपने अपनी आंखों में संजो लिए थे।

सोचा वहाँ से लौटकर अम्लान को खुशखबरी सुनाएगी।

परन्तु वहां से लौटने के बाद वह सो तक नहीं पाई। सारी रात इस सोच में डूबी रही, क्या करना चाहिए। अम्लान के पिताजी की बात मानकर उसकी जिंदगी से दूर चले जाना चाहिए या अम्लान को सारी सच्चाई बता दे। वल्लरी यह बात अपने माता-पिता को बता कर दुखी नहीं करना चाहती थी। अम्लान के साथ बचपन से बिताए हर पल की उसे याद आ रही थी। अम्लान के बिना अपने आगे के जीवन

को वह सोच भी नहीं पा रही थी। भीगी आंखों को बंद कर उसने हिम्मत करके एक फैसला ले लिया। मन में ठान लिया। इस बार अम्लान लौटेगा तो उसके सामने अपनी बात रख देगी।

अम्लान ट्रेनिंग पूरी कर के तीन महीने बाद लौटा। वह सबसे पहले वल्लरी से मिलने गया। उसे गले लगा कर, ''आई मिस्ड यू लॉट।''

इस पर वल्लरी ने कोई जवाब नहीं दिया।

''कांग्रेचुलेशन अम्लान तुम्हारी ट्रेनिंग पूरी हो गई अब पोस्टिंग कहां मिली है।''

''बेंगलुरु के पास फोरेस्ट जोन में।'' अम्लान ने जवाब दिया।

वल्लरी को कुछ उदास देखकर अम्लान ने चिंतित होते हुए पूछा, ''वल्लरी कोई प्रॉब्लम है? तू ढंग से बात क्यों नहीं कर रही है। मैं सारे काम छोड़कर तुझसे मिलने आया हूं और तू।''

वल्लरी ने गंभीर होते हुए कहा, ''अम्लान, हमारा प्यार छत और फर्श-सा है, जो रहते साथ है लेकिन कभी मिल नहीं सकते।''

अम्लान बेबाकी से बोला, ''फिर तुमने प्यार क्यों किया?''

उसने कहा, ''प्यार किया नहीं जाता हो जाता है, बस।''

''अच्छा!'' अम्लान ने आश्चर्य भरी नजरों से उसकी ओर देखा।

वल्लरी ने कहा, ''हम बहती नदियों के किनारे हैं। साथ-साथ चल सकते हैं। लेकिन एक होना हमारी नियति नहीं है।''

''हमने जो सपने साथ में संजोए थे। उनको तो बसने से पहले ही तुमने उजाड़ दिया।'' कहते-कहते अम्लान का गला रुंध गया।

आंखों में आंसू भरकर वल्लरी बोली, ''मैंने तुमको अपनी पलकों पर बुना है और ख्वाबों में साकार किया है। एहसास की तरह जिया है तुम्हें।''

''क्या तुम रह लोगी मेरे बिना?''

अम्लान की बात काटते हुए वह बोली, ''मैं अपना जीवन तुम्हारे बिना सोच भी नहीं सकती। तुम यादों की कतरन जोड़कर, शब्दों का दुशाला बुनना और सर्द रातों में ओढ़कर तारों की छांव में अपने मौन से मुखरित होकर मेरा नाम अपनी रचनाओं में उकेर देना-

रेत में मिल रही है कशिश
रोज मेरी और उसकी
और फैलेगी यह वल्लरी

अम्लान कितनी सच्ची कविता लिखी तुमने। हमारे प्यार में कशिश बढ़कर

रेत में मिलती है। हाँ, सही कहा कशिश हम में रहेगी। चाहे तुम कहीं भी रहो। मैं और तुम नहीं मिलकर भी उस कशिश को ...।

मेरा वादा है तुझसे
अम्लान कि तेरी
वल्लरी फैलती रहेगी
हमेशा हरी रहेगी
तुम हमेशा मेरे साथ
न होकर भी रहोगे।
'अलविदा'।

अम्लान का मन किया वल्लरी का हाथ पकड़ कर रोक ले। अम्लान बुत की मानिंद उसे जाते देख रहा था।

दस साल बाद........

वल्लरी दो दिन से कमरे से बाहर नहीं निकली। मां को चिंता हुई, "कहीं बीमार तो नहीं?"

पिताजी ने हंसते हुए कहा, "कोई अच्छी किताब हाथ लग गई होगी। उसके हर्फ दर हर्फ को जीना चाहती है वह। अनुवादक जो है।"

"आप उससे कहिए मुझे मंदिर ले जाए। ड्राइवर छुट्टी पर है आज।"

"अच्छा। अभी उठाता हूं।"

कमरा पूरी तरह अस्त-व्यस्त। कमरे में पिताजी ने कदम रखा तो बेड पर वल्लरी किताबों से दबी पड़ी थी। उन्होंने किताबों को हटाकर मेज पर जमाया। कमरे की बंद खिड़कियां रोशनी के लिए खोल दी। उसके कमरे में कागज, नोटपैड अपनी सही जगह चले गए। उल्टा पड़ा पेन होल्डर उठाकर टेबल पर रख दिया। बिखरी हुई पेंसिलें, पेन, मार्कर उसमें डाल दिए। टेबल लैंप बुझा दिया। एसी बंद कर ही रहे थे कि वे चौंक पड़े, "थोड़ी देर और सोना है।" वल्लरी ने कहा था।

"मां को मंदिर जाना है। वहां से लौट कर फिर सो जाना।"

शाम की चाय पीते वक्त पापा से वल्लरी ने कहा, 'उजड़ा शहर' कवि हैं। उसकी कविताएं अनुवाद के लिए आई हैं। बहुत दिनों बाद इतनी अच्छी कविताएं पढ़ने को मिली। पढ़ते हुए किसी अपने की याद आ गई। मैं उससे कुछ पूछना चाहती हूं पर न कोई मेल आई डी है न कोई नंबर।"

"तुम्हें किताब किसने भेजी?"

''पब्लिशिंग हाउस ने।''

''उनके पास नंबर होगा।''

''पिताजी, मेरा बेंगलुरु शहर में प्रोग्राम है। मुझे मुख्य अतिथि के रूप में आमंत्रित किया है। दो दिन का कार्यक्रम है।'' वल्लरी ने अपना सामान पैक करते हुए कहा, 'उजड़ा शजर' वहां आने वाला है। उसी की कविताओं पर चर्चा है। मैं उससे मिलकर अपने डाउट क्लियर कर लूंगी।''

''तुम्हें उसके नंबर नहीं मिले?''

''पापा, वह किसी से बात नहीं करता।''

अम्लान अपनी उम्र से अधिक थक गया। मां पूछती तो 'सब कुछ ठीक है' कह कर टाल जाता। डी.एफ.ओ. का सरकारी बंगला कहने को सभी सुविधाएं थीं। फिर भी खामोशी की जड़ें उसके हर कोने को जकड़े हुई थी। उदासी, सूनापन घर के चौकीदार। सूरज की रोशनी भी आने से कतराती। चिड़ियों ने कभी इस घर का रुख नहीं किया। घर नहीं किसी की यादों का कब्रिस्तान था।

अम्लान के पिताजी स्वयं को जिम्मेदार ठहराते। अम्लान की दशा को देखकर। वल्लरी को घर बुलाकर मैंने शादी के लिए मना नहीं किया होता तो आज हमारा भी भरा पूरा परिवार होता। इसके लिए मैं अपने आप को अम्लान का गुनहगार मानता हूं। जिन सुख-सुविधाओं के लालच में मैंने उसके सपने उजाड़े उसने उन्हीं की खातिर अपना जीवन स्वाह कर दिया। उन्हीं सपनों की खातिर अपने जीवन की आहुति दे दी।

कार्यक्रम पूरा खत्म हो गया था। पर जिसकी कविताओं पर चर्चा थी, वही नहीं आया। वल्लरी को थोड़ा-सा आश्चर्य हुआ।

उसने संयोजक से पूछा, ''कवि कहां है?''

संयोजक ने कहा, ''बहुत ही संकोची स्वभाव है उनका। अभी आते ही होंगे और कहेंगे कि सॉरी मैं थोड़ा लेट हो गया।''

वल्लरी अपना पर्स उठाकर होटल के लिए निकल ही रही थी। उसकी नजर एक चेहरे पर पड़ी, जो उसे काफी देर से एकटक निहार रहा था। उसे देखकर अतीत में लौट गई। उसने देखा, अम्लान था। अम्लान और वल्लरी एक-दूसरे को देख कर रुक गए।

''कहां ठहरी हो?'' अम्लान ने पूछा।

''यहीं पास... होटल में।''

''मैं तुम्हें छोड़ देता हूं।''

''नहीं, ज्यादा दूर नहीं है पास ही है। पैदल ही चली जाऊंगी।''

''मैं भी तुम्हारे साथ चलता हूं।''

''कैसे हो?''

''जैसा तुम छोड़ गई थी?''

''घर में मां, बाबूजी और हां...।''

अम्लान ने कोई जवाब नहीं दिया।

''कैसे आना हुआ?''

''एक 'उजड़ा शहर' नाम का कवि है। उनकी कविताओं का अनुवाद कर रही हूं। लेकिन महाशय आए ही नहीं। मुझे कुछ डाउट थे। उनसे पूछना था कुछ। अनुवाद में सहायक होता मेरे लिए।''

''अनुवादक हो गई हो तुम।''

वल्लरी ने जवाब नहीं दिया।

''सुना है इसी शहर का रहने वाला है। जैसे तुम मिल गए, वह भी मिल जाएगा एक दिन।''

''उस दिन का मैं इंतजार करूंगा। तुम्हारा इंतजार भी कितना सुंदर है।'' अम्लान बुदबुदाता हुआ थोड़ा पीछे रह गया।

वल्लरी और अम्लान चलते हुए अपने पैरों से सड़क को नाप रहे थे। नजरें नीची थी। उन दोनों की। उनके शब्द आपस में बतिया रहे थे।

''कब तक हो यहां?''

''कल नौ बजे की फ्लाइट है मेरी।''

रात का अंधेरा उन दोनों के शब्दों के बीच उतर आया। अम्लान उसका हाथ पकड़कर रोकना चाहता था। फिर से। उसे कहना चाहता था अपनी पीड़ा...। पर मौन रहा। उन दोनों के दिल तो धड़क रहे थे एक दूसरे के लिए। लेकिन समय ने कुछ वर्षों के फासले का पुल बना दिया था उनके बीच। उस दूरी को पार नहीं कर पाए वे।

वो अजनबी

डॉ. शालिनी गोयल

13 अक्टूबर, 1972 को चूरू में जन्मी डॉ. शालिनी गोयल की अब तक दो कहानी पुस्तकें आ चुकी हैं। आकाशवाणी में आकस्मिक उद्घोषिका से शुरू किया सफर टीवी चैनल में समाचार वाचिका तक पहुंचा। वर्तमान में स्वतंत्र लेखन कर रही हैं। सीधी-सरल भाषा में स्त्री जीवन की कठिनाइयों को बेहद सहजता और सरलता के साथ कहने वाली डॉ. शालिनी गोयल की कहानियां आम पाठक के मन की भाषा पहचानती हैं। उसी के अनुरूप वे अपना रचना संसार बुनती हैं।

पता : एच-11-6, सरदार पटेल कॉलोनी, राजकीय पॉलिटेक्निक कैम्पस, रेजीडेंसी रोड, जोधपुर-302011

मोबाइल :97845-79227

ई-मेल : shalurajvanshi@gmail.com

स्टेशन पर आते ही पता चला कि ट्रेन आधा घंटा देरी से आएगी तो पहले से ही खराब मेरा मन अब तो बुरी तरह तड़प गया। मगर स्टेशन पर बैठ कर ट्रेन का इंतजार करने के सिवा और कोई चारा नहीं था, मेरे पति ने एक बार कहा भी कि प्रतीक्षालय में चल कर बैठते हैं मगर मैंने मना कर दिया और वहीं बेंच पर बैठ गई।

रिश्तेदारों की शादी में शरीक होना मुझे हमेशा से कुछ ज्यादा पसंद नहीं, एक तो किसी चीज की कोई व्यवस्था नहीं होती और दूसरा बिना किसी को कुछ कहे सब बर्दाश्त करना होता है। मगर कहते हैं न कि दुनियादारी नाम की भी कोई चीज है इस दुनिया में और हम सब उसे ही निभा रहे हैं।

शादी की थकान में ट्रेन की देरी ने मानो आग में घी का काम किया, जब तक ट्रेन आई मेरा मूड पूरी तरह खराब हो चुका था। ट्रेन के आते ही सभी अपनी अपनी सीटों की तरफ चल दिए, सामान व्यवस्थित करने के बाद मैं भी सुस्ताने के लिए अपनी सीट पर पैर फैला कर बैठ गई, आस-पास की सीटों पर गौर किया तो सभी पर लोग बैठे थे बस मेरे सामने वाली सीट खाली थी, डिब्बे में लोगों की भीड़ को देखकर ये साफ था कि हमारे देश में शादी समारोह भी किसी त्योहार से कम नहीं होते, आजकल की भाषा में इसे फैमिली रियूनियन भी कहा जाता है।

अभी मैंने आंखें बंद की ही थी कि छोटे-छोटे

बच्चों की आवाज ने मुझे चौंका दिया, एक महिला अपने दो बच्चों के साथ मेरे सामने वाली सीट पर बैठने को तैयार थी, मगर पहले वह अपने साथ लाए सामान को व्यवस्थित करने में जुटी थी, सामान मेरे अंदाजे से कुछ ज्यादा ही था, दो छोटे बच्चों के साथ इतना सारा सामान किसी को भी परेशान करने के लिए काफी था और उस महिला के चेहरे से परेशानी साफ झलक रही थी। कुछ देर बाद वह सीट पर बैठ गई। चेहरे पर थकान और परेशानी के मिले-जुले भाव दिखाई दे रहे थे, बेहद साधारण-सी साड़ी पहने उस महिला की आर्थिक स्थिति का अनुमान लगाना मेरे लिए मुश्किल नहीं था।

"मैडम, जरा ध्यान रखना बच्चों के साथ ये अकेली है।" एक अधेड़ उम्र की औरत ने मुझे देखते हुए कहा और बच्चों के सिर पर प्यार से हाथ फेर दिया। "जी, जरूर।" मैंने उन्हें आश्वासन दिया। यूं मुझे बच्चों का साथ हमेशा भाता है मगर आज चूंकि मेरा मूड खराब था इसलिए मुझे कुछ भी अच्छा नहीं लग रहा था।

ट्रेन धीरे-धीरे सरकने लगी तो बच्चों और महिला ने बाहर खड़ी महिला को देखकर हाथ हिलाना शुरू कर दिया, उस महिला की आंखों की नमी देखकर मैं जान गई कि वह अपने मायके से विदा हो रही है। अनजाने ही वह मुझे कुछ अपनी-सी लगी। शायद बेटी होने का हमारा दर्द सांझा था।

बातों-बातों में उसने मुझे बताया कि वह अपने मायके अपनी छोटी बहन की शादी में शरीक होने आई थी। पतिदेव पहले ही चले गए हैं और वह आज अपनी ससुराल लौट रहीं थी, बहन की शादी की एक एक घटना वह मुझे पूरे विस्तार से सुना रही थी और न चाहते हुए भी मैं उस शादी में शामिल हुई जा रही थी। अपनी छोटी बहन के बारे में बताते हुए उसके चेहरे पर एक अनोखी चमक आ गई थी। कितना खूबसूरत होता है दो बहनों का रिश्ता, जितना प्यार और अपनापन इस रिश्ते में है शायद ही किसी और रिश्ते में हो।

हमारी बातें अभी कुछ और चलती मगर उसका फोन बज उठा। दूसरी तरफ शायद उसके पतिदेव थे क्योंकि वह उन्हें अपने डिब्बे और सीट के बारे में सब बता रही थी। फोन की घंटी सुनकर अब तक आराम से सो रही उसकी बेटी भी जग गई। वह उसे संभालने में व्यस्त हो गई और मैंने अपने साथ लाई पत्रिका के पन्ने पलटना शुरू कर दिए मगर पता नहीं क्यों मेरा मन उसमें नहीं लगा तो मैंने उसे बंद करके एक तरफ रख दिया और आदतन अपने मोबाइल में मैसेज चैक करने लगी। कुछ देर की शांति के बाद उस महिला ने फिर बताना शुरू किया, उसके

पिता किसी सरकारी दफ्तर में बाबू हैं। अभी कुछ दिनों पहले उनका ट्रांसफर कहीं और हो गया है। इसलिए परेशानी है। एक भाई है मगर वह लकवाग्रस्त है। ज्यादा चल-फिर नहीं सकता। बस अपना काम कर लेता है। बहन की शादी के बाद घर के सारे काम का बोझ अकेली मां पर आ जाएगा। यह सोच कर चिंतित थी।

सच ही तो है। लड़कियां दो घरों का बोझ उठाती हैं, मायका जहां की वह चिंता करती है और ससुराल जिसकी सारी जिम्मेदारी उसके कंधों पर होती है। इन सब बातों से मेरे मन में उसके प्रति सहानुभूति पैदा होने लगी थी। साथ ही मेरी उत्सुकता उसकी ससुराल के बारे में जानने के लिए बढ़ने लगी। बच्चों को भूखा जानकर वह उन्हें खाना खिलाने में व्यस्त हो गई। बीच-बीच में वह खुद भी खा रही थी। अनायास ही मैं उसकी तुलना उस चिड़िया से कर बैठी जो अपनी चोंच में पकड़ा दाना धीरे से अपने बच्चे की चोंच में डाल देती है, मां की ममता का एक ही रूप होता है, चाहे वह पक्षियों की हो या हम इंसानों की।

खाना खत्म करने के बाद उसने एक छोटा-सा डिब्बा मेरी तरफ बढ़ा दिया। मीठा मैं कम ही खाती हूं। इसलिए मैंने मना कर दिया मगर उसके बार-बार आग्रह करने पर मैंने एक छोटा-सा टुकड़ा उठा लिया।

हमारी बातचीत का दौर दुबारा शुरू होने को ही था कि ट्रेन अचानक रुक गई, पता चला कि आगे ट्रेक पर कुछ काम चल रहा है इसलिए ट्रेन अभी कुछ देर और यहीं खड़ी रहेगी। हम सबके लिए यह परेशानी वाली बात थी मगर कोई कुछ नहीं कर सकता था। दोनों बच्चों को खिड़की के पास बिठाकर वह उन्हें व्यस्त करने की कोशिश कर रही थी। मगर जैसे-जैसे वक्त गुजर रहा था, उसके चेहरे पर चिंता की लकीरें बढ़ रही थी। अब वह बिलकुल खामोश थी। मैंने उसे तसल्ली देते हुए कहा, "आप परेशान न हों। हम सब आपके साथ ही हैं और ट्रेन भी अब बस चलने वाली है।"

"हां, अब तो बस ट्रेन चल ही जाए वरना घर पहुंचने में बहुत देर हो जाएगी।" उसने परेशान स्वर में जवाब दिया, साथ ही उसने अपने पति को फोन मिलाया और उन्हें यह बताया कि ट्रेन रुकी हुई है। इसलिए उसे घर पहुंचने में देर हो जाएगी साथ ही पतिदेव को यह हिदायत भी दी कि जब ट्रेन रवाना होगी तो वह स्वयं ही बता देगी। उसी हिसाब से वह स्टेशन पर उसे लिवाने आए अन्यथा उन्हें परेशानी होगी। पूरे दो घंटे बाद आखिर ट्रेन रवाना हुई। इस दौरान वह महिला ज्यादातर खामोश ही रही। पति को फोन करने के बाद उसने बच्चों को खाने का सामान

दिया। फिर सामान्य होकर मेरी ओर मुखातिब हुई, "अब तो मुझे घर पहुंचने में सात बज जाएंगे। अगर ट्रेन समय से चलती तो मैं पांच बजे तक घर पहुंच जाती। हमारे घर में सब खाना जल्दी ही खाते हैं। इसलिए अब तो सीधा रसोई में ही जाऊंगी। मेरे इनको आलू की रसेदार सब्जी बहुत पसंद हैं। आज तो वही बनाऊंगी, मम्मी जी, पापा जी के लिए दाल और हरी मेथी की भाजी बना दूंगी और बच्चों के लिए दलिया या खिचड़ी बन जायेगी।"

एक ही सांस में उसने मुझे शाम का पूरा मेन्यू बता दिया। आखिर उसका स्टेशन आ गया और हम सब की मदद से वह आराम से उतर गई। मेरा मन अब भी यही सोच रहा था कि सच है नारी कभी न हारी, अपनी सारी थकान और परेशानी भूलकर उसे शाम के खाने की चिंता है, सबकी पसंद का ख्याल है, वह खुद भी भूखी है। यह तो उसने सोचा ही नहीं, मेरे जीवन ने नारी के नए रूप के दर्शन किए, मगर कमाल तो यह है कि सात घंटे साथ बिताने के बाद भी मुझे उस नारी शक्ति का नाम तक नहीं मालूम।

अपने-अपने प्रारब्ध

संतोष चौधरी

11 फरवरी, 1972 को जन्मी संतोष चौधरी हिंदी एवं राजस्थानी में निरंतर लेखन करती हैं। एक राजस्थानी उपन्यास, एक राजस्थानी कहानी संग्रह आया है। हिंदी में भी एक कविता संग्रह आ चुका है। बदलते वक्त को अपनी कलम से कागज पर उकेरने का प्रयास कर रही संतोष चौधरी की कहानियां राजस्थानी में महिला लेखन के नए आयाम स्थापित करती हैं। जितने हौसले के साथ अपनी कहानियों में संतोष विषय को उठाती हैं एवं पात्रों के साथ न्याय करती हैं,उतना हौसला राजस्थानी में बहुत कम मिलता है। कई पुरस्कार भी आपको मिले हैं।

पताः ए-11, सुभाष एन्क्लेव,
पीएनबी वाली गली,
एयरफोर्स एरिया, जोधपुर-34-2001
मो. : 95715-44250
ई-मेल: santoshjakhar111@gmail.com

उसने आगे बढ़ कर उसे अंक मे भर लिया।

अचानक वो उसके इस तरह अंक में भरने को लेकर सहज नहीं हुई थी। गांव की थी तो बस प्रणाम या धोक जैसी रीति ही समझती थी लेकिन इस शहरी पढ़ी-लिखी और बेहद नफासत से तैयार हुई हुई, ऊपर से इतनी बड़ी गाड़ी से उसके घर की ड्योडी पर खड़ी, उसी की हमउम्र महिला को देख कर वो संकोच के साथ ही विस्मय भी कर रही थी।

ये उसके पति की जानकार महिला है, उनसे ही सुना है कि कोई नेट या कोई सोशल एफबी जैसा कुछ है। उससे उनका परिचय हुआ है।

उसके पति गांव में ही अपना स्कूल चलाते हैं। कहने को बहुत विद्यार्थी हैं स्कूल में लेकिन आम किसानी परिवार के सिर्फ आधे ही बच्चों की फीस समय पर आती है और उसी से उसकी गृहस्थी की गाड़ी खिंच रही है। वो खुद भी सुबह से लेकर शाम तक हर चीज में बचत, प्रयास करके, जी तोड़ मेहनत करके, एक-एक निवाला बचा-बचाके अपने बच्चों के भविष्य की जद्दोजहद में पति के संग कदम से कदम मिलाकर चलने का प्रयास रात-दिन करती है।

उसकी सहेलियां, आस-पड़ोस और रिश्तेदारी में सभी का यह मानना है कि उसे जितना अच्छा पति मिला है, वह हर किसी को मिल ही नहीं पाता, वो खुद भी मानती है कि शादी के बीस बरसों में भी उसके और

उसके पति के बीच शायद बहुत कम मौकों पर बहस या किसी मुद्दे पर विवाद हुआ होगा।

जब से इस घर में ब्याह कर आई है, जीवन एक ढर्रे पर चल रहा है पति जो कुछ कमाता है, लाकर उसके हाथ में धर देता है वो जो कुछ बचाती है, उसे ही सहेजने की जुगत में रात-दिन लगी रहती है।

बच्चों को छोटी-छोटी जरूरतों और शौक को मना करते-करते अब बच्चे भी इतने समझदार हो गए हैं कि उन्हें भी बस इतना ही लगता है कि सिर्फ और सिर्फ पढ़ाई और एक नौकरी ही उनका अंतिम ध्येय है और दोनों भाई-बहन रात दिन उसी प्रयासों में लगे रहते हैं। वो दोनों पति-पत्नी भी बच्चों की पढ़ाई के लिए हरसंभव भागीरथी प्रयास को मन ही मन कृतसंकल्प हैं और इसलिए अपने जीवन की मूलभूत जरूरतों को भी उन्होंने इतना नकार दिया है कि उन्हें उसकी अब कोई आवश्यकता ही महसूस नहीं होती है।

सादा जीना, सादा खाना और सादा ही सब कुछ।

उसको गाड़ी से उतरते हुए जब देखा, तब वो घर के बाहर बनी गाय बांधने के ठाण पर साफ-सफाई का काम कर रही थी। उसके हाथ कुछ देर पहले गोबर से थापी हुई थेपड़ियों के कारण हल्के बास मार रहे थे और वो ठाण में गाय के खाने के बाद चारे में बचे हुए फूस को हटा रही थी। दिन भर घर, बाड़े और खेत के काम से पसीना आता रहता है और वही उसमें से महक रहा था। लेकिन उसे आश्चर्य हुआ कि गाड़ी से उतरी हुई महिला को उससे कोई परेशानी नहीं हुई।

उसको उसके पति ने पहले ही बता दिया था कि मेहमान आने वाले हैं पर इतना जल्दी आ जाएंगे यह नहीं पता था। फिर भी उसने संकोच करते हुए हाथ जोड़ कर नमस्ते करना चाहा। फिर जाने क्या सोच कर वह धोक देने को नीचे झुक गई, शायद उसका पहली बार में ही उसे अंक में भरना भा गया था और आदर भाव में वह उसको धोक देने लग गई।

उसने भी उसे पैरो के हाथ लगाने नहीं दिया, बीच में ही रोक कर स्निग्ध मुस्कान से उसके आदर को अपने आंचल में समेट लिया।

आँखो में उसके पानी के डोरे तैर गए थे लेकिन उसने पता नहीं चलने दिया और अपने मित्र की ओर चुराती नजरों से देखते हुए उसके घर में प्रवेश किया।

साधारण-सा घर, साधारण रहन-सहन। दो कुर्सी बाहर बरामदे में थी, एक प्लास्टिक की टेबल, साइड में एक स्टडी टेबल जिस पर कुछ किताबें रखी थी। एक

लकड़ी का पाट, जिस पर बिछौने को समेट कर एक सिरहाना-सा बनाया हुआ था और नजदीक ही एक दूसरी टेबल पर कम्प्यूटर भी रखा था।

वह बैठने को हुई तभी मित्र की बेटी भी ट्यूशन से आ गई, लड़की एक क्षण को शायद सोच ही रही थी कि शहर की मैडम है नमस्ते करूं या प्रणाम इतने में तो माँ ने धोक देने का इशारा आँखों ही आँखों में कर दिया। लड़की झुकी उसके मुँह से बेहद आत्मीय आशीर्वचन सुन कर लड़की हल्के से मुस्कराई और अपने पिता की और देख कर जाने किसी गोपनीय बात पर उसके होठों पर मीठी मुस्कान फैल गई।

वो उसके बैठने की कुर्सी पर रखी पतली-सी गद्दी, जो शायद उसने अपने हाथों से ही बना कर कुर्सी पर आराम से बैठने को रख रखी थी, झड़का कर ठीक करने लगी। मानो मन ही मन सोच रही हो कि ऐसी पुरानी प्लास्टिक की कुर्सी और इस गद्दी पर ये संभ्रात महिला बैठ कर आराम पाएगी या नहीं।

लेकिन वो बहुत सहज भाव से और बेतकल्लुफी से कुर्सी पर बैठ गई। मानो उसने उस घर को, उस कुर्सी को और उस गद्दी को अपना ही माना हुआ है और जिस पर बैठ कर उसे बहुत सुकून मिला है।

लड़की जल्दी से रसोई के बाहर की तरफ हवादार जगह पर टीमची पर रखी कोरी नई मटकी से पानी का लोटा भर लाई। आँखों ही आँखों में उसने बेटी को बरजाया कि शहर की मैडम है, लोटा नहीं गिलास में पानी ला। लेकिन वो समझ गई और लड़की के वापस मुड़ने से पहले ही उसके हाथ से लोटा लेकर उसे मुंह से ऊपर कर होठों से थोड़ा दूर करके बिना जूठा किए पानी पीया। गले से उतरता पानी जैसे उसे अमृत-सा लग रहा था और वह महसूस रही थी कि जो लवण/ ऐसिडिटी या क्षार कह लें, उसे हर समय गले में महसूस होता है, वह शीतल पानी के कुछ घूंटों संग गहरे कहीं चला गया और एक तृप्ति का भाव उसके मुख पर उभर आया।

वो जबसे उसके घर के आगे आकर गाड़ी से उतरी है। तभी से उसे देख रहा है और मन ही मन आज उसके चेहरे की खुशी को पढ़ने की कोशिश कर रहा है। बस जब दोनों की नजर मिलती तो एक पनीली आँखों की जोड़ी का एक आत्मीय आँखों की जोड़ी से मिलन हो रहा था। मन की धड़कनें जाने एक मौन संवाद कर रही थी। उसका गाड़ी से उतरना, उसकी पत्नी से अंकवार होना, पत्नी का उसे आदर से घर में लाना और मनुहार से बैठाना, जैसे उसे किसी अलग ही खुशी से भरे जा रहा था।

उसका बेतकल्लुफ व्यवहार, उसकी पुत्री के प्रति उसका आत्मीय स्नेह और आशीष आज उसे अंदर ही अंदर जाने खुशियों के सागर में गोते लगवा रहा था।

वो आज अपने सारे कष्ट, सारी समस्याओं से अलहदा बस इस क्षण को जैसे जी लेना चाहता था।

पत्नी ने बहुत प्रेम से गाय के शुद्ध दूध की गाढ़ी चाय बनाई और एक प्लेट में कुछ ग्लूकोज बिस्किट और थोड़ी-सी भुजिया ले आई, जैसा वो टीवी में देखती है कि शहरी लोग चाय के साथ बिस्किट लेते हैं और कल ही उसने राशन वाले से एक पैकेट बिस्किट और एक छोटा पैकेट भुजिया का लाकर रख दिया था, क्योंकि पति ने बताया था कि शहर से मेहमान आएंगे।

पत्नी की समझदारी पर उसे मन ही मन प्यार आ रहा था और मन में अपने भाग को सराह रहा था कि ऐसी सुलक्षणा उसकी जीवन संगीनी है। लेकिन साथ ही हृदय में कुछ चटक भी रहा था जिसकी आवाज उसे अपने कानों में भी सुनाई दे रही थी।

लेकिन खैर.... सोच कर उसने गहरी सांस ली और उस क्षण को फिर से अपने सीने में भरने लगा था। जो क्षण उसकी जीवन कमाई बनने जा रहा था।

उसके लिए चाय कप-प्लेट में लाई गई और पति को उसने चाय स्टील की बड़ी-सी बाटकी में डाल कर दी, वो हँस दी और हक से फरमाइश कर बैठी मुझे भी बाटकी में चाय दीजिए न। उसकी तरफ उसने बड़े प्यार भरी नजरों से देखा और लड़की को इशारा किया कि खाली बाटकी ले आए, पिता का इशारा समझ लड़की झट से स्टील की दूसरी बाटकी ले आई और वो उसमें अपनी कप-प्लेट वाली चाय डाल कर उसी के अंदाज में हल्की सुड़क के साथ पीने लगी। जेहन में कभी-कभी नजर बचा कर किए गए चाय पीने के समय के वीडियो कॉल प्रतिबिम्बित हो रहे थे। मन ही मन वो इस क्षण के पाए सुख पर मुस्कुरा दी।

उसके मुख पर आई क्षणिक सुख की मुस्कान को वह भाँप गया और जैसे अपने अंतस में उसके लिए दुआ कर रहा था कि ईश्वर ये मुस्कान बरकरार रखना।

दोनों स्त्रियों के मध्य थोड़ी ही देर बाद औपचारिकताओं से परे आम गृहस्थी की बातें होने लग गई। बातें तो वही ज्यादा कर रही थी। उसकी पत्नी को तो थोड़ा-सा समय लगा अपने संकोच से निकलने में। शायद उसे लगा था कि इन पढ़ी-लिखी शहरी मेहमान से वह कैसे अनौपचारिक बातें करे लेकिन उसके विनम्र व्यवहार और मीठी मुस्कान ने उसे कुछ ही देर में सहज कर दिया। अब वो दोनों

पुरानी सहेलियों-सी आपस में बतला रही थीं और वह टेबल के दूसरे छोर पर बैठा बस अपने कानों में रस घोल रहा था।

उसे उसकी बातों पर थोड़ा आश्चर्य और हँसी भी आ रही थी कि कैसे वो उसकी पत्नी के सामने एक आम घरेलू महिला-सी बतिया रही है जबकि सच्चाई उसे पता है कि वो बहुत बड़े घराने की बहू, बड़े ओहदे वाले की पत्नी और स्वयं भी शहरी समाज की जानी-मानी समाजसेविका और सम्पन्न परिवेश से आती है। लेकिन उसे यह भी पता है कि उसकी मित्र की सूनी, पनीली आँखों के पीछे कितनी मर्मांतक कहानी है। वह जानता है कि इन मुस्कान सजे होठों के पीछे कितने दर्द के किस्से छुपे हैं। इस सजी हुई देह के अंदर कितने जख्मों के निशान अपनी नीली लकीरों संग दफन हैं। इन सम्भ्रात घरानों के पीछे के छीछले और ओछी मानसिकता के बारे में उसने सिर्फ सुना या कभी किसी बड़े हाई प्रोफाइल मामलों के उछाल में आने के बाद पढ़ा होगा लेकिन अपनी इस मित्र से परिचय के बाद जब वो इन ऊंचे दिखने वाले महलों और शानोशौकत की सच्चाई से रूबरू हुआ तो उसे पैसे के पीछे भागते इन नरकंकालो और मरे हुए इंसानी जिस्मों से नफरत-सी हो गई थी जिनके लिए पैसा, पावर, हाई स्टैंडर्ड ही सब कुछ था फिर उसके लिए चाहे उन्हें कितना ही नीचे क्यूँ न गिरना पड़े।

आज उसकी मित्र शायद अपना पिछले जन्म का माँगा हुआ कोई वरदान का दिन जी रही है जिसकी उसने सदैव ही कामना की है। एक टीस उठती थी उसके दिल में जब भी वह उसके फीकी मुस्कान से सजे चेहरे के पीछे छिपे सच से वाकिफ होता था। आज उसके चेहरे की संतुष्टि से जाने उसकी टीस पर मरहम-सा लग रहा था।

वह हमेशा मन ही मन प्रार्थना करता था कि काश जीवन का एक दिन भगवान उसे ऐसा दे दे कि वह अपनी मित्र की इस फीकी मुस्कान की जगह सच्ची और प्यारी हँसी दे सके और आज ऐसा ही दिन उसे लग रहा था जब वह उसके सामने बैठी उन्मुक्तता से उसकी पत्नी संग बतिया रही है और दिल खोल कर हँस बोल रही है। यही तो चाहता था वह और तो क्या है उसके पास उसे देने को और उसे चाहिए भी क्या, भौतिक जरूरतों की तो हर चीज है उसकी मित्र के पास, पर मन मुताबिक कहाँ है सब, तभी तो उसके लिए उसे कभी-कभी अफसोस भी होता है कि जो वह डिजर्व करती थी, वह उसे नहीं मिला, लेकिन फिर भी वो जीवन समर में अपने आप को चलाए जा रही है, उसकी इसी जिजीविषा का तो कायल है।

सहज आत्मीय बातचीत ने उसके मन को खुश कर दिया, अब वो भी समझ गई कि सामने वाली महिला नितांत उसके जैसी ही गृहिणी, पत्नी और एक माँ है जिसे उसके जैसे ही आम घर गृहस्थी के प्रपंच हैं। शायद हर स्त्री ऐसी ही होती है, बेटी, बहू, पत्नी और सम्पूर्ण माँ के किरदार में रची बसी। फिर चाहे आर्थिक सम्पन्नता कैसी भी हो या न हो क्या फर्क पड़ता है, लेकिन एक बात वो महसूस कर रही थी कि उसकी आंखों में न जाने रह-रहकर कैसा सूनापन दिख रहा था और दर्द की उस्वास उसके साँसों से सुनाई दे रही थी। शायद उसका वहम होगा, उसे क्या कमी है जो उसे ऐसा लग रहा है, इतना सब ईश्वर ने उसे दिया जिसकी कल्पना भी वह नहीं कर सकती। उसकी किस्मत पर पल भर को रश्क हुआ उसे, पर फिर पति की ओर देखा तो जाने सारे गिले शिकवे, रश्क-वश्क पल में हवा हो गए और एक मीठी सुवासित मुस्कान होठों पर तैर गई। बाकी सब मिथ्या है। सुख सामने बैठा उसे निहार रहा है और वह काफी है जीवन निर्वाह करने के लिए, बाकी जरूरतों का क्या है! बढ़ाओ जितनी बढ़ें, घटाओ जितनी घटें। एक संतोष भरी नई सांस भर वह फिर से नई सखी संग बातों में व्यस्त हो गई।

उसकी आँखों की खुशी और चेहरे के संतोष से रह-रह कर उसे रश्क हो रहा था, सिर्फ हल्की-सी टीस सीने में रह-रह कर उभर रही थी बाकि उसकी संतुष्टि भरी नजर और सादगी पूर्ण व्यवहार से वो प्रभावित भी बहुत हुई। कितना साधारण जीवन है इसका, लेकिन कितनी आत्म-सन्तुष्टि भरा और निर्मोह मन है इसका। हर हाल में खुश, हर जुगत में खुश, हर जरूरत पर संघर्ष, पर संघर्ष में भी खुश यही तो वह भी चाहती थी, कम हो पर सिर्फ उसका हो, हक हो तो पूरा हो, समर्पण हो तो सम्पूर्ण हो। लेकिन ये आस काश ही बन कर रह गई। हर वैभव, हर सुविधा बस ऊपरी परत ढकने को, मन का कोना कोना खाली, अंतस की हर सांस भारी-भारी, हर कदम पर एक झिझक, एक डर, एक टोक, एक आदेश का साया। क्या पूरा मिला? कहाँ सम्पूर्ण हुई? कहाँ मन का किया? कहाँ मन का बोला? एक यन्त्र सा जीवन, एक आडम्बर, एक आवरण में दबा छिपा, सब हो कर भी खाली-खाली, रीता-रीता।

उसे देख कर मन में थोड़ा रश्क हुआ पर ईर्ष्या नहीं। खुश है वो मित्र के सुखी संसार को देख कर। एक वही तो है जो उसके रीते मन पर कभी-कभी बातों का मरहम लगाने की चेष्टा करता है, उसकी संवेदना को समझता है, उसके दुखी मन को कभी-कभी बांट कर कुछ क्षण सुख के देना चाहता है और ये सब वो इसलिए

कर पाता है क्योंकि वो औरत की औरत के रूप में, एक इंसान के रूप में कद्र करता है और आज वो ये सब अपनी आँखों से देख भी रही है। जब मित्र की पत्नी उसके सामने बैठी है और उसके जीवन की खुशी और संतुष्टि उसके चेहरे की चमक से दिख रही है।

उसके मन में थोड़ा ऊपापोह भी चल रहा था, थोड़ी-थोड़ी आत्मग्लानि भी। पत्नी के साफ मन और सहज व्यवहार से उसे लग रहा था कि कहीं वो उसके साथ कुछ गलत तो नहीं कर रहा है। हर परिस्थिति में, हर जरूरत में, हर समय उसकी पत्नी उसे साथ खड़ी मिली है। हां कभी-कभी परिस्थितियों वश उसका स्वभाव कुछ रूखा हो जाता होगा पर ये तो स्वाभाविक है आखिर वो भी इंसान है, बढ़ती जरूरतों और आवश्यकताओं में इंसान कभी-कभी कुछ न कर पाए तो स्वभाव से ही अपना रोष हल्का कर पाता है पर उसका, जो उसके और उसके घर बच्चों के प्रति समर्पण है उसे कैसे भुला दे। पिछले बीस बरसों से वो उसके साथ ढाल की तरह खड़ी है। घर परिवार के काम, खेती बाड़ी की उपज, छोटी आमद में भी सहेज कर, जतन कर करने वाले घर खर्च से वो उसको सहारा दे रही है।

पर इस मन का क्या करें? क्या गलती हुई है उससे? मन ही मन में सोचा, गलती तो क्या यही की है दोस्त बनाना, मित्र बनाना कोई गलत बात तो नहीं... लेकिन सिर्फ मित्रता कहाँ? उसे याद आ गया कि कैसे पहले-पहल सोशल मीडिया की मुलाकात के बाद जब उनके बीच थोड़ी बहुत परिचायात्मक बातचीत हुई तो बेहद जहीन, साफ दिल और सौम्य लगी थी वो, मन के किसी कोने में उसकी बातचीत ने घर कर लिया था। लेकिन ये सिर्फ एक परिचय था। उसने भी उससे किसी तरह की कोई व्यक्तिगत बात नहीं की थी...धीरे धीरे जब वो उससे और परिचित होता गया, उसकी वॉल पर उसकी लेखनी और तस्वीरों के पीछे रह रहे सूनेपन से बावस्ता होने लगा तो अंतस के किसी खाली कोने में उसके लिए लगाव महसूसने लगा।

उन दोनों के मन धीरे-धीरे खुल रहे थे, एक-दूसरे से दैनिकांदिन की बातचीत अब खुले मन से होने लगी थी।

उसी आत्मीय बातचीत की डोर कब उन दोनों के मन के धागों से जुड़ गई, दोनों को ही पता नहीं चला। पत्नी के प्रति शारीरिक रूप से वो पूर्णतः समर्पित था, लेकिन मन, मन में अब मित्र ने भी जगह बना ली थी। पता था दोनों को ही कि व्यवहारिक रूप में दोनों का मिलन सम्भव नहीं है पर इस मन का, इस दिल का क्या करें।

शरीर की बजाय आत्मिक मिलन था दोनों का, कभी-कभी उसे लगता था कि कहीं ये मित्रता भी उसकी पत्नी के प्रति उससे कोई बेवफाई तो नहीं, पर मित्र की सूनी आँखें और नीरस जीवन उसे इस सोच से उबार लेती थी। जीवन के पैंतालीस बरस मां-बाप घर-परिवार पत्नी-बच्चों को ही तो दिए हैं, जरा अपने मन की कर रहा है तो कोई गुनाह तो नहीं है और इससे वो मित्र के बेरंग जीवन को सुनहरी कूंची के रंगों से सजा रहा था। साथ ही उसके मन का भी था। पढ़ी-लिखी उसके बौद्धिक स्तर की मित्र सुंदर, समझदार, भावुक और ठहराव वाली थी तो क्यों न उस पर दिल आए।

वो मन में अपने आप को तौल रहा था।

मित्र के मन के उतार-चढ़ाव और भावुकमना स्वभाव से वो परिचित हो गई थी, कुछ दिनों से उसकी मानसिक अनमनाहट उसे महसूस हो रही थी, उसे लग रहा था कि मित्र शायद मन ही मन आत्म ग्लानित हो रहा है और इसीलिए वो आज एक सामाजिक कार्यक्रम के बहाने से मित्र के परिवार से मिलने, उसकी पत्नी से मिलने, उससे मिलने आई थी। वो नहीं चाहती थी कि उसके कारण मित्र असहज हो। उसके सुखी परिवार को कभी कोई कष्ट हो। आज उसके आने से, सहजता से उसकी पत्नी से बतियाने से, पारिवारिक मित्रता बढ़ाने से उसके मित्र के चेहरे पर आत्मसन्तुष्टि झलक रही है। यही वो चाहती थी।

मित्र की मित्रता से उसे जो मानसिक संबल मिला है, अपने औपचारिकता भरे, दिखावटी रिश्तों से इतर जो सुकून मिला है वो इस बात के लिए मित्र की ताउम्र ऋणी रहेगी। कोई शक नहीं कि मन ही मन वो अपने मित्र से प्यार करती है, लेकिन अपनी सीमाएं भी जानती है। मित्र का उसके प्रति जो स्नेह है, उसे महसूस करती है और उसकी कद्र भी करती है। तभी इस स्नेह को अपने आंचल में सदा के लिये संजोने वो यहां आई है।

मन पर बिना कोई बोझ लिये वो आँखों ही आँखों में मित्र से स्नेहसिक्त जाने की इजाजत मांगती है।

मित्र की पनीली आँखों की साफगोई और आत्मीयता ने उसके मन के बोझ को भी हटा दिया था। स्निग्ध मुस्कान के साथ वो अपनी कुर्सी से उठ खड़ा हुआ।

पति के उठने से वो समझ गई कि मेहमान के विदा होने का समय आ गया है। सुंदर कशीदाकारी की हुई ओढ़नी उसको देते हुए बोली "अपने हाथों की बनी भेंट दे रही हूं। मना मत करना।" वो निहाल हो गई भेंट पाकर। हाथों को छाती

से सिमटा कर जाने ओढ़नी के साथ मित्र का, मित्र की पत्नी के प्यार और दुआओं को अपने कलेजे में भर कर ले जा रही थी।

गाड़ी में बैठते उसकी आँखों के पानी ने उसे धोखा दे ही दिया।

कच्ची रोड पर गाड़ी से उड़ती धूल में उसका हाथ विदा के इशारे के साथ धुंधला रहा था।

गाय का दूध दूहने का समय जान वो बाड़े में चली गई थी।

मन के कोने अपने-अपने भावों से भर तीनों फिर अपने अपने प्रारब्ध को बढ़ चले थे।

कब आओगे कृष्ण!

सुषमा चौहान 'किरण'
केंद्रीय विद्यालय से सेवानिवृत्त अध्यापिका सुषमा चौहान 'किरण' के अब तक दो कहानी व एक गजल संग्रह के साथ बाल साहित्य की पुस्तकें प्रकाशित हो चुकी हैं। कुछ पुस्तकों का संपादन एवं अनुवाद भी किया है। राष्ट्रपति शिक्षक सम्मान सहित कई पुरस्कार आपको मिल चुके हैं। कई सामाजिक एवं साहित्यिक संस्थाओं से भी आपका जुड़ाव रहा है। सुषमा चौहान की कहानियों में स्त्री प्रमुख पात्र होती हैं। उनकी रोजमर्रा की दुश्वारियों के साथ जीवन के अनेकानेक दुखों को अपने शब्दों में पिरोकर सुषमा चौहान उनकी पीड़ा को स्वर देने का प्रयास करती हैं।

पता : 4/6 पीसीजी कॉम्पलैक्स,
किला रोड, महामंदिर,
जोधपुर-342001 (राज.)
मो. 098293-61445
ई-मेल: sushma.srijana@gmail.com

मैं सुबह ड्यूटी पर चढ़ी। अन्दर वाली बैरक में सभी के चेहरों पर चिन्ता की लकीरें। पता लगा आज बत्ती अभी तक उठी नहीं है। सभी औरतें उसे जाकर देख आई हैं।

मुझे भी चिन्ता हो गई। बत्ती और अभी तक सो रही है। मैंने नियमो की तरफ देखा। नियमो बत्ती के नजदीक गई। उसके पीछे के कपड़ों पर हाथ फिराने लगी। उसका चेहरा चमक उठा। बोली- कपड़े गीले हैं, गीले हैं कपड़े!

सभी के चेहरे पर मुस्कान दौड़ गई। मेरा जेल में यह शायद आठवां ट्रांसफर है। जब पहली बार आई तब भी बत्ती यहीं थी और आज तक यहीं है। पढ़ी-लिखी नहीं है, पर ज्ञान का अतुल भंडार है उसके पास।

यह जेल है। जेल की इस बैरक में औरतें हैं सिर्फ औरतें। उनका किसी से कोई रिश्ता नहीं। न मां-बेटी, न सास-बहू, न ननद-भौजाई, न बहन-वहन, न बड़ी न छोटी। इनका रिश्ता है तो सिर्फ दर्द का। रिश्ते मनुष्य को सीमाओं में बांध देते हैं, उन सीमाओं में अधिकार है, दर्द के क्षितिज तक कर्तव्य हैं। लालच हैं, अहंकार हैं, सौन्दर्य का व धन का नशा है और सबसे ऊपर रिश्ते का मद। यहां पर कुछ नहीं है। इसलिए यहां यह सभी औरतें हैं। सबके मन की सीप में दर्द के मोती हैं।

मैं देख रही थी बत्ती में हरकत हो रही है। नियमो ने उसे हिलाते हुए कहा- बत्ती, ओ बत्ती, चल उठ, पेशाब

करा लाऊं। कपड़े गीले हो रहे हैं। फूलबत्ती की पलकें ऊपर उठीं और उसमें से झांक रहे थे दो गहरे गड्ढे। नियमो उसे पकड़ कर खड़ा कर रही थी और मुझे याद आया।

एक बार मैंने पूछा था, बत्ती, कहां की हो? घर गांव का पता?

उसने जवाब दिया था- क्या बताऊं बिब्बी, महाभारत युद्ध होना ही था। श्रीकृष्ण ने सोचा कि युद्ध स्थल ऐसी जगह को चुना जाए जहां के लोग कर्मशील हों पर संवदेनशील नहीं। कृष्ण तमाम दुनिया घूम आए, वापस इन्द्रप्रस्थ की ओर जा रहे थे, तब उन्होंने देखा कि एक खेत में दो आदमी हल जोत रहे हैं। अचानक उन दो में से एक गिर गया। दूसरे ने उसकी नाक के आगे हाथ रखा, कुछ देर देखता रहा फिर उस गिरे हुए को उठाकर मेड़ के दूसरी ओर फेंक दिया। खेत के पास से गुजरते हुए आदमी से उसने कहा, 'बाबा, नेक घर में खबर कर दियो, एक की रोटी लावै'। वह आदमी आगे बढ़ा। उसे एक स्त्री खाना लाती दिखी, वह पहचान गया, उसने उस स्त्री से कहा, 'एक का खाना ले जा, वाने खबर भेजी है।' स्त्री वहीं बैठ गई। रोटी की पोटली खोली और बोली का जाणो कुण मरा हो? फिर रोवे-धोवे से फुरसत मिले ना मिले? एक का खाना मैं ही खा लूं, बस बिब्बी वही मेरा गांव, वही मेरा देश।

मैं अक्सर सोचती इतने अक्खड़ प्रदेश में बत्ती जैसी नारी। शायद पिछले जन्म के कर्मों का फल भोग रही है। बत्ती के पास एक ही गहना था- प्रेम। वह हर एक का दर्द सुनती और गुनती। उसे सबसे प्रेम था। कभी उसकी गड्ढों वाली आंखों से आंसू बहते थे तो कहती थी, दुनिया रो-रो कर अंधी होती है पर अंधों के आंसू? ऐसा नहीं था कि बत्ती जन्म से अंधी हो। उसने दुनिया के सभी रंग देखे हैं। बत्ती की भाषा भी मधुर थी। पर विधि का विधान। उसके अपने घर की सात पुश्तों ने भी प्रेम व मीठी बोली का स्वाद नहीं चखा था, इसलिए अक्सर वह परिवार में हंसी-मजाक का साधन बनती थी। एक दिन छोटी-सी बात पर देवर-जेठ लड़ पड़े। गालियां उनके मुंह से ऐसे झड़ रही थीं जैसे पतझड़ में पत्ते। भाषा में एक-एक शब्द विशेषण जड़े और आवाज फटे बांस को भी मात कर दे। बत्ती बीच-बचाव करने गई, बस यही उसका दोष था। उसने समझाइश के जरिए पुरुष के अहंकार पर चोट करने का दुस्साहस किया। घर के मर्दों में औरतजात का क्या काम! पहले तो पति परमेश्वर ने उसकी अच्छी ठुकाई की। तब तक लड़ने वाले देवर-जेठ एक साथ तेजाब लाए और उसके ऊपर फेंक दिया। चीख उठी थी बत्ती। महीनों दर्द से चीखती रही। औरत थी न। मरी नहीं, बिना इलाज के भी जी गई। बस जरा दिखना ही तो बंद हुआ था। हां, इतना जरूर हुआ कि सात गांव की औरतों को सबक मिल गया। भावुक बत्ती को

अंधी होने से ज्यादा दर्द मन का हुआ। फिर अत्याचार भी बढ़ गए। बत्ती चुप हो गई।

बत्ती, अंधी थी पर थी तो वह औरत। पति मुख्तार को जब उसके शरीर की प्यास लगती तो वह उसे पीता, पशुता की हद तक पीता। वह कराह भी नहीं सकती थी अक्सर पेट बढ़ने पर छिनाले कहती, अंधी का पेट बढ़ रहा है।

कोई कहती, कुत्ते बिल्ली-सी बिया रही है। वह खून के आंसू रोती। सोचती, पेट क्या मेरे बढ़ाने से बढ़ रहा है ? अंधी हूं। तो क्या पति अपनी जवानी के ज्वार को रोक लेगा। वह भी मुख्तार-सा पति। जो रोटी की तरह औरत को खाता है। उसने अपनी आंख रहते भौजाई के साथ नहीं देखा था क्या ? औरतें उसे सांड कहती थीं। पता नहीं किस- किस का वंश उसने बढ़ाया, तभी तो सांड की पदवी पाई। बत्ती ने भी उसे चार छोरे दिए। निहाल हो गया मुख्तार। अपनी सन्तान तो यही मानी जाएगी न !

बत्ती हर औरत के साथ घटने वाली घटना को उसके मुख से सुनती, कई दिन बेचैन रहती, हमसे उसके विषय में कई प्रश्न ऐसे पूछती, जहां पुलिस की मक्कारी स्पष्ट नजर आती और अंत में कहती- भाई-बाप की बोझ, पति की बासी रोटी, अच्छा हुआ यहां आ गई।

जब क्रोध में होती तो कहती- देखो बिब्बी, तुम सरकारी मुलाजिम हो, पर तासे ऊपर औरत हो। हो न ? बताओ क्या सास अत्याचार न करे ? वा को बस चले तो बहू में भूस भर के खड़ा रखे। ससुर-जेठ का मौका लगे तो जोर-जबर कर हवस पूरी करे, आदमी जब चाहे वा को सौदा कर रंडी बणा दे। बस औरत ने चुप रेणों छावै। चुप औरत अन्नपूरणा कहावै। जा दिन वा बोले बिब्बी बस वाई दिन सो कुटे। लतियाई जावै। और जो मोरे सरीखी, मरदा के बीच में बोले तो अंधी, लूली बणा दी जावै, ता पर भी चुप न रेवै तो जेल पहुंचा देवै। जब तक चुपचाप सहै तब तक बाप-भाई की लाडली, पति की सुघड पत्नी और जुबान खुलते ही सब रिश्ते खत्म। कभी कृष्ण मिले तो बोलूंगी या तो औरत की दशा सुधार या उसको जुबान मत दे। एक तो मान मेरे कृष्ण !

बत्ती सभी औरतों को प्यार और इज्जत देती है। उदास और निराश को दूसरों का उदाहरण देकर सम्बल देती है। वह नियमो को थोड़ा अधिक प्यार करती है। करे भी क्यों नहीं ? नियमो ही उसका नहलाना, धुलाना, बाल बनाना सभी काम करती। पढ़ी-लिखी नियमो भी हत्या के मामले में उम्रकैद की सजा पर है। वह यहां अपराधिनी कम समाजसेविका ज्यादा लगती है। न उदास होती है, न रोती है, बस मुस्कराती रहती है। सबकी सेवा करती है।

अंधी बत्ती कभी-कभी अपनी बात करती है। बताती है कि दादा की तेरहवीं पर थाली में बिठा कर उसकी शादी हुई थी। ससुराल में पली-बढ़ी। बचपन से ही लड़ना झगड़ना, पिटना-रोना होता रहा। छोटी थी, मुख्तार अपने दद्दा के साथ कहीं शादी में गया था, उसी रात उसके जेठ ने उसके साथ जबर की। वह कितनी बीमार रही, कितना खून गया। पर किसी को सहानुभूति नहीं हुई। यह तो हर लड़की के साथ होता है ताने और सुनने पड़े।

बत्ती जिस माहौल में पली-बढ़ी, वहां प्रेम, ममता जैसे शब्द निरर्थक थे। उन्हें पढ़ाया गया था कि इन्सान जो भी बनता है, वह गुण-अवगुण, माता-पिता से आते हैं या माहौल से, पर बत्ती में उस माहौल का एक भी गुण नहीं था।

वह कहती, बिब्बी युद्ध हमेशा जर, जोरू और जमीन के लिए होता है। मैंने बहुत कोशिश की कि हमारे परिवार में लड़ाई न हो। मुख्तार का अपने चचाजाद भाइयों से जमीन को लेकर टंटा चल रहा था। अक्सर गाली-गलौज और हाथापाई होती। बत्ती उस परिवार की औरतों व बच्चों को उतना ही प्यार करती जितना अपने परिवार की औरतों- बच्चों को। इस बात पर एक-दो बार मुख्तार से पिट भी चुकी थी। मुख्तार जब चिल्लाता- यह मेरे बाप-दादों की जमीन है इसका एक इंच टुकड़ा नहीं दूंगा। तो अंधी बत्ती के दिमाग में दुर्योधन घूमता। वह कभी-कभी कहती, कृष्ण आ जाएं तो भी क्या इस युद्ध को रोक पाएंगे। नहीं। जहां मन है ही नहीं। बुद्धि है ही नहीं। बस इतना पता है कि जमीन हड़प लो साम, दाम, दंड, भेद। फिर कहती, नहीं कान्हा अब नहीं आएगा। ये सब लड़-लड़.कर मर जाएंगे। बत्ती जब भी कभी घटना सुनती, अंत में एक लम्बी निःश्वास लेकर कहती है- कृष्ण! कब आओगे!

अंधी बत्ती जब उस रात की बात करती है तो लगता है, वह अंधी थी ही नहीं। वह एक-एक घटना ऐसे बताती मानो सभी कुछ उसके सामने घट रहा हो। पर एक बात है पहले दिन से आज तक उसकी बात में कभी वाक्य व शब्द का भी परिवर्तन नहीं हुआ। वह पूस की अंधेरी रात थी। शाम से ही लोग घरों में घुसने लगे थे। बच्चे चूल्हों के आस-पास, बड़े रजाई में और बूढे खेस ओढ़ कर हुक्का गुड़गुड़ा कर सर्दी से लोहा लेने का निरर्थक प्रयास कर रहे थे। रात गहराई। गांव में सन्नाटा। मुख्तार अपने बीस-पच्चीस साथियों को लेकर चल पड़ा अपने चचाजाद भाई जगदीशवा के खेत की ओर। खेत में फसल खड़ी थी और चौकन्ना जगदीशवा पहरेदारी कर रहा था। उस सर्द अंधेरी रात में तलवार, लाठियों और पदचाप के शोर से बत्ती की नींद खुल गई। घरों की औरतें दुबक गईं। उसे न सर्दी लग रही थी, न रात का भय। पदचाप

सुनती। पूछती कुण है। तब तक पदचाप आगे बढ़ जाती।

अचानक उसे लगा, यह तो अपने ही घर का झगड़ा है। पूरी ताकत से आवाज देने लगी। मुख्तार रुका जा। रुका जा महेन्दरवा। पर उसकी किसी ने नहीं सुनी। धीरे-धीरे शोर बंद हो गया। अब उसे सर्दी का एहसान हुआ, रात का डर लगा। अकेली औरतजात। चारों ओर गिद्ध। वह कहां, किस दिशा में है, समझने में असमर्थ थी। जोर-जोर से मुख्तार व छोरों को आवाजें लगाने लगी। उसका गला सूख गया। वह कब बेहोश हो गई, उसे नहीं पता। उस नीम बेहोशी में भी उसे लगा कि कोई उसे उठा रहा है। वह कृष्ण को पुकार रही थी। कृष्ण को द्रोपदी का वास्ता दिया था। पांचाली। कृष्ण की सखी। उसका भोग करने वाले पांच-पांच वीर पति परन्तु कौरवों की सभा में जहां पितामह भीष्म थे, गुरु द्रोण थे, धर्मराज युधिष्ठिर थे, महादानी कर्ण थे, वहां पांचाली का चीरहरण हुआ था। सारे महान, वीर पुरुषों ने उस समय आंखें झुका ली। बाद में कहा गया कि किसी ने धर्म की रक्षा के लिए आंखें झुकाई थीं, तो किसी ने आदर्श अनुज बनकर। किसी ने कौरवों के राज दण्ड के वचन से बंधे रहने के लिए मुंह फेरा तो किसी ने राजगुरु का चोला पहन लिया। सत्य का पक्ष किसी ने नहीं लिया, तभी तो कान्हा को आना पड़ा। उसे भी अपने पति और चारों छोरों की याद आई। उसने सोचा था ये ही मेरे रक्षा कवच हैं। पर... पर... कोई नहीं आया। वह होश में है या बेहोश उसे नहीं पता। वह तो 'कृष्ण-कृष्ण' रट रही थी।

आगे कहती, होश ही तो नहीं था बिब्बी। मरी तो नहीं थी। क्योंकि उसके कान में गर्म-गर्म सीसे की तरह शब्द पड़ रहे थे, "बड़ी जीवट औरत है साब। एक ही बार में जगदीशवा की गर्दन धड़ से अलग कर दी इसने।"

उसने एक हाथ से दूसरे हाथ को चिकोटी काटी थी। जब विश्वास हो गया कि जो सुन रही है वह सत्य है तो वह रोई, चीखी, चिल्लाई पर नक्कारखाने में तूती की आवाज कौन सुनता। सारे सबूत उसके खिलाफ थे। उसके हाथ में खून भरा गंडासा था और वह जगदीशवा से थोड़ी दूर ही झाड़ियों में पड़ी मिली थी।

उस दिन... उसदिन उसे दो बात का दुःख हुआ। एक अंधे होने का और दूसरे औरत होने का। सारे गांव के पुरुष एक थे। सबके बीच अपनी आवाज में मिस्री घोल मुख्तार कह रहा था, "बखी ये का कर दिया तन्नै। मरदों की लड़ाई में औरत का क्या काम। हम निपटते। तूने फैसला क्यों किया!"

बत्ती की जुबान तालु से चिपक गई। उसने कृष्ण को भी याद नहीं किया। सारा गांव जानता था कि बत्ती निर्दोष है। पुलिस जानती थी कि बत्ती निर्दोष है।

तीन दिन बाद मुख्तार थाने में आया था। पीठ पर ऐसे हाथ फेरने लगा जैसे आज फिर वह बत्ती को पीयेगा। बत्ती ने परे धकेल दिया तो उसने बताया कि कैसे एक ही झटके से उसने जगदीशवा की गर्दन धड़ से अलग कर दी थी। उस अंधेरी रात में भी उसे जगदीशवा की आंख में भय और आतंक दिखा था। फिर धीरे- धीरे असल बात पर आया, ''देख जमीन के लिए जगदीशवा का कत्ल किया। मैं जेल जाऊं तो जमीन पर गांव भर की नजर है। तू औरत है और फिर अंधी। सरकार तुझ पर दया करके तुझे जल्दी छोड़ देगी। फिर मैं हूं न। पानी की तरह पैसा बहाकर भी तुझे छुड़ा लूंगा। बत्ती चुप रही।''

अगले दिन बड़ा छोकरा आया, रो- रोकर उसने कहा, ''मां, गुनाह कबूल कर ले। हम तुझे छुड़ा लेंगे।''

भोली, निश्छल औरत। ममता फिर बिक गई। कीमत थी प्यार। संतान का प्यार और उसका विश्वास। उसने गुनाह कबूल कर लिया। कृष्ण पर भरोसा करके।

उसकी पैरवी में न कोई वकील आया न घर वाले। आजन्म कारावास हुआ था उसे। उसके बाद उसे भूल गए सब, घर वाला, छोरे, बाप, भाई और कृष्ण भी।

बरसों बाद मुत्तार आया। बत्ती का दिल भर गया। छोरों की याद। मिलने की इच्छा। मुख्तार ने उसकी यह इच्छा पूरी की। छोरे आए। बालक जवान मरद बन कर आए। वह छू- छू कर उन्हें मन की आंखों से देख रही थी। बोली, ''कृष्ण ने चाहा तो मैं जल्दी घर आऊंगी। मेरे हाथ की रोटी खाकर और तंदुरुस्त हो जाओगे।''

भोली। उसकी सजा से पहले ही मुख्तार जवान हट्टी-कट्टी औरत ले आया। भैंस की तरह उसने औरत के शरीर की परख की थी। अब फूलबत्ती के लिए उस घर में जगह कहां थी।

वह बाट जोहती रही। उम्र बढ़ती गई। आजादी की पचासवीं सालगिरह पर जिनको छोड़ने के आदेश आए थे, उनमें फूलबत्ती का भी नाम था। उसके घर भी खबर भेजी गई। मर्दों का वार्ड आधे से ज्यादा खाली हो गया। औरतों को लेने कोई नहीं आया। इस घटना से फूलबत्ती पूरी तरह टूट गई। अब वह थी और उसके कृष्ण, जो उसे कभी लेने आएंगे। सभी औरतें सुबह से दोपहर तीन बजे का इंतजार करती, बेसब्री से अपने नाम को सुनने के लिए लालायित रहती और पांच बजे टूटी, हताश, उदास अपनी बैरक में लौट आती।

बहुत दिनों बाद बत्ती उस दिन बोली। कह रही थी, ''बिब्बी, सतयुग हो या द्वापर, सीता हो या द्रौपदी, गौतम पत्नी अहिल्या हो या कंस माता पवनरेखा, गलती

किसी की भी हो, सजा हमेशा औरत को ही मिलती है क्यों?''

मैं देख रही थी, नियमो बत्ती को हिला रही है, पर बत्ती...।

आज शायद उसके कृष्ण आ गए।

www.ingramcontent.com/pod-product-compliance
Lightning Source LLC
LaVergne TN
LVHW060612051026
849519LV00002B/563